Marion Krafzik

Truth – Du kannst ihr nicht entkommen

EDITION M

Das Buch

Vor einem Jahr verlor Sarah bei einem brutalen Überfall ihr ungeborenes Kind. Schmerz und Trauer hat sie bis heute nicht verwunden, auch wenn der Täter gefasst wurde. Ein Sommerurlaub in Schweden mit ihrem Mann Frank und den gemeinsamen Freunden soll helfen, das Geschehene endlich zu verarbeiten.

Doch was in der idyllischen Einsamkeit entspannt beginnt, wird bald für alle zu einem Horrortrip. Denn plötzlich taucht ein Fremder auf, der ihre dunkelsten Geheimnisse kennt. Stück für Stück kommen entsetzliche Wahrheiten ans Licht. Und das ist erst der Beginn eines mörderischen Spiels, in dem Sarah die Hauptrolle trägt …

Die Autorin

Aufgewachsen in der Lüneburger Heide, arbeitete Marion Krafzik zunächst als Fotografin, bevor sie nach Hamburg zog und dort die Fotografie gegen bewegte Bilder tauschte. Sie wurde Regisseurin für Werbung und Imagefilme. Der Drang nach Weite und Abenteuer führte Marion Krafzik nach Südafrika. Dort gründete sie eine Safari-Firma und fing an zu schreiben. Mit vielen Geschichten, Eindrücken und Erlebnissen kehrte sie nach Jahren wieder zurück in die Lüneburger Heide.

Sie liebt es, Geschichten über die menschlichen Abgründe zu schreiben – all das, was tief in uns verborgen ist.

MARION KRAFZIK

TRUTH

DU KANNST IHR NICHT ENTKOMMEN

THRILLER

EDITION M

Die Originalausgabe erschien 2018 unter dem Titel »Truth – Du kannst ihr nicht entkommen« im Selbstverlag.

Veröffentlicht bei
Edition M, Amazon Media EU S.à r.l.
38, avenue John F. Kennedy, L-1855 Luxembourg
August 2019

Umschlaggestaltung: bürosüd° München, www.buerosued.de
Umschlagmotiv: © Evannovostro / Shutterstock; © Piotr Wawrzyniuk / Shutterstock; © Roobcio/ Shutterstock; © Milan M / Shutterstock
1. Lektorat: Joern Rauser
2. Lektorat: Rotkel Textwerkstatt
Gedruckt durch:
Amazon Distribution GmbH, Amazonstraße 1, 04347 Leipzig /
Canon Deutschland Business Services GmbH, Ferdinand-Jühlke-Str. 7, 99095 Erfurt /
CPI books GmbH, Birkstraße 10, 25917 Leck

ISBN: 978-2-49670-040-4

www.edition-m-verlag.de

EINS

»Sarah?« Franks Stimme ist ein zärtliches Flüstern. »Baby, es wird Zeit. Komm, du musst aufstehen!«

Ohne die Augen zu öffnen, dreht sich Sarah mürrisch auf die Seite und vergräbt das Gesicht tief im weichen Kissen. »Oh bitte, noch fünf Minuten.« Sie spürt Franks warmen Atem, als er sich zu ihr legt, sich eng an ihren Rücken kuschelt und ihre schwarzen Locken sanft zur Seite streicht. Er gibt ihr einen Kuss und sie lässt es geschehen, obwohl ihr gar nicht danach zumute ist. Sie will nur schlafen. Allein sein. Dem Vogelgezwitscher lauschen, das im morgendlichen Straßenlärm der nahe gelegenen Elbchaussee durch das angekippte Fenster zu ihr dringt.

»Sarah, der Flieger wartet nicht auf uns. Du kannst später in unserer Hütte noch so viel und so lange schlafen, wie du möchtest.«

Schlagartig öffnet sie die Augen. *Verdammt! Ich habe es tatsächlich verdrängt.* Der Gedanke an die bevorstehende Reise nach Schweden lässt sie sofort wach werden. Ein gemeinsamer Urlaub mit ihren Freunden. Früher hätte sie das toll gefunden.

Früher!

Jetzt sehnt sie sich nach Schlaf und Einsamkeit.

Seufzend richtet sie sich auf und sieht Frank resigniert an. »Das glaubst du ja wohl selbst nicht. Isabell wird schon dafür sorgen, dass wir alle pünktlich zum Frühstück an einem akkurat gedeckten Tisch sitzen.«

Frank lacht, als hätte sie tatsächlich einen Witz gemacht. Vorsichtig reicht er ihr eine Tasse dampfenden schwarzen Tee – mit Milch und viel Zucker, wie sie ihn liebt.

»Lass sie doch. Ich finde sie süß.«

»Süß? Isabell ist nett und ganz okay, aber süß?« Sarah nimmt einen Schluck Tee und deutet auf die Tasse. »*Der* ist süß, genau wie ich ihn mag. Danke dir.«

»Schön, dann bin ich beruhigt.« Er blickt sie eine ganze Weile an. »Du warst lange unterwegs gestern Nacht.«

Ohne ihre Augen von ihrer Tasse zu wenden, antwortet Sarah betont gleichgültig: »Ich bin noch mit der Agentur und dem Kunden etwas trinken gewesen.«

»Dann war deine Präsentation erfolgreich?«

»Ja, der Kunde liebt die Fotostrecke. Er meinte, ich hätte es geschafft, seinen Schmuck perfekt in Szene zu setzen. Ich sei eine wahre Künstlerin und nicht umsonst die *gefragteste Fotografin der Modebranche*. Das waren wirklich seine Worte. Na ja …«

Nur flüchtig begegnet sie Franks Blick. Sie mag den Ausdruck in seinen Augen nicht, wenn sie von ihrem Job erzählt. Zu dominant, zu … Er versteht ihre Arbeit nicht, auch wenn er sich sehr darum bemüht. Kunst ist für ihn nicht greifbar, ebenso wenig wie Sarahs Gefühle. Ihr Zeigefinger streicht unaufhörlich über den Rand der Teetasse. »Jedenfalls wurde es ein bisschen spät. Und bevor du fragst: Nein, ich habe nicht zu viel getrunken.«

Ihre Augen funkeln ihn an, doch Frank lächelt nur. Dieses mitleidige Lächeln, das sie zu hassen gelernt hat. Sarah will gerade eine spitze Bemerkung machen, doch Frank kommt ihr zuvor: »Ich wollte dir nur zu deinem Erfolg gratulieren. Du bist die beste Fotografin, die es auf Erden gibt. Du hast eben ein sehr gutes Gespür für Menschen, für die Situation. Gut gemacht, Baby!«

Er beugt sich zu ihr, vergräbt sein Gesicht an ihrem Hals, atmet ihren Duft ein. Eine Mischung aus Schlaf, Alkohol und ihrem Parfüm, das sie schon seit Jahren benutzt. »Ich liebe dich und … bin stolz auf dich.«

Sarah schließt die Augen, will seine Berührung genießen. Es tut gut. Dennoch ist ihr diese Nähe zu viel. Sie hat ihn belogen, was das Trinken angeht. Sie war hackevoll, und jetzt schämt sie sich. Am liebsten würde sie laut schreien, damit er endlich versteht, warum sie trinkt.

Und ihr zuhört.

Stattdessen wendet sie stumm den Kopf zur Seite und nimmt umständlich einen Schluck von ihrem Tee. Für einen Moment ist es ganz still. Selbst das Zwitschern der Vögel ist verstummt.

Sanft küsst Frank ihre Wange und steht auf. Sarah fühlt sich erleichtert, und doch würde sie ihn am liebsten festhalten. Diesen Augenblick nicht ziehen lassen. Flüchtig sieht sie ihn an, wie er vor ihr steht und auf sie herabblickt. Dieser Mann, den sie liebt, dem sie vertraut. Sie möchte ihn so gern mit ihren Fragen bombardieren, ihm all ihre Zweifel mitteilen, doch er hört ihr verdammt noch mal nicht zu. Seine Reaktion ist immer dieselbe: Er will, dass sie aufhört, sich Gedanken darüber zu machen, ob sie damals den Richtigen beschuldigt hat. Für Frank geht das Leben weiter. Sarah soll sich nicht länger quälen, das würde niemandem etwas nützen. So ist Frank eben. Lösungsorientiert. Er gibt sich Mühe, und doch hat er keine Ahnung davon, wie es in Sarah aussieht. Frustriert rutscht sie tiefer unter die Bettdecke, die ihr in den vergangenen Wochen ein Gefühl der Geborgenheit gab, hier kann sie der Realität entfliehen.

Frank betrachtet sie mit einer Mischung aus Unverständnis und Drängen. Er atmet hörbar ein und lässt die Luft dann langsam entweichen. Auch ohne ihn anzusehen, weiß Sarah, dass er um Fassung ringt. Genauso wie sie. Sie kämpft gegen ihre Tränen an.

Nicht jetzt!

Nicht solange Frank noch in ihrem gemeinsamen Schlafzimmer ist. Ein Kribbeln macht sich in ihrem Körper breit. Noch bevor sie ihre Gedanken ordnen kann, sprudeln die Worte aus ihrem Mund: »Frank, müssen wir wirklich fahren? Können wir nicht einfach hierbleiben?«

Mit einem Ruck setzt sie sich auf, stellt die Teetasse auf den Nachttisch. »Bitte, Frank!«

»Baby, wir haben es doch längst besprochen. Es wird dir guttun und mir auch. Du liebst doch Schweden und unser Haus. Du hast dich dort immer wohlgefühlt.«

»Ja, das stimmt. Aber jetzt wäre es mir lieber, wir blieben hier. Ich weiß nicht, ob ich das schon ertrage, mit Mike und Isabell so lange und so eng …«

»Ich bitte dich! Es sind unsere Freunde und sie wissen, was passiert ist. Sie waren von Anfang an involviert.«

Sarah atmet tief ein, in diesem Moment verabscheut sie ihn. Sein bevormundendes Gebaren befremdet sie nicht zum ersten Mal. Erbost reckt sie ihr Kinn und erwidert im gleichen Tonfall wie Frank: »Ehrlich gesagt finde ich deine Begründung nicht so überzeugend. Mir geht es nicht darum, ob sie von Anfang an involviert waren, sondern, wie sie mit mir umgegangen sind. Außerdem würde ich es sehr begrüßen, wenn du dich etwas zurücknimmst, denn auch du kannst nicht nachempfinden, wie ich mich fühle. Keiner kann das.«

Sie ignoriert seinen entgeisterten Blick und greift bemüht ruhig nach der Teetasse.

»Sarah, was soll das jetzt?«

Frank presst die Lippen aufeinander, doch ihr abweisender Gesichtsausdruck lässt ihn einlenken.

»Ich mache dir einen Vorschlag: Wir nehmen uns viel Zeit füreinander, gehen wandern, fahren mit dem Boot raus und reden, so viel du willst. Wie klingt das?«

Sie rollt genervt mit den Augen, schlägt die Bettdecke zur Seite und ist mit zwei Schritten bei ihm.

»Ich finde es unterirdisch. Du weißt ganz genau, dass das nicht realistisch ist. Oder denkst du, dass du Mike einfach allein zum Angeln gehen lässt? Ich kenne dich – und Mike.«

»Vielleicht, vielleicht aber auch nicht.« Er zwinkert ihr zu, zieht aber unmerklich eine Augenbraue nach oben. Ein Zeichen, dass er kurz vorm Explodieren ist.

»So, und nun Schluss damit. Wir haben das alles schon zigmal besprochen.«

Ja, das haben sie. Doch Sarah lässt ihrem Unmut weiter freien Lauf. »Nein! Ich bleibe hier, und du fährst mit den beiden in die Ferien, so wie vor ein paar Monaten, als ich in …«

Sarah hasst diesen Teil ihres Lebens und den Umstand, dass sie in der psychiatrischen Klinik war, weil sie einen Nervenzusammenbruch hatte. Frank tut immer noch so, als wäre es nur ein Schnupfen gewesen. Aber es wäre sinnlos, ihm das jetzt erklären zu wollen. Sie hat es versucht. So oft.

Lange taxieren sie sich.

Für einen Moment hält die Welt den Atem an.

»Baby, ich liebe dein Temperament, aber jetzt ist es fehl am Platz.« Er streicht durch ihr schwarz gelocktes halblanges Haar, sieht in ihre blauen Augen mit einem Hauch von Grün darin. Dieses Farbenspiel, das ganz deutlich anzeigt, in welcher Gemütslage sich Sarah befindet. »Ich bitte dich, lass uns so tun, als wäre es das Normalste auf der Welt, mit Freunden ein paar Tage in einem Ferienhaus zu verbringen. Ich brauche das, weil ich genau wie du leide und kurz davor bin zusammenzubrechen.«

Er ringt sich ein müdes Lächeln ab. »Lass uns die Zeit genießen – das Böse hinter uns lassen.«

Sarah senkt den Blick. Sie kann noch nicht einmal sagen, ob sie gerade Wut oder Schmerz empfindet. Seit dieser Sache ist ihr Leben das reinste Chaos. Alles ist noch so frisch. Sie ist verletzlich und kann ihren Gefühlen nicht mehr trauen. Als Frank sie zärtlich an sich zieht, ist sie dankbar für seine Nähe, seinen Duft nach frischer Seife, die zärtlichen Worte, die er an ihrer Wange murmelt.

»Baby, ich liebe dich und werde nicht zulassen, dass dir noch einmal jemand wehtut. Aber es ist vorbei und wir müssen nach vorn schauen. Wir haben *uns*. Das ist alles, was zählt.«

Für eine Sekunde hält sie den Atem an. Bilder aus der jüngsten Vergangenheit drängen sich an die Oberfläche ihres Bewusstseins. Doch noch bevor sie Sarah überwältigen können, löst sie sich aus Franks Armen.

»Schon gut. Ich bin eine blöde Gans … Ich benehme mich … Ach … Alles ist gut. Ich würde nur viel lieber mit dir allein fahren.«

»Das machen wir auch. Versprochen.«

»Sicher?«

»Absolut.«

ZWEI

Als Sarah durch die hohe gläserne Drehtür in die Halle des Hamburger Flughafens läuft, verspürt sie so etwas wie einen Sog. Für einen Moment bleibt sie stehen, atmet den unvergleichlichen Duft ein. Nach Abenteuer. Ihr Job als Modefotografin hat sie in viele Flughafenhallen geführt und alle hatten eines gemeinsam: In ihnen konnte man die gewohnte Welt hinter sich lassen. Nicht alle mögen das. Viele fühlen sich unwohl dabei, wenn sie mit etwas Neuem und Ungewohntem konfrontiert sind. Aber Sarah überkommt in solchen Momenten ein Gefühl von Freiheit.

Obwohl sie wegen ihres Jobs viel im Ausland unterwegs ist, liebt sie es immer wieder von Neuem, in eine ihr unbekannte Welt einzutauchen. Sie weiß, was sie in Schweden erwartet, kennt das Land und natürlich auch das Ferienhaus, das sie vor Jahren mit Frank zusammen gekauft und modernisiert hat. Und doch ist sie jetzt froh, dass sie nicht zu Hause geblieben ist. Dieses eigentümliche Gefühl von Freiheit bringt sie dazu, sich sogar ein bisschen zu freuen. Und gerade jetzt ist dieses Gefühl mehr als willkommen.

Frank läuft vor ihr und dreht sich nun lächelnd zu ihr um. Sie liebt dieses Lächeln, es war das Erste, was ihr an ihm auffiel, als sie ihn vor fünf Jahren kennen und lieben lernte. Mit seinem frisch gestutzten Anchor-Bart, seiner verwaschenen Jeans, dem blau-grün karierten Hemd und den derben Boots wirkt er smart. Anders als sonst in seinen maßgeschneiderten Anzügen. In dem lässigen Outfit ist er mehr *ihr Frank*, nicht der knallharte Geschäftsmann. Die Sonne, die durch die riesige Fensterfront scheint, lässt die silbernen Fäden in seinem dunklen Haar leuchten. Ja, er ist elf Jahre älter als sie. Aber das hat sie noch nie gestört, ganz im Gegenteil. Zweiundvierzig und sehr sexy, attraktiv und aufregend. Sie lächelt bei dem Gedanken, wie anziehend sie ihn immer noch findet. Er ist souverän und hat alles unter Kontrolle. Eigenschaften, die sie eigentlich an ihm schätzt. In den letzten Monaten hat sie ihn jedoch genau wegen dieser Eigenschaften als gefühlskalt beschimpft. Aber nicht er hat sich verändert, sondern sie. Es tut ihr leid, denn tief in ihrem Herzen weiß sie, dass Frank es gut meint.

Sarah erwidert sein Lächeln und steuert mit Elan ihren vollgepackten Trolley auf ihn zu. Frank hat recht, dieser Ausflug wird ihr guttun. Sie spürt, wie die Abenteuerlust sie überkommt.

»Alles in Ordnung?«, fragt er.

»Ja, alles bestens. Hast du Mike und Isabell schon entdeckt?«

»Nein, ich hatte nur Augen für dich.« Frank sieht sie lange an, ein winziges Lächeln huscht über seine Lippen, und als wäre es ihm unangenehm, senkt er den Blick und setzt ohne ein weiteres Wort seinen Weg fort.

Sarah sieht ihm eine Weile nach, bevor auch sie sich in Bewegung setzt. Irgendetwas ist anders, das spürt sie ganz deutlich, denn das ist nicht Franks Art. *Verstehe einer die Männer*, denkt sie und lässt den Blick durch die Halle schweifen – auf der Suche nach Mike und Isabell. Da bleibt Frank stehen. Plötzlich wirkt er ernst und besorgt.

»Was ist los? Hast du was vergessen?«

»Nein, aber ich habe dir etwas verschwiegen.«

Sarah umklammert fest den Griff ihres Trolleys. Also doch, ihr Gefühl hat sie nicht getäuscht. *Verdammt!*

»Da sind sie!« Ohne eine weitere Erklärung steuert Frank auf Mike und Isabell zu, die am Check-in stehen.

»Hey, ihr beiden! Ich dachte schon, ihr würdet kneifen.«

Mike stapft mit ausgebreiteten Armen auf Frank zu und drückt ihn überschwänglich an seine breite Brust. Er ist so alt wie Frank, aber ein komplett anderer Typ. Mike ist Bauarbeiter – muskulös, groß, stark. Das genaue Gegenteil von Frank. Er ist derb, humorvoll und auf eine Art auch verrückt und liebenswert. So kennt Sarah ihn, und so mag sie ihn.

Eine dunkle Sonnenbrille prangt auf seiner Nase und er trägt ein Hemd mit buntem Papageienmuster. Das findet sie … entsetzlich.

Bevor sie sichs versieht, hat Mike sie in die Arme geschlossen. »Mein Sonnenstern! Mein Schätzchen! Ich freu mich!« Und so stürmisch, wie er sie umarmt hat, lässt er sie abrupt wieder los, um sich weiter um das Einchecken des Gepäcks zu kümmern. Sarah ist immer wieder fasziniert, wie schnell er von einer Stimmung zur nächsten wechseln kann. Im Gegensatz zu Frank sprudeln bei Mike die Gefühle über.

Sarahs Blick wandert zu Isabell, die Frank weitaus ruhiger umarmt.

Innig.

Ein kräftiger Impuls jagt durch Sarahs Körper – einem Stromschlag gleich.

Sieht sie da etwa eine leichte Röte auf Isabells Wangen? Haben sie sich schon immer so innig begrüßt?

Ach, Blödsinn! Da ist nichts Ungewöhnliches. Ich bin es, die alles infrage stellt und Gespenster sieht. Verdammt!

Als hätte Isabell ihre Gedanken gelesen, blickt sie Sarah fragend an.

»Hallo, Isabell«, sagt diese verlegen und kann selbst die Unsicherheit in ihrer Stimme hören. Doch Isabell lässt sich nichts anmerken. Wie immer. Lässig streicht sie sich ihr langes dunkelblondes Haar hinter die Ohren und zaubert aus dem Nichts ein warmes Lächeln auf ihre Lippen. Dabei sieht sie auch noch verflucht attraktiv aus. Toller Body, reine Haut, perfekt geschnittenes Gesicht, schmale Nase und ein voller Mund. Fast wie ein Model.

»Sarah, wie schön! Geht es dir gut?« Isabells Umarmung ist herzlich, und doch erwidert Sarah sie nur zögerlich.

»Alles bestens.« Schnell löst sie sich aus der Umarmung, da ihr die Nähe unangenehm ist.

Isabell scheint ihr Unbehagen nicht zu spüren, denn sie ergreift Sarahs Arm und raunt ihr verschwörerisch zu: »Das ist so wundervoll, dass du mit in die Hütte kommst. Wir machen es uns gemütlich, während die Männer beim Angeln sind. Ach, wir werden eine tolle Zeit haben. Ich freu mich so.«

Als Sarah nichts erwidert, legt sie besorgt ihre Hand auf deren Schulter. »Ist wirklich alles okay? Du siehst ein wenig blass aus. Willst du dich lieber setzen?«

»Nein, alles in Ordnung.« Unbewusst weicht Sarah einen Schritt zurück. Sie mag diese Fürsorge nicht. Es kommt ihr so gekünstelt vor. Sie weiß sehr wohl, dass ihre Reaktion überzogen ist, aber sie kann es nicht ertragen, wie ein kleines verirrtes Kätzchen behandelt zu werden. Sie bemerkt, dass Isabell sich zurückzieht. Nervös streift sie den Henkel ihrer Handtasche über die Schulter, obwohl er nicht heruntergleitet. Gott, sie tut ihr leid. Sarah verflucht sich dafür, dass sie so abweisend zu Isabell ist. Das muss sie ändern, schließlich war sie in den letzten Monaten immer für sie da. Auch wenn es Sarah lästig war, aber Isabell war für sie da. Beschwichtigend legt sie ihre Hand auf Isabells Arm, der schon wieder den Henkel der Tasche nach oben schiebt.

»Wirklich, Isabell, mir geht es sehr gut und ich freue mich auf den Urlaub.« Inständig hofft sie, dass Isabell diese kleine Notlüge schluckt. Und das tut sie, denn sie hört auf, an ihrer Tasche herumzufummeln. Ihre Gesichtszüge entspannen sich. Sarah ist erleichtert, fragt sich aber zugleich, wie sie diese Anspannung in den nächsten Tagen aushalten soll.

Und dann ertönt aus heiterem Himmel eine vertraute Stimme, die ihren Namen ruft. Sarah wendet sich um und traut ihren Augen nicht.

»Überraschung! Mein Gott, ich bin zu spät, oder?«

»Steffi!« Sarah rennt ihrer Freundin entgegen und Sekunden später liegen sich die beiden kreischend vor Glück und Albernheit in den Armen.

»Oh, wie toll! Ich wusste nicht, dass du …«

»Nein, ich musste versprechen, dir nichts zu verraten. Es sollte eine Überraschung werden. Tja, und hier bin ich.«

Steffi breitet die Arme aus, als würde sie den Flughafen und die ganze Welt umarmen wollen.

»Ist das nicht toll? Ich freu mich wie blöde.«

»Und ich mich erst!« Sarah drückt ihre Freundin fest an sich. Dabei wandern ihre Augen zu Frank, der ihr beseelt zunickt. Sie ist ihm dankbar und plötzlich voller Freude. Ja, jetzt kann der Urlaub beginnen. Die beiden kichern wie Erstklässlerinnen über das Pausenbrot eines Mitschülers. Sie haben die Welt um sich herum fast vollständig vergessen, wie es nur Freundinnen tun, die sich ausgezeichnet ergänzen.

Trotz ihrer Freude und Steffis überschwänglichen Mitteilungsbedürfnisses nimmt Sarah wahr, dass Isabell sie beobachtet und sich nervös die Haare hinter die Ohren streicht. Auch Frank und Mike sehen fasziniert zu, wie die beiden sich freudig kreischend in den Armen liegen.

»Mannomann, wie können Frauen nur so schrill sein.« Erheitert schüttelt Mike den Kopf und schiebt seine Sonnenbrille hoch. »Coole Idee, dass Steffi mit dabei ist. Jetzt kommt Leben in die Bude. Yeah!« Mit einer ruckartigen Kopfbewegung lässt er die Sonnenbrille wieder auf die Nase gleiten und schielt über die getönten Gläser hinweg.

»Ja, ich dachte, unsere Stimmungskanone Steffi passt perfekt zu diesem Ausflug. Die Überraschung ist mir offenbar gelungen. Sarah freut sich, das ist die Hauptsache.«

»Die beiden sind ein Herz und eine Seele.« Mike linst zu Isabell, die wie ein verlorenes Requisit wirkt. Krampfhaft wühlt sie in ihrer Tasche und dann gleitet diese von ihrer Schulter. Der Inhalt ergießt sich über den staubigen Boden. Mike ist sofort bei ihr. »Schätzchen, warte, ich helf dir.« Seine Hand berührt ihre, während er ihr den Lippenstift reicht.

»Lass das. Ich mach das selbst.« Sie funkelt ihn an. »Warum ist Steffi hier?«

»Warum nicht? Wird bestimmt lustig.«

»Sicher wird es das.« Sie richtet sich auf und ordnet ihr Haar. »Sarah und sie …«

»Was?«

»Nichts. Wie weit seid ihr mit dem Einchecken?«

Mike wendet sich um und stakst auf Frank zu, der ihn fragend ansieht. »Alles klar bei euch?« Mike nickt und schielt über die Schulter zu Isabell.

»Schade, dass Isabell und Sarah nicht so miteinander können.«

»Das wird schon, in der letzten Zeit haben sie sich doch ganz gut verstanden.«

»Wenn du meinst«, brummelt Mike und fängt Isabells Blick auf. »Ich hoffe es. Wir sind doch eine große Familie, oder?« Er klopft Frank kumpelhaft auf die Schulter.

»Auf jeden Fall.« Frank schaut lächelnd von Sarah zu seinem Freund. Er und Mike sind seit acht Jahren Partner in der von Frank gegründeten Baufirma. Sie sind gut im Geschäft und haben sich auf Hotel- und Büroimmobilien spezialisiert. Frank ist der Kopf der Firma und Mike der Bauingenieur. Sie ergänzen sich hervorragend und aus der anfänglichen Geschäftsbeziehung wurde sehr bald eine enge Freundschaft. Obwohl beide Männer nicht unterschiedlicher sein könnten, sind sie durch ihre Firma, die für beide so etwas wie ihre Familie ist, verbunden – und dann auch durch das Angeln.

»Hey, hast du mir zugehört?« Mike reißt Frank aus seinen Gedanken.

»Nein, was ist los?«

»Die Lachssaison ist dieses Jahr der Knaller!« Mike hält Frank sein Smartphone hin und zeigt ihm irgendein YouTube-Video. »Sieh mal, was für ein Kaventsmann. Ich kann es kaum erwarten, so ein Kaliber an den Haken zu bekommen.«

Beim Anblick der beiden Männer durchströmt Sarah ein warmes Gefühl, während sie mit Steffi über den bevorstehenden Urlaub spricht. Nur Isabell wirkt irgendwie fehl am Platz, was sie nicht verdient hat. Sarah nimmt sich vor, in den kommenden Tagen herzlicher zu ihr zu sein.

Sowohl Sarah als auch ihre Freunde sind so mit sich beschäftigt, dass niemand von ihnen den Mann bemerkt, der sie aufmerksam beobachtet. Angelehnt an einen Pfeiler verfolgt er mit breitem Grinsen, wie sich Sarah und Steffi juchzend in den Armen liegen. So unbekümmert sehen sie aus, als gehörte ihnen die Welt. Sein Blick wandert zu Frank und Mike, die miteinander feixen, während sie über das Angeln fachsimpeln. Isabell, die abseitssteht, wirkt wie das fünfte Rad am Wagen. Unerwartet empfindet er Mitleid mit ihr. Er streicht sich über sein kurzes braunes Haar, greift nach der Reisetasche und reiht sich in die Schlange am Check-in ein, als wäre auch er nur ein Tourist, der nach Schweden will, um dort zu angeln.

DREI

Die Landung auf dem kleinen Flughafen ist holprig. Starke Böen lassen den City-Flieger von Stockholm nach Åre Östersund immer wieder ins Schlingern geraten. Eigentlich nicht ungewöhnlich und es ist auch nicht das erste Mal, dass Sarah das erlebt, doch heute empfindet sie es als bedrohlich.

Als sie durch die Halle des Flughafengebäudes Richtung Ausgang wankt, fühlen sich ihre Beine wie Gummi an. Am liebsten würde sie sich auf eine der bunt gemusterten Sitzgelegenheiten setzen und am allerliebsten …

»Alles okay, Baby? Du siehst blass aus.« Frank neigt den Kopf, um ihr in die Augen zu sehen.

Schnell senkt Sarah den Blick und wischt sich den kalten Schweiß von der Stirn. »Was für eine Landung! Ja, ich bin okay.« Ihre Augen blicken hektisch auf der Suche nach den Toiletten durch die kleine Halle.

»Gut. Ich gehe mit Mike schon mal vor und mach die Mietwagen klar. Ist das in Ordnung? Kann ich dich …?«

»Frank, ich bin kein Baby!«

Er lacht laut, *zu* laut, und schließt sich Mike an, der mit Isabell schon fast am Ausgang ist. Sarah blickt sich zu Steffi um, die mit ihrer schweren Reisetasche kämpft.

»Warum hast du keinen Trolley genommen?«

»Weil das spießig ist.«

»Das ist nicht dein Ernst, oder?«

»Doch. Wo sind deine Sachen?«

»Auf dem Trolley, und den schiebt mein Mann. Spießig, oder?«

»Mehr als spießig. Wo sind die anderen?«

»Schon vorgegangen, um die Mietwagen klarzumachen. Geh du auch. Ich muss noch mal zur Toilette.«

»Soll ich nicht warten?«

»Warum behandeln mich alle wie ein Kleinkind? Ich kann doch eigenständig zur Toilette gehen!«

»Gott, was für eine Kröte hast du denn verschluckt?«

»Entschuldige, war nicht so gemeint.«

»Okay. Aber wag es ja nicht, mich noch einmal um Hilfe zu bitten«, zischt Steffi beleidigt, doch dann verzieht sich ihr Mund zu einem breiten Grinsen. Sie schultert ihre übergroße Reisetasche und wendet sich Richtung Ausgang.

Sarah atmet seufzend aus. Sie findet sich selbst zum Kotzen und hasst sich dafür, dass sie so verflucht dünnhäutig geworden ist. Einmal mehr sehnt sie sich nach ihrem alten Ich zurück. So, wie sie war, bevor …

Wütend stürmt sie zu den Toilettenräumen.

Das Deckenlicht in dem geschlossenen Gang flackert wild, doch Sarah nimmt es nicht wahr. In ihren Augen haben sich dicke Tränen gesammelt. Sie möchte nicht weinen. Dieses Selbstmitleid muss aufhören. Immer noch wütend stößt sie die Tür zu den Damentoiletten auf. Flink checkt sie alle Türen und stellt erleichtert fest, dass sie allein ist. Sorgfältig verschließt sie die Tür der Kabine, lauscht angestrengt in die Stille. Nichts – außer der Lautsprecheransage für den nächsten Flug. Sie beeilt sich mit dem Pinkeln und zieht dann hastig ihre Hose hoch.

Vorsichtig öffnet sie die Tür. Niemand da. Erleichtert geht sie zu den Waschbecken, lässt Wasser über ihren Puls laufen und spürt, wie sich ihr Körper abkühlt und zumindest etwas entspannt. Sie vermeidet es, sich im Spiegel anzusehen, denn das, was sie jetzt vorhat, passt im Grunde gar nicht zu ihr. Hektisch wühlt sie in ihrer großen Tasche herum und fördert einen Flachmann zutage, den sie unter ihren Schminkutensilien versteckt hat.

Wodka.

Es muss schon Wodka sein, denn man riecht den Alkohol nicht. Aber sie braucht ihn jetzt. Dringend.

Während sie die kleine Flasche ansetzt, wendet sie sich vom Spiegel ab. Der Wodka tut gut. Sie fühlt sich besser – leichter. Bevor sie den Toilettenraum verlässt, spült sie sich vorsichtshalber den Mund aus und gurgelt.

Jetzt fühlt sie sich bereit.

Schwungvoll öffnet sie die Tür. Das Deckenlicht summt und flackert immer noch, dann erlischt es. Der Gang ist stockfinster. Wie angewurzelt bleibt Sarah stehen. Ihr Herz hämmert hart gegen die Brust. Panisch dreht und wendet sie sich, doch da ist nichts als Dunkelheit. Sie streckt die Arme weit von sich und tastet sich orientierungslos an der Wand entlang. Ihre Beine bewegen sich wie die einer Holzpuppe.

Es fühlt sich genauso an wie vor einem Jahr. In der Gasse, die so finster war wie dieser Gang, bevor sie zu Boden gerissen wurde und … Ihre Panik wächst mit jeder Sekunde, die verstreicht. Und dann spürt sie einen Luftzug, der ihren Körper erreicht, und … die Anwesenheit eines Menschen. Der Schrei bleibt ihr in der Kehle stecken, als sie fühlt, wie sich ein Paar Hände auf ihre Schultern legt.

Sie verfällt in eine Schockstarre, wartet darauf, dass sie zu Boden gerissen wird.

Wie damals.

Unfähig, einen Gedanken zu fassen.

Unfähig zu reagieren.

»Schsch! Ganz ruhig, alles ist in Ordnung.«

Ohne Widerstand lässt sie sich führen. Ihre Kehle ist trocken, ihr Verstand verweigert den Dienst. Und dann empfängt sie das gleißende Licht der Flughafenhalle, Stimmengewirr, Gerüche … Menschen. Sie ist in Sicherheit.

»Alles okay?«

Seine Hände ruhen schwer auf ihren Schultern und rütteln beklemmende Erinnerungen wach.

Mit einer schnellen Bewegung dreht sie sich zur Seite – weg von dieser Berührung. Flüchtig sieht sie ihn an. Er ist attraktiv, seine kurzen braunen Haare wirken gepflegt, die Stimme ist leise und eindringlich.

»Wirklich alles in Ordnung?«

»Ja, ich hatte nur die Orientierung verloren.«

Sie nickt ihm zu und eilt ohne ein weiteres Wort zum Ausgang.

Draußen weht ihr ein kühler Wind entgegen, der ihre verschwitzte Haut erfrischt. Ihr Herz beruhigt sich. Sie verspürt den immer dringlicheren Wunsch, jetzt noch einen Schluck Wodka ihre Kehle herunterrinnen zu lassen. Sie atmet tief durch, um das Verlangen zu unterdrücken. Nervös lässt sie den Blick über den Parkplatz schweifen. Und da sind sie. Fröhlich schwatzend stehen sie um zwei schwarze SUV Land Rover und sehen so unbekümmert aus. Wie gern würde Sarah entspannt ihren Witzen lauschen, sich anstecken lassen von der freudigen Erwartung auf einen Urlaub, der Abenteuer verspricht.

Reiß dich zusammen!

Sie kaut auf ihrer Unterlippe herum, flüchtig streift ihr Blick die Handtasche – abwägend.

Noch ein Schluck würde ihr guttun.

»Da bist du ja!« Frank kommt auf sie zu, strahlt sie an. Seine Augen leuchten vor Aufregung. Sarah schielt über ihre Schulter zum Flughafeneingang.

»Was ist, hast du was vergessen?«, fragt Frank und folgt ihrem Blick.

»Nein. Lass uns fahren. Auf ins Abenteuerland!«, scherzt Sarah und haucht ihm einen Kuss auf die Wange. »Fahren wir erst zu Kristine, die Vorräte abholen?«

Frank nickt. Er wartet, bis sie im Auto sitzt, dann schließt er die Tür.

Als der Motor startet, ist für Sarah die Welt wieder in Ordnung. Ja, sie freut sich sogar auf den Urlaub und vielleicht hat Frank tatsächlich recht, dass ihr ein paar Tage in der schwedischen Einöde guttun werden.

Ganz bestimmt.

Und Kristine wiederzusehen hebt ihre Stimmung noch mehr. Sie schmiegt sich in den weichen Ledersitz und sieht wenig später über ihre Schulter zu Steffi. »Bist du aufgeregt?«

»Jaaa, und wie! Hey, weißt du, wann ich das letzte Mal im Urlaub war? Ich glaub, es ist hundert Jahre her.« Sie beugt sich über die beiden Vordersitze nach vorn. »Danke für die Einladung, Frank.« Mit einem tiefen Seufzer der Befriedigung und einer Spur von Aufregung lässt sie sich auf die Rückbank fallen.

Sarah lacht. »Ich freue mich auch wahnsinnig, dass du hier bist. Wir werden viel Spaß haben.«

»Na, das hoffe ich doch. So schnell und so preiswert werde ich wohl nicht wieder nach Schweden kommen.«

Sie lacht laut los. Steffis gute Laune ist ansteckend, so war das schon immer. Die beiden haben sich bei einem Friseurbesuch kennengelernt und waren sofort ein Herz und eine Seele. Steffi ließ sich ihre langen braunen Haare raspelkurz schneiden und blond färben. Ihre unkonventionelle Art nahm Sarah sofort gefangen. Damals lebte Steffi am Existenzminimum, und obwohl sie unter chronischem Geldmangel litt, sprühte sie vor Lebensfreude. Sarah fand das faszinierend, und auch heute noch bewundert sie Steffi dafür, dass sie ein durch und durch positiver Mensch ist. Obwohl sie inzwischen – dank Sarah – einen gut bezahlten Job als Studiomanagerin bei einem angesagten Fotografen hat, konnte sich Steffi ihre Unbekümmertheit bewahren. Sie hat sich in all den Jahren kein bisschen verändert. Für einen winzigen Moment bekommt Sarah von diesem Gedanken eine Gänsehaut.

Habe ich mich verändert, seit ich eine berühmte Fotografin bin? Vielleicht. Aber ganz bestimmt, nachdem …

Sarah bemerkt, dass sie ihre Hände fest ineinander verschlungen hat. So fest, dass sie schmerzen. Langsam löst sie die verkrampften Finger und wendet sich zu Steffi um, die begierig wie ein Kind alles um sich herum aufnimmt. Mit ihrem einnehmenden Lächeln schaut sie Sarah an und alle Last fällt von ihren Schultern.

Vergessen. Urlaub. Spaß.

Sarah lehnt sich noch etwas mehr über die Sitzlehne und sagt spöttisch: »Wetten, dass du dich nach nicht mal einer halben Stunde mit Isabell anzickst?«

Steffis Mund verzieht sich entrüstet, doch dann entspannt sich ihr Gesichtsausdruck. Laszív streicht sie durch ihr kurzes blondes Haar, schüttelt den Kopf gespielt nach hinten, als hätte sie eine wallende Mähne, und setzt ein nonchalantes Lächeln auf. »Meine liebe Sarah, ich weiß nicht, wie du darauf kommst. Ich werde mich niemals dazu hinreißen lassen, auch nur eine Gefühlsregung zu zeigen. Schon gar nicht Menschen gegenüber, die mir nicht ebenbürtig sind.«

Sie hat exakt Isabells Tonfall getroffen. Für Sekunden ist es ganz still.

»Weißt du, was ich an Isabell so seltsam finde?« Steffi lehnt sich wieder nach vorn. »Dass sie trotz ihres unbeschwerten Lebens einen verbitterten Eindruck macht.«

»Da hast du nicht ganz unrecht, sie wirkt ein wenig …«

»Vertrocknet?«, beendet Steffi Sarahs Satz. Beide lachen unisono los.

Frank räuspert sich und rutscht auf dem Sitz unruhig hin und her. Er blickt flüchtig in den Rückspiegel. Sarah dreht sich nach hinten um und schaut durch das Heckfenster. Mike ist mit seinem Auto dicht hinter ihnen und starrt stur geradeaus. Isabell hat den Kopf an das Seitenfenster gelehnt, ihr Blick ist auf die dahinziehende Landschaft gerichtet. Die beiden reden kein Wort miteinander. Sarah kann die angespannte Atmosphäre zwischen ihnen förmlich mit den Händen greifen.

Frank räuspert sich erneut.

Jetzt sieht er im Rückspiegel Steffi an. »Ich glaube, du täuschst dich – außerdem steht es dir nicht zu, so über sie zu urteilen. Du kennst sie ja kaum.«

Steffi und Sarah sagen kein Wort und die eben noch so gelöste Stimmung verdorrt wie reifes Obst in der prallen Sonne.

Wie die Inszenierung einer Märchenwelt rast die Landschaft an Sarah vorbei: der strahlend blaue Himmel, das saftige dunkle Grün der Fichten und Birken und die tiefblauen Seen. Sie blickt aus dem Seitenfenster, die Augen zu Schlitzen zusammengekniffen, um die Illusion eines Films perfekt zu machen. Mit dem Ergebnis ist sie zufrieden. Und auch damit, dass Frank keine weitere Bemerkung über Isabell macht und Steffi nicht belehrt. Lächelnd wendet sie sich ihm zu und sieht, dass er gedankenverloren auf die Straße starrt.

Warum nimmt er all das nicht wahr – diese sagenhafte Bilderflut, das schöne Gefühl, schwerelos dahinzugleiten?

»Was überlegst du?« Sie legt ihre Hand auf sein Bein.

»Nichts weiter.«

Frank blickt sie flüchtig an. Er weiß, dass sie diese Antwort hasst. Er holt tief Luft und antwortet ihr bemüht gelassen: »Ich habe nur überlegt, ob unsere Liste bei Kristine auch vollständig ist.«

»Und warum sagst du das nicht gleich?«

»Sarah, bitte!« Er greift nach ihrer Hand. »Ich habe nur überlegt, ob auch alles gut organisiert ist.«

»Ja, typisch für dich. Alles muss perfekt sein. Bloß nichts dem Zufall überlassen. Wenn was dazwischenkommt, gerät deine Welt aus den Fugen.« Ihr Ton klingt zynisch.

Frank zieht seine Hand zurück und umklammert das Lenkrad.

»Was ist los mit euch?«, meldet sich Steffi von hinten zu Wort. »Ihr streitet euch doch nicht etwa? Ist noch viel zu früh dafür, wir sind nicht mal am Ziel.«

»Wir streiten uns nicht. Wir diskutieren nur über Franks Perfektionismus. Oder hast du es als Streit empfunden, Frank?«

Sarah bekommt keine Antwort. Wut steigt in ihr auf. Nicht nur wegen seiner Reaktion, sie ist wütend über sich selbst. Immer wieder ertappt sie sich dabei, wie sie ihn mit aller Macht aus der Reserve locken, seine Illusion zerstören will. Er ist nicht perfekt. Sie ist nicht perfekt. Die ganze verdammte Welt ist nicht perfekt! Seit dieser Sache nimmt Frank sie nicht mehr wahr, fragt nicht nach ihrer Meinung, will alles bestimmen, als wäre sie verrückt, schwach und unzurechnungsfähig.

Sie wendet den Blick von ihm ab und sieht wieder aus dem Fenster. Die Landschaft hat sich nicht verändert, und doch hat sie ihren Zauber verloren.

VIER

Das große Schild am Straßenrand informiert in drei Sprachen darüber, dass dies die letzte Möglichkeit ist, zu tanken und sich mit Vorräten einzudecken. Sarah lächelt. Für einen winzigen Moment ziehen wunderbare Erinnerungen an ihr vorbei, an Tage voller Liebe und Ausgelassenheit, als sie das Blockhaus kauften und gemeinsam renovierten – sie, Frank und Mike. Was hatten sie für Spaß. Sie haben gelacht, gestritten, gearbeitet und sich der Leichtigkeit des Lebens hingegeben. Erst jetzt wird ihr bewusst, wie glücklich sie war. Für sie wurde Schweden zu einem Refugium der Ruhe.

Sarah schließt die Augen und atmet tief ein, sie muss diese Melancholie abschütteln. Das ist lange her. Ihr ist nicht entgangen, dass das Schild mit grünlicher Patina bedeckt ist.

Vergänglichkeit.

So wie ihre Erinnerungen.

Frank lenkt den Wagen auf den großen Parkplatz. Und wieder erwischt es Sarah eiskalt. Nur drei weitere Autos stehen dort, und so wie es aussieht, sind es Ortsansässige. Auch das im typischen Rot gestrichene Haus wirkt fad und verwaist. Sie schielt zu Frank hinüber, der ebenso verwundert ist wie sie. Er zuckt mit den Schultern und parkt den Wagen dicht an dem Laden.

»Hey, wie cool ist das denn? Ich komm mir vor, als wär ich im Wilden Westen. Das ist doch Schweden, oder? Sieht nach Endstation aus!« Steffi springt aus dem Wagen, stemmt die Hände in die Hüften und blickt sich um. Ihre Euphorie scheint keine Grenzen zu kennen.

Mit einem wehmütigen Lächeln beobachtet Sarah, wie Steffi mit dem Smartphone Schnappschüsse von der Landschaft und dem Laden macht, der sonst immer gut besucht war. Wieder überkommen sie glückliche Erinnerungen. So hatte sie sich damals auch gefühlt – auf der Suche nach dem perfekten Foto einer perfekten Welt.

Verdammt! Ich muss damit aufhören, alles in Gestern und Heute zu kategorisieren.

Sie wendet sich Frank zu und legt ihm eine Hand auf den Arm. »Tut mir leid, dass ich vorhin so … bissig war.« Schnell haucht sie ihm einen Kuss auf die Wange.

»Ich liebe dich, Sarah. Und ich glaube, nachfühlen zu können, warum du manchmal so bist.« Er zieht sie zu sich heran, seine Finger streichen durch ihr Haar, seine Wange berührt die ihre. »Lass uns alles vergessen und noch mal von vorn anfangen. Bitte, ich brauche dich! Ich will dich!«

Sarah schmiegt sich eng an ihn. »Ich weiß, und es tut mir leid, dass ich mich so benehme.« Ihr Herz schlägt wie wild, sie würde ihm so gern mehr sagen, sich ihm endlich offenbaren – jetzt, da sie sich ihm so nahe fühlt. Das Klopfen am Beifahrerfenster macht den Moment zunichte. Eine aufgeregte Steffi grinst sie an. »Los, aufhören mit der Knutscherei!«, brüllt sie und reißt die Tür auf. »Komm, meine Schöne, lass uns ein Selfie machen.«

Zögernd steigt Sarah aus dem Wagen und blickt Frank an, der sie ermunternd anlächelt.

»Okay, aber das ist nur für uns und nicht für deine Facebook-Freunde.«

»Ach, stell dich nicht so an. Ist doch eine geile Location.« Steffi zieht sie zu sich heran. »Nur ein Foto zur Erinnerung. Gaaanz privat, bloß für uns. Versprochen.«

Steffis Lächeln erweicht Sarahs Herz. Sie lässt sich von ihrer Freundin mitreißen. Was soll's? Ist schließlich das erste Mal, dass Steffi hier ist. Sie weiß nicht, wie wunderschön es hier noch vor knapp eineinhalb Jahren war. Und sie kennt Sarahs Erinnerungen nicht. Vielleicht ist es gut, jetzt neue Erinnerungen zu schaffen – festgehalten in lustigen Selfies. Die beiden albern herum und schießen ein Foto nach dem anderen.

Sorgfältig schließt Isabell die Autotür und betrachtet das fröhliche Treiben. Umständlich hängt sie sich ihre große Tasche über die Schulter und streicht sich sorgfältig das Haar hinter die Ohren, bevor sie sich ihnen langsam nähert.

»Ist toll hier, nicht wahr?«

»Ja, total cool. Komm, stell dich zu uns!«

»Nein, ich möchte euer Foto nicht verschandeln.«

Steffi lacht und zieht Isabell heran. »Quatsch! Wir drei vor diesem Laden, der letzten Station, bevor die Welt endet. Das Foto des Jahres, Mädels.«

Noch ziert sich Isabell, aber Steffi duldet keine Widerworte. Und dann posieren sie zu dritt vor der Kamera, als wären sie die besten Freunde.

Die Glocke an der Ladentür gibt einen müden Klang von sich. Steffi und Isabell drängen an Sarah vorbei, während sie stehen bleibt und ihren Blick suchend durch den Laden schweifen lässt. Es riecht vertraut nach Gewürzen, Fisch und einem eigentümlich sauren Etwas. Die großen Deckenventilatoren wirbeln diesen Duft durch den heißen Laden. Sarah mochte es immer gern, das Geräusch der Ventilatoren und den Geruch. Das Innere des Ladens ist so, wie Sarah es in Erinnerung hat. Die Regale sind reichlich gefüllt und die handgeschriebenen

Schilder mit diesen im kindlichen Stil gemalten Bildern darauf lassen ein warmes Gefühl in ihr aufsteigen.

Zuhause.

Sarah entdeckt Kristine bei den Angelutensilien. Lachend und wild gestikulierend redet sie mit Frank und Mike, der sie immer wieder in den Arm nimmt und überschwänglich herumwirbelt. Kristine sieht gerührt und glücklich aus. Ihr ergrautes blondes Haar hat sie wie immer zu einem dicken Zopf geflochten und wie immer trägt sie eine Jeans und ein weißes Hemd. Dennoch scheint sie in den vergangenen Monaten um viele Jahre gealtert zu sein. Kristine sah immer mindestens zehn Jahre jünger aus. Sarah schätzte ihr wahres Alter auf etwa sechzig. Was ist geschehen? Hat sie Kummer? *Ob man mir auch den Kummer ansieht?* Genervt von ihren Gedanken umklammert Sarah ihre Handtasche und bewegt sich festen Schrittes auf Kristine zu. Deren Gesicht hellt sich vor Freude auf und für einen Moment scheint sie wieder jung. Mit ausgestreckten Armen und ihrem unverwechselbar lebendigen Lachen eilt sie auf Sarah zu. »Sarah! Oh, wie ich mich freue, dich zu sehen!« Kristine nimmt Sarah in den Arm, als wolle sie sie halten und beschützen. Es tut Sarah gut. Sehr gut.

»Kristine, du erdrückst mich.« Lachend windet sich Sarah aus der Umarmung.

»Entschuldige, ich freu mich so sehr, dich zu sehen!« Kristine ergreift Sarahs Hände, geht einen Schritt zurück. »Lass dich anschauen! Wie geht es dir?«

Unwillkürlich gleitet ihr Blick zu Sarahs Bauch. Verlegenheit legt sich wie ein Schleier über ihre blassblauen Augen.

»Sarah, es tut mir so leid für dich und …«

»Alles gut. Warum sollte es mir nicht gut gehen?« Hilflos senkt Sarah den Blick zu Boden. Sie hat Mühe, die Fassung zu bewahren. Kristines Finger streichen sanft über Sarahs Hände bis hinauf zu den wulstigen Narben an ihren Unterarmen.

Für einen Augenblick verharren sie dort, bevor sie zärtlich darüberfahren.

»Es tut mir so leid, Sarah.«

Sarah kämpft mit sich, möchte schreien, weinen, sich hemmungslos in Kristines Arme flüchten. Doch stattdessen entzieht sie sich ihr ruppig und vergräbt die Hände tief in den Taschen ihrer alten Trekkinghose. »Alles in Ordnung. Es gibt nichts mehr, worüber es sich lohnen würde zu reden – ich fühle mich wieder gut und das Leben geht weiter.« Sie blickt Kristine an, ringt sich ein Lächeln ab. »Wie geht es dir? Ist hier alles in Ordnung?«

Kristine ist klug genug, den Finger nicht weiter in Sarahs Seelenschmerz zu legen. Sie wirft den Kopf in den Nacken und lacht bitter auf.

»Oh, bei mir bricht gerade alles zusammen. Schau dich um!« Mit einer ausladenden Geste deutet Kristine auf den Laden. »Es sieht aus wie immer, aber das ist nur Show. Die *Moderne* ist auch hier angekommen, in Form eines Discounters. Ach Sarah. Ehrlich, wenn es nicht so traurig wäre, würde ich darüber lachen. Aber es hat auch was Positives – ich werde in Rente gehen. Ich hab mir schon ein kleines Häuschen ausgesucht. Und weißt du, was? Ich freu mich drauf.«

»Du schließt den Laden?«

»Ja, ich schließe nicht nur den Laden, ich schließe mit meinem alten Leben ab.« Entschlossenheit liegt in Kristines Worten, die Sarah tief berühren.

»Aber was willst du ohne deinen Laden anfangen?«

»Leben. Es gibt viele Dinge, die ich tun möchte. Reisen zum Beispiel oder mich um meinen Garten kümmern, den ich dann haben werde. Mein ganzes Leben habe ich hier in diesem Laden verbracht … Jetzt ist es Zeit, ihn zu verlassen.« Ein Anflug von Betrübtheit begleitet nun doch ihre Worte.

Sarah weiß nicht so recht, was sie antworten soll. Wenn sie sie bittet zu bleiben, wäre es wohl selbstsüchtig von ihr – damit alles so bleibt wie immer. Lange sehen sie sich schweigend an und Verlegenheit breitet sich zwischen ihnen aus.

Die Stille wird von Isabell durchbrochen, die plötzlich vor ihnen auftaucht. »Kristine, es tut mir so leid, dass du den Laden schließt. Mike hat es mir gerade gesagt.«

Sie umarmt Kristine und schaut sie mitfühlend an. »Können wir dir helfen? Brauchst du finanzielle Unterstützung? Du kannst mit uns darüber reden, das muss dir nicht peinlich sein.« Isabell blickt zu Sarah. »Nicht wahr, wir werden Kristine nicht im Stich lassen.«

Sarah schüttelt den Kopf. Es ist ihr unangenehm. Was soll sie antworten?

»Das ist sehr lieb von euch, aber ich komm schon klar. Und jetzt muss ich mich um eure Einkäufe kümmern.« Schnell wendet sie sich ab und eilt zum Lager.

»Was um alles in der Welt sollte das gerade?« Sarah starrt Isabell entgeistert an. Wie konnte sie diese gestandene Frau nur so vor den Kopf stoßen?

»Aber wieso? Was ist denn falsch daran, ihr Hilfe anzubieten?«

»Du solltest dir mehr Taktgefühl zulegen!«

»Pah! Das sagst ausgerechnet du?«

»Ja, warum nicht? Schließlich kenne ich Kristine schon länger und kann mir vorstellen, dass deine so selbstlose Offerte sie beleidigt hat.« Sarah ist auf Krawall gebürstet. »Was mischst du dich überhaupt ein? Geht dich doch gar nichts an!«

»Genauso wenig, wie es dich etwas angeht. Aber ich tue wenigstens etwas. Ich biete meine Hilfe an, während du nur dastehst und es geschehen lässt.«

»Du übertreibst maßlos!« Sarahs Herz klopft ihr bis zum Hals. Was geschieht hier gerade? Auf einmal verspürt sie den dringenden Wunsch, ihre Faust in dieses makellose Gesicht zu rammen.

»Sarah, wir sollten wieder runterkommen. Es tut mir leid, dass ich dich so in Rage gebracht habe – mit einem simplen Hilfsangebot für eine Person, die wir beide kaum kennen.« Isabell spricht leise und bedacht, doch für Sarah ist es wie ein Schlag in die Magengrube. Sie will protestieren, doch Isabell wendet sich ohne ein weiteres Wort ab. Gemächlich schlendert sie zu Mike, Frank und Steffi, die bereits an der Kasse stehen, um die Rechnung zu begleichen.

Sarah ist fassungslos. Wie kann sie es wagen? Wieso schafft Isabell es immer wieder, sie aus dem Gleichgewicht zu bringen? Schon wieder ist da diese Wut und ihre Sehnsucht nach einem Schluck Wodka, der sie hoffentlich etwas beruhigt. Fest umklammert sie ihre Tasche und stürzt aus dem Laden.

Die warme Luft lastet drückend auf ihr. Hektisch schaut sich Sarah um und läuft hinter den Laden. Noch bevor sie außer Sichtweite ist, lässt sie den Alkohol begierig ihre Kehle herunterrinnen, bis die kleine Flasche leer ist, doch die erhoffte Beruhigung tritt nicht ein. Sie kramt noch einmal in ihrer Tasche herum, auf der Suche nach einer weiteren Flasche. Doch da ist kein einziges Fläschchen mehr. Panik macht sich in ihrem Magen breit. Ihre Kehle wird mit jeder verstreichenden Sekunde trockener. Den Tränen nahe, setzt sie die leere Flasche an, um auch noch den letzten Tropfen zu erhaschen. Aus den Augenwinkeln bemerkt sie einen Mann auf dem Parkplatz, der sich einem silbernen Volvo Kombi nähert, in seinen Händen hält er einen Karton mit Lebensmitteln. Trotz der schweren Last bleibt er stehen und stiert sie unverhohlen an. Sarahs Hand zittert, der Druck in ihrem Magen verwandelt sich in Scham und Wut. Angewidert von sich selbst wirft sie die leere

Flasche ins Gebüsch. Dann streicht sie mechanisch über ihre Lockenmähne und geht aufrecht zum Parkplatz.

Sie stolziert geradewegs auf den Mann zu. Kampfbereit.

»Gibt es ein Problem? Warum glotzen Sie so?«

Kaum hat sie die Worte hervorgepresst, beißt sie sich auf die Unterlippe. Der kurze Adrenalinstoß lässt nach. Sie kennt den, der da vor ihr steht und sie jetzt ungeniert anlächelt.

»Nein, ich habe kein Problem. Ich dachte, *Sie* hätten eins.« Er nickt ihr zu und wendet sich zum Gehen, bleibt dann aber stehen und dreht sich noch einmal um. »Ich wünsche Ihnen einen schönen Urlaub. Entspannen Sie sich gut!«

Fassungslos steht Sarah auf dem Platz. Sie weiß nicht, was sie sagen oder denken soll. Die ganze Sache ist ihr unangenehm, erst die Überreaktion in den Toilettenräumen – und jetzt steht er hier und hat sie beim Trinken erwischt.

»Mist!«, flucht sie leise und wartet, bis der Typ in sein Auto gestiegen ist.

Verflucht, warum habe ich nicht darauf bestanden, einfach zu Hause zu bleiben?

Mit aller Macht reißt sie sich zusammen und bewegt sich so schwungvoll, wie es ihr möglich ist, auf die anderen zu, die gerade voll beladen aus dem Laden kommen. Jetzt spürt sie die Wirkung des Alkohols, wie er ihre aufgewühlten Gedanken langsam beruhigt.

FÜNF

Gähnend und immer noch todmüde stapft Steffi die grobe Holztreppe hinunter in die Diele. Es ist still im Haus. Haben die anderen sie etwa in dieser Abgeschiedenheit allein gelassen?

Bitte nicht!

Was soll sie hier tun, außer auf diesen wunderbaren See zu glotzen, der direkt vor dem Haus liegt? Ungeniert kratzt sie sich am Hintern. Die Mücken haben sie letzte Nacht heimgesucht, weil sie Isabells Warnung ignoriert und das Moskitonetz nicht über ihr Bett gespannt hat. Wie sie jetzt merkt, war das ein Fehler.

Unten in der Diele betrachtet sie neugierig die unzähligen Fotos an der Wand. Es sind allesamt Aufnahmen vom Haus, Bilder der Renovierungsarbeiten. Sie muss schmunzeln, als sie eines mit Sarah entdeckt, wie sie hoch oben auf einer Leiter steht und konzentriert den Pinsel schwingt. Und da ist noch ein Foto, das sie sofort in den Bann zieht. Die Fassade und auch die Inneneinrichtung haben sich enorm verändert. Das Haus hat so viel an Charme gewonnen, das würde selbst einem Blinden auffallen.

Aber das Foto, das Steffi jetzt betrachtet, zeigt noch mehr. Drei ausgelassene Menschen. Sarah, umrahmt von Frank und

Mike. Beide küssen ihre Wangen, jeder hält eine Bierflasche in der Hand. Die Fröhlichkeit ist fast mit Händen greifbar.

Aus der Küche dringt das Klappern von Geschirr zu ihr. Sie empfindet Erleichterung. Also ist sie doch nicht allein.

»Guten Morgen!«

Isabell wirbelt herum und fast wäre ihr dabei der Teller, den sie in der Hand hält, zu Boden geglitten. »Bist du verrückt, mich so zu erschrecken? Guten Morgen!«

Sie wendet sich von Steffi ab und sortiert den Teller sorgfältig an seinen Platz im Schrank.

»Entschuldige.« Steffis Blick geht suchend durch den Raum. Auf dem groben Holztisch findet sie noch ein Gedeck. »Habt ihr schon gefrühstückt?«

»Selbstverständlich. Du bist spät dran.« Isabells Mundwinkel ziehen sich abschätzend nach unten. »Ich würde es begrüßen, wenn du in Zukunft etwas früher aufstündest.«

»Entschuldige, aber haben wir nicht Urlaub?«

Steffi hat keine Lust auf Isabells Zickerei – schon gar nicht nach diesem Abend, der ruhig, fast zu ruhig, und dann gespenstisch angespannt verlaufen ist. Isabell hat versucht, Regeln aufzustellen, um die gemeinsame Zeit harmonisch zu gestalten. Am liebsten wäre Steffi sofort wieder nach Hause gefahren. Sarah hat kaum etwas gesagt, sich eine Flasche Wodka gegriffen und sie mit nach draußen gezogen. Dort saßen sie eine Ewigkeit. Es hat Spaß gemacht, mit ihr zu trinken und rumzublödeln, aber jetzt spürt sie rasende Kopfschmerzen. Und Isabells ruhige, eindringliche und, wie Steffi findet, fordernde Stimme macht sie ganz fahrig. Auf eine Wiederholung der gestrigen Diskussion hat sie so viel Lust wie auf Bungee-Jumping.

»Bitte, Isabell! Wir hatten das Thema gestern Abend schon und ich bin nicht scharf auf eine Fortsetzung. Komm runter von deinem Fürsorgetrip. Ich melde mich, wenn ich Hilfe brauche.«

Für einen Sekundenbruchteil werden Isabells braune Augen um zwei Nuancen dunkler.

»Du hast vollkommen recht. Tut mir leid, aber ich bin manchmal so verhaftet in meiner Rolle, dass es allen gut gehen möge. Ich versuche mein Bestes, damit der Tag entspannt abläuft.« Mit einer einladenden Geste deutet sie auf den gedeckten Tisch. »Komm, lass uns einen Kaffee trinken.«

Überrascht von dieser Aufforderung setzt sich Steffi an den Tisch. Wortkarg widmet sie sich dem Frühstück, während Isabell von Schweden und insbesondere diesem Landstrich schwärmt. »Du musst im Winter herkommen, diese Stimmung mit all dem Schnee und der eisigen Kälte ist unbeschreiblich.«

»Ja, kann ich mir gut vorstellen«, gibt Steffi kurz angebunden zurück. »Aber jetzt ist Sommer, und ich finde, es ist ganz schön heiß.« Sie spült den letzten Bissen Brot, das sie mit deftigem Schinken belegt hat, mit starkem Kaffee hinunter. Jetzt fühlt sie sich besser. Genau das hat sie jetzt gebraucht. »Danke für das Frühstück, Isabell. Und es tut mir leid, dass ich dich so angeranzt habe.«

»Ach, schon gut.« Isabell fegt mit der rechten Hand einige Krümel vom Tisch und fängt sie akribisch in der linken auf. Steffi wendet schnell den Blick ab, denn sie fürchtet, wenn sie dieses Schauspiel noch länger betrachtet, wird sie laut auflachen.

Sie räuspert sich und trinkt einen Schluck Kaffee, um auch noch den letzten Rest des aufkeimenden Lachanfalls herunterzuwürgen. Über den Rand ihrer Tasse fragt sie: »Sag mal, ich hab diese Fotos von der Renovierung in der Diele gesehen. Warum bist du nicht mit drauf?«

Isabell umklammert fest die Krümel in ihrer Hand. »Weil ich zu dieser Zeit erst seit Kurzem mit Mike zusammen war. Ich nehme an, das war der Grund, warum ich nicht dabei sein … nicht dabei war.« Sie steht auf und befreit ihre Hand von den Krümeln und schüttelt sie in den Abfalleimer unter der Spüle.

»Verstehe. Schade, oder?«

»Ja, sicher. Ich hätte vielleicht das eine oder andere Detail anders gestaltet, aber egal.« Resigniert zuckt sie mit den Schultern und lächelt Steffi an. »Bist du fertig und kommst mit runter zum See? Die Männer sind beim Angeln und warten mit Sicherheit schon auf Kaffee und ein zweites Frühstück.«

»Ist Sarah auch da?«

»Selbstverständlich.«

Hinter einem Brombeerbusch nahe dem Ufer hat sich Sarah hingesetzt und schaut ehrfürchtig auf den See und seine gewaltigen Ausmaße. Tiefblau, fast schwarz präsentiert er sich. Der gelbe Sandstrand bildet einen wunderbaren Kontrast zur Farbe des Wassers.

Etwa zwei Meter vom Ufer entfernt stehen Frank und Mike mit den Wathosen im Wasser. Elegant schwingen sie ihre Fliegenruten durch die Luft – perfekt synchron in weitem Bogen vor und zurück. Silbern glänzen die Wassertropfen wie Perlen an den Schnüren, mit jeder Bewegung zeichnen sie imaginäre Linien in die Luft. Vor und zurück. Kurz landet die Fliege auf der Wasseroberfläche, wird zurückgeholt, um dann genau dort zu landen, wo sich die Saiblinge aufhalten.

Sarah verfolgt das Schauspiel, das Frank und Mike beim Fliegenfischen bieten, durch die Linse der Kamera. Immer wieder drückt sie auf den Auslöser. Die Szene ist wunderschön, das Licht betörend, der ruhige See glitzert geheimnisvoll.

Perfekt.

Dann, als Steffi und Isabell im Sucher auftauchen, lässt Sarah genervt die Kamera sinken. Sie bewegt sie wieder leicht nach rechts und links – in der Hoffnung, noch ein paar schöne Aufnahmen von den beiden Fliegenfischern zu bekommen, aber der Zauber ist verflogen. Egal. Sie hat mindestens hundert

Fotos gemacht. Frank und Mike werden begeistert sein, selbst wenn sie heute nichts fangen.

Hätte sie die Kamera ein paar Zentimeter nach oben geschwenkt, wäre ihr der Mann oberhalb des Sees aufgefallen, der sie durch ein Fernglas beobachtet und jetzt hektisch hinter seinem silbernen Volvo Kombi in Deckung geht.

***

Sarah genießt die warme Nachmittagssonne auf ihrem Gesicht und sogar Steffis und Isabells Nähe, die rechts und links neben ihr in knappen Bikinis auf den Liegestühlen in einen leichten Schlummer verfallen sind.

Harmonie.

Das Wort lässt sie sich langsam durch den Kopf gehen. Ja, seit ein paar Stunden herrscht eine gewisse Harmonie zwischen ihnen. Sie hatten eine ruhige Zeit unten am See, mit Kaffee und dem herrlichen Ausblick. Sie haben gemeinsam über Kleinigkeiten gelacht, es war zwanglos und fühlte sich richtig gut an. Deshalb hofft Sarah, dass es auch so bleiben wird. Irgendwann sind sie zum Haus zurückgekehrt und auch das verlief ohne Diskussion und Zwang, sie haben sich treiben lassen, ohne Zeitplan, ohne etwas erledigen zu müssen. Sogar Isabell wirkte entspannt.

Leise rascheln die Blätter der Birken, durch die der warme Wind streicht. Das Geräusch hat etwas Beständiges. Sarah blinzelt in den blauen Himmel. Die Weite und der Gedanke, dass sie vielleicht hier ihren Frieden finden kann, lösen ein heißes Brennen in ihren Augen aus. Auf keinen Fall möchte sie weinen. Nicht jetzt und auch in Zukunft nicht mehr. Sie muss endlich damit abschließen. Ja, das wird sie tun. Auf ruhige Weise ist sie erleichtert über den Entschluss und eine angenehme Schwere macht sich in ihr breit. Sie will nicht grübeln, sondern einfach nur diese besondere Stille genießen. Seufzend schließt sie die Augen und lauscht dem Rascheln der Blätter.

***

»So, Mädels, da sind wir. Und hier die Beute des Tages!« Mikes kalte Zigarre klemmt fest in seinem Mundwinkel. Mit ausgestreckten Armen hält er zwei Saiblinge hoch und zwinkert Frank zu. »Geiler Fang, Alter.«

»Auf jeden Fall.« Frank hält ebenfalls zwei Fische in den Händen, die er jetzt sorgfältig auf den Außenspültisch am Haus legen will.

Sarah schreckt aus dem Halbschlaf hoch. Sie braucht nur ein paar Sekunden, dann ist sie hellwach. »Wartet!«, ruft sie und eilt mit der Kamera zu ihnen. »Das müssen wir festhalten.«

Sie bringt die beiden mit den Fischen in der Hand in Position. Fast ist es wie damals, als sie das Haus renovierten, da hatten sie so viel Spaß. Alles war so leicht.

Nein, alles ist leicht. Aber du stehst dir selbst im Weg.

Sie lacht über ihre Gedanken – und ja, sie steht sich selbst im Weg. Aber das wird sich nun ändern. Ihre Augen strahlen vor Zuversicht.

»Ihr seid großartig! Das Abendessen ist gesichert.« Überschwänglich küsst sie Frank. Es stört sie nicht, dass er sie mit den Fischen in den Händen umarmt. Ihre Blicke treffen sich, als er sie wieder loslässt.

»Ich denke, wir sollten das wiederholen.«

»Was meinst du, den Kuss oder das Fischen?«

»Beides.«

»Hey, und was ist mit mir?«, meldet sich Mike in gespielter Entrüstung. Ohne zu zögern, nimmt Sarah Mike die Zigarre aus dem Mund und küsst ihn, wie sie es früher getan hat. Auf den Mund.

Auf der Terrasse fällt ein Glas zu Boden. Das Klirren lässt Sarah und Mike aus der Umarmung hochschrecken. Isabell flucht leise, während sie sich ein Tuch um die Hüften schwingt und es mit Nachdruck verknotet. Energisch greift sie sich ihr T-Shirt, hält es für einen Moment in der Hand und wirft es dann zurück auf die Liege. Während sie auf Mike zugeht, ordnet sie ihr langes Haar. Mit einem aufreizenden Lächeln sieht sie ihn an. »Du bist mein Held«, flüstert sie und presst ihren Körper an ihn.

Mike lacht schallend. »Danke, meine Schöne, das geht runter wie Öl.« Derb umfasst er ihre Taille und zieht sie zu sich heran. Dabei berühren die toten Fische in seiner Hand ihren nackten Bauch. Sarah beobachtet amüsiert, wie Isabell den aufkeimenden Ekel herunterschluckt und Mike mit einer Inbrunst und Leidenschaft küsst, die in dieser Situation nur peinlich wirkt.

Sarah ist es unangenehm – nicht dass die beiden sich küssen, es ist das Gewissen, das sich in ihr regt. Denn war es nicht sie, die sich gerade falsch benommen hat? Sie hat doch Mike geküsst. Und es ist egal, ob sie gute Freunde sind. Sie hätte Isabell gegenüber mehr Taktgefühl aufbringen müssen. Unsicher schielt sie zu Frank, der sich mittlerweile dem Ausnehmen der Fische widmet. Offensichtlich ist es ihm gleichgültig oder einfach nicht aufgefallen. Nervös kaut sie auf der Unterlippe. Ihr Blick trifft Steffi, die sie unverblümt ansieht und im Begriff ist, zu ihr zu kommen.

»Okay, Mädels! Heut wird Papa für euch kochen. Lecker Saibling auf dem Grill gedünstet. Na, was sagt ihr?«

»Klasse, Mike. Ich dachte schon, du willst noch ewig mit diesen Dingern in den Händen herumstehen und deine Frau abschlecken.« Steffi lässt sich zurück auf die Liege fallen und sieht grinsend zu dem zerbrochenen Glas, das Isabell gerade aufsammelt. Sarah erkennt, dass die eben noch gefühlte Harmonie nur eine Illusion war. Reines Wunschdenken. Spätestens als Steffi süffisant hinzufügt: »Und schön saftig, Mike. Außerdem möchte ich, dass du mir den Fisch filetierst. Ich hasse Gräten.« Sie streckt sich auf der Liege aus, setzt ihre dunkle Sonnenbrille auf und säuselt im Ton einer Diva: »Ach ja, und mach schnell, ich habe furchtbaren Hunger.«

Als Antwort erntet sie Mikes schallendes Lachen. Isabells böse Blicke ebenfalls. Sarah weiß nicht, ob sie lachen oder Isabell beim Aufsammeln der Scherben helfen soll. Sie entscheidet sich für beides, auch wenn es keinen Spaß macht.

***

Gemächlich färbt sich die Sonne im Westen in ein leuchtendes Orangerot – bereit, sich allmählich dem Wasser zu nähern, um darin zu versinken. Die Holzkohle unter dem Schwenkgrill passt sich der Farbe der Sonne an – das Zeichen für Mike, dass er die in Alufolie gewickelten Fische grillen kann. Wenig später duftet es herrlich nach Kräutern, die er ins Innere der Fische gestopft hatte.

»War ein toller Tag. Magst du auch ein Bier?« Frank hält Mike eine geöffnete Bierflasche hin.

»Unbedingt. Cheers! Auf diesen tollen Fang.« Schweigend genießen sie den Augenblick der Ruhe, das leise Knistern des Feuers, den Duft nach frischen Kräutern.

»Morgen würde ich gern an der Flussmündung auf Lachse gehen, was meinst du?«

Frank nickt zustimmend. »Gute Idee. Hast du eine Ahnung, welche Fliegen wir brauchen?«

»Nein, aber wir werden es herausfinden.« Mike setzt die Flasche an und leert sie in einem Zug. Dabei zieht er die Stirn in Falten und haut sich mit der flachen Hand auf den Hals. »Verfluchte Mücken!«

»Ich finde, sie halten sich dieses Jahr in Grenzen.« Lachend öffnet Frank eine weitere Bierflasche. »Willst du noch eins?«

»Was für eine Frage. Ich habe Urlaub.«

Er reicht Mike das Bier und blickt zum Küchenfenster, hinter dem er die Umrisse zweier Frauen erkennt. Mike folgt seinem Blick. »Man könnte meinen, dass sie sich prächtig amüsieren, oder? Dabei sind sie wie tickende Zeitbomben.« Stirnrunzelnd linst er zu Frank. »Obwohl ich den Eindruck hab, dass sie heute ganz gut klargekommen sind. Oder täusch ich mich da schon wieder?«

»Ja, hat den Anschein, als würden sie sich zusammenraufen«, erwidert Frank und nimmt einen kräftigen Schluck aus der Flasche. »Blöd, dass es so anders geworden ist. Sarah und Isabell sind doch gut miteinander ausgekommen – ich meine … Ach Mist, nach diesem verfluchten Überfall hat sich alles geändert. Ich wünschte, ich könnte die Zeit zurückdrehen.«

»Frank, mach dir nicht immer so einen Kopf. Ich finde, Sarah entspannt sich mit jedem Tag mehr. Gib ihr Zeit.«

»Du hast recht. Ich bin zu ungeduldig.«

Lange betrachtet Mike seinen Freund, bevor er fragt: »Wie ist es für dich? Ich meine, die Sache ist ja ganz schön aus dem Ruder gelaufen.«

»Wie meinst du das?«

»Na ja, der seltsame Prozess und dass sich der Typ in seiner Zelle erhängt hat. Hey, das war doch der Hammer.«

»An dem Prozess war nichts Ungewöhnliches. Aufgrund der Beweise und der DNA wurde er für schuldig befunden.«

»Ja sicher, ich mein ja nur … Du warst so scharf darauf, dass die Verhandlung schnell stattfindet. Das meine ich. Vielleicht …«

»Hey, Jungs, wie weit ist der Fisch?« Isabell hat den Kopf aus dem Fenster gestreckt, in ihren Händen hält sie einen Stapel Teller. »Frank, könntest du die bitte mal nehmen?«

Frank ist für diese Unterbrechung mehr als dankbar.

***

Entspannt sitzt Sarah neben Frank, lehnt sich an seine Schulter und blickt in das Lagerfeuer, das sie nach dem Essen entfacht haben. Sanft zieht er sie an sich. »Geht es dir gut?«

»Ja.« Sie kuschelt sich noch enger an ihn und genießt seit Langem wieder seine Nähe. Genießt sie sie wirklich oder gaukelt ihr das der Wodka, den sie heimlich getrunken hat, nur vor? Sie muss mit diesem Scheiß aufhören.

Morgen.

Sie will wieder spüren, wie es wirklich ist. Und sie will Antworten auf die immer gleichen Fragen, die wie eine aufgezogene Tanzpuppe durch ihren Kopf kreisen.

Ich muss ernsthaft mit Frank darüber sprechen, ob ich nicht etwas übersehen habe bei dem Prozess und den Ermittlungen gegen diesen Martin, der …

Sie kann den Gedanken nicht zu Ende bringen.

Frank streichelt ihr sanft über die Schulter. Er ist gut in solchen Dingen. Trost spenden. Alles wieder in den Normalzustand bringen, damit seine Welt in geordneten Bahnen verläuft. Manchmal hasst Sarah diese Ordnung, aber jetzt empfindet sie sie als Stütze.

Sie küsst seine Hand, die auf ihrer Schulter ruht. Mit einem mäßig zufriedenen Lächeln blickt sie in die Runde und bemerkt Isabells abwägenden Blick. Sarah sieht sie fragend an, doch Isabell schüttelt nur unmerklich den Kopf. Es irritiert Sarah, und doch ahnt sie, was Isabells Blick bedeuten soll. Sie wird mit ihr reden, aber nicht jetzt. Jetzt will sie nur Frank spüren – diesen kleinen Moment der Normalität genießen.

»Leute, habt ihr Lust auf ein Spiel? Ich weiß, ihr seid alle zufrieden und pappsatt … Danke übrigens an den Koch!« Steffi neigt in einer Geste der Dankbarkeit den Kopf Richtung Mike. »Also, habt ihr Lust?«

Sarah richtet sich auf. Sie mag Spiele, schon als kleines Kind war sie ganz vernarrt in »Mensch ärgere dich nicht« oder »Tabu«. »Klar, was schlägst du vor?«

»Etwas, bei dem wir uns bewegen müssen – sowohl körperlich als auch mit dem Verstand.« Sie grinst in die Runde. »Ich dachte an das, wo … wo man etwas vormacht und die anderen müssen raten, was es ist.«

»Scharade? Coole Idee, ich bin dabei. Welches Thema?« Sarahs Augen funkeln im Licht der tanzenden Flammen.

»Schlagt was vor«, erwidert Steffi, die die Moderatorin gibt.

»Hm, wie wäre es mit etwas aus dem Rotlichtmilieu?«

»Mike, bitte! Sei nicht so … ordinär.« Isabell knufft ihn in die Seite. Er jammert theatralisch auf und drückt sie fest an sich. Isabell windet sich aus seiner beherzten Umarmung und rückt von ihm ab.

»Komm schon, stell dich nicht so an«, frotzelt Mike.

»Bitte, lass den Unsinn!«

»Okay, wie wäre es mit Prominenten?«, macht Mike seinen zweiten Vorschlag und schielt zu Isabell. »Schätzchen, ist das eher dein Thema? Die kennst du doch alle aus den Magazinen, die du verschlingst, als würdest du dazugehören wollen – zu den Schönen und Reichen.« Er neigt den Kopf und steckt sich die kalte Zigarre in den Mundwinkel. »Ich bin sicher, du wirst uns alle begeistern.«

Isabell schießt ihm einen giftigen Blick zu, den Mike geflissentlich ignoriert.

So hat Sarah ihren Freund Mike noch nie erlebt. Klar, er ist nicht so abgeklärt wie Frank, aber noch nie war er beleidigend. Isabell tut ihr leid. Doch bevor Sarah etwas sagen kann, ist Frank zur Stelle.

»Super Idee, Kumpel. Du solltest den Anfang machen, dann haben wir wenigstens was zu lachen.«

Steffi klatscht begeistert in die Hände. »Ja! Komm, Mike, zeig uns dein Talent!«

Wie jemand, der gerade im »Dschungelcamp« seine Prominenz feiert, erhebt sich Mike von dem flachen Holzbalken, auf dem er bisher gesessen hat, und schreitet dichter an das Lagerfeuer heran. Eine sanfte Sommerbrise lässt die Flammen tanzen. Mikes Haltung ist aufrecht, seine Miene ernst. Dann bewegt er so überschwänglich die Lippen, als würde er eine offizielle Ansprache halten. Dabei blickt er jeden Einzelnen an. Für einen Moment sieht er aus wie der Teufel, der ihnen seine Doktrinen in die Köpfe pflanzen will. Gebannt starren sie ihn an. Er winkelt den rechten Arm an. Die Hand zeigt nach oben, die Spitze seines Zeigefingers auf die des Daumens gedrückt, bewegt er nun bei seiner imaginären Ansprache die Hand ein paar Zentimeter hoch und runter. In seiner Miene zeichnet sich Entschlossenheit ab. Es dauert ein paar Sekunden, dann brüllt Steffi vor Lachen: »Trump! Stimmt's? Es ist Trump! Ich bin begeistert!«

Im Chor rufen sie gemeinsam: »Trump! Trump! We make Blödheit great again!« Mike performt noch ein wenig seine Parodie und erntet anerkennendes Gelächter.

Das ist typisch für Mike. Er liebt es, sich in Szene zu setzen. Sarah wischt sich die Lachtränen von den Wangen. Sie bemerkt, dass auch Isabell ein breites Lächeln auf den Lippen hat. Ihr wird bewusst, dass sie Isabell noch nie hat herzlich lachen sehen.

Merkwürdig.

Sie schiebt den Gedanken schnell beiseite. Gespannt wartet sie auf Steffis Darbietung.

»Okay, ich weiß nicht, ob ich das von Mike toppen kann.« Beschwingt eilt sie zu den angrenzenden Büschen hinüber. Sie ist nur noch eine Silhouette, die sich kaum vom Hintergrund abhebt.

Immer noch amüsiert lächelnd starrt Sarah in das Dunkel – gespannt, was Steffi zu bieten hat.

Doch plötzlich zerreißt Steffis gellender Schrei die nächtliche Stille. Mike und Frank sehen sich unsicher an.

»Gehört das zur Show?«, murmelt Mike.

»Fuck! Hier ist was! Ein Wolf!«, kreischt Steffi panisch. Gleichzeitig stürmen Mike und Frank in ihre Richtung. Ohne zu zögern, eilt Sarah hinterher.

Steffi ist kreidebleich und unfähig, sich zu bewegen. Mit schreckgeweiteten Augen starrt sie Sarah an. »Was ist los?«, fragt diese atemlos und zieht ihre Freundin von den Büschen weg.

»Habt ihr es nicht gehört? Direkt hinter mir!«

»Was war hinter dir?« Frank bleibt ruhig und besonnen.

»Verflucht, woher soll ich das wissen? Ein Wolf oder so. Hier gibt es doch Wölfe, oder?« Panisch sieht sie Mike nach, der ins Unterholz stapft. »Bist du wahnsinnig? Bleib hier! Vielleicht ist er noch da!«

»Ganz ruhig, Steffi. Hier gibt es zwar Wölfe, aber die kommen nicht so dicht ans Haus. Sie sind Menschen gegenüber scheu. Vielleicht waren es Elche«, entgegnet Frank gelassen, während er zu dem Busch schielt, aus dem Mike jetzt wieder auftaucht.

»Hier ist nichts. Schätzchen, ich hoffe, das gehörte nicht zu deiner Darbietung.«

»Ich schwöre, da war was! Ich konnte seinen Atem in meinem Nacken spüren!«

»Wie auch immer, es hat dich nicht gefressen. Also komm, ich geb dir ein Bier aus.«

»Aber da war etwas, ich hab es ganz deutlich gespürt.« Hilflos sieht Steffi zu Sarah, die sie an die Hand nimmt und zum Feuer begleitet. »Glaubst du mir etwa auch nicht?«

»Doch, wenn du es sagst, dann war da etwas. Aber ich glaube auch, dass es ein Elch oder ein Reh war.« Sie schaut zu Mike, der sich nachdenklich am Kopf kratzt und die Zigarre in den Mundwinkel stopft.

SECHS

In dem faden Licht der aufgehenden Sonne hängt der Nebel tief über dem See, kriecht durch die Bäume und verschluckt die Geräusche des anbrechenden Tages. In gleichmäßigem Rhythmus bewegen sich Sarahs Füße auf dem weichen Waldboden. Ihr Atem ist ihrem Lauftempo angepasst. Der würzige Duft, den der Wald verströmt, beflügelt sie, schärft ihre Sinne und lässt ein Gefühl der Leichtigkeit aufkommen.

Sie hat das Haus früh verlassen. Alle waren noch im Tiefschlaf, als sie sich ihre Laufschuhe anzog.

Ein Wunder, dass die anderen nach diesem beängstigenden Vorfall gestern Abend ruhig schlafen können.

Sarah ist sich immer noch nicht sicher, ob nicht vielleicht doch etwas hinter den Büschen war. Manchmal kommen Elche bis ans Haus, aber es war schon merkwürdig, dass Mike nichts entdecken konnte. Plötzlich muss sie lachen, als sie an die bizarre Situation denkt. Der Gedanke, dass *ihre* Steffi sich gestern Nacht vor Angst fast in die Hosen gemacht hat, ist jetzt bei Tageslicht irgendwie komisch. Steffi ist eben eine Stadtpflanze und die *Gefahren*, die hier in der *Wildnis* lauern könnten, überfordern die sonst so toughe Lady.

Sarah wird langsamer, je näher sie dem Ziel kommt. Sie will es auskosten, die Erinnerungen an diesen Ort aufleben lassen. Die weichen Strahlen der Sonne, die durch die Zweige der Fichten dringen, zaubern ein spektakuläres Licht-und-Schatten-Spiel. Wie ein verwunschener Garten teilt sich der Wald plötzlich und gibt den Blick auf eine mit Heidepflanzen bewachsene Ebene frei, zerklüftet von glatten Felsen, die halb verborgen unter der Erde ruhen. Und da ist die Anhöhe – ihre Zuflucht. Für einen Moment genießt Sarah den Anblick. Die Weite der Ebene und die angrenzenden Berge mit den scharfen Kanten und Geröll, das keinen festen Tritt zulässt. Ihr Herz schlägt schneller, als sie auf die Anhöhe läuft.

Oben angekommen, muss sie sich eingestehen, dass sie nicht mehr fit ist. Wie auch? Sie war in den letzten Monaten wie versteinert.

Das wird sich alles ändern.

Sarah atmet tief durch und lässt den Blick über das Land schweifen. Wild, furchtlos, und der See so dunkel und still, als würde er auf etwas warten.

War er immer schon so?

Sie hängt ihren Gedanken nach und kann sich nur mit Mühe vom Anblick des Sees losreißen. Ihre Finger gleiten in eine Felsspalte und fördern eine Kamera zutage. Sarah begutachtet sie von allen Seiten. Das Gehäuse sieht okay aus. Erstaunlich für die Zeit, die es hier der Witterung ausgesetzt gewesen war.

Fast eineinhalb Jahre.

Sarah zögert nur eine Sekunde, dann betätigt sie den On-Off-Schalter.

»Wär ja auch zu schön gewesen«, murmelt sie und holt aus der Hosentasche ihrer Shorts eine Batterie, ein Reinigungstuch und eine SD-Karte. Mit der Reinigung der Kamera lässt sich Sarah Zeit. Liebevoll wischt sie über Objektiv und Gehäuse. Zum Schluss wechselt sie die Batterie aus und öffnet den Schlitz für die Speicherkarte. Doch da ist keine. Hat sie damals vergessen, eine neue in die Kamera zu stecken, als sie die alte herausnahm? Sie kann sich nicht erinnern. Das ärgert sie. Zu gern hätte sie jetzt die Aufnahmen gesehen, die über einen langen Zeitraum entstanden sind. Die Facetten der Jahreszeiten.

»Was für eine schluderige Tante ich manchmal bin«, flucht sie leise vor sich hin. Aber sie beschließt, es als gutes Omen zu betrachten. Schließlich will sie die Vergangenheit ruhen lassen und sich ganz auf die Zukunft konzentrieren. Mit dieser Überzeugung steckt sie die mitgebrachte SD-Karte in die Kamera. Fast ehrfürchtig betätigt sie anschließend den On-Schalter.

Der entscheidende Moment.

Sie sieht durch den Sucher, fixiert die Ebene vor ihr und drückt auf den Auslöser. Atemlos scrollt sie durch das Menü und ihr Jubelschrei darüber, dass die Kamera intakt ist, dröhnt durch das Tal, scheucht ein paar Feldlerchen auf, die sich in der Morgensonne wärmen.

Sorgfältig verstaut sie die Kamera an ihrem Platz – in der Gewissheit, dass sie wie programmiert alle fünfzehn Minuten ein Foto machen wird, bis die Batterie ihren Geist aufgibt.

Das war ihre erste Mission für diesen Morgen. Ein leichtes Unterfangen im Gegensatz zu dem, was jetzt kommt. Langsam lässt sie sich auf dem Boden nieder, lehnt ihren Rücken an den noch kühlen Felsen. Sie wartet, bis sie ganz ruhig ist, und dann lässt sie ihre Erinnerungen an diesen Ort zu. Hier hat Frank ihr den Antrag gemacht. Romantisch mit Champagner, auf einem weißen Leinentuch, das er über das Moos ausgebreitet hatte. Frische Erdbeeren – die Frucht der Liebe. Und dann kniete er vor ihr, stammelte wie ein pubertierender Schüler. Er war tatsächlich nervös. Dieser Mann, der ein erfolgreiches Unternehmen führt und immer so sicher und gewandt auftritt. In diesem Moment verlor sie ihr Herz an ihn. Sarah ließ ihn nicht ausreden und bedeckte sein Gesicht mit Küssen.

Die Erinnerung an damals ist so schön, mit einer ungeheuren Leichtigkeit verbunden, dass es Sarah die Tränen in die Augen treibt. Sie räuspert sich, will nicht weinen. Da sind noch mehr Erinnerungen, die der Ort für sie bereithält.

Hier hat sie ihren Sohn empfangen, in Liebe und Leidenschaft gezeugt. Genau hier. Auf diesem Fleckchen Erde, auf dem sie jetzt sitzt.

Unsere Anhöhe, unser Zufluchtsort. Nur wir beide.

Das waren Franks Worte, nachdem sie sich geliebt hatten. Und jetzt gibt es keinen Sohn mehr. Er wurde ihr entrissen, bevor er geboren wurde. Durch das Scheusal, das sie überfiel, vergewaltigte, brutal trat und schlug.

Sie sitzt einfach da, ohne einen Laut von sich zu geben.

Warum kann ich nicht schreien, warum ist es so leer in mir?

Dann kommen die Tränen, lassen sich nicht mehr aufhalten.

Irgendwo hinter ihr hat sich ein Stein gelöst und kullert klackernd den Hang hinunter. Der Luftzug hat sich verändert. Für einen Augenblick ist es vollkommen still. Mit einem Ruck springt Sarah auf.

»Entschuldige, wenn ich dich erschreckt habe. Ich wollte nicht aufdringlich sein und dich stören.«

Isabell stemmt ihre Hände in die Hüften. Ihr Atem geht keuchend. Haarsträhnen haben sich aus dem Zopf gelöst und kleben jetzt auf ihren verschwitzten Schläfen.

»Wenn du allein sein möchtest, geh ich wieder.«

»Nein, schon gut, bleib. Ich habe nur die Aussicht genossen und …«

»Und dabei Tränen vergossen?« Isabell deutet auf Sarahs Wangen. »Wie gesagt, ich kann auch wieder gehen.«

»Ist schon okay, vielleicht auch ganz gut, dass du hier bist«, unterbricht Sarah Isabell und reibt sich mit den Händen über ihr Gesicht, um auch noch die letzten Spuren der Tränen fortzuwischen.

Die Sonne hat den Nebel vertrieben und mit der Wärme entfaltet sich der Duft der blühenden Heide. Isabell lässt den Blick über das Tal schweifen und atmet den würzigen Geruch ein. »Schön ist es hier.«

Sarah nickt und lehnt sich an einen Felsen, zögert. Ist es der richtige Moment? Vielleicht, denn zu einem Neubeginn gehört auch eine Entschuldigung. »Du, Isabell, ich möchte mich für gestern entschuldigen. Ich habe nicht nachgedacht … ich hätte Mike nicht küssen dürfen. Es tut mir leid.«

»Ich bitte dich, Sarah. Ihr seid Freunde, und ich weiß sehr wohl, wie das gemeint war.«

»Sicher? Ich hatte den Eindruck, dass du verletzt warst, was ich gut verstehen kann. Mir würde es genauso gehen.«

»Du bist süß. Nein, alles gut. Mach dir keine Gedanken. Außerdem ist Mike ein … Wie sagt man? … ein Hansdampf in allen Gassen.« Sie lacht geringschätzig. »So habe ich ihn kennengelernt, also muss ich damit leben, dass er so ist, wie er ist: grob, aber liebenswert.«

»Ist zwischen euch alles in Ordnung?«, fragt Sarah leise. Sie hat den missbilligenden Unterton in Isabells Stimme bemerkt.

»Ja und nein. Ach, was soll's. Es gibt immer mal Differenzen in einer Ehe.«

Noch einmal atmet sie tief ein. »Es riecht hier so schön.« Mit einem zufriedenen Ausdruck wendet sie sich Sarah zu. »Wie geht es dir?«

»Mit jedem Tag wird es besser.« Das war gelogen, denn die Flashbacks, die sie von Zeit zu Zeit hat, werden eher bedrohlicher. Aber das behält sie lieber für sich – genau wie ihren Eindruck, dass zwischen Isabell und Mike etwas nicht stimmt.

»Das ist gut, denn ich mache mir wirklich Sorgen um dich.«

»Das brauchst du nicht. Ich komme schon klar.«

»Na ja, du trinkst in letzter Zeit zu viel …«

»Isabell, das ist meine Sache, oder?«

Eben noch dachte Sarah, dass sich eine Art … Verbundenheit zwischen ihnen entwickelt hat. Aber sie kann mit Isabells steifem und belehrendem Habitus nicht umgehen.

Nur, sie hat recht, erklingt es in ihr und macht sie wütend.

»Entschuldige, ich wollte dir nicht zu nahe treten.«

»Klar.« Und jetzt empfindet sie es als Störung und Verletzung ihrer Privatsphäre, dass Isabell hier auf *ihrer* Anhöhe ist.

»Woher wusstest du eigentlich, dass ich hier bin? Ist nicht so einfach, diese Anhöhe zu finden, wenn man sich nicht auskennt.«

»Oh, das war keine Absicht. Ich hatte dich nicht gesucht. Ich wollte genau wie du einfach den Kopf freibekommen.«

»Ja, aber … Woher kennst du diesen Ort?«

»Weil ich mit Frank hier war.«

Nichts kann in diesem Augenblick schlimmer sein als diese Antwort. Die Welt um Sarah ist plötzlich nur noch grau, ohne Geräusche, ohne Bewegung. Sie kann nur diesen einen Satz denken: *Weil ich mit Frank hier war.*

Ein Fischadler dreht seine Kreise über der Anhöhe, sein schriller Ruf hallt im Tal wider.

***

Wütend reißt Sarah die Tür zum Haus auf und prallt mit Steffi zusammen, die gerade im Begriff ist, zum See zu gehen. Ohne Entschuldigung und ohne sich weiter um Steffi zu kümmern, stürmt sie die Treppe hinauf.

Mit zitternden Fingern tastet sie nach der versteckten Wodkaflasche im Kleiderschrank, die sie heimlich aus Hamburg mitgeschmuggelt hat. Gierig setzt sie die Flasche an und zögert keine Sekunde, bevor sie den beruhigenden Stoff in sich hineinschüttet.

Schluck für Schluck gegen die Wut und für das Vergessen.

Sie ist so mit sich selbst beschäftigt, dass sie nicht bemerkt, wie Steffi ins Zimmer tritt.

»Ich hatte geklopft«, flüstert ihre Freundin irritiert und starrt auf die Flasche.

Die Peinlichkeit windet sich in Sarah wie eine Schlange. Um der Situation zu entfliehen, will sie sich von Steffi abwenden und in das angrenzende Bad stürzen. Steffis harter Griff am Arm hält sie zurück.

»Rede mit mir, Sarah! Was ist passiert?«

»Nichts. Rein gar nichts!«

»Und warum säufst du am frühen Morgen?«

Der angewiderte Tonfall ihrer Freundin erschrickt sie. Die Flasche in ihrer Hand wiegt auf einmal Tonnen. Sarah lässt sie auf den Boden fallen. Langsam rinnt der Wodka über die Holzdielen. Willenlos lässt sie sich von Steffi hochziehen und auf den Stuhl vor ihrem Schminktisch drücken.

»Sieh dich an, Sarah! Sieh in den Spiegel und sag mir, was du siehst!«

Zögernd blickt sie in den Spiegel, und die Frau, die ihr entgegenblickt, ist nicht die Frau, die sie kennt.

»Was ist passiert, Sarah?«

Sie wendet den Blick von ihrem Spiegelbild. »Ich war oben auf der Anhöhe. Auf meiner und Franks Anhöhe.« Ein hysterisches Lachen steigt in ihr auf, ungläubig schüttelt Sarah den Kopf und spricht zögernd weiter. »Dann kam Isabell ... Weißt du, was sie geantwortet hat, nachdem ich sie fragte, woher sie die Anhöhe kennt?« Sarah springt vom Stuhl und blickt Steffi an, die fassungslos vor ihr hockt. »Sie sagte, Frank hätte sie mitgenommen. In der Zeit, als ich den Zusammenbruch hatte und in der Klinik war. In der Psychiatrie! Nachdem ich erfahren habe, dass … dass sich Martin Neumann in seiner Zelle erhängt hat.«

Sie hat es getan, sie hat seinen Namen ausgesprochen. Gänsehaut überzieht ihren Körper. »Die Ärzte hatten mir damals absolute Ruhe verordnet, ich durfte keinen Besuch empfangen. Sie haben mich total ruhiggestellt. Mein Gehirn deaktiviert. Frank ist während dieser Zeit mit Mike und Isabell nach Schweden gefahren. Mit Mike und Isabell … Oh ja, er war so am Ende, so voller Schmerz …« Sie starrt ins Leere. Eine Welle der Enttäuschung überrollt sie, das Gefühl, betrogen worden zu sein.

»Da hat er dann Isabell mit auf unsere Anhöhe genommen. Und ich könnte schwören, dass sie nicht nur geredet haben.«

»Ich erinnere mich. Frank war damals einem Zusammenbruch nahe, weil er Angst hatte, dich zu verlieren.«

Steffi richtet sich auf und streicht Sarah zärtlich über den Kopf. »Frank würde dich niemals betrügen. Schon gar nicht nach dem, was passiert ist.« Steffi zieht sie zu sich heran und hält sie ganz fest. Der Ausdruck in Steffis Augen ist hart, sie hat die Lippen fest zusammengepresst. Erst als Sarah sich aus ihrer Umarmung windet, entspannen sich Steffis Gesichtszüge. Sarah räuspert sich, wischt sich müde über das Gesicht.

»Er ist auch nur ein Mann. Und es ist egal, ob er es mit ihr getrieben hat oder nicht. Er war mit ihr auf unserer Anhöhe und nicht bei mir.«

Sarahs Augen wandern zu der Flasche auf dem Boden. Ein winziger Rest ist noch übrig. Sie verspürt den Drang, die Flasche einfach aufzuheben und auszutrinken.

»Tu es nicht, Sarah! Hör auf mit dem Scheiß! Der Alkohol macht dich erst recht kaputt.«

»Ah, du meinst also, dass ich kaputt bin, ja?«

Sie bekommt keine Antwort. Mit einer fahrigen Handbewegung streicht sie ihre unbändigen Locken aus dem verschwitzten Gesicht, holt tief Luft und gibt ihrem Verstand eine Chance, über Wut und Verletztheit zu siegen. Wenigstens für den Augenblick.

»Du hast recht, ich bin kaputt. Ich schlafe kaum noch, weil immer wieder diese Bilder hochkommen, wie er mich überfällt und vergewaltigt ... Aber da ist noch etwas, was mir den Schlaf raubt. Es gibt da ein paar Ungereimtheiten. Ich kann sie nicht richtig einsortieren, weil sie irgendwo tief in meinem Kopf verborgen sind. Das macht mich fast wahnsinnig.«

»Was für Ungereimtheiten?«

»Ich weiß es nicht!«, brüllt Sarah und schreitet nervös auf und ab. Am Fenster bleibt sie stehen, sieht hinaus, ohne irgendetwas wahrzunehmen – und ohne zu bemerken, wie Isabell den breiten Schotterweg auf das Haus zukommt. »Ich bin mir nicht mal sicher, ob ich es wissen will.«

Sie spürt Steffi neben sich, die sich bemüht, ihr nahe zu sein.

»Sag mir, was ich für dich tun kann.«

»Gib mich nicht auf!« Es ist nur ein Flüstern, doch eine unermessliche Verzweiflung liegt darin.

SIEBEN

Aus dem Kofferraum des silbernen Volvos hievt er seine Angelausrüstung und schielt zu dem schwarzen SUV neben sich auf dem Parkplatz. Er transportiert sein Equipment ans Ufer und hält inne, als er den Fluss erreicht – überwältigt von der schroffen Schönheit, die sich vor ihm ausbreitet.

Das Leben ist schön. Und noch schöner, wenn man so etwas Gewaltiges voller Anmut sehen darf.

Die Wärme der Sonne, das Glitzern des Wassers lassen ihn vor Ehrfurcht erstarren. Seine Hand umfasst fest den Griff seines Angelkoffers.

Sorgsam präpariert er seine Fliegenrute, gleitet in die Gummihose und watet langsam in den Fluss. Seicht fällt das Ufer ab und zum Rauschen der Strömung gesellt sich ein leises Gurgeln. Für einen Moment fühlt er sich unwohl. Immer wieder geht sein Blick zu den beiden Männern, die etwa dreißig Meter entfernt im Wasser stehen. Elegant schwingen sie ihre Ruten vor und zurück. Der eine nickt ihm zur Begrüßung zu. Zufrieden lächelt er in sich hinein und erwidert den Gruß.

»Siehst du den Kollegen da drüben? Mann, was für ein Stümper!« Mike kann seinen Blick nicht von dem Mann abwenden, der in einem viel zu ungleichmäßigen Bogen seine Rute auswirft. »Sieh dir das an! So wird das nie was.«

»Warum gehst du dann nicht rüber und zeigst es ihm?« Frank kann sich das Lachen nicht verkneifen. »Mach schon, sonst bekommst du noch einen Herzinfarkt, weil du dich die ganze Zeit über diesen *Stümper* aufregst.«

»Meinst du?«

»Klar, ist heute auch nicht unbedingt der beste Tag, um etwas zu fangen. Wir hatten noch nicht *einen* Biss.« Frustriert holt er seine Rute ein. »Ich glaube, ich versuche es mit der blauen Fliege. Siehst du die Libelle da drüben?« Frank deutet auf die Wasseroberfläche, über der eine blau schillernde Libelle schwebt.

»Hm, das ist EINE Libelle!«

»Ja und? Versuch macht klug!«, ist Franks lakonische Antwort.

Mike holt seine Rute ein und watet ans Ufer. Er steckt sich seine obligatorische kalte Zigarre zwischen die Lippen und schlendert auf den Mann zu.

»Moin, Meister!«, grüßt er und erst jetzt fällt ihm ein, dass es durchaus sein könnte, dass der junge Mann kein Deutsch spricht. Für einen Augenblick ist es ihm unangenehm, doch zu Mikes Überraschung grinst der Typ und erwidert seinen Gruß.

»Ich habe Sie beobachtet, und mir blutete das Herz, als ich Ihre Schwünge gesehen habe.«

Ja, auch Mike weiß, wie er sich zu benehmen hat. Ein *Sie* ist in dieser Situation besser als ein *Du*. Er grinst. Und sein Gegenüber lächelt.

»Stimmt. Auch ich habe Sie beobachtet. Ich weiß, ich stelle mich … dämlich an.«

Mike nickt. Dann streckt er seine Hand aus. »Ich bin Mike, Mike Rose.«

Der Mann ergreift Mikes ausgestreckte Hand und drückt sie fest. »Und ich bin Samuel Becker. Freut mich, Mike.«

Übergangslos nimmt Mike die Rute von Samuel und betrachtet sie eingehend. »Wir sollten die Fliege austauschen. Mein Freund Frank meint, dass die Lachse heute auf blaue Libellen stehen. Hast du eine?«

Ohne seine Antwort abzuwarten, macht sich Mike am Angelkoffer des Fremden zu schaffen. Er fördert eine blaugrün schillernde Fliege zutage. »Die sieht gut aus.« Er präpariert die Rute und schüttelt dann lachend den Kopf.

»Was ist, irgendwas nicht in Ordnung?«

»Oh, alles bestens. Diese blau schimmernde Fliege erinnert mich nur an eine Begebenheit, die ich nie im Leben vergessen werde.« Mike schwingt die Rute nach hinten. Wieder muss er lachen, doch dieses Mal ist es ein leises, glucksendes Lachen. Er holt die Rute ein und sieht Samuel an, der ihn neugierig beäugt. »Du wirst mir nicht glauben, wenn ich dir erzähle, was mir passiert ist. Willst du es hören?«

Samuel nickt interessiert.

»Okay. Es war ein wunderbarer Tag. Perfekt, um Lachse zu angeln. Ich präparierte meine Rute mit genau so einer Fliege. Ich war aufgeregt. Verstehst du? Also habe ich sie so geschmeidig geschwungen, wie ich nur konnte. Und als ich sie nach vorn trieb, sah ich eine Schwalbe an dem Köder, die sich meine Fliege einverleibte.«

Mike linst zu Samuel, der gebannt an seinen Lippen hängt. »Die Schwalbe landet auf der Wasseroberfläche, ich denke nur, der arme Vogel, und als ich die Rute gerade vorsichtig zurückholen will, kommt da dieser riesige Lachs. Er verschluckt die Schwalbe. Ich ziehe an, schwinge die Rute zurück. Mein Herz pumpt, als ich den Lachs über mir sehe. Du kannst dir nicht vorstellen, wie aufgeregt ich bin. Der Lachs ist riesig! Als ich hinter mich blicke, trau ich meinen Augen nicht. Der Lachs landet direkt auf einem Hasen, der mausetot im Gras liegt.«

Für Sekunden ist es totenstill. Selbst das Rauschen des Flusses ist verstummt.

»Du verarschst mich, oder?«, fragt Samuel verunsichert.

»Nein, ich schwöre bei allem, was mir heilig ist: So ist es gewesen.«

Doch die kleinen Lachfältchen um Mikes Augen vertiefen sich und verraten ihn. Samuel bricht in ein schallendes Lachen aus, und Mike stimmt mit ein.

»Tolle Geschichte, ich wär fast drauf reingefallen.«

»Ja, die hat was. Und nur zu deiner Beruhigung, du bist nicht der Erste, der an ihrer Glaubhaftigkeit zweifelt.« Mike zwinkert ihm zu und schwingt erneut die Rute. »Und jetzt zeig ich dir, wie man es richtig macht.«

Elegant, mit ausgesprochener Sinnlichkeit schwingt Mike die Rute vor und zurück. »Immer gleichmäßig über die Schulter und niemals das Ziel aus den Augen verlieren. Du musst wissen, wo sie landen soll. *Reizen* nennt man das. Du musst die Fische verrückt machen. Quasi ihnen den Mund wässrig machen, und wenn du merkst, dass du ihre Aufmerksamkeit hast, lässt du den Köder aufs Wasser gleiten.«

In einem eleganten Bogen ditscht die Fliege auf der Wasseroberfläche auf. »Und jetzt holst du sie noch einmal zurück, um sie endgültig zu platzieren.«

»Das sieht so einfach aus. Okay, soll ich es mal versuchen?«

Mike überreicht Samuel die Rute. »Immer daran denken: reizen und Aufmerksamkeit erregen. Spiel mit den Fischen!«

»Okay, reizen und Aufmerksamkeit erregen … Das werde ich mir merken.« Und dann beginnt Samuel sein Spiel. Er hofft, dass es aufgeht. Ein Spiel, das er über lange Zeit bis ins Detail geplant hat.

***

Noch lange steht Steffi hinter Sarahs geschlossener Schlafzimmertür. Sie möchte weinen, schreien und sich am liebsten verkriechen. Sie hasst es, wenn Menschen, die sie liebt, so verzweifelt sind. Und Sarah ist mehr als verzweifelt. Nur, was kann sie, Steffi – immer witzig und sprudelnd –, schon ausrichten?

Nichts. Denn niemand nimmt sie ernst. Eine Frau, mit der man Spaß haben kann, und sonst nichts. Sie lauscht, ob Sarahs Weinen vorüber ist. Wie gern hätte sie ihrer Freundin den Schmerz abgenommen. Und wie sehr möchte sie ihr glauben, dass mit dem, was Sarah passiert ist, etwas nicht stimmt. Doch das kann sie nicht. Denn es wurde bewiesen und ein Gericht hat ein Urteil gesprochen. Punkt.

Ihre wirren Gedanken werden durch ein nervtötendes Geräusch zerrissen. Dankbar für diese Unterbrechung nähert sie sich der Küche.

Sie entdeckt Isabell, die gebannt auf den Multimixer starrt. Wortlos setzt sich Steffi auf die Bank vor dem Holztisch. Sie blickt auf Isabells Rücken, die schmale Taille, ihre langen Beine, die immer noch in der Jogginghose stecken. Der Mixer verstummt. Isabell öffnet einen Schrank und verharrt in der Bewegung. Langsam wendet sie sich um und lächelt Steffi an. »Möchtest du auch einen Smoothie?«

»Nein, danke.«

»Okay, aber du verpasst was. Kiwi, Banane und Trauben. Eine absolute Energiebombe. Willst du nicht doch probieren?«

»Nein. Mein Bedarf an Außergewöhnlichem ist für heute gedeckt.«

Isabell zuckt mit den Schultern und nimmt einen kräftigen Schluck. Als sie das Glas absetzt, hat sie einen verzückten Ausdruck auf ihrem Gesicht.

»Wow, lecker!« Sie wischt sich mit einem Finger über ihre wohlgeformten Lippen und sieht Steffi prüfend an.

»Was ist los?«

»Warum hast du das getan?«

»Was meinst du? Ich habe mir den Mund abgewischt, ich weiß, ist nicht ganz ladylike. Sorry.«

»Hör auf mit dem Quatsch! Du weißt ganz genau, was ich meine. Warum hast du Sarah erzählt, dass du mit Frank auf der Anhöhe warst?«

Steffi springt von der Bank und schreitet auf Isabell zu. Ihr ist klar, dass ihr Auftritt etwas theatralisch ist, doch in diesem Moment ist es ihr egal.

»Nun komm mal wieder runter! Was ist schon dabei? Ich dachte, sie wüsste es. Also entspann dich!«

»Nein, ich denke, du wolltest ihr wehtun. Und das hast du auch geschafft. Die Frage ist nur, warum? Warum, Isabell?«

Isabell hält ihrem Blick stand, antwortet aber nicht. Das alles bringt Steffi in Rage, dieser Blick, dieses Lächeln, dieses makellose Wesen.

»Hast du mit ihm gevögelt?«

Kurz flackert es in Isabells Augen. »Nein! Ich bin schließlich keine Hure – so wie du.«

Unwillkürlich weicht Steffi einen Schritt zurück.

»Was bildest du dir ein?«

»Ach, Steffi. Denkst du, ich weiß nicht, dass du Mike gefickt hast? Erinnerst du dich etwa nicht daran? Letztes Weihnachten! Die Weihnachtsfeier in der Firma?« Sie reibt sich über ihre glatte Stirn. »Toll, Steffi! Jetzt hast du mich wirklich dazu gebracht, dieses F-Wort zu sagen.«

Steffi blinzelt. Die Sonne, die durch das Fenster scheint, blendet sie.

»Siehst du, ich habe recht, du schlägst die Augen nieder. Ein Zeichen, dass es dir unangenehm ist. Also, gib es zu, ich will es aus deinem dreckigen Mund hören.« Isabell atmet hörbar durch die Nase aus. »Meine liebe Steffi, du hast meine Frage noch nicht beantwortet. Also komm mir nicht mit irgendeiner fadenscheinigen Moralpredigt. Und um es noch einmal deutlich zu sagen: Ich habe nicht mit Frank geschlafen. Aber du hast es mit meinem Mann getrieben. Auf einer schmierigen Toilette! Ganz dein Style, oder?«

»Du bist krank.«

»Ah, jetzt bin *ich* also krank?! Hast du dir vielleicht einmal überlegt, dass du mir damit wehgetan hast? Hat sich überhaupt jemand jemals Gedanken gemacht, wie ich mich dabei fühle? Nein, ihr denkt immer nur an euch!«

Sie ringt um Luft, um ihre Fassung. Doch sie kann nicht verhindern, dass sich ihre Augen mit Tränen füllen.

»Ich will doch nur glücklich sein, so wie jeder andere auch. Ich liebe Mike …« Schluchzend stützt sie sich auf dem Rand des Spülbeckens ab. »Bin ich wirklich so niederträchtig, wie du gerade gesagt hast?« Isabells Stimme ist nur noch ein Flüstern.

Steffi schluckt diesen verfluchten Kloß in ihrem Hals herunter. Sie weiß nicht, wie sie reagieren soll.

»Ich … Tut mir leid, Isabell. Ich weiß nicht, was ich sagen soll.« Sie möchte Isabells Schulter berühren, doch ihre Hand scheint nicht auf sie zu hören, denn sie steckt immer noch tief in der Tasche ihrer Shorts.

Das Geräusch zuschlagender Autotüren durchbricht die Stille.

»Honey, I'm home! Hey, Mädels, wo seid ihr?« Mikes aufgekratzte Stimme dröhnt durch das Haus.

Sofort dreht sich Isabell um, wischt sich hektisch über die Augen, doch Mike steht schon in der Küche und sein Lächeln erstirbt. »Was ist los?« Er sieht von Isabell zu Steffi.

»Nichts, ich habe nur irgendein Insekt im Auge.« Zur Bestätigung wischt sie sich noch mal über die Augen und blickt dabei zu Steffi, die sich beschämt abwendet.

Mikes ernster Blick geht von Isabell zu Steffi, und dann – von einer Sekunde auf die andere – hellt sich sein Gesicht auf. »Wir haben Besuch mitgebracht.«

ACHT

Warme Sonnenstrahlen tanzen durchs Schlafzimmer und zaubern Licht und Schatten auf Sarahs angespanntes Gesicht. Sie lassen die kleinen Falten auf ihrer Stirn noch tiefer erscheinen. Ihr Mund ist eisern zusammengepresst, als wollte sie verhindern, dass er etwas Furchtbares preisgibt. Unruhig wälzt sie sich hin und her. Stimmen mischen sich in ihren Traum, in jene Bilder, die sie nicht greifen, nicht einordnen kann. Die Stimmen werden immer lauter, realer. Sie klingen vertraut und doch fremd.

Es dauert eine Weile, bis sie ihre Augen öffnet und sich ihr Kiefer entspannt. Die Geräusche, die Stimmen werden intensiver. Ein Lachen dringt zu ihr durch die geöffnete Balkontür. Sie blinzelt zum Wecker auf dem Nachttisch.

17.57 Uhr.

Hastig reißt sie die Augen auf und schwingt ihre Beine aus dem Bett. Ihr Kreislauf mag diese hektischen Bewegungen nicht. Ohnmächtige Schwärze vor ihren Augen und ein Kribbeln, als suchten Millionen Ameisen ihren Körper heim.

Ich bin im Arsch. Ich muss mein Leben in den Griff bekommen, sonst bekomme ich die Quittung.

Ihre wehleidigen Gedanken werden durch ein Lachen unterbrochen, das ihr nicht bekannt vorkommt. Auf Zehenspitzen schleicht sie zum Balkon. Die Tür ist gekippt. Sie könnte sie öffnen und hinaustreten, um zu sehen, wer dort unten lacht. Doch sie ist noch nicht bereit, der Traum hallt in ihrem Inneren nach, kalter Schweiß steht auf ihrer Stirn. Sie muss furchtbar aussehen. Sie wagt es dennoch, näher an die Balkontür zu treten. Der Winkel ist ungünstig, sie kann nur Steffi und Frank erkennen. Sarah hält den Atem an und lauscht. Der Klang der fremden Männerstimme hat etwas an sich, das sie mit Unruhe erfüllt.

Langsam geht sie die Treppe hinunter. Der Duft nach frischen Kräutern weht ihr von der Küche entgegen. Sie bleibt für einen Augenblick auf dem Treppenabsatz stehen und lauscht Isabells Summen, das aus der Küche dringt.

Sie muss sich entscheiden: Entweder geht sie durch die Küche mit dem angrenzenden Wohnzimmer, um auf die Veranda zu kommen, oder durch die Vordertür, um das Haus herum.

Ja, und weil du so viel Schiss hast, wirst du den unbequemeren Weg wählen. Nein!

Sarah betritt die Küche, bleibt stehen und fragt sich, ob sie sich bemerkbar machen soll. Sie blickt auf Isabells Rücken, der sich über einen Topf beugt, ihre Hand wedelt den aufsteigenden Dampf zu ihrer Nase. Offensichtlich zufrieden mit dem Duft, deckt sie den Topf mit einem Deckel ab. Gelassen wendet Isabell den Kopf über die Schulter und sieht Sarah an. Nichts in ihrem Blick lässt erkennen, was in ihr vorgeht. Und dann, von einer Sekunde auf die andere, lächelt sie, wischt sich die Hände an dem Handtuch ab, das an ihrem Hosenbund klemmt, und kommt auf Sarah zu.

»Wir haben Besuch.«

Kein Wort der Entschuldigung, kein Wort des Verstehens.

Sarah nickt nur und will, so schnell es geht, nach draußen.

»Warte, Sarah! Es tut mir leid, was ich gesagt habe. Ich glaube, du hast mich falsch verstanden. Ich wusste nicht, dass dir der Ort so viel bedeutet, und ich habe mir nichts dabei gedacht. Selbstverständlich habe ich nicht mit Frank … also, irgendeine Dummheit begangen.«

Sarahs Herz pocht wie eine Trommel, auf die ungezügelt eingeschlagen wird. Sie versucht, Isabells Worte als Entgegenkommen zu verstehen, doch diese Frau ist nicht greifbar. Welche Gefühle sind echt, welche nur gespielt? In einem Augenblick tut sie ihr leid, im nächsten …

Wie konnte ich nur denken, dass es zwischen uns harmonisch zugehen kann? Niemals! Das wird nie passieren.

Sarah verflucht ihre Naivität und bleibt Isabell eine Antwort schuldig.

Sie rauscht zur Terrasse, wo sie hektisch nach Frank Ausschau hält. Sie entdeckt ihn mit Mike und einem fremden Mann, wie sie gerade das Haus von der Einfahrt aus betrachten und dabei ausgelassen diskutieren. Sie kann spüren, wie sich Frank und Mike euphorisch über die Sanierung des Hauses äußern. Unwillkürlich erscheint ein Lächeln auf ihren Lippen.

Ja, das war eine tolle Zeit.

Sie erhascht Franks Blick, der sie anlächelt. Er sieht so sexy aus mit seinem Anchor-Bart, den verwaschenen Jeans. Das locker sitzende T-Shirt kann seinen gut gebauten Oberkörper nicht verdecken. Wild, romantisch und bestimmend. So wie damals, als sie ihn kennenlernte. Nichts wünscht sie sich mehr, als dass es wieder so wird. Doch der Schmerz der Vergangenheit und die Enttäuschung über das, was sie heute erfahren hat, sitzen tief.

Es wird niemals wieder so sein wie früher.

Die Erkenntnis stimmt sie wütend und traurig zugleich.

Der Fremde lacht über Mikes und Franks Witzeleien. Er trägt ein Basecap, das sein Gesicht beschattet, sein Lachen wirkt frisch und voller Lebensfreude. Sarah ist neugierig, und doch …

»Ist er nicht süß?«

Sarah wirbelt herum und erblickt Steffi in einem der ausladenden Korbstühle mit einem Glas Weißwein und einer Zigarette in der Hand, an der sie jetzt genüsslich zieht, bevor sie den Rauch langsam ausbläst. »*Ich* finde ihn jedenfalls ganz schnuckelig.« Sie erhebt sich und schlendert auf Sarah zu.

»Wen meinst du?«

»Na, den coolen Typen mit diesem knackigen Hintern.«

»Oh, klar. Wie konnte ich den übersehen?« Sie grinst Steffi an. »Genau dein Typ, stimmt's?«

»Hm, er ist nicht von schlechten Eltern«, erwidert Steffi und kichert. Sie nimmt einen Schluck Wein und betrachtet Sarah aufmerksam. »Hast du mit Isabell gesprochen?«

Sarah schüttelt den Kopf. »Ich habe im Augenblick keine Lust dazu.«

Hektisch leert Steffi ihr Glas und zieht noch einmal kräftig an der Zigarette, bevor sie sie im Aschenbecher ausdrückt und erleichtert aufatmet.

»Was ist?«

»Oh, nichts weiter.« Sie füllt ihr Glas aufs Neue. Doch sie lässt es auf dem Tisch neben den Korbstühlen stehen und blickt Sarah an. »Geht es dir besser?«

»Ja, danke. Ich glaube, ich hätte mich vorhin bis zur Besinnungslosigkeit volllaufen lassen.«

»Ich fürchte, genau das hättest du getan. Bitte versprich mir, dass du wieder *du* wirst. Es macht mich fertig, dich so zu sehen. Das Leben ist schön, auch wenn wir manchmal schlimme Dinge erleben …«

»Steffi, bitte! Phrasen liegen dir nicht.«

Sarah umarmt ihre Freundin und flüstert ihr ins Ohr: »Ich bin dir so dankbar, dass du da bist.« Sie hält Steffis Hände ganz fest, während sie sich aus der Umarmung löst und ihre Freundin lange ansieht. »Und du solltest aufhören zu rauchen. Ist nicht gut für die Gesundheit.«

Sie zwinkert Steffi zu, und beide müssen lachen.

Schwatzend wie Waschweiber erklimmen Frank, Mike und Samuel die Stufen zur Veranda. Franks Gesicht hellt sich auf, als er Sarah entdeckt, die behaglich in einem der Korbstühle sitzt und an einem Glas Wasser nippt. Allein das zu sehen, erfreut ihn. Schnellen Schrittes ist er bei ihr.

»Hey!« Er beugt sich zu ihr herunter und küsst sie auf den Mund. »Geht es dir wieder besser? Steffi sagte, dass dir heute Morgen nicht gut war …«

»Alles in Ordnung.« Noch vor zwei Minuten wollte sie, dass es wieder so ist wie früher, doch sein Kuss schmeckt nicht mehr wie vor ein paar Stunden, bevor sie erfahren hat, dass er mit Isabell auf *ihrer* Anhöhe war. Sie muss sich zusammenreißen, um einen vernünftigen Tonfall zustande zu bringen. Sie richtet den Blick auf Mike und den Fremden.

»Wer ist das?«

»Samuel, Samuel Becker. Wir haben ihn unten am Fluss kennengelernt. Er hat die Hütte von Sörensen gemietet. Du weißt schon, oberhalb des Sees. Mike hat es nicht ausgehalten, mit anzusehen, wie unbeholfen Samuel sich beim Fliegenfischen angestellt hat. Du wirst es nicht glauben, Samuel hat gleich einen riesigen Lachs gefangen, und wir hatten noch nicht mal einen Biss.«

Sie folgt Franks Ausführungen nur mit einem Ohr, nickt flüchtig und erhebt sich aus dem Korbsessel. Mit ausgestreckter Hand geht sie auf Samuel zu.

»Hallo, ich bin Sarah.«

Bevor der Fremde ihre Hand ergreift, nimmt er sein Basecap ab. Seine kurzen braunen Haare stehen wild in alle Richtungen ab. Seine grauen Augen haben etwas Unergründliches, das nur durch sein Lächeln abgemildert wird. Als sie ihn erkennt, trifft es sie wie ein Schlag in die Magengrube. Der Typ vom Flughafen. Und dann hat er auch noch die peinliche Aktion hinter Kristines Laden mitbekommen.

Was für ein verfluchter Tag ist das heute?

»Hallo, ich bin Samuel. Schön, Sie kennenzulernen … Sarah.« Er hält ihre Hand immer noch eisern fest und spricht ihren Namen ehrfürchtig aus. »Das ist ein bedeutsamer Name, aus dem Hebräischen, wenn ich mich recht erinnere. Er bedeutet Fürstin oder auch … Herrin.« Sein Lächeln ist charmant, ganz im Gegensatz zu seinem Händedruck. »Mir gefällt allerdings mehr die englische Bedeutung …«

»Die da wäre?« Sarah entzieht ihm ihre Hand und vergräbt sie tief in der Tasche ihrer Jeans.

»Die Glückbringende.«

Er sieht sie lange an. Für Sarahs Geschmack viel zu lange und zu intensiv. Erinnerungen überlagern ihre Gedanken, Erinnerungen, die sie tief vergraben hatte, weil sie eine Zeit betreffen, die sie vergessen will. Und doch sprudelt es aus ihr heraus: »Und der Name Samuel bedeutet: Ich bin von Gott erhört.«

Er lächelt sie an, neigt den Kopf achtungsvoll. »Ich bin beeindruckt.«

Sarah nickt ihm zu und eilt dann hektisch auf die Veranda. Sie spürt seinen Blick im Nacken, und es behagt ihr ganz und gar nicht. Sie hofft, dass dieser Abend schnell vorübergehen wird.

Während sie sich zu den anderen gesellt, die sich nacheinander ins Haus begeben, schnappt sie sich ein Glas und füllt es mit Weißwein.

»Sieh mich nicht so an! Zum Essen wird doch wohl ein Glas Wein erlaubt sein, oder?«

»Sicher.« Steffi schaut ihrer Freundin nach, dann winkt sie Samuel zu, dass auch er ins Haus kommen soll.

Sarah rutscht neben Mike auf die Sitzbank und knallt ihr Weinglas auf den Tisch.

»Na, Schätzchen, wie war dein Tag?« Mike legt seinen Arm um ihre Schultern und küsst ihre Schläfen. Bisher war es Sarah nie unangenehm, dass Mike sich ihr gegenüber so verhält, doch jetzt rückt sie ein wenig von ihm ab. Sie schielt zu Isabell hin, die sie ebenfalls taxiert, während sie eine Schüssel mit Salat auf den Tisch stellt. Unmerklich nickt sie Sarah zu und blickt Frank an, der im Begriff ist, den Lachs aus dem Ofen zu holen. Flink eilt sie zu ihm und lacht viel zu laut, während Frank sich mit dem heißen Blech abmüht.

Isabell hat es tatsächlich geschafft, den Fisch seiner ganzen Länge nach auf das Blech zu bekommen. Neidvoll muss Sarah zugeben, dass er sensationell aussieht und sehr lecker riecht. Und noch etwas fällt ihr auf: Frank und Isabell gehen sehr entspannt miteinander um, als wären sie ein eingespieltes Team.

Ein perfektes Paar.

Steffi und Samuel schlendern in die Küche, während sie sich angeregt unterhalten und miteinander flirten, als würden sie sich schon ewig kennen.

Noch ein perfektes Paar.

Sarah reibt sich die Schläfen. Gedankenverloren nippt sie an dem Wein und ignoriert Franks missbilligenden Blick, als er sich neben sie setzt.

»Trink nicht zu viel«, flüstert er ihr leise zu.

»Warum nicht? Wir sind doch eine Familie!«, erwidert sie mit spitzer Zunge. Frank ignoriert ihre sarkastische Bemerkung, ihr Benehmen. Das ärgert sie.

Steffi und Samuel setzen sich ihr gegenüber an den Tisch. Sie sind vollauf miteinander beschäftigt und lachen hinter vorgehaltener Hand.

Frank erhebt das Glas, nachdem Isabell sich ebenfalls an den Tisch gesetzt hat. Sie sieht glücklich aus. Ja, so mag sie es. Alles schön geordnet.

Sarah umklammert ihr Glas und bemüht sich, Isabell nicht anzustarren. Die Frage, ob sie und Frank nicht nur die schöne Aussicht von der Anhöhe genossen haben, setzt sich immer mehr in Sarahs Hirn fest. Doch jetzt ist nicht der passende Zeitpunkt, darüber nachzudenken. Sie wird mit Frank reden, sobald sie allein sind.

Frank räuspert sich. »Samuel, vielen Dank, dass wir deinen hart erkämpften Fisch verspeisen dürfen. Lasst uns auf dieses wundervolle Essen anstoßen, zubereitet von unserer Spitzenköchin Isabell.«

Alle jubeln den beiden zu. Nur Sarah bleibt stumm – wie der Lachs, der sie aus trüben Augen anstarrt.

***

Der warme Abendwind weht den Gesang einer Nachtigall durch das geöffnete Küchenfenster herein. Doch kaum jemand nimmt Notiz von dem wunderschönen Gesang. Viel zu sehr sind sie damit beschäftigt, zu lachen, zu scherzen, das Essen und die Köchin zu loben. Isabell ist der Star des Abends und fühlt sich in ihrer Rolle sichtlich wohl.

Sarah hat den Fisch ohne großen Appetit gegessen. Immer wieder denkt sie, wie schön es jetzt zu Hause wäre – in ihrem Bett. Allein! Seit über zwei Stunden sitzt sie hier zwischen Menschen, die sie eigentlich gernhat. Aber sie fühlt sich nicht wohl. Und dann ist da der ominöse Fremde …

»Samuel, was treibt dich denn in diese Einsamkeit? Du bist doch allein hier, oder habe ich das falsch verstanden?«

Isabell hat das schmutzige Geschirr längst abgeräumt, einen Nachtisch serviert, den ebenfalls alle lobten, und setzt sich nun zurück an den Tisch – die perfekte Gastgeberin.

»Erst einmal vielen Dank für dieses köstliche Essen. Der Lachs war fantastisch zubereitet. Ich bin ehrlich gesagt sprachlos. Isabell, du bist wirklich eine tolle Köchin.«

Samuel erhebt sein Glas und prostet Isabell zu, die verlegen wie ein Schulmädchen lächelt. Sarah weiß nicht mehr, was sie glauben soll. Dieses Theater geht ihr von Minute zu Minute mehr auf die Nerven.

»Danke für das Kompliment, Samuel.« Elegant streicht sich Isabell eine Haarsträhne hinters Ohr. »Also, du bist ganz allein hier. Was hat dich hierher verschlagen – außer das Angeln?«

Samuel überlegt eine ganze Weile, nachdenklich dreht er sein Glas in den Händen. »Ich brauche Zeit, um mir über einige Dinge klar zu werden.«

»Und was ist das, wenn ich fragen darf?«

Nervös fährt er sich mit den Fingern durch das Haar. Alle Augen sind auf ihn gerichtet. Er hat die volle Aufmerksamkeit jedes Einzelnen am Tisch, besonders die von Sarah. Sie kann nicht einmal sagen, warum sie so sehr darauf erpicht ist zu erfahren, was er hier will.

Samuel starrt auf seine gefalteten Hände, seine Stimme ist leise, als er antwortet: »Ich bin hier, weil ich meinen Bruder verloren habe.«

Niemand sagt ein Wort. Es fühlt sich an, als wäre die Zeit stehen geblieben. Nur die Nachtigall müht sich weiterhin, dass jemand ihren Gesang bewundert.

Frank schielt zu Sarah, die sich interessiert nach vorn beugt und Samuel aufmerksam beobachtet. Er hat keine Lust, über die Vergangenheit zu sprechen, über Tod und Verlust. Er möchte Spaß haben. Gerade als Sarah eine Frage an Samuel richten will, ist es wieder Frank, der ihr zuvorkommt.

»Du sagtest, dass du in Amerika lebst. Du bist Makler, habe ich das richtig verstanden?« Frank betrachtet Samuel mit zusammengekniffenen Augen. »Kann es sein, dass wir uns schon mal begegnet sind?«

Samuel schenkt ihm ein breites Grinsen, bevor er schüchtern seine Augen abwendet. »Ach, ich werde immer mit diesem Schauspieler Jude Law verwechselt. Ist ganz schmeichelhaft, aber auch lästig.«

Frank verzieht die Mundwinkel zu einem zögernden Lächeln und räuspert sich. »Wie auch immer, du lebst also in den USA?«

Samuels Blick streift den Sarahs, die sich abwartend zurückgelehnt hat, die Arme vor der Brust verschränkt, die Augen fest auf ihn gerichtet.

»Ja, in New York. Eine wundervolle Stadt. Ich bin vor zehn Jahren rüber, als die Immobilienpreise in den Keller gingen. War ein gutes Geschäft.« Sein Tonfall hat nicht mehr den traurigen Klang von vorher. »Und ihr beide habt ein Bauunternehmen?«

»Ja, Hotels und Büroimmobilien.«

»Läuft mit Sicherheit sehr gut.«

Frank nickt. »Alle reden zwar von einer Flaute, aber dem ist nicht so, jedenfalls nicht bei uns.«

»Hört sich gut an. Und funktioniert es mit zwei Partnern? Ich höre oft, dass es zu Spannungen kommt, weil nicht immer an einem Strang gezogen wird.«

»Oh, das ist bei uns klar geregelt. Ich bin für die Akquise zuständig und Mike für die Durchführung. Funktioniert bestens. Stimmt doch, Mike, oder?«

»Absolut, wir sind ein tolles Team. Ich vertraue Frank und er mir. Ohne Vertrauen funktioniert nichts auf dieser Welt.« Mike zwinkert Samuel zu. »Was ist mit dir, willst du länger drübenbleiben?«

»Kommt darauf an … ich überlege mir gerade so einiges. Erst mal muss ich meine familiären Angelegenheiten regeln. Da ist viel aus der Vergangenheit, das ich klarkriegen muss.«

Mike steckt sich seine Zigarre in den Mund und stützt die Ellenbogen auf den Tisch. »Falls du überlegst, wieder in good old Germany Fuß zu fassen, melde dich doch einfach bei uns. Wir haben Beziehungen.« Er grinst Samuel breit an. »Wir würden ihm doch unter die Arme greifen, oder, Frank?«

»Ja, klar. Wie Mike schon sagte, melde dich einfach, wenn du dich entschieden hast.«

»Das ist sehr freundlich von euch. Vielleicht komme ich darauf zurück.« Samuel greift in seine Hosentasche und holt ein Zippo-Feuerzeug heraus. Er lässt die Abdeckung zurückklicken und dreht am Rädchen, bis eine Flamme hell tanzt, und hält sie an Mikes Zigarre.

Ruckartig weicht Mike zurück. »Oh, nein danke, ich rauche nicht. Ist nur eine dumme Angewohnheit von mir. So konnte ich mir das Rauchen abgewöhnen.«

»Nicht dein Ernst.«

»Doch, und du bist nicht der Erste, der mir dieses Ding in Brand stecken will.« Mike lacht dröhnend auf und haut mit der flachen Hand auf den Tisch. »Okay, Jungs und Mädels. Wie wäre es mit einer Runde Wodka, um dem Fisch einen gebührenden Abgang zu verschaffen?«

Sarah hat nichts von Mikes derbem Ausruf mitbekommen. Sie starrt auf das Feuerzeug in Samuels Hand. Das Herzrasen will nicht aufhören. Sie langt über den Tisch und hält Samuel auffordernd ihre Hand entgegen.

»Darf ich mal sehen?«

Er legt ihr das Feuerzeug auf die ausgestreckten Finger. Mit gemischten Gefühlen betrachtet sie es, lässt den Deckel hochschnappen. Einmal, zweimal … Das Geräusch weckt schmerzhafte Erinnerungen. Golden ist es, mit einer US-Flagge verziert.

Sie legt es langsam auf den Tisch und schiebt es zu Samuel hinüber. »Hat es deinem Bruder gehört?«

***

Es ist längst dunkel und erstaunlich frisch geworden. Der Nachtwind weht durch die geöffnete Balkontür ihres Schlafzimmers herein, doch er kann Sarahs Gemüt nicht kühlen. Völlig durcheinander geht sie im Zimmer auf und ab.

»Ich könnte schwören, dass dieser Samuel der Bruder von Martin ist.« Sie unterbricht ihre Wanderung und lauscht, bekommt jedoch keine Antwort. Genervt reißt sie die angelehnte Badezimmertür auf. »Hast du mir zugehört?«

Frank spült sich den Mund aus und spuckt energisch den Zahnpastaschaum ins Waschbecken. Er sieht Sarah über den Spiegel an, registriert ihre verschränkten Arme, ihren panischen Blick. »Das sind Hirngespinste.«

»Nein, das glaube ich nicht. Das Feuerzeug. Es ist Martins. Und hast du nicht bemerkt, dass er mir nicht geantwortet hat, als ich ihn fragte, ob es das Feuerzeug seines Bruders sei? Wie er vom Thema abgelenkt hat und …«

»Sarah, hör auf damit! Das ist ein Feuerzeug, das du in jedem Laden bekommen kannst, es gibt Hunderttausende davon.«

»Und warum hat er eins bei sich, wenn er nicht raucht?«

Frank wendet sich zu ihr um, legt seine Hände auf ihre Schultern und blickt in ihre trotzigen Augen.

»Vielleicht hat er sich das Rauchen abgewöhnt und trägt es als Erinnerung bei sich, so wie Mike es mit seinen Zigarren macht.« Er zieht sie zu sich heran, hält sie ganz fest in seinen Armen. »Du musst loslassen, Sarah. Du machst dich kaputt.«

Macht sie das wirklich? Ja, vielleicht. Sie zögert und hadert mit sich. »Nein. Ich werde nicht loslassen. Etwas stimmt nicht, und ich muss herausfinden, was es ist.«

Sie windet sich aus seiner Umarmung und blickt ihn lange an. »Frank, ich frage mich seit geraumer Zeit, warum Martin mich so zugerichtet hat. Und dann die schnelle Verhandlung. Ich bin mir nicht sicher, ob wir und die Polizei nicht doch einen Fehler gemacht haben.«

»Ich will jetzt nicht mit dir darüber reden. Wir sind das schon so oft durchgegangen. Wir können das gern noch einmal tun, aber nicht hier und nicht jetzt.«

Sarah weicht zurück, erschrocken über seinen barschen Ton. »Ich versteh dich nicht, Frank. Was ist, wenn er es nicht gewesen ist? Klar, er hat mich gestalkt, aber ich weiß nicht, ich habe ihn nie als so brutal empfunden, eher verzweifelt … Ich konnte ihn nicht erkennen, es war so dunkel, und die Kapuze verdeckte sein Gesicht, als er mich in der Gasse auf den Boden riss … Aber da war noch etwas anderes, das nicht passt …«

»Sarah, verflucht noch mal! Bitte hör auf! Es gab Beweise, dass dieser Mistkerl dich vergewaltigt und brutal zusammengeschlagen hat. Und unser Kind … Also, er ist daran schuld, dass du eine Fehlgeburt hattest.«

Er lässt sie einfach da stehen – im Bad, in dem kalten Licht, das gnadenlos auf sie niederbrennt.

NEUN

Die schräg stehende Morgensonne zaubert weiche Schatten auf die beigefarbenen Fliesen des Fußbodens. In der Luft hängt noch der feine Geruch nach Kaffee. Müde reibt sich Sarah über die Augen, als sie sich in der aufgeräumten Küche umsieht. Nichts erinnert an den gestrigen Abend.

Wie schafft Isabell das nur, so verdammt ordentlich zu sein?

»Faszinierend, findest du nicht?« Sarah blinzelt zum Fenster und erkennt im Gegenlicht Steffi, die mit untergeschlagenen Beinen auf der Bank sitzt, einen Becher Kaffee in den Händen. »Ich hab schon überlegt, ob ich mal einen Kurs bei ihr nehme.«

»Guten Morgen, Steffi … ja, das wär's. Du lässt dir von Isabell erklären, wie man einen perfekten Haushalt führt.« Sie lacht schalkhaft und setzt den Wasserkocher in Gang. »Wo sind die anderen?«

»Am See. Wollen wir auch schwimmen gehen?«

»Mal sehen, jetzt brauch ich erst mal einen Tee. Ohne den geht gar nichts. Ist Samuel auch noch da?«

»Nein, er ist schon sehr früh weg.« Steffi grinst und schiebt sich genüsslich eine Banane in den Mund.

»Steffi! Du hast doch nicht …?«

»Warum nicht, ich hab Urlaub und schon lange keinen Sex mehr gehabt.«

Mit einem dampfenden Becher setzt sich Sarah zu Steffi an den Tisch. Sie nimmt ein paar kräftige Schlucke von dem starken Tee und spürt sofort seine Wirkung. Sie blickt Steffi lange an, die sie mit einem Dauergrinsen ansieht. Sarah kratzt mit den Fingernägeln über die Holzplatte des Tisches. Sie ist geschockt. Nicht weil Steffi Sex hatte, sondern weil sie Sex mit *IHM* hatte.

»Was ist los? Du willst mir an diesem wunderschönen Morgen doch keine Moralpredigt halten?«

»Nein, natürlich nicht. Es ist nur … ich traue ihm nicht.« Sie sieht Steffi prüfend in die Augen. »Was hat er noch von sich erzählt?«

»Nichts, wir haben nicht viel geredet. Warum? Was ist dein Problem?«

Sarah zuckt mit den Schultern, dreht den Becher in ihren Händen und beobachtet, wie sich auf der Oberfläche des Tees kleine Kreise bilden. Steffi beugt sich vor, neigt den Kopf und versucht, ihrer Freundin in die Augen zu blicken.

»Sarah, ich kenne dich zu gut, ich weiß, wenn dir ein Furz quersitzt. Also, lass es raus!«

Trotz oder gerade wegen ihrer Anspannung muss Sarah laut lachen. »Steffi, du bist klasse. Nein, wirklich. Ich liebe deine Ausdrucksweise.« Sie nimmt einen Schluck Tee. »Also gut. Es sind so einige Dinge, die mich bei Samuel stören oder – besser gesagt – die mir aufgefallen sind. Zum Beispiel, dass er über gewisse Dinge nachdenken will … und dass sein Bruder tot ist.«

»Ja und? So was gibt es massenhaft. Ich meine, jeder hat doch schon mal das Bedürfnis gehabt, über sein Leben nachzudenken … und … klar, das mit dem Bruder … aber auch das kann reiner Zufall sein.«

»Und was ist mit dem Feuerzeug? Es sieht genauso aus wie das von Martin. Und hast du seine Reaktion mitbekommen, als ich ihn fragte, ob es seinem Bruder gehörte?« Sarah schüttelt den Kopf und lehnt sich zurück. »Steffi, dieser Samuel hat mir keine Antwort darauf gegeben – und er raucht nicht!« Sarah hat sich in Rage geredet, ihre Wangen glühen vor Aufregung. »Also wenn das alles Zufälle sind, dann weiß ich auch nicht.«

»Was ist mit dem Namen? Samuel hat einen anderen Nachnamen als Martin, wenn ich mich recht erinnere.«

Für einen winzigen Moment fällt Sarahs Theorie wie ein Kartenhaus in sich zusammen.

»Na und? Woher weißt du, dass Samuel nicht gelogen hat?« Triumphierend sieht sie Steffi an. »Seinen Ausweis hat er uns nicht vorgelegt.«

Steffi atmet hörbar aus und blickt aus dem Fenster. Lange lässt sie sich Sarahs Worte durch den Kopf gehen.

»Okay, warum fragst du ihn nicht einfach?«

»Klar, ich stolziere in seine Hütte und frage ihn ganz direkt, ob sein Bruder Martin Neumann ist, der mich vergewaltigt und sich anschließend in seiner Zelle erhängt hat.«

»Ja, so ungefähr.«

»Du spinnst.« Sarah springt auf und wirft dabei ihren Tee um. »Scheiße!«, flucht sie laut und rennt zur Spüle, um einen Lappen zu holen.

»Oh, oh! Mach schnell, bevor Isabell das sieht«, frotzelt Steffi. Beide brechen in Gelächter aus.

»So, was ist nun, kommst du mit zum See? Eine Abkühlung wird dir guttun.«

***

Gemächlich nähern sie sich dem Wasser. Steffi war sehr überzeugend und Sarah hat die Hoffnung, dass ein Bad im kühlen See vielleicht auch ihre heißen Gedanken runterkühlt. Es ist ungewöhnlich warm in diesem Sommer. Sarah genießt die Hitze auf ihrer Haut. Sie schielt zu Steffi neben sich. »Tut mir leid, dass ich so beharrlich war. Aber warum sagen die Menschen, die mir am Herzen liegen, nur immer wieder das Gleiche, warum hört mir niemand zu? Ich weiß, dass es sehr unwahrscheinlich ist, und ich bin ja auch überzeugt davon, dass alles richtig entschieden wurde, und natürlich bin ich froh, dass Martin bestraft wurde. Aber warum hat er immer wieder seine Unschuld beteuert und sich dann erhängt?«

»Sarah, lass es doch einfach gut sein. Du kannst nichts mehr ändern. Es ist vorbei. Und die Menschen, die dir am Herzen liegen, wollen nur, dass es dir wieder gut geht.«

»Du hast recht.« Sie atmet seufzend aus und sieht zum See. »Hey, was meinst du, wollen wir uns wie Kinder in die Fluten stürzen?«

Noch im Laufen ziehen sie sich ihre Shirts und Shorts vom Leib und rennen juchzend an den anderen vorbei ins kühle Nass.

Der See ist bitterkalt, doch schon bald albern die beiden wie durchgeknallte Teenager herum, die den Jungs am Ufer imponieren wollen. Sarah winkt Frank zu, dass auch er hineinkommen soll. Doch er wehrt dankend ab.

»Weicheier!«, ruft Steffi und grinst Sarah an. »Los, wer unter Wasser am längsten die Luft anhalten kann.«

Noch so ein albernes Spiel aus Kindertagen. Aber Sarah ist es egal. Es macht einfach Spaß, und den hatte sie schon lange nicht mehr.

Entspannt waten sie ans Ufer. Sarah und Steffi lassen sich auf dem grobkörnigen Sand nieder und strecken alle viere von sich. Immer noch mit einem entspannten Lächeln auf den Lippen sieht Sarah zu Frank hinüber, der ein Wirtschaftsmagazin in Händen hält, dessen Inhalt er förmlich aufsaugt. Sarah kennt diesen Ausdruck in seinem Gesicht. Es hat sie immer fasziniert, dass ihn diese trockene Materie begeistert.

»Baby, es gehört zu meinem Job. Wer ganz oben mitspielen will, muss sich informieren und schnell reagieren.«

Das sind seine Worte, wenn sie ihn damit aufzieht, dass er sich wie ein Bonze verhält. Mittlerweile weiß sie, dass er es hasst, wenn er bei seiner Lektüre gestört wird. Deshalb sucht sie sich ein anderes Opfer, das sie ärgern kann.

Sie schleicht sich von hinten an Mike heran, der entspannt in einem Liegestuhl liegt, die Augen geschlossen, die Zigarre im Mundwinkel, ein aufgeschlagenes Buch auf der Brust. Als sie über ihm steht, schüttelt sie ihr nasses Haar. Die glitzernden kalten Wassertropfen lassen Mike aufschrecken.

»Bist du des Wahnsinns!«, ruft er entsetzt. Sarah lacht und schnappt sich das Buch, das auf die Erde gefallen ist.

»Was liest du da? ›Mein Zorn wird dich treffen‹. Oje, was für ein Titel. Und dann das Blut auf dem Cover! Brrr, da wird mir jetzt schon schlecht.« Mit gespieltem Ekel reicht sie es Mike zurück.

»Schätzchen, die Story ist spannend, kann ich dir gern ausleihen. Der Autor ist großartig, er geht weit, aber nicht so weit, dass man sich übergeben muss.« Donnernd lacht er auf.

»Nein, danke. Ist nicht mein Genre.« Sie zwinkert ihm zu und streckt sich auf einer Liege unter einer Schatten spendenden Birke aus. Schnell ist die Abkühlung verflogen, und die bohrenden Fragen kehren zurück.

ZEHN

Die Füße, die in derben Boots stecken, hat er lässig auf die Brüstung der Veranda gelegt. Das Fernglas fest an die Augen gedrückt, beobachtet er das Gelände. Ein Elchbulle mit ausladendem Geweih, der sich auf die Lichtung vor der Hütte gewagt hat, um sich an dem frischen Grün der Gräser zu laben, war bislang sein Highlight.

Samuel lässt das Fernglas sinken, er schließt die Augen und lauscht dem Gesang der Vögel, die in der späten Nachmittagssonne um die schönsten Melodien wetteifern. Auf einmal ist es für einen kurzen Moment vollkommen still.

Kein Vogelgesang, keine Grillen.

Nichts.

Samuel greift nach dem Fernglas und scannt die Umgebung. Langsam stimmt die Natur wieder in ihren unermüdlichen Gesang ein. Und dann sieht er sie.

Immer wieder fragt sich Sarah, was sie hier eigentlich macht. Sie kommt sich vor wie ein Voyeur, der seine Befriedigung daraus zieht, andere bei den intimsten Verrichtungen zu beobachten. Als sie mit der fadenscheinigen Ausrede, das tolle Licht ausnutzen zu wollen, den See verließ, hat niemand sie zurückgehalten.

Nur Steffi hat sie frech angegrinst. Klar, denn sie hat ihr diese Idee ins Hirn gepflanzt.

Genervt stapft sie durchs Unterholz, bleibt stehen und betrachtet einen Käfer auf einer Heideblüte. In diesem Augenblick ist sie ganz Fotografin. Es wundert sie selbst, dass sie von jetzt auf gleich den Schalter umlegen kann.

Frank hat einmal zu ihr gesagt: »Das unterscheidet den Profi vom Laien. Und du bist ein Vollprofi. Du bist die Beste. Immer auf den Punkt, wenn es darauf ankommt.«

Ja, sie ist Profi, aber im Leben eine Null. Und doch stimmt Franks Aussage. Sie hat Gefallen gefunden an diesem kleinen, grünlich schimmernden Käfer und dabei die Welt und ihr Vorhaben vergessen. Als der Käfer davonfliegt, steht sie noch eine ganze Weile da und beobachtet seinen Flug, bis er aus ihrem Sichtfeld verschwunden ist. Sie ertappt sich dabei, dass sie lächelt. Plötzlich erstirbt ihr Lächeln und sie wandert durch das Heidegras, schaut interessiert rechts und links, hält sich die Kamera vor die Augen, doch sie hat nur die Hütte von Sörensen im Kopf.

Immer wieder schielt sie verstohlen zu der Hütte, die wie in dieser Gegend üblich rot gestrichen ist. Aber nicht lang genug, um erkennen zu können, ob Samuel im Haus ist. Gedanken schwirren in ihrem Kopf herum. Was soll sie machen, wenn er da ist? Und was, wenn nicht?

Was zum Teufel will ich hier?

Einfach in die Hütte gehen, ihm gegenübertreten und fragen: »Sag mal, bist du der Bruder von Martin?«

Schwachsinn!

Frank hat recht, sie muss loslassen. Endlich alles begraben, so wie sie ihren ungeborenen Sohn begraben hat. Den sie nie in den Armen halten konnte, weil ihr der Mistkerl in den Unterleib trat. Immer und immer wieder.

Wird sie das je vergessen können?

Nein.

Kann sie ihre Albträume begraben, die Zweifel, die sich ihr seit langer Zeit aufdrängen?

Nein.

»Hallo? Jemand zu Hause?« Ihr Rufen klingt genauso verunsichert, wie sie sich fühlt. Sie hat es noch nicht einmal gewagt, an die Tür zu klopfen. Obwohl Samuels Volvo vor dem Haus steht und sie sicher sein kann, dass er da ist, will sie einfach nur wieder weg. Sie blickt über die Schulter, doch da ist nichts als der stille Wald mit den hoch aufragenden Fichten.

Beherzt klopft sie an die Holztür. Nichts. Noch ein kurzer Blick nach rechts und links, dann drückt sie zögernd die Eisenklinke herunter.

Es ist dunkel in der Hütte. Die verblassten grünen Vorhänge sind halb zugezogen und die Nachmittagssonne, die durch den Spalt fällt, malt blassgoldene Streifen auf den staubigen Holzboden. Sarahs Augen brauchen einen Moment, bis sie sich an das spärliche Licht gewöhnt haben.

»Hallo? Samuel?« Auch wenn sie inzwischen nicht mehr davon ausgeht, dass er in der Hütte ist, ruft sie halbherzig seinen Namen.

Die Hütte sieht noch karger aus, als Sarah sie in Erinnerung hatte. Eine einfache Jagdhütte. Pur, ohne Schnickschnack, ohne Liebe zum Detail. Sie war nur einmal hier, damals, als sie ihr Haus renoviert haben. Sie statteten Sörensen einen Nachbarschaftsbesuch ab. Er war sehr reserviert ihnen gegenüber, aber nicht unfreundlich.

Es ist seine Jagdhütte, wie er sagte. Spartanisch, aber praktisch. Manchmal vermiete er sie an Urlauber, die das einfache Leben genießen wollen. Das war als kleiner Seitenhieb an sie gedacht, denn er wusste, dass sie ihr Blockhaus gerade modernisierten.

Der runde Tisch vor dem abgewetzten Sofa erregt Sarahs Aufmerksamkeit. Langsam geht sie darauf zu. Dort liegen dünne Mappen in unterschiedlichen Farben, jede ist mit einem Wort beschriftet, dessen Bedeutung sie nicht versteht. Dennoch kommen ihr die Worte seltsam vertraut vor. Sie ignoriert dieses Gefühl. Bevor sie eine der Mappen aufklappt, sieht sie sich noch einmal um. Alles ist ruhig. Nur das unermüdliche Gezwitscher der Meisen und die krächzenden Rufe der Krähen wehen durch das halb geöffnete Fenster herein und erfüllen den kargen Raum.

Während sie den Deckel der roten Mappe aufschlägt, spürt sie, wie ihr Herz wild zu schlagen beginnt. Sie öffnet die blaue Mappe, die graue, die gelbe … bis sie alle aufgeschlagen hat. Fassungslos und verwirrt steht sie da und bemerkt nicht, wie das Singen der Vögel erstirbt. Schweißperlen haben sich auf ihrer Stirn gebildet, ihre Kehle ist trocken. Schnell ordnet sie die Mappen wieder so an, wie sie sie vorgefunden hat. Sie fühlt nichts als blanke Panik und den Drang, hier sofort zu verschwinden.

»Hallo, Sarah! Was für eine Überraschung.«

Ihr Körper versteift sich, sie fühlt, wie ihre Halsschlagader pulsiert. Wie in Zeitlupe wendet sie sich um. Lässig steht Samuel an den Türrahmen gelehnt. Seine wachen Augen wandern zum Tisch. Unwillkürlich versucht sie, ihm den Blick zu verstellen.

Schützend hält sie sich die Kamera vor den Bauch, während sie versucht, auf dem harten Lehnstuhl eine angenehme Sitzposition einzunehmen. Die Veranda geht über die Länge der gesamten Hausfront. Auch hier ist nichts Überflüssiges zu sehen. Nur diese beiden Stühle und ein wackliger Tisch. Doch die Aussicht über das Tal mit dem angrenzenden Wald auf der einen Seite und dem See auf der anderen ist phänomenal.

»Toll, nicht wahr?« Samuel sieht sie nicht an, sondern hält seinen Blick fest auf den See gerichtet.

»Diese Weite macht einem ganz schön zu schaffen. Wenn sich hier jemand verirrt, findet ihn keiner so schnell. Was meinst du?«

»Ja, das könnte sein. Aber eigentlich auch nicht, sieh nur genau hin. Das Dorf Ottsjö ist ganz nah. Auf der gegenüberliegenden Seite des Sees.«

»Ja, das Dorf schon, aber ich meine eigentlich das, was hinter uns liegt. Den Wald.«

Er grinst sie an, in ihrem Kopf arbeitet es. Selbst sie würde Schwierigkeiten haben, aus dem Wald herauszufinden, obwohl sie einen guten Orientierungssinn hat.

»Kaffee?«

Die simple Frage reißt sie aus ihren panischen Gedanken. Erst jetzt bemerkt sie, dass auf dem wackeligen Tisch zwei Tassen stehen.

»Oder möchtest du lieber Tee? Stark und schwarz, mit viel Zucker und Milch?« Um seinen fein geschnittenen Mund legt sich ein Lächeln.

»Nein. Kaffee ist mir recht.«

»Gut, das macht die Sache einfacher.«

»Hast du mich erwartet?« Sie räuspert sich. »Ich meine … weil du zwei Tassen auf den Tisch gestellt hast.« Sie weiß, dass sie paranoid klingt, aber im Moment ist es ihr egal.

Samuel lächelt wieder. »Nein, aber unsere Mutter hat immer gemeint, man müsse vorbereitet sein.«

Sarah nickt verhalten. Diese Antwort trifft sie unvorbereitet. »Tut mir leid, dass ich einfach in dein Haus eingetreten bin. Aber … du hast den Besen nicht vor die Tür gestellt.«

Nun ist es an Samuel, irritiert zu sein.

»Was meinst du?«

»In Schweden ist es Brauch, einen Besen vor die Tür zu stellen, wenn man nicht zu Hause ist. Niemand würde jemals einfach so ins Haus gehen, wenn der Besen davorsteht.«

Sarah ist erleichtert, als sie Samuels Verunsicherung bemerkt. »Was hast du heute noch vor?«, fragt sie und nippt an ihrem Kaffee.

»Mich von dem gestrigen Abend erholen.« Er sieht sie eindringlich an. »Und wie ist es mit dir?« Seine Verunsicherung ist verflogen und das behagt Sarah überhaupt nicht. Demonstrativ schaut sie auf ihre Armbanduhr.

»Oje! Ich habe ganz die Zeit vergessen. Tut mir leid, ich muss jetzt gehen.«

»Was hast du hier überhaupt gewollt?«

»Oh, nichts weiter. Ich hab nur Fotos gemacht.« Sie hält zur Bekräftigung die Kamera hoch. »Purer Zufall, dass ich hier gelandet bin.«

»Ja, ist ein tolles Licht. Und du als Fotografin bist mit Sicherheit ganz begeistert. Der Drang, das perfekte Foto in den Kasten zu bekommen, ist wahrscheinlich enorm.«

Er nimmt einen Schluck Kaffee und lächelt sie an. »Du bist doch eine Perfektionistin, oder?«

Sarah nickt.

»Dachte ich mir. Du bist eine angesagte Fotografin, wenn ich den Worten deines Mannes glauben darf. Und wenn dich die … Wie sagt man? … Labels, also die Großen der Branche, dazu bekommen, Fotos von ihren Klamotten, ihrem Schmuck oder ihren Autos zu machen, dann verkauft sich das Zeug wie von allein. Stimmt's?«

»So ungefähr, ja.« Sarah rutscht auf die Kante des Stuhls. »Aber so einfach ist es auch nicht.«

»Klär mich auf, Sarah!«

»Wieso?«

»Weil es mich interessiert.«

Sie sieht ihn an – diese Augen, die sie aufmerksam betrachten, den Mund, der sich zu einem spöttischen Lächeln verzogen hat.

»Es stimmt schon. Aber nur weil ich gerade *in* bin. Und das bedeutet wiederum, ich darf mir keinen Fehler erlauben. Ansonsten bin ich weg vom Fenster, und das hat nichts damit zu tun, dass meine Arbeit schlecht ist.«

»Versteh ich nicht. Was meinst du mit Fehler?«

Ihr läuft es heiß und kalt den Rücken herunter. Sie will ihm nicht antworten, sie will nur weg. Fest umklammert sie ihre Kamera, als wäre sie ein Rettungsanker.

»Also, Sarah, was meinst du damit?«

Sie senkt die Augen, wägt ab, was sie ihm sagen kann.

»Ich warte, denn es interessiert mich brennend.«

»Also gut. Wenn ich den Auftrag eines Kunden annehme, dessen Arbeit …«, sie würgt den Kloß in ihrem Hals herunter, ihre Augen sind fest auf die Kamera gerichtet, »… dessen Arbeit zweitklassig ist, dann passiert es sehr schnell, dass die Branche sozusagen die Nase rümpft.«

Sofort verflucht sie sich, dass sie es gesagt hat. Panisch starrt sie Samuel an, der seinen Körper langsam vor und zurück bewegt. Es erinnert sie an eine Gottesanbeterin, kurz bevor sie auf ihr Opfer zuschnellt. Instinktiv weicht Sarah vor ihm zurück und presst sich gegen die harte Stuhllehne.

»Das versteh ich nicht. Ich dachte immer, wenn jemand mit Rang und Namen einen Newcomer protegiert, ist die Sache geritzt.«

»Nur wenn die Arbeit desjenigen auch hervorragend ist und eben nicht zweitklassig.«

»Okay …«

»Ich muss jetzt wirklich gehen.« Rasch steht sie auf und bemüht sich, ganz normal zu klingen und sich natürlich zu bewegen, was gar nicht so leicht ist. Am liebsten würde sie rennen.

»Danke für den Kaffee.« Sie lächelt ihn an, obwohl ihr zum Schreien zumute ist. »Schau mal wieder bei uns vorbei.«

»Ja, das mach ich bestimmt. War sehr nett, sich mit dir zu unterhalten. Unsere Mutter pflegte immer zu sagen: ›Junge, sei stets höflich zu den Menschen, dann wirst du Freunde gewinnen.‹«

Er lacht in sich hinein. »Ich hoffe, wir werden Freunde.« Und reicht ihr die Hand, die Sarah zögernd ergreift.

Ohne ein weiteres Wort zu sagen, eilt sie davon.

Sie bemüht sich, nicht zu rennen. Als sie auf dem Weg ist, wagt sie es, sich noch einmal umzudrehen. Doch Samuel blickt ihr nicht hinterher. Und jetzt rennt sie die Auffahrt entlang, bis sie an die Straße gelangt.

Ihre Finger zittern, als sie den Wagen aufschließt. Eilig springt sie hinein und verriegelt ihn von innen.

»Verfluchter Mist!«

So wie jetzt hat sie sich schon einmal gefühlt, und das wollte sie nie wieder spüren. Die Angst, die Ohnmacht. Sie wirft einen Blick in den Rückspiegel und zwingt sich, langsam loszufahren. Sie wird den Eindruck nicht los, dass er sie beobachtet.

Als sie auf der Landstraße ist, gibt sie Gas.

***

Höchst zufrieden mit sich und dem Verlauf der Dinge, greift sich Samuel das Gewehr aus der Ecke des Wohnzimmers. Ob Sarah es gesehen hat? Er hofft es.

Sein Blick wandert zu dem runden Tisch, auf dem die Mappen liegen. Er muss lachen, denn Sarah hat es tatsächlich geschafft, sie fast genauso wieder zurückzulegen, wie er sie drapiert hatte. Sie ist tatsächlich eine Perfektionistin – mit geschultem Auge.

Mit dem Gewehr und dem Reinigungskasten in der Hand schlendert er auf die Veranda und beginnt akribisch mit dem Zerlegen des Gewehrs. Jedes Teil legt er behutsam auf den Tisch. Eindringlich lässt er die mit Leder umspannte Bürste durch den Lauf des Drillings gleiten. Jede Bewegung, die seine Hand vollführt, entspannt ihn. Er hält den Lauf prüfend vor sein Auge und grinst zufrieden.

Er hat gehofft, dass es einfach und schnell gehen wird, aber dass es tatsächlich so reibungslos abläuft, hätte er nie für möglich gehalten. Zufriedenheit erfüllt ihn, und dennoch ermahnt er sich, nicht zu euphorisch zu sein. Der größte, aber auch spannendste Teil seines Plans liegt noch vor ihm. Und er ist mehr als gespannt, wie es sich entwickeln wird.

***

Schon von Weitem sieht sie, dass sich ihre Freunde auf der Terrasse versammelt haben. Lässig, mit einem Drink in der Hand, reden und lachen sie. Das Licht der untergehenden Sonne zeichnet eine Idylle, die ihr in diesem Augenblick so unwirklich vorkommt wie die Diagnose Krebs, der sich durch die Eingeweide frisst und das Leben zunichtemacht. Kann sie diesen Menschen anvertrauen, was sie in der Hütte gesehen hat, wie sich Samuel verhalten hat und mit welcher Angst in den Knochen sie panisch davongestürmt ist?

Ja, denn es sind Menschen, die du liebst und denen du vertraust. Aber vertrauen sie auch dir? Glauben sie dir?

Ihr Gedankengang kommt ihr seltsam vor, an ihm klebt der modrige Geruch von Verrat. Verrat am Vertrauen in ihre Freunde.

Sarah atmet tief durch und setzt ein munteres Lächeln auf, während sie die Stufen zur Veranda hinaufeilt.

Frank erhebt sich aus einem der Korbsessel. Er ist sichtlich erleichtert, sie zu sehen. »Da bist du ja!« Er umarmt sie fest. »Ich habe mir schon Sorgen gemacht. Du hast dein Handy nicht dabei …«

Sarah windet sich aus seiner Umarmung. »Doch, aber ich habe es ausgestellt.«

»Warum? Du weißt doch, dass ich das nicht mag.«

»Tut mir leid, aber ich brauchte meine Ruhe.«

Er legt einen Finger unter ihr Kinn und zwingt sie so, ihn anzusehen. Sarah hasst das. Am liebsten möchte sie seine Hand wegschlagen.

»Ich geh schnell unter die Dusche.« Sie schenkt ihm noch ein zaghaftes Lächeln und tritt zur Verandatür. Aus dem Augenwinkel bemerkt sie Steffis fragenden Blick, doch sie stürmt nur die Treppe hinauf.

Das Abendessen verläuft weitgehend schweigend. Die Gespräche sind zäh wie Gummi. Sarah ignoriert Steffis fragende Blicke. Sie weiß, dass ihre Freundin wissen will, wie es bei Samuel war, ob Sarah ihn nach seinem Bruder gefragt hat. Als Mike endlich den Vorschlag macht, einen Absacker am Lagerfeuer zu trinken, atmet Sarah auf. Steffi wird die Chance nutzen, mit ihr zu reden. Andererseits kann Sarah einen Drink jetzt gut gebrauchen. Deshalb greift sie nach der Rotweinflasche und will schon den anderen nach draußen folgen, als Steffi sie am Arm zurückhält.

»Warte!«, sagt Steffi. »Was war los? Erzähl! Ich platze sonst.«

»Gleich, wenn wir alle am Feuer sitzen«, raunt Sarah ihr zu.

»Oh Gott! So schlimm?«

Doch Sarah ist schon an ihr vorbei und bewegt sich zielstrebig hinaus.

Mike hat das Feuer entfacht und stolziert mit einem Glas Whiskey und seiner obligatorischen kalten Zigarre im Mund auf und ab. »Na, was sagt ihr? Ist das ein Feuer oder ist das ein Feuer?« Er grinst breit, nimmt die Zigarre aus dem Mund und kippt den Whiskey hinunter.

Sarah muss lächeln. Typisch Mike. Sie blickt zu Frank hin, der neben Isabell sitzt und seinem Freund zuprostet. »Du bist unser Superheld! Der größte, stärkste und genialste Mensch, den ich kenne.«

»Ja, Alter, gib mir mehr davon!«, grölt Mike und vollführt einen Tanz um das Feuer. Isabell kichert mädchenhaft und lehnt ihren Kopf an Franks Schulter.

Sarah stockt der Atem.

Was fällt dieser blöden Kuh ein?

In diesem Moment dreht sich Frank zu ihr um. »Baby, komm, setz dich zu uns.« Auch Isabell wendet sich lächelnd zu ihr und winkt ihr gebieterisch zu, neben ihr Platz zu nehmen. Bei all den Ereignissen hat Sarah tatsächlich verdrängt, dass sie mit Frank über Isabell reden wollte.

»Nein!« Ihr Ton klingt entschieden. »Ich muss euch etwas sagen, und mir ist es lieber, wenn ich dabei stehe.«

Das ist nur die halbe Wahrheit, denkt sie. Am liebsten würde sie sich einfach umdrehen und weglaufen. Sie starrt Isabell an, die noch näher an Frank gerückt ist. Der Anblick macht sie wütend, was Isabell wahrscheinlich auch erreichen möchte. Erst als sich Mike neben Isabell setzt und sie zu sich heranzieht, entspannt sich Sarah etwas. Alle Augen sind erwartungsvoll auf sie gerichtet.

»Okay. Ich bitte euch, mich nicht zu unterbrechen. Es ist wichtig, dass ihr genau zuhört. Es betrifft Samuel. Ich war heute Nachmittag bei ihm.«

Wie erwartet reden alle durcheinander.

Sie hebt die Hand. »Ich bitte euch, seid für einen Moment still!«

Und da verstummen ihre Freunde. Sarah beschreibt jedes Detail, jedes Gefühl, das sie hatte, als sie in Samuels Hütte war. Niemand wagt es, sie zu unterbrechen. Alle lauschen ihren Ausführungen. Danach ist es ganz still, nur das Knistern des Feuers ist zu hören.

Frank springt auf, unentwegt schüttelt er den Kopf, vergräbt die Hände in den Taschen seiner Jeans.

»Was erzählst du da?« Er steht jetzt dicht vor ihr. »Warum bist du zu ihm gefahren?« Er ist laut und unbeherrscht. Sarah weicht einen Schritt zurück. Im Schein des Feuers sieht sie seine Wut – aber auch Angst.

»Nun beruhige dich mal, Frank«, mischt sich Mike leise ein. »Das ist eine irre Geschichte. Und du bist dir sicher, dass er Akten oder Mappen, wie du sagst, *von uns* angelegt hat?«

»Ja, von uns allen – und außerdem von Martin und sich selbst.«

»Scheiße!« Mike kaut nervös auf seiner Zigarre herum. Mit ausholenden Schritten schreitet er zu seinem Platz und greift nach der Whiskeyflasche. Er macht sich erst gar nicht die Mühe, sein Glas zu füllen, sondern nimmt einen großen Schluck direkt aus der Flasche.

Steffi ist still geworden. Sarah kann sich gut vorstellen, dass sie sich jetzt dafür verflucht, mit diesem Mann geschlafen zu haben. »Und was stand da drin … in den Mappen?«, fragt Steffi leise.

»Woher soll ich das wissen? Es ging alles so schnell … Plötzlich war er da.« Sarah sieht einen nach dem anderen an. »Die Frage ist, warum. Warum ist er hier?«

»Du gehst dort nie wieder hin, ist das klar?« Franks Ton ist immer noch schneidend. »Mike und ich werden uns darum kümmern.« Er blickt Mike an, der ihm zunickt.

»Nein. Ihr seid verrückt! Lasst die Sache einfach ruhen.« Isabell ist aufgesprungen, ihre Augen gehen wild von Frank zu Mike. »Vielleicht sollten wir einfach abreisen.«

»Schätzchen, er hat von jedem von uns eine Akte angelegt. Ich schließe daraus, dass er weiß, wo wir wohnen, was wir machen.« Mike wird sich urplötzlich über das Ausmaß der Gefahr bewusst. »Ach du Scheiße! Der Kerl ist mit Sicherheit so ein Psycho!«

»Ja, vielleicht. Aber er ist nicht euretwegen hier. Er ist hier, weil er *mich* will.«

»Was redest du da, Sarah?« Frank starrt sie ungläubig an. »Was sollte er von dir wollen?«

»Ich bin überzeugt, dass er Martins Bruder ist und …«

»Hör auf!«

»Warum?«

»Weil das unwahrscheinlich ist, denn Martin hatte keinen Bruder!«

»Woher willst du das wissen? Nur weil unser Anwalt das sagt? Der Mann, der den Prozess im Eiltempo vorangetrieben hat? Vielleicht sind dadurch einige Informationen gar nicht ans Licht gekommen.«

»Was willst du andeuten?«

»Dass vielleicht etwas zu schnell entschieden wurde.«

»Du redest Blödsinn, Sarah! Mag sein, dieser Samuel ist etwas sonderbar, aber …«

»Also glaubst du mir nicht?«, unterbricht sie Frank.

»Kinder, nun kommt mal runter! Frank und ich werden dem Bürschchen morgen einen Besuch abstatten, und dann sehen wir weiter.« Mike und der Whiskey strahlen Zuversicht und Angriffslust aus.

Sarah würde Mike am liebsten die Flasche aus der Hand reißen und einen Schluck daraus nehmen. Sie spürt Franks Blick, er wartet nur darauf, dass sie es tut. Sie sieht ihn provozierend an und entscheidet sich dagegen.

»Ich bin auch dafür, dass wir abreisen. Verflucht, wenn ich mir vorstelle, dass er hier rumschleicht und uns beobachtet, wird mir ganz anders.«

»Steffi, bitte! Er wird nicht einfach hier aufkreuzen und uns abschlachten …« Sofort hält Sarah inne, als sie den entsetzten Ausdruck in Steffis Miene sieht. Entschuldigend hebt sie ihre Hand.

Weshalb bin ich mir da so sicher? Vielleicht ist er tatsächlich ein psychopathischer Serienkiller?

»Mike, ich möchte, dass wir fahren! Ich habe keine Lust, mich an irgendwelchen Spielchen zu beteiligen, die eventuell … unser Leben kosten.« Isabell sieht energisch in die Runde. »Wer ist dafür, dass wir fahren?«

Steffi hebt die Hand.

ELF

Langsam wandert die Sonne hinter den Bergen empor, ihre Strahlen fallen weich durch die Äste der Fichten. Samuels Hütte liegt noch im Schatten der Berge und des Waldes. Sie strahlt nichts Einladendes aus, weder Charme noch Geborgenheit.

»Hast du einen Plan?« Mike blickt zu Frank, der gedankenversunken auf die leblos wirkende Hütte starrt.

»Nein. Aber wenn wir etwas herausbekommen wollen, sollten wir uns geschickt anstellen.« Er wendet sich zu Mike. »Ich meine, dass wir nicht mit der Tür ins Haus fallen sollten. Wir laden ihn zum Angeln ein.«

»Gute Idee. Also los!«

Verwundert sehen sie sich an, als sie vor der Haustür stehen. Ein Besen steht quer angelehnt vor der Tür.

»Und nun?«, fragt Mike.

Frank grinst ihn an. »Was denkst du?«

Mikes feixendes Lachen hat etwas Albernes. Vorsichtig drückt er die Klinke herunter und streckt den Kopf zur Tür hinein. »Hallo? Samuel, bist du zu Hause?«

Als sie keine Antwort erhalten, schlüpfen sie in die Hütte. Sie treten ins Wohnzimmer und schauen sich ratlos um. Es ist keinesfalls so, wie Sarah es beschrieben hat – sondern sauber, aufgeräumt, sogar ein Strauß Wildblumen ziert den runden Tisch. Sie tauschen Blicke. Frank ist irritiert, aber er lässt sich nichts anmerken.

»Scheiße! Wo sollen wir suchen?«, fragt Mike.

Frank ignoriert die Frage und zieht die Schubladen einer alten Kommode auf. Tischdecken, Besteck und alte Deko-Utensilien, sonst nichts.

»Lass uns im Schlafzimmer nachsehen.«

Sicherheitshalber klopfen sie an die Tür.

»Ich komme mir echt albern vor. Hoffentlich werden wir fündig.« Mike ist genervt. Sein Adrenalinschub von vor drei Minuten ist verflogen und er wünscht sich nichts sehnlicher als ein ordentliches Frühstück. Lustlos steht er im Schlafzimmer und sieht sich um. Das Bett ist nicht gemacht, und das ist das Einzige, was *unordentlich* ist.

Frank ignoriert das genervte Stöhnen seines Freundes, auch wenn er zugeben muss, dass seine Nerven ebenfalls strapaziert sind. Was ist hier los? Warum hat Sarah gelogen? Oder hat sie nicht? Er flucht leise vor sich hin, dann hören sie das Zuschlagen einer Autotür.

»Scheiße!«, flüstert Mike. Sie eilen ins Wohnzimmer zurück.

Samuel weicht erschrocken zurück, als er Frank und Mike in seinem Wohnzimmer entdeckt. Frank, der ganz gelassen mit den Händen in den Taschen seiner Kakihose vor ihm steht und ihn anlächelt, als würden sie gleich einen Pakt fürs Leben schließen. Und Mike, der ungeniert auf der Lehne des Sofas hockt und ihn sportlich angrinst.

»Das ist ja eine Überraschung … ihr habt mich eiskalt erwischt.« Samuel legt die Autoschlüssel auf den kleinen runden Tisch und sagt augenzwinkernd: »Nützt also doch nichts, sich an die schwedische Tradition zu halten und einen Besen vor die Tür zu stellen, um zu signalisieren, dass niemand zu Hause ist.«

»Unser Fehler«, reagiert Frank mit lässigem Achselzucken. »Tut uns leid, wir sind zwar schon ewig hier, aber diese Dinge haben wir einfach nicht drauf.« Nachdenklich streicht er über seinen getrimmten Bart. »Das hat dir mit Sicherheit Sarah erzählt, als sie hier war. Sie ist gut in solchen Dingen. Nur an uns beißt sie sich offensichtlich die Zähne aus.« Er lacht gekünstelt und linst zu Mike, der immer noch auf der Sofalehne hockt und auf Samuels Antwort wartet.

»Sarah?«

»Ja, war sie nicht hier?«, fragt Frank mit einer Spur von Unsicherheit in seiner Stimme.

»Nein, war sie nicht. Die Info habe ich in einem Reiseführer gelesen.« Samuel lacht, wird dann aber schlagartig ernst. »Was ist hier los? Ist was passiert? Ich meine, ist ja noch früh am Morgen …«

»Oh nein, alles in Ordnung. Wir dachten nur, dass du vielleicht Lust hast, mit zum Angeln zu kommen. Wir wollen nachher mit dem Boot raus.« Frank wendet sich zu Mike, der sofort reagiert.

»Tja, wir haben deine Handynummer nicht, deshalb sind wir direkt vorbeigekommen. Willst du gleich mitkommen, frühstücken und so?« Er grinst Samuel breit an. »Nur eine Idee. Oder du kommst einfach später dazu, wir fahren ungefähr um acht Uhr los.«

»Ja, also … ich war schon draußen und habe drei wunderbare Saiblinge gefangen. Sie liegen im Außenspülbecken und warten darauf, gesäubert zu werden.«

»Hm, wie auch immer, überleg es dir. Wir würden uns freuen«, sagt Frank und nickt Samuel zu. »Also bis später vielleicht.«

»Ja, ich überleg es mir. Und danke für die Einladung.«

Mike schlägt die Autotür heftig zu. »Warum hast du ihm nicht gesagt, was uns Sarah erzählt hat, dass sie hier war und diese ominösen Mappen gesehen hat?«

»Weil es kein guter Zeitpunkt war. Wir sind in sein Haus eingedrungen. Schon vergessen?«

»Nein, aber wenn das ein Wichser ist, dann ist es doch egal, oder? Ich meine, der Typ ist nicht ganz koscher, aber auf der anderen Seite … also, Sarah ist im Moment auch ein wenig … Hm, wie soll ich sagen? *Anders.* Sie ist oft so abwesend und trinkt zu viel.«

Frank antwortet nicht und gibt Gas.

***

Noch liegt der See tief und schwarz da. Nur bei genauerem Hinsehen erkennt man den lieblichen Glanz der Sonne, die sich ohne Eile darauf ausbreitet. Sarah kann sich gar nicht sattsehen. Wie sich das Licht von Minute zu Minute verändert. Ein verwunschener Morgen voller Ruhe könnte das sein, wenn da nicht das nervige Gejammer von Isabell wäre.

»Warum hast du die beiden nicht zurückgehalten?«

»Weil sie es wollten!« Sarah rührt in ihrem Tee und wünscht sich, Isabell würde sie nicht so bösartig ansehen und endlich mit ihrem unruhigen Auf-und-ab-Tigern durch die Küche aufhören. Sie wendet sich wieder dem Fenster zu, das Glitzern auf dem See wird intensiver. Bald schon wird die Sonne die Oberhand gewinnen. Gemächlich schlürft sie ihren Tee. Gestern

Abend waren alle in Aufruhr. Sie hätte Isabells Vorschlag unterstützen sollen, sofort abzureisen. Und noch etwas bereitet ihr Unbehagen: Sie hat nicht erwähnt, dass Worte auf den Mappen standen. Worte, deren Bedeutung sie nicht verstand und die ihr dennoch bekannt vorkamen.

Hätte sie es sagen sollen?

Vielleicht.

Aber hätte es etwas genützt?

Sie schielt zu Isabell, die in ihrem Pyjama so verletzlich aussieht. Die Haare sind zerzaust, kein Make-up unterstreicht das ovale Gesicht, die braunen Augen, die schmale Nase, den vollen Mund. Sie sieht wie ein unschuldiges Kind aus. Es rührt Sarah, Isabell so zu sehen. Auch wenn sie immer noch eine Stinkwut empfindet, weil sie mit Frank auf der Anhöhe war – und über ihr Benehmen gestern Abend. Doch jetzt geht es um Samuel.

»Sie werden schon keine Dummheiten machen. Dafür ist Frank viel zu diplomatisch.«

»Frank schon. Aber Mike? Nein, er ist impulsiv. Verdammt, ich habe Angst! Verstehst du das nicht, Sarah?«

»Mehr, als du dir vorstellen kannst.«

»Warum bist du dann zur Hütte gefahren?«

»Ich hatte meine Gründe.«

»Ach ja, stimmt, du glaubst ja, dass er Martins Bruder ist!«, schnaubt sie. Ihre Stimme hat einen schrillen Klang. »Du spinnst doch! Wo war dann dieser Bruder, als Martin vor Gericht stand? Sarah, ich denke, du solltest dich in psychologische Behandlung begeben.«

Sarah sagt kein Wort. Der Impuls von eben, Isabell zu beruhigen, verpufft wie dieser Pilz, auf den man tritt und aus dem dann blaue Wolken aufsteigen. Wolken aus Sporen, deren Gestank man noch lange in der Nase hat.

»Guten Morgen! Was ist denn hier los?« Verschlafen reibt sich Steffi die Augen. Sie sieht von einer zur anderen. »Sind Mike und Frank noch nicht wieder da?«

Isabell schüttelt den Kopf und reicht Steffi einen Becher Kaffee. Irritiert über diese außergewöhnliche Geste von Isabell nimmt Steffi den Becher und vermeidet es, Sarah anzusehen.

»Danke«, murmelt sie und bleibt unschlüssig stehen. »Ich bin gespannt, was sie berichten werden.«

Ein schwacher Versuch, es so klingen zu lassen, als wären die beiden nur mal ein paar Lebensmittel kaufen gefahren.

»Ich weiß nicht, aber jetzt sind sie schon über eine Stunde weg.« Isabell setzt sich zu Sarah an den Tisch. »Tut mir leid, dass ich so ungehalten war.«

Sarah nickt und sieht sie flüchtig an. »Schon gut.«

»Da! Sie kommen!«, ruft Steffi und eilt zum Fenster, um einen besseren Blick zu bekommen.

Zur Erleichterung über Franks und Mikes Rückkehr gesellt sich ein langes Schweigen, das Sarah kaum aushält. »Was hat er gesagt?«

Als Frank und Mike Blicke tauschen, wird ihr mulmig. »Da waren keine Akten oder Mappen, und das Haus war in einem tadellosen Zustand … alles aufgeräumt, nicht so, wie du es beschrieben hast.« Frank blickt Sarah fest an.

»Sogar Blumen standen auf dem Tisch.« Mike rollt mit den Augen und bereut es sofort, als er Sarahs angesäuerten Gesichtsausdruck bemerkt.

»Wollt ihr sagen, dass ich mir das nur eingebildet habe?« Aufgebracht blickt sie zwischen Frank und Mike hin und her.

»Baby, nein! Das hab ich nicht gesagt. Aber er machte einen harmlosen Eindruck.«

»Klar! Er ist gerissen und ein guter Schauspieler.«

»Sarah, bitte!«

»Was? Ich war doch dort und habe die Akten gesehen. Und ich erinnere mich auch noch genau daran, wie das Haus aussah. Also bitte, wem glaubst du?«

Frank antwortet nicht, und Sarah schnaubt entrüstet. Sie muss etwas tun, sonst platzt sie vor Wut. Mit Nachdruck schüttet sie ihren mittlerweile kalt gewordenen Tee in den Ausguss. In ihr arbeitet es wie wild. Nur einen winzigen Moment hadert sie mit sich und ihren Erinnerungen.

Nein! Ich habe die Akten gesehen. Ich bin ganz sicher.

»Also falscher Alarm?«, fragt Isabell erleichtert.

»Ich weiß nicht. Irgendwas ist mit diesem Kerl.« Frank reibt sich über den Nacken und sieht auf seine Armbanduhr. »Wir sollten das Boot klarmachen.«

»Wieso? Wollt ihr jetzt angeln gehen?« Isabell ist mit zwei Schritten bei Mike. »Ihr geht einfach so zur Tagesordnung über? Was, wenn Sarah recht hat und dieser Kerl hier aufkreuzt … und ihr seid draußen auf dem See?«

»Nun beruhige dich, wir haben ihn zum Angeln eingeladen, vielleicht bekommen wir doch noch etwas aus ihm raus.«

»Ihr glaubt doch nicht im Ernst, dass er hier aufkreuzen wird, um mit euch zu angeln?« Sarah lacht abfällig, dann wird sie todernst. »Warum wollt ihr auf den See?«

»Weil er dann nicht wegrennen kann«, ist Franks Antwort. Sarah erkennt die Entschlossenheit in seiner aufgerichteten Haltung. Wenn er etwas will, denkt sie, zieht er es durch. Gnadenlos. So verfolgt er auch einen neuen Geschäftsauftrag.

Steffi räuspert sich, ihre Stimme klingt dünn und brüchig. »Die Frage, ob er kommt oder nicht, hat sich erübrigt. Er parkt gerade.«

»Gut, dann sehen wir uns später.« Frank beugt sich zu Sarah herab, haucht einen flüchtigen Kuss auf ihre Wange und blickt ihr in die Augen. »Mach dir keine Sorgen. Und im Übrigen … ich glaube dir. Wie ich es immer getan habe.«

Nachdenklich sieht sie ihm hinterher. Sie weiß nicht, was sie davon halten soll. Will er sie beruhigen, damit sie endlich aufhört, die Dinge zu hinterfragen, oder meint er es ehrlich? Niedergeschlagen reibt sie sich die Arme.

***

Einträchtig beobachten sie von der Veranda aus, wie das Boot langsam auf die Mitte des Sees zusteuert. Das hüstelnde Tuckern des Außenbordmotors erstirbt. Sarah hat das Fernglas an ihre Augen gepresst.

»Was siehst du?«, fragt Isabell atemlos.

»Sie machen die Ruten klar.« Sarah reicht Isabell das Fernglas und fragt: »Wie geht es dir? Kommst du mit der Situation klar?«

»Ja, natürlich. Sie sind doch zu zweit.«

»Fuck, ihr macht mir Angst. Gib mal her! Ich will es auch sehen.« Wortlos reicht Isabell das Fernglas an Steffi weiter. »Und wollen wir nun den ganzen Tag auf den See starren?«, fragt Steffi und drückt das Fernglas wieder in Isabells Hand. »Na, dann mach ich uns mal eine Runde Cappuccino.«

Leise flucht Sarah vor sich hin, während sie mit ihrem Smartphone im Schlafzimmer auf und ab geht, um einen guten Empfang zu bekommen. Nicht zum ersten Mal verflucht sie die Abmachung, die sie gemeinsam getroffen haben: in den Ferien keine Laptops, kein Festnetz, kein WLAN.

»Scheiße! Oh Gott, wie ich das hasse.«

Sarah hat keine Ruhe, den Cappuccino zu genießen. Viel zu sehr ist sie mit den immer wiederkehrenden Fragen beschäftigt. Warum hat Samuel die Mappen auf dem Tisch liegen gelassen? Mittlerweile ist sie überzeugt, dass es Absicht war. Sie sollte die Mappen finden! Und warum hat er Frank und Mike gegenüber geleugnet, dass sie dort war? Was hat er vor? Sie verdrängt das

Gefühl, das wie ein Klotz in ihrem Magen liegt. Sie will es nicht zulassen, denn es bedeutet nichts Gutes.

Sie läuft ins Bad. An der Toilette ist der Empfang stabil. Erleichtert setzt sie sich auf den zugeklappten Deckel. Unwillkürlich muss sie lachen. Sie kommt sich vor wie in einem schlechten Film. Aber was soll's? Sie hat Empfang. Jetzt muss sie sich nur noch an das Wort erinnern. Sarah schließt die Augen und verlässt sich auf ihr fotografisches Gedächtnis.

Dann gibt sie den Suchbegriff ein: *Superbia.*

ZWÖLF

Ruhig gleitet das dunkelgrüne Boot über den tiefblauen See. Kleine Wellen plätschern beruhigend an den Rumpf des Bootes. Die friedliche Stille wird ab und zu durch das Surren der Angelschnüre unterbrochen, die ausgeworfen und wieder eingeholt werden.

Frank lässt die Atmosphäre auf sich wirken. Er hat Schwierigkeiten, die Situation einzuordnen, und so etwas hasst er. Mike hat recht, Sarah trinkt zu viel und verliert immer wieder die Kontrolle. Er erinnert sich noch gut an ihre Auseinandersetzungen, als sie sich darüber aufregte, dass der Prozess zu schnell ging, als sie sich nicht sicher war, ob ihre Erinnerungen stimmen. Damals hatte er ihre Einwände ignoriert, denn schließlich waren die Beweise eindeutig. Und dann kam Martins Suizid.

Seitdem ist ihre Beziehung abgekühlt. Und jetzt geht es wieder von vorn los. Sie lässt nicht locker, lässt die Vergangenheit nicht ruhen. Frank ist am Ende, denn tief in seinem Herzen liebt er diese Frau.

Immer wieder gehen seine Augen verstohlen zu Samuel, um vielleicht doch Ähnlichkeiten zu Martin zu entdecken. Aber entweder ist sein Blick nicht scharf genug oder – da sind keine. Vielleicht die Nase oder die Augen, aber es lässt sich nicht eindeutig bestimmen. Und doch – da ist etwas an Samuel, das ihm bekannt vorkommt. Seine Augen? Verdammt, jetzt wird er auch noch paranoid.

»Hey, pass auf!« Mikes aufgeregtes Brüllen holt ihn aus seinen Grübeleien, und dann spürt er es. Die Angelschnur zieht plötzlich an, die Rute in seinen Händen steht unter Spannung. Vorsichtig und mit viel Gefühl holt er die Schnur ein und gibt wieder nach. Einholen. Nachgeben. Frank ist jetzt voll konzentriert. Er fühlt, wie der Fisch kämpft. Er spürt die Verbindung. Kampf um Leben und Tod. Und dann ist es so weit. Der Fisch wird müde, es geht schnell. Er hat ihn nahe dem Boot eingeholt und zieht noch einmal kräftig an. Mike ist mit dem Kescher bei ihm und holt den Fang ein. An Bord bäumt sich der Fisch mit allerletzter Kraft auf. Der präzise Schlag mit dem Holzknüppel auf seinen glänzenden Kopf lässt ihn von einer Sekunde auf die andere bewegungslos zurück.

»Alter, gratuliere! Was für ein Kaliber.« Mikes euphorischer Ausbruch löst die Anspannung.

»Wirklich ein toller Fang, super!« Samuel reckt den Daumen anerkennend hoch.

Mike holt drei Bier aus der Kühltasche. »Die erste Forelle in dieser Saison auf dem Boot. Das muss begossen werden. Prost!«

Kameradschaftlich schwelgen sie in Anglerlatein und alten Geschichten, bis ihnen die Fantasie ausgeht.

»Du sagtest, du bist hier, um über den Tod deines Bruders nachzudenken.« Frank reicht Samuel noch ein Bier.

»Ja, das hat mich sehr mitgenommen.« Er dreht die kühle feuchte Flasche in den Händen.

»Was ist passiert?«, fragt Frank, ohne Samuel aus den Augen zu lassen. Der nimmt einen kräftigen Schluck aus der Flasche. Sein Blick schweift über den See, dessen Wellengang stärker geworden ist.

»Es fällt mir schwer, darüber zu reden … es kam so plötzlich.«

»Hat er sich umgebracht?« Mike kann es nicht ertragen, wenn die Menschen zu lange brauchen, um auf den Punkt zu kommen. Er ignoriert Franks strafenden Blick. »Entschuldige, Samuel, aber das kam mir zuallererst in den Sinn.«

»Ja, die meisten denken sofort an Suizid, gerade wenn es sich um so junge Menschen handelt. Er war siebenundzwanzig und hatte Krebs.« Samuel umklammert fest die Bierflasche. Er genießt die offensichtliche Enttäuschung der beiden über diese Auskunft.

»Darf ich fragen, was für ein Krebs es war?«

»Klar, Frank. Lungenkrebs. Dabei hat er noch nicht mal geraucht. Tja, das Leben ist nicht einfach, und der Tod ist immer gegenwärtig.«

»Ich möchte dich noch etwas fragen und hoffe, du verstehst es nicht falsch.« Frank wählt seine Worte mit Bedacht. »Dieses Feuerzeug, das du neulich bei dir hattest, als du bei uns warst, gehörte es deinem Bruder?«

Samuel runzelt die Stirn. Ein leises, bekümmertes Lachen begleitet seine Worte. »Ja. Als mich mein Bruder in den USA besuchte, hat er es als Souvenir mitgenommen. Er fand den Klang so irre, wenn der Deckel auf- und zuschnappt. Er meinte, das sei der Sound der großen Filme, von Freiheit und Weite. James Dean und so … Es ist das Einzige, was ich jetzt noch von ihm habe. Dieses verdammte Feuerzeug.«

»Wie war sein Name?«

Samuel wirft Frank einen strengen Blick zu. »Sein Name IST Jan!« Sein Ton klingt scharf wie gesplittertes Glas.

»Entschuldige.«

»Schon gut. Ich bin immer noch sehr empfindlich, wenn es um Jan geht.« Samuel legt eine kurze Pause ein, als müsste er nachdenken. »Du fragst mich, weil Sarah so darauf reagiert hat, stimmt's?«

Frank nickt und reibt sich die Nase. »Ja, aber lassen wir das.« Wortlos präpariert er die Angel und hofft, dass Samuel nicht nachhakt. Er mag nicht über Sarahs Trauma sprechen.

»Ich habe gelogen bezüglich eurer Frage, ob Sarah bei mir war.« Samuel senkt den Blick. Er weiß, dass er die volle Aufmerksamkeit der beiden hat. Umständlich präpariert auch er seine Angel. »Völlig durcheinander kam sie in mein Haus gestürmt und redete von dem Feuerzeug und von irgendeinem Martin. Ich hab es euch verschwiegen, weil ich ihr keinen Ärger bereiten wollte. Sie tat mir so leid, wie sie mich mit ihren Fragen bombardierte. Und wenn ich mich nicht täusche, hatte sie auch Alkohol getrunken.«

Er legt seine Angel zur Seite und beäugt Frank mitleidig. »Tut mir wirklich leid. Ich hoffe, ich habe jetzt nichts Falsches gesagt, denn ich mag sie.« Er lächelt betrübt und richtet sein Augenmerk wieder auf das dunkle Wasser. »Vielleicht liegt es daran, dass ich so sensibel bin, wenn mir Menschen begegnen, denen es nicht gut geht.« Er wendet sich wieder an Frank. »Was hat es mit diesem Martin und dem Feuerzeug auf sich?«

Frank presst die Lippen aufeinander, wirft einen Blick zu Mike, der schnell wegsieht. »Es ist kompliziert. Ich möchte nicht darüber sprechen, ist zu privat.«

»Okay, versteh ich. Aber einen guten Rat habe ich: Was auch immer passiert ist, sie hat es nicht verdient, allein gelassen zu werden. Du musst Sarah helfen.«

Seine Worte verfehlen nicht ihre Wirkung. Frank passiert es selten, dass ihm die Worte fehlen, aber jetzt nickt er nur flüchtig in Samuels Richtung, greift sich sein Taschenmesser aus der Hosentasche und schneidet damit das Ende seiner Angelschnur durch, an der der Haken befestigt ist. Während er einen neuen

Haken an die Angelschnur knotet, zittern seine Hände. Das macht ihn wütend.

Die Männer werfen die Angeln aus. Jeder hängt seinen Gedanken nach und keiner bemerkt, wie das Wetter umschlägt.

Das Boot schaukelt, der Wind hat an Stärke gewonnen. Mike blickt zum Himmel. Eine dunkle Wand baut sich direkt vor ihnen auf. »Wir sollten lieber zurückfahren.«

***

Regen peitscht gegen die Fensterscheiben. Das warme Deckenlicht über dem Holztisch in der Küche wirkt einladend, strahlt Ruhe und Gemütlichkeit aus. Doch der Schein trügt, die Luft ist stickig wie eine Schwefelquelle.

»Sarah, das ist absurd! Ich will mir das nicht länger anhören.« Isabell stemmt ihre Hände flach auf die raue Tischplatte und beugt sich zu Sarah vor, die auf der Holzbank sitzt. »Ich weiß nicht, was das Ganze soll. Dieser Samuel scheint zwar ein Freak zu sein, aber das kann und will ich mir nicht vorstellen.« Isabell springt vom Stuhl. »Tut mir leid, aber was du da sagst, ist zu weit hergeholt.«

»Ich weiß, es ist nicht einfach …«

»Nicht einfach?«, unterbricht Isabell sie scharf. »Nein, es ist ganz und gar nicht einfach zu glauben, dass eine intelligente Frau wie du sich so etwas ausdenkt.« Wild gestikulierend deutet sie auf die ausgebreiteten Zettel auf dem Tisch.

Sarah verschränkt die Arme fest vor der Brust und starrt fassungslos auf Isabell, die wie ein Donnergott auf sie einredet. Beruhigend legt Steffi, die neben Sarah sitzt, eine Hand auf ihren Arm.

»Ich muss zugeben, diese Theorie klingt wirklich verrückt, aber ehrlich gesagt würde ich es ihm zutrauen.« Dankbar für ihre Worte entspannt sich Sarah ein wenig.

»Ah, noch so eine, die diesem Voodoo-Kram Bedeutung schenkt!« Isabell schnaubt verächtlich, während sie versucht, etwas am Seeufer zu erkennen. Doch da ist nur diese unergründliche Schwärze.

»Ich hoffe, die drei haben das Unwetter noch rechtzeitig bemerkt.«

»Sie sind erfahren genug und werden gleich auftauchen«, gibt Sarah lahm von sich.

»Ich hoffe es auch, und dann werden wir sehen, was wir tun. Vielleicht haben sie etwas herausbekommen, das mehr Sinn ergibt als … Ach, ich weiß auch nicht, wie ich es nennen soll. Gottes Gebote?!«

»Isabell, du warst doch die Erste, die panisch wurde und sofort nach Hause wollte, als ich euch erzählte, dass ich Mappen über uns gefunden habe. Und nun tust du so, als hätte mir nur meine Fantasie einen Streich gespielt.« Kopfschüttelnd sortiert Sarah die losen Blätter mit ihrer zittrigen Handschrift.

»Wisst ihr, was ich am liebsten tun würde?« Steffi reibt sich kraftlos über das Gesicht. »Ich möchte, so schnell es geht, nach Hause und das Ganze einfach vergessen.« Flehend sieht sie Sarah an, die mit ihrem Daumennagel unaufhörlich über das Holz kratzt. Ohne Steffi anzublicken, nickt sie.

»Ja, vielleicht ist es das Beste. Aber ich bezweifle, dass er Ruhe geben wird.«

»Oh bitte, Sarah, sag das nicht! Allein bei dem Gedanken bekomme ich einen Flattermann.«

»Endlich! Da kommen sie!«, ruft Isabell.

Von der Diele her wehen nur gebrummte Wortfetzen zu Sarah herüber, die immer noch am Tisch sitzt, Trost suchend Steffis Hand festhält und Isabell beobachtet, die erwartungsvoll mitten in der Küche steht. Dann ist es plötzlich still.

Vor Nässe triefend, mit verschlossenen Gesichtern betreten Frank und Mike die Küche.

»Was ist los?« Frank durchbricht die Stille.

Erleichtert, dass er da ist, sprudelt es aus Sarah heraus. Er wird sie verstehen. Ganz sicher. Er hat gesagt, dass er ihr glaubt. »Ich habe herausbekommen, was auf den Mappen steht … in Samuels Haus.« Sie bemerkt den irritierten Ausdruck in seinem Gesicht. »Ich hatte es gestern nicht erwähnt, aber da standen Worte drauf, die ich nicht verstanden hab. Jetzt aber schon. Hier, schau mal!«

Aufgeregt schiebt sie Frank die Notizen hinüber. »Das sind die sieben Todsünden. Da, *Superbia.* Das bedeutet Hochmut. Und diese hier: *Avaritia* – Habgier. *Luxuria* – Wollust. *Gula* – Völlerei. *Invidia* – Neid. *Acedia* – Faulheit. *Ira* – Rachsucht.«

Sarahs Herz klopft vor Aufregung. Erwartungsvoll starrt sie Frank an. »Nun, was sagst du?«

Frank schiebt die Zettel ruhig wieder zurück. »Was soll das, Sarah? Ich verstehe gar nichts.«

»Das habe ich auch nicht, aber langsam ergibt es einen Sinn. Er hat uns jeweils eine Eigenschaft zugeordnet, die seiner Meinung nach zu uns passt. Bei mir stand *Superbia* – Hochmut oder auch Eitelkeit. Daran kann ich mich noch genau erinnern. Und wenn ich ehrlich bin, trifft es auch zu.«

Sarah spürt die Augen, die auf sie gerichtet sind. Unverständnis, Missbilligung und Mitleid. Doch sie ignoriert diese Blicke und konzentriert sich ganz auf Frank.

»Sag mir, was du denkst.« Viel Hoffnung liegt in dieser Bitte. Hoffnung, dass er zu ihr steht und sie beschützt, wie er es immer getan hat.

»Okay, spielen wir es durch. Was, denkst du, würde auf mich zutreffen?«

Sie senkt die Augen, hört das unruhige Scharren von Füßen auf dem Fliesenboden, das entnervte Ausatmen, das Öffnen des

Kühlschranks und das anschließende Klirren von Eis in einem Glas, gefolgt von dem glucksenden Geräusch des Whiskeys, der die Eiswürfel knistern lässt. Zu gern würde sie auch einen Schluck davon trinken. Sie beißt sich auf die Unterlippe. Ihre Stimme ist leise, als sie Frank antwortet: »*Avaritia.* Geiz oder auch Habsucht.«

»Wie kommst du darauf, dass das zu mir passt?«

Sie schaut auf die Zettel vor ihr.

»Mike, würdest du mir bitte einen Whiskey bringen?« Frank wendet sich zu Mike, der an der Spüle lehnt. Wortlos füllt er ein zweites Glas und stellt es auf den Tisch, dabei sieht er Sarah an und schüttelt bedauernd den Kopf.

Sarah ignoriert die Geste, obwohl es sie bis ins Mark verletzt. Mike – ihr Freund, den sie schon so lange kennt – ist nicht auf ihrer Seite. Sie drückt den Rücken durch.

»Also gut. Und wenn wir schon mal dabei sind, können wir auch Mike nehmen.« Angriffslust liegt in ihrer Stimme und in ihren Augen. Sie streicht sich die widerspenstigen Locken aus dem Gesicht. »*Gula* – Völlerei oder auch Maßlosigkeit.« Sie blickt auf das Glas in Mikes Hand, die obligatorische Zigarre, die er jetzt aus dem Mund nimmt.

»Ich würde sagen, das passt. Findest du nicht, Mike?«

Ihr Blick wandert zu Isabell, die am Fenster steht und sie gebannt anstarrt. »Und ja, Isabell …«

»Es reicht, Sarah!«, unterbricht Frank sie bitter. »Du hast mir nicht geantwortet. Warum denkst du, dass Habsucht auf mich zutrifft?«

»Weil du ein Mensch bist, der alles in den Händen haben will. Der über alles und jeden Kontrolle ausübt.«

An Franks zusammengekniffenem Mund erkennt Sarah, dass sie zu weit gegangen ist. Doch sie fährt fort: »Ich habe recherchiert, Frank, und bin mir sicher, dass er Martins Bruder ist. Ich weiß nicht, was er will, aber mein Gefühl sagt mir, dass er nicht hier ist, um mit euch angeln zu gehen. Er will sich an uns rächen. Ich habe dir immer wieder gesagt, dass etwas nicht stimmt. Und nun kommt die Quittung.«

Sie greift nach dem Whiskeyglas und stürzt den Inhalt gierig hinunter.

»Baby, ich muss dich enttäuschen. Samuel hat uns erzählt, dass du bei ihm warst. Aber seine Geschichte klang anders als deine.« Er sieht sie lange an, bevor er Samuels Worte wiederholt. »Er sagte, dass du völlig durcheinander warst und ihn über Martin und das Feuerzeug ausgefragt hast … und er meinte, du hattest getrunken. Er hat geschwiegen, weil er dich schützen wollte.«

Sarah ist erstaunt, dass Frank so ruhig reagiert. Mit aller Macht dämmt sie das Gefühl der Enttäuschung ein, das in ihr hochkommt. Mit bemüht ruhiger Stimme und stetem Blick fragt sie: »Und du glaubst natürlich ihm, nicht mir. Und bist du dir hundertprozentig sicher? Was ist mit mir? Was ist mit meinen Zweifeln, dass Martin vielleicht doch unschuldig war? Du und unser Anwalt, ihr habt all meinen Zweifel abgetan. Ich hatte dir immer und immer wieder gesagt, dass ich Zeit brauche, um mich zu erinnern und …«

»Ich glaube, wir beenden dieses Thema fürs Erste. Mike und ich haben beschlossen, unseren Anwalt anzurufen, damit er mehr über Samuel in Erfahrung bringt. Bis dahin halten wir uns fern von ihm. Besonders du, Sarah!«

Es verschlägt ihr die Sprache. Wie versteinert starrt sie ihn an. »Du und Mike, ihr glaubt ihm also? Ich fass es nicht! Was, wenn er mehr von uns will als nur plaudern oder angeln? Ich war bei ihm! Verstehst du? Ich habe Akten von uns gesehen. Auf denen er uns die sieben Todsünden zugeordnet hat. Der Typ ist nicht ganz richtig im Kopf!« Wütend blickt sie in die betretenen Gesichter ihrer Freunde. »Ich will doch nur, dass kein Unglück geschieht!«

Steffi starrt nervös in die Runde. »Und … wenn wir nicht euren Anwalt, sondern gleich die Polizei verständigen?«, wendet sie ein. »Warum sollte Sarah so etwas erfinden?«

»Danke, Steffi. Du scheinst die Einzige zu sein, die mir glaubt. Selbst mein Ehemann denkt, dass ich fantasiere.«

Ihr Blick ist giftig, doch Frank hält ihn aus.

Wie immer.

»Sarah, ich … Es ist kompliziert, und ich möchte das nicht jetzt und hier mit dir ausdiskutieren.«

»Ach, komm schon, Frank! Es sind unsere Freunde. Und wenn du denkst, dass ich einen an der Murmel habe, dann sag es doch!« Langsam steht sie auf und hält Mike ihr leeres Glas hin. Er zögert und schielt zu Frank, bevor er das Glas mit dem goldenen Whiskey füllt.

Sarah kann nicht einmal sagen, ob sie sich über Mikes Verhalten ärgert oder bloß amüsiert. Sie stürzt den Whiskey hinunter. »Okay, ruf den Anwalt an. Ich bin gespannt.« Herausfordernd betrachtet sie Frank. »Nun, ich warte!«

Frank blickt zum Fenster, der Regen hat nachgelassen und am Himmel zeichnet sich in blassen Farben die untergehende Sonne ab. Er fingert sein Smartphone aus der Hosentasche.

»Ich hoffe, ich habe Empfang.« Es sollte scherzhaft klingen, doch niemand lacht.

Nur Sarah amüsiert sich im Stillen darüber, wie Frank versucht, cool zu erscheinen, und durch das Haus schreitet, um Empfang zu bekommen. Kurz überlegt sie, ihm den Tipp mit dem Klo zu geben.

Nein! Soll er doch sehen, wie er es hinbekommt.

»Tja, leider kein Empfang. Das liegt mit Sicherheit an dem schlechten Wetter. Ich fahre morgen früh zu Kristine in den Laden und rufe vom Festnetz aus an.«

DREIZEHN

Viel zu heftig knallt Sarah die Autotür zu. Erwartungsgemäß erntet sie einen genervten Blick von Frank, und es freut sie sogar. Sie weiß, dass er es nicht lange aushalten kann, bis er versucht, sich wieder bei ihr einzuschleimen. Aber auch das interessiert sie nicht.

Sie ist immer noch verärgert. Die Diskussion vom Vorabend sitzt ihr noch in den Knochen. Was hat er gesagt, als sie ins Bett gingen? Sie sei in letzter Zeit ziemlich durcheinander gewesen und ihr Alkoholkonsum habe deutlich zugenommen. Er hätte Schwierigkeiten, ihr zu glauben. Er wisse nicht mehr, was bei ihr Fantasie und was Realität sei. Klar! Immer noch regen seine Worte sie auf, auch wenn er nicht ganz unrecht hat, was den Alkohol angeht. Dennoch braucht er sie nicht wie ein Kind zu behandeln, das an die Hand genommen werden muss, weil es sonst nur dumme Sachen macht.

Stur sieht sie aus dem Beifahrerfenster und bestaunt den erwachenden Tag. Nebelschwaden wabern über die Büsche und durch die hohen Fichten. Rasch lässt die Sonne den Regen der letzten Nacht verdunsten. Das Schauspiel der Natur versöhnt Sarah. Aber nicht so sehr, dass sie entspannt auf das reagiert, was Frank jetzt zu ihr sagt.

»Sarah, möglicherweise ist etwas an der Geschichte dran. Wir werden dem in Hamburg nachgehen, sobald unser Anwalt Informationen hat. Versprochen.«

»*Möglicherweise?* Dass ich nicht lache! Du glaubst mir doch kein Wort. Aber diesem … *Irren* da schon. Der braucht dir nur ein aufgeräumtes Haus zu zeigen und mit seinen Unschuldsaugen zu beteuern, dass ich mich wie eine Verrückte aufgeführt habe.« Sie versucht, in seinem Gesicht zu lesen. »Frank, was ist mit mir und meinen Gefühlen? Was, wenn wir einen Fehler machen? Wir sollten die Polizei rufen.«

»Sarah, lass uns bitte nicht mehr darüber diskutieren. Alles wird sich klären. Sobald ich eine Rückmeldung von unserem Anwalt habe, werden wir entscheiden, was zu tun ist. Bis dahin sollten wir versuchen, den Urlaub zu genießen.«

Sie kennt ihn gut genug, um zu wissen, dass die Diskussion damit beendet ist. Sie drückt sich noch tiefer in den weichen Ledersitz des SUV und konzentriert sich darauf, nicht auszurasten. Seine Ignoranz macht sie wahnsinnig, traurig und nachdenklich zugleich. Warum glaubt er ihr nicht? Warum beschützt er sie nicht und steht für sie ein?

Noch einmal lässt sie das Treffen mit Samuel in der Hütte Revue passieren, überprüft sich selbst und ihre Erinnerung.

Verflucht, warum zweifle ich selbst an dem, was ich erlebt, gesehen und gehört habe?

Das unruhige Gefühl, das in ihr aufsteigt, macht sie wütend. Es ist dasselbe Gefühl, das sie hatte, als Martin vor Gericht stand und immer wieder schrie, er sei unschuldig. Hastig drängt sie die Bilder aus ihrem Kopf.

»Sarah, was für eine Überraschung!« Überschwänglich werden sie von Kristine begrüßt. »Wie geht es euch, habt ihr eine schöne Zeit? Was kann ich für euch tun?« Sie blickt mit ihren wachen Augen von Sarah zu Frank.

»Dürfte ich dein Telefon benutzen?«

»Ja, sicher. Ist etwas passiert?«

»Nein, alles gut, aber ich muss mein Büro anrufen und wir haben kein stabiles Handynetz.«

»Ja, das Unwetter gestern Nachmittag. Aber ehrlich gesagt brauchten wir den Regen mehr als dringend. Geh nur, Frank, du weißt ja, wo es steht.«

Während Frank im hinteren Teil des Ladens verschwindet, wendet sich Kristine wieder Sarah zu. »Du siehst mitgenommen aus. Möchtest du einen Tee? Ich habe gerade welchen aufgebrüht.«

Dankbar lächelt Sarah sie an.

Mit zwei dampfenden Bechern eilt Kristine wenig später auf sie zu. Ihr Gang ist beschwingt, als würde es nichts anderes geben als diesen wunderbaren Morgen und einen Becher mit heißem Tee.

»Komm, lass uns nach draußen gehen.«

Widerstandslos folgt Sarah dem beschwingten Gang. Kristines Fröhlichkeit nimmt ihr die Wut. Schweigend sitzen sie vor dem Laden auf einer Bank, trinken Tee und blicken auf den See in der Ferne.

»Kristine, ich muss dich etwas fragen. Du kennst doch Sörensens Jagdhütte. Im Moment hat er sie ja vermietet …«

»Oh ja, ich weiß, an diesen äußerst attraktiven jungen Mann«, unterbricht sie Sarah und schmunzelt vor sich hin.

»Genau. Kennst du ihn näher?«

»Was? Nein! Ich steh nicht auf junges Gemüse, auch wenn ich gern einen Blick drauf werfe.«

Sarah muss lachen. Ihre Anspannung löst sich mit jeder Sekunde mehr, die sie in Kristines Nähe verbringt.

»Nein, so meine ich es nicht. Ich will nur wissen, ob ihr miteinander gesprochen habt. Und … ob du einschätzen kannst, was für ein Mensch er ist.«

Kristine runzelt die Stirn und überlegt eine Weile.

»Ich habe nur das Übliche mit ihm geredet. Ein netter Kerl, vielleicht ein wenig introvertiert, aber sonst …« Sie zuckt mit den Schultern. »Warum interessiert er dich so? Du hast doch einen tollen Mann.«

»Ach, nur so … Er hat mit meiner Freundin Steffi angebandelt, und sie ist … na ja, immer so leichtgläubig.«

»Hm, wenn du willst, kann ich versuchen, ob ich was aus ihm herausbekomme.« Kristine nippt an ihrem Tee. »Und was ist der eigentliche Grund?«

Verstohlen blickt Sarah auf ihre Sneakers. Sie hätte wissen müssen, dass Kristine sich nicht so leicht täuschen lässt.

»Das ist kompliziert.«

Zu gern würde sie sich Kristine anvertrauen, aber sie müsste zu viel erklären, und dazu hat sie nicht die Zeit. Und was würde es nützen? Würde sie ihr glauben? Nein, und dann hätte auch noch Kristine ihre Bedenken. Oder?

Sarah ringt mit sich. Wo soll sie anfangen?

Langsam steht sie auf, vergräbt die Hände in den Taschen ihrer Trekkinghose und blickt abwägend zu Kristine, die sie immer noch abwartend ansieht. Wie gern hätte Sarah jetzt eine Verbündete. Aber wäre Kristine die Richtige?

Schnell entscheidet sie sich dagegen. Kristine kneift die Lippen zusammen, und Sarah weiß, dass es mächtig in ihr arbeitet. Sie ist eine kluge Frau.

»Sarah, ich mag dich sehr, und mein Gefühl sagt mir, dass hier etwas ganz und gar nicht stimmt.« Sie erhebt sich ebenfalls, stellt den Becher auf der Bank ab.

»Mädchen, rede mit mir!«

»Ich werde es dir erzählen, wenn ich selber weiß, was los ist. Bitte, Kristine, kein Wort zu Frank!«

Der flehende Blick in Sarahs Augen lässt Kristine verstummen. Sie nickt ihr zu. »Also gut. Du kannst dich auf mich verlassen.«

»Ach, hier seid ihr.« Frank steht in der Tür, charmantes Lächeln, lässige Haltung. Sarah muss sich eingestehen, dass er attraktiv ist und ihr Herz immer noch höherschlagen lässt.

»Und, hat alles geklappt?«

»Ja, ist erledigt. Er wird sich unverzüglich darum kümmern.« Die Erleichterung ist ihm anzusehen, als er sie versöhnlich anlächelt. »Wir genießen einfach diesen wundervollen Tag. Was meinst du?«

Er schlingt seinen Arm um ihre Taille und zieht sie zu sich heran. Ein Anflug von Sehnsucht überfällt sie, als ihr sein vertrauter Geruch in die Nase weht.

Reiß dich zusammen!, ermahnt sie sich und schiebt seinen Arm von ihrer Taille. »Ich geh nur schnell für kleine Mädchen, dann können wir fahren.«

Auf halbem Weg bleibt sie stehen. »Kristine, das hätte ich fast vergessen. Meine Einkaufsliste.«

Frank schaut den beiden nach und zückt sein Smartphone. Das Telefonat mit dem Anwalt war zwar gut, aber er braucht für seine Recherche ein Foto. Er schielt auf den Signalpegel und grinst zufrieden. Hektisch scrollt er durch sein Foto-Archiv, bis er das passende Bild gefunden hat. Als er die Aufnahme machte, hat sich Samuel sehr geziert. Es war an dem Tag ihres Kennenlernens, als Samuel den Lachs gefangen hat. Mike bestand darauf, dass der prächtige Fang dokumentiert wird. Das Foto ist nicht sonderlich gut, da Samuel sein Basecap weit ins Gesicht gezogen hat, aber besser als gar nichts. Er drückt auf *Senden*, dann setzt er sich auf die Bank und streckt zufrieden die Beine aus.

Während Kristine alles zusammensucht, was auf der Liste steht, eilt Sarah zur Toilette. Sie atmet tief durch, als sie an dem kleinen Waschbecken steht und das kühle Wasser über ihre Handgelenke rinnen lässt. Die Kälte tut gut. Das Plätschern löst noch etwas anderes aus. Das Bedürfnis zu trinken.

Wodka. Sie schluckt hart und wagt einen Blick in den milchigen Spiegel über dem Waschbecken. Sie sieht erschöpft aus. Kein Wunder, dass Kristine so besorgt ist.

Ich darf mich nicht gehen lassen! Verdammt, aber wie soll ich es sonst aushalten – den Druck, das Gefühl, etwas Falsches getan zu haben?

Seufzend beugt sich Sarah zum Wasserstrahl und lässt das kühle Nass in ihren Mund fließen. Es ist nur ein schwacher Ersatz für das, was sie eigentlich will. Müde trocknet sie sich mit einem Papiertuch aus dem Automaten ab und wirft es in den Abfalleimer. Sie vermeidet es, noch einmal in den Spiegel zu blicken.

»Kristine?«, ruft sie halbherzig, erhält aber keine Antwort. Langsam schlendert sie auf das Büro zu und streckt den Kopf durch die geöffnete Tür.

Warum steht die offen? Kristine ist pingelig, sie mag es nicht, wenn Kunden einfach in ihr Büro platzen und herumschnüffeln, wie sie sagt. Auch Frank weiß das, und es nervt sie, dass er nicht daran gedacht hat. Sorgfältig schließt sie jetzt die Bürotür und wendet sich zum Gehen.

»Hallo, Sarah!«

Ihr Herz setzt vor Schreck einen Schlag aus. Wie aus dem Nichts steht Samuel vor ihr und lächelt sie breit an.

»Oh, ich wollte dich nicht erschrecken.« Fürsorglich legt er seine Hand auf ihren Arm, doch Sarah schüttelt sie ab.

»Entschuldige, ich möchte dir nicht zu nahe treten.« Immer noch hat er dieses breite Grinsen im Gesicht. »Wie geht es?«

Hektisch sieht sich Sarah um. »Was machst du hier?«, fragt sie barsch und hofft, dass er die Angst in ihrer Stimme nicht erkennt.

»Einkaufen ...« Er zwinkert ihr zu, als wären sie gute alte Bekannte. Sarah will sich an ihm vorbeischlängeln, doch er verstellt ihr den Weg. »Ich hoffe, ich habe dir nicht zu viele Schwierigkeiten bereitet. Das würde mir leidtun.« Sein Lächeln hat sich zu einem abfälligen Grinsen verzogen. »Und, Sarah, wie fühlt es sich an, wenn einem niemand glaubt?«

Verstört starrt sie ihn an. Es dauert, bis sie sich wieder gefangen hat. Dann schiebt sie ihn zur Seite. Sie will und kann nicht mit ihm reden.

Doch er hält sie am Arm fest, seine Stimme klingt eiskalt. »Sag es mir, Sarah! Wie fühlt sich das an?«

Verzweifelt wandert ihr Blick zur Tür. Sie möchte schreien, doch kein Laut dringt aus ihrer Kehle. Und dann gibt Samuel unerwartet ihren Arm frei.

»So, hier habe ich die passende Spule für die Angel.« Kristine kommt aus dem Lager. Ihr schneller Schritt stoppt, als sie die beiden entdeckt. Ihre Augen wandern von Sarah zu Samuel.

»Fantastisch!«, ruft dieser mit einem freudigen Lachen. »Liebe Kristine, Sie sind unbezahlbar. Ehrlich, ich hätte nicht gedacht, dass es gerade hier dieses Teil gibt.«

»Nun, wir leben in einem Land, wo der Fisch zu uns gehört wie die Luft zum Atmen.«

»Ja, da haben Sie wohl recht. Ich habe mit Sarah eine Wette abgeschlossen, dass Sie nicht fündig werden. Sarah meinte, dass Sie diese Spule mit Sicherheit haben werden, und ich meine genau *diese eine*. Tja, ich habe verloren.« Er zwinkert Sarah zu, die immer noch kaum atmen kann. »Ich schulde dir und deinen Freunden ein Essen.«

Sarah nickt flüchtig, bevor sie sich Kristine zuwendet.

»Wo ist Frank?«

»Draußen, er belädt den Wagen.«

Während Sarah aus dem Laden eilt, hört sie Samuels Stimme hinter sich. »Kristine, alles in Ordnung? Sie sehen blass aus.«

Wie in Trance stürmt Sarah auf die Ladentür zu. Als sie ins Freie tritt, blendet das Sonnenlicht ihre Augen. Blinzelnd sucht sie nach Frank und stolpert zum Wagen.

»Alles klar?« Frank neigt den Kopf fragend zur Seite, als er den letzten Karton mit den Lebensmitteln in den Kofferraum stellt. Hektisch reißt Sarah die Wagentür auf und schwingt sich auf den Sitz.

»Was ist denn los?« Frank setzt sich auf den Fahrersitz und schaut sie mit einer Mischung aus Unsicherheit und Mitleid an.

»Wusstest du, dass Samuel im Laden war?«

»Ja, er wollte eine Angelspule kaufen und hat mich um Rat gefragt. Daran ist doch nichts Besonderes.«

»Nein, im Grunde nicht. Aber nach dem, was passiert ist, finde ich es schon merkwürdig, dass du dich ganz normal mit ihm unterhältst.«

»Sarah, warum soll ich ihn meiden? Gerade jetzt! Ich denke, es wäre ein Fehler.« Er steckt den Schlüssel ins Zündschloss. »Hat er sich dir gegenüber anständig benommen?«

Sarah spürt sein krampfhaftes Bemühen, normal zu klingen. Sie hadert mit sich, ob sie Frank erzählen soll, was Samuel zu ihr gesagt hat. Doch schnell verwirft sie den Gedanken, er würde nur alles schönreden und sie auffordern, sich zu entspannen. Dass Frank jetzt den Motor startet, lässt darauf schließen, dass er keine Lust hat, Sarah länger zuzuhören.

Ja, Samuel. Es fühlt sich richtig scheiße an, wenn einem niemand glaubt.

Rasch wendet sie den Blick von Frank ab und sieht aus dem Fenster. Doch die Landschaft, die imposant an ihr vorbeirauscht, nimmt sie gar nicht wahr.

VIERZEHN

Im Haus angekommen, sprintet sie die Treppe hinauf. »Willst du nicht frühstücken?«, ruft ihr Frank verdutzt hinterher.

Sie bleibt unvermittelt stehen.

»Nein, ich möchte den kühlen Morgen nutzen und ein wenig joggen. Ich bin völlig außer Form, und in Hamburg habe ich bestimmt wieder keine Lust.«

Sie stürmt weiter die Treppe hinauf ins Schlafzimmer. Rasend schnell wechselt sie die Kleidung und verdrängt ihr taubes Gefühl der Machtlosigkeit, während sie im Kleiderschrank kramt. Weit hinten bei der Winterunterwäsche findet sie die Wodkaflasche. Ihre Kehle ist staubtrocken, als sie den Glaskörper in den Händen spürt. Es ist nur ein kleines Zögern, dann wandert die Flasche in ihren Rucksack.

Als sie aus dem Zimmer stürmt, prallt sie mit Steffi zusammen. »Was ist, hast du Lust, mit mir zu joggen?«

»Jetzt?«

»Klar! Ist doch ein perfekter Morgen. Also, husch, husch, mach dich fertig!«

Ihr Lauf ist rhythmisch. Auch wenn der Boden seine Tücken hat, agieren ihre Körper, als würden sie eine Symbiose bilden. Geschickt weichen sie Baumwurzeln und Untiefen im Waldboden aus.

»Warte!«, keucht Steffi und verlangsamt ihr Tempo. »Laufen wir vor irgendjemandem davon oder warum hast du es so eilig? Wo wollen wir überhaupt hin?« Sie bleibt stehen und stützt die Hände auf die Knie. »Verflucht, ich glaube, mir platzen gleich die Lungen.«

»Komm weiter! Ist nicht mehr weit. Ich garantiere dir, du wirst es lieben.« Sarah zieht Steffi lachend am Arm hinter sich her.

»Und? Was habe ich dir gesagt, ist das nicht ein fantastischer Ausblick?« Sarah breitet die Arme aus, als wolle sie den See und die Ebene umarmen.

»Wow, ja, das ist allerdings spektakulär.« Steffis Atem geht immer noch schwer. »Also das ist deine berühmte heilige Anhöhe?«

»Ja, das ist sie. Aber so heilig ist sie nicht mehr, seit Frank mit Isabell hier war. Verdammt, ich hab immer noch nicht mit ihm darüber geredet.«

Sarah lässt sich auf dem Boden nieder und lehnt ihren Rücken an einen Felsen. Aus ihrem Rucksack holt sie die Flasche Wodka. »Komm, setz dich zu mir und lass uns diesen wunderbaren Tag begrüßen.«

»Ist es dafür nicht ein bisschen früh?« Steffi deutet auf die Flasche. »Was ist los, Sarah?«

»Oh, nichts. Wir genießen einfach nur unseren *fantastischen* Urlaub.« Sie setzt die Flasche an und der Wodka rinnt warm ihre Kehle hinunter, während ihr die Tränen über die Wangen laufen.

»Ist alles ganz schön aus dem Ruder gelaufen«, sagt Sarah und blickt zu Steffi, die unentwegt an einem Grasbüschel zupft.

»Aber wer konnte schon ahnen, dass dieser Psycho hier auftaucht und alles durcheinanderbringt? Ich versteh es nicht. Was will er von mir, von euch? Vielleicht ist es tatsächlich besser, wir reisen ab.«

»Ich glaube auch, dass wir das tun sollten. Ich fühle mich hier nicht mehr sicher.« Steffi lächelt gequält und wirft die abgezupften Grashalme in die Luft. »Weißt du, wenn ich daran denke, dass ich mit diesem Samuel Sex hatte, wird mir ganz übel. Ich versteh nicht, was das alles soll. Dieser Todsünden-Quatsch, das ist doch krank. Außerdem, was habe ich oder die anderen mit dem zu tun, was dir passiert ist?«

»Nichts! Das ist es ja, was mich so fertigmacht.« Nachdenklich betrachtet Sarah die Flasche in ihrer Hand. »Du glaubst mir doch, dass ich nicht fantasiert habe und mir nicht nur alles einbilde, oder?«

»Natürlich glaube ich dir, obwohl es total spooky klingt und keinen Sinn ergibt. Wenn er tatsächlich der Bruder ist und sich rächen will, wofür auch immer, dann ist dieser Aufwand ziemlich überzogen und macht das Ganze unglaubwürdig. Finde ich jedenfalls.«

»Also glaubst du mir doch nicht. Und bist auch der Meinung, dass mit mir etwas nicht stimmt, so wie Isabell, die sagt, ich soll mich in psychologische Behandlung begeben, ja? Die hat es gerade nötig, so zu reden.« Verärgert nimmt Sarah noch einen Schluck. »Selbst Frank zweifelt an mir, und mit diesem ganzen Anwalt-Gerede will er mich doch nur ruhigstellen, damit ich diesen *wunderbaren Urlaub* nicht zerstöre, weil ich sowieso keine Lust darauf hatte und …«

»Sarah, bitte hör auf, dich selbst zu quälen. Das bringt nichts. Und du musst mit dem verfluchten Saufen aufhören! Das macht dich krank. Du bist doch eine intelligente und starke Frau, du weißt immer, was du willst, und du bist erfolgreich … was ich von mir nicht behaupten kann.« Steffi atmet die würzige klare Luft tief ein und schaut Sarah beschwörend an. »Ich brauche dich! Du bist der einzige Mensch, der an mich glaubt, dem ich alles anvertrauen kann. Und genauso glaube ich dir, du findest immer ein offenes Ohr bei mir.«

Die impulsive Ansprache ihrer Freundin versöhnt und beschämt Sarah zugleich. »Du hast vollkommen recht. Aber weißt du, dass ich mich ohne dieses Zeug sehr wahrscheinlich längst ins Jenseits befördert hätte? So konnte ich mich einfach besinnungslos saufen und meine Gefühle ertränken, bis sie mich in Ruhe ließen. Für eine Weile.« Sarah streicht über die wulstigen Narben an ihren Unterarmen – Zeugen ihres Versuchs, sich aus dem Leben zu stehlen. Auch das ist ihr misslungen. Sie umklammert die Flasche und sieht Steffi an. »Das ist der letzte Tropfen, den ich trinken werde. Wenn diese Flasche leer ist, hör ich auf.«

Steffi schüttelt betrübt den Kopf, doch dann lacht sie. »Okay, dann werde ich dir dabei helfen, sie ganz schnell zu leeren.« Eifrig schnappt sie sich die Flasche aus Sarahs Händen und hält sie feierlich hoch. »Auf die Kopfschmerzen, die sicher folgen werden!« Für einen endlosen Moment glaubt sie an einen Neubeginn.

***

»Bring mich ja nicht dazu, dass ich jogge, denn wenn ich das tu, ich schwör bei Gott, fall ich tot um.« Torkelnd und im Schneckentempo bewegt sich Steffi auf dem Waldweg.

»Du verträgst ja gar nichts. Sieh mich an, ich bin gut im Training.« Sarah ist über ihren eigenen Scherz schockiert.

Das war's mit dem Alkohol! Ich werde mich nie wieder so gehen lassen.

Sie hakt sich bei Steffi unter. »Wollen wir was singen?«

»Klar, wir sind doch allein, nur ein paar Elche können uns hören.«

Mit den schrägsten Tönen stimmen sie in das Lied »Walking on Sunshine« von Katrina & The Waves ein. Aus Leibeskräften singen sie die Zeilen.

Samuel lächelt, als ihm die falschen Töne entgegenwehen. Er senkt das Fernglas, richtet sich auf und schultert sein Gewehr. Lautlos, als würde er schon immer in den Wäldern Schwedens unterwegs sein, folgt er ihnen.

FÜNFZEHN

Immer wieder sieht Frank nervös auf die Armbanduhr und dann wieder zur Auffahrt. Die Sonne brennt auf seiner Haut, doch er bemerkt es kaum, die Sorge um Sarah ist viel zu groß. Erschrocken wendet er sich um, als er eine Hand auf seiner Schulter spürt.

»Entschuldige, ich wollte dich nicht erschrecken.« Auch Isabell sieht die Auffahrt hinunter. »Sie sind schon viel zu lange weg. Vielleicht sollten wir sie suchen.«

»Ja, ich gebe ihnen noch dreißig Minuten.« Er wirft wieder einen Blick auf die Uhr.

»Es tut mir so leid – für dich und Sarah. Sie steht ja völlig neben sich. Du musst etwas tun, damit sie wieder in Ordnung kommt. Schon erschreckend, sie so zu sehen.«

»Ich weiß. Und ich gebe mir die Schuld daran. Wäre das damals nicht passiert, alles wäre in Ordnung. Hätte ich ihr doch mehr zugehört, als sie sich darüber beklagte, dass Martin sie stalkt. Ich hätte den Kerl gleich einbuchten lassen sollen, dann wär das alles nicht passiert. Ich hätte besser hinhören, auf mein Gefühl achten und nicht nur einen Detektiv beauftragen sollen, damit er ihn beobachtet.« Frank reibt sich müde über sein Gesicht.

»Mach dir nicht so viele Vorwürfe. Du kannst doch nicht immer auf sie aufpassen … Und dieser Kerl, Martin, war offensichtlich krank. Außerdem sagt das Gesetz, dass erst etwas passieren muss, bevor die Polizei eingreift.«

»Glaub mir, ich hätte schon dafür gesorgt, dass er aus dem Verkehr gezogen wird, bevor er auch nur einen Gedanken gefasst hätte, ihr etwas anzutun. Es war meine Schuld.«

»Ich versteh dich und wünschte, ich könnte dir einen Teil der Sorge abnehmen.« Sie steht dicht neben ihm und ihr Arm berührt sanft den seinen. Warme Haut auf warmer Haut. Ruhig stehen sie da, ein jeder genießt die Berührung.

Frank sieht sie an. Einen verschwommenen Moment lang will er sie in die Arme nehmen und an sich drücken. Endlich wieder jemanden spüren. Trost finden inmitten des Chaos. Er sieht ihr einladendes Lächeln auf diesem wunderschönen Mund, eine süße Verheißung.

Er rückt ein paar Zentimeter von ihr ab. Isabell verschränkt die Arme vor ihrer Brust. Das süße Lächeln ist verschwunden.

»Glaubst du, dass Samuel gefährlich ist? Und überhaupt: Ist an der Geschichte was Wahres dran?«

»Ich weiß es nicht!«, antwortet er viel zu grob und bereut es sofort. »Entschuldige, Isabell. Ich bin viel zu nervös, um noch klar denken oder handeln zu können.«

»Schon gut. Wir sollten sie suchen. Ich sage Mike Bescheid.«

***

Die Sonne hat ihren Zenit längst überschritten. Die Schatten werden länger, die Luft ist heiß und schwül. Sie haben sich in Hörweite aufgeteilt und eilen die Wege entlang, auf denen sie früher zusammen gejoggt sind, als alles noch … normal war. Als der Spaß an erster Stelle stand. Die Leichtigkeit der Liebe zwischen Sarah und Frank, die sie auslebten, bis die Erschöpfung sie glücklich in die Kissen sinken ließ. Mike und Isabell, die immer für einen Spaß zu haben waren. Glückliche Tage. Die Sehnsucht macht Frank noch nervöser.

Was, wenn er die falsche Entscheidung getroffen hat?

Wäre es nicht doch besser gewesen, einfach abzureisen?

Er betet zu Gott, dass er nicht schon wieder unrecht hat, weil er nicht auf Sarah gehört hat. Hat er seine Lektion immer noch nicht gelernt?

Im lockeren Laufschritt nähert er sich der Anhöhe, wünscht sich, dass sie dort oben ist und bloß die Zeit vergessen hat.

Er atmet schwer, als er die Höhe erklimmt. Doch die Ernüchterung folgt auf dem Fuße. Die Enttäuschung ist so riesig, dass er am liebsten schreien will. Resigniert schließt er die Augen und wünscht sich, dass, wenn er sie öffnet, Sarah hinter ihm steht und ihn wegen seiner Fürsorge neckt. Doch auch das bleibt nur ein frommer Wunsch.

»HIER!!!« Mikes gellender Schrei trifft ihn wie ein Schlag in den Unterleib.

Hektisch folgt er Mikes Rufen und rennt, als würde er gejagt – mit dem Gefühl, zu spät zu kommen. Und dann stoppt er. Auf dem Waldboden – umringt von Isabell und Mike – sieht er nur die ausgestreckten Beine und die neongrünen Laufschuhe. Unsanft schiebt er Mike zur Seite.

Steffis Lider flattern, ein kaum hörbares Stöhnen dringt zu ihm. Ungehalten hebt er ihren Kopf an und greift nach der Wasserflasche, die ihm Isabell reicht.

»Trink, Steffi! Mach den Mund auf … ja, so ist's gut.«

Das Wasser rinnt in Steffis Mund und ein Hustenreiz überkommt sie. Schwankend richtet sie sich auf, mit zitternder Hand wischt sie sich über den Mund und blinzelt in die fragenden Gesichter ihrer Freunde.

»Okay, geht es wieder?«, fragt Frank und reicht ihr die Wasserflasche. Gierig trinkt sie und mit jedem Schluck wird sie wacher.

»Danke«, murmelt sie. In ihrem Kopf wütet ein Inferno.

»Wo ist Sarah?« Frank hat Mühe, seine Stimme unter Kontrolle zu bringen. »Was ist passiert? Warum habt ihr euch getrennt?«

»Wir haben uns nicht getrennt … sie ist nur kurz zum Pinkeln hinter die Büsche gegangen.« Steffi deutet in den Wald. »Warum ist alles so verworren, warum seid ihr hier? Verdammt, mein Kopf zerspringt gleich.«

»Weil ihr seit fast vier Stunden weg seid.«

»Was? Das kann nicht sein. Ich versteh das nicht.«

Sie versucht aufzustehen, doch ihre Beine gehorchen ihr nicht.

»Du bleibst hier sitzen. Isabell wird bei dir bleiben. Mike und ich gehen Sarah suchen.«

Dünn lächelt er sie an, seine Sorge um Sarah wächst. Er hat das Gefühl, wenn er nicht sofort losrennt, wird er sie nie wieder in den Armen halten können. Der Kloß in seinem Magen ist wie nasser Zement, der sich immer mehr ausbreitet.

Die Hoffnung, dass Sarah in der Nähe ist, schrumpft mit jedem Meter, den sie durch den Wald laufen. Immer wieder ruft Frank ihren Namen, doch wie ein Echo hört er nur Mike, der ebenfalls ihren Namen brüllt. Nach etwa einer halben Stunde kommen sie zurück.

»Was ist, wo ist Sarah?« Steffi fixiert Frank aus blutunterlaufenen Augen.

»Wir haben alles abgesucht. Sie ist nirgends zu finden. Bist du sicher, dass sie hier in den Wald gegangen ist?«

Steffi blickt sich um. Alles sieht so gleich aus. »Ja, ich glaube schon, sie hatte es plötzlich eilig, sie meinte, sie würde sich gleich in die Hosen machen.« Kraftlos reibt sie sich die Schläfen. Franks ungeduldiger Blick macht sie nervös. »Verdammt, sieh mich nicht so an! Ich weiß doch auch nicht, wo sie hingelaufen ist … Warte! Ich erinnere mich an etwas.« Plötzlich kommt Bewegung in Steffi. »Ich hab noch gesehen, wie Sarah in den Wald ging, und dann spürte ich, wie sich etwas auf meinen Mund presste. Ich hatte Panik, weil ich dachte, es wäre ein wildes Tier. Das war fies, daran erinnere ich mich, und dann war alles schwarz.«

»Wie viel habt ihr getrunken?« Frank steht dicht vor ihr, seine Augen funkeln vor Zorn.

Beschämt senkt Steffi den Blick. »Eine Flasche Wodka.«

»Das darf doch nicht wahr sein! Warum hast du das zugelassen?! Du bist doch ihre Freundin!«

»Brüll mich nicht an!« Sie weicht zurück, der Geschmack in ihrem Mund ekelt sie. »Wir waren betrunken, ja, aber wir waren auf dem Weg nach Hause, und es ging uns gut. Sarah musste pinkeln und ist in den Wald da drüben gegangen, und dann hat mir irgendjemand etwas auf den Mund gedrückt und ich wurde ohnmächtig. Das ist alles, woran ich mich erinnere.« Sie holt tief Luft, um dem wiederkehrenden Schwindel entgegenzuwirken.

Unruhig geht Frank auf und ab. Was kann er tun? Wo suchen? Mike legt ihm eine Hand auf die Schulter. »Lass uns den Radius vergrößern, vielleicht hat sie die Orientierung verloren. Bei der Menge Alkohol wäre das kein Wunder.«

»Du glaubst mir auch nicht, dass ich betäubt wurde. Stimmt's?«

Mike sieht erst Frank, dann Steffi an. »Ich weiß nicht, kann sein, aber wenn man so sturzbetrunken ist, spielt die Wahrnehmung verrückt.« Er grinst sie schief an. »Ich habe da selber meine Erfahrungen gemacht.«

Steffi ignoriert seine Worte. »Mag sein, ich komm mit, um Sarah zu suchen.«

Sie teilen sich wieder auf und bleiben in Rufweite. Nach einer Stunde treffen sich Frank und Mike auf einer Lichtung.

»Scheiße, Alter! Du musst wegen Sarah irgendwas unternehmen. Die ist ja irre. Wie kann man sich nur so gehen lassen?«

»Was soll das, Mike? Das ist nicht der richtige Zeitpunkt, darüber zu diskutieren.«

Mike hält abwehrend seine Hände hoch. »Schon gut, ich meine ja nur, dass es echt Zeit wird, etwas zu tun.«

»Ja, ich weiß. Und du kannst dich gleich mit einreihen, dein Alkoholkonsum ist kaum niedriger.«

Wütend stapft Frank davon und lässt einen perplexen Mike hinter sich zurück. Ihn ärgert, dass sein Freund ihn gerade in dieser beschissenen Situation anzählt. Er weiß selbst, dass er die Sache mit Sarah und ihrer Trinkerei in den Griff bekommen muss. *Verflucht!* Plötzlich erstarrt er mitten in der Bewegung. Adrenalin rauscht durch seinen Körper. Fieberhaft geht sein Blick über die Heidefläche und das Gestrüpp, als er etwas bemerkt. Sachte bückt er sich und hebt Sarahs Rucksack auf. Er will ihren Namen brüllen, doch er schafft es nicht. Hektisch winkt er mit den Armen, um Mike zu signalisieren, dass er herüberkommen soll.

Frank hält Sarahs Rucksack in den Händen, immerhin ein Hoffnungsschimmer. »Sie muss in der Nähe sein!« Panisch dreht er sich um. Dann endlich brüllt er ihren Namen. Doch nur ein paar Vögel flattern auf und in die Wipfel der Bäume.

Steffis Atem geht schwer, während sie auf Frank zueilt. »Frank, warte! Ich habe nachgedacht. Sarah und ich haben uns lange unterhalten über das, was hier gerade los ist – mit Samuel und

Martin und überhaupt …« Sie holt tief Luft. »Lass uns zu Samuel fahren.«

Trotz der Atemlosigkeit ist ihre Stimme unerwartet fest und bestimmend. Frank will ihr widersprechen, doch sie insistiert.

»Hör mir zu, Frank! Sarah ist am Ende ihrer Kräfte. Ja, ich weiß, sie säuft wie ein Loch … Aber hast du dich schon mal gefragt, was der Grund dafür sein könnte?« Sie steht dicht vor ihm. »Und noch eins: Warum habe ich einen verdammten Lappen vor meinen Mund gepresst bekommen? Ich glaube nicht an Trolle oder sonstige Fabelwesen. Da war jemand, und er hatte keine guten Absichten!«

Frank stößt resigniert einen Fluch aus und kickt einen knorrigen Ast in hohem Bogen durch die Luft. »Steffi, das ist jetzt nicht dein Ernst! Ich …« Kopfschüttelnd wendet er sich ab.

»Frank! Warum wehrst du dich so dagegen?« Steffi hält ihn am Arm fest. »Lass uns zu ihm fahren.«

Isabell stellt sich neben Frank und blafft Steffi an: »Glaubst du also auch an diesen ganzen Mist?«

»Fuck, ja!«

Die beiden starren sich an. In Steffi brodelt es wie in einem Geysir. Bevor sie explodiert, lenkt Mike ein. »Kann ja nicht schaden, wenn wir zu ihm fahren. Und wenn wir nichts finden, alarmieren wir die Polizei.«

SECHZEHN

Zischend vermengt sich das aufgeschlagene Ei mit dem heißen Öl. Andächtig bestreut Samuel das Spiegelei mit Salz und Pfeffer. Ihn fasziniert, wie sich das Salz ins Eigelb frisst.

»Wo ist Sarah?«

Herausgerissen aus seinen Gedanken, wirbelt Samuel herum. Er spürt Franks heißen Atem im Gesicht.

»Wo ist Sarah?«, wiederholt Frank.

Samuel bemerkt Franks Blick, der an ihm heruntergleitet, und ihm wird bewusst, dass er nur ein T-Shirt und Boxershorts trägt. Was soll's. Er sieht Frank mit zusammengekniffenen Augen an und es bereitet ihm Freude zu sehen, wie Frank sich offensichtlich beklemmenden Fantasien hingibt. Wahrscheinlich malt er sich gerade aus, wie Samuel Sarah vergewaltigt und … getötet hat?

»Los, sag schon! Wo hast du sie versteckt?« Franks Frage holt Samuel aus seinen eigenen Fantasien zurück.

»Frank, ich habe keine Ahnung, wovon du sprichst.« Er bemerkt Mike, der an ihm vorbei ins Schlafzimmer stürmt, Steffi und Isabell, die sich das Bad und den Schrank im Flur vornehmen. Er hört, wie sie Türen öffnen, Möbel zur Seite schieben und leise fluchen.

»Ich habe keine Ahnung, was ihr hier für ein Spiel spielt, und ich bin mir auch nicht sicher, ob ich es gutheißen soll!« Samuel nimmt die Pfanne mit dem mittlerweile dunkelbraunen Spiegelei von der Herdplatte. Es ärgert ihn maßlos, dass das Ei jetzt verdorben ist.

»Also, Frank, kannst du mir erklären, was das hier soll?«

»Sarah ist verschwunden. Sie war mit Steffi joggen, bis zu der Anhöhe. Kennst du die? Drei Kilometer von unserem Haus entfernt. Dort kann man wunderbar auf die Ebene und den See sehen.«

Frank gerät ins Schwärmen. »Auf dem Rückweg wurde Steffi … ohnmächtig, und seitdem ist Sarah wie vom Erdboden verschluckt.«

»Und da dachtet ihr, sie hat sich bei mir versteckt?« Samuel runzelt die Stirn, sein Blick ist unergründlich, als er sagt: »Oh, ich verstehe, ihr denkt, ich habe sie entführt.« Er starrt Frank in die Augen. »Was ist bloß los mit euch? Ihr seid ja total durchgeknallt! Da läuft was aus dem Ruder und schon wird ohne nachzudenken gehandelt. Warum in Gottes Namen sollte ich das tun? Ich kenne sie doch kaum, was hätte ich davon?«

Frank hält Samuels Blick stand, in dem sich Verachtung spiegelt. Es ist nur ein kurzes Aufglimmen, doch Frank nimmt es als Warnung.

»Wo warst du heute Morgen?«, fragt er, ohne seinen Blick von Samuel abzuwenden.

»Ich bin in aller Herrgottsfrühe am See gewesen. Danach hab ich mich aufs Ohr gehauen und wollte gerade in Ruhe ein verspätetes Frühstück zu mir nehmen.«

»Und hast du etwas gefangen?«

»Ja, einen Saibling. Er ist draußen in der Kühltruhe. Tu dir keinen Zwang an und sieh nach, ob er frisch ist.«

Für einen Augenblick zögert Frank, doch dann eilt er hinaus.

Mike kommt aus dem Schlafzimmer und lässt den Blick durchs Wohnzimmer schweifen, bis er auf Samuel trifft, der immer noch am Herd steht und auf das verdorbene Spiegelei starrt.

»Also, sag schon! Wo hast du sie versteckt?«

Keine Antwort.

»Los, Jungchen, mach den Mund auf, oder …«

»Oder was?« Die beiden messen ihre Kräfte, indem sie sich fixieren wie zwei Stiere, die darauf warten, dass einer den ersten Fehler macht und sich bewegt.

Isabell geht dazwischen. »Mike, lass das! Sie ist nicht hier, und wahrscheinlich hat er nichts damit zu tun.«

Seufzend lässt sich Steffi aufs Sofa nieder. »Ich denke auch, es ist falscher Alarm.«

Samuel wendet sich zur Tür, in der Frank steht und sich ratlos über den Nacken streicht. »Warum gehen wir sie nicht suchen?« Er muss sich zusammenreißen, um die Genugtuung zu unterdrücken, dass Frank frischen Fisch in der Kühltruhe gefunden hat. Er liebt es, alles perfekt zu organisieren.

»Wir haben schon gesucht.« Entmutigt geht Frank zu den anderen, die ebenso ratlos wirken.

»Ja, aber was ist mit dem See?« Samuel bemerkt Franks Panik. »Ich meine, wir könnten das Seeufer absuchen, vielleicht ist sie ja dort entlang. Oder ist es zu weit von der Stelle, wo Steffi in Ohnmacht fiel?«

Er grinst Steffi an und wird sofort wieder ernst. »Los! Ich komme mit. Immerhin ist es eine Chance.«

***

Wie zuvor verteilen sie sich. Frank und Samuel gehen am Ufer entlang, die anderen am Waldrand. Hohe Wolken türmen sich auf und kündigen einen Sturm an. Frank blickt zum Himmel und verflucht zum tausendsten Mal seine Ignoranz gegenüber Sarahs Einwänden. Er bleibt stehen und starrt auf den See. Die kleinen Wellen kräuseln sich zunehmend.

»Verdammt, Sarah! Wo bist du?« Es sind leise, gemurmelte Worte. Der Gedanke, dass sie in diesem dunklen Nass auf dem Grund liegen könnte, macht ihn wahnsinnig.

»Ich glaube nicht, dass sie ertrunken ist. Warum sollte sie?«

»Weil sie betrunken war!«, brüllt Frank. »Weil sie nicht von diesem Scheißalkohol loskommt!«

Samuel legt seine Hand auf Franks Arm. »Wir werden sie finden. Egal wann, aber wir werden es, und sie wird leben. Vertrau mir, vertrau in Gott!«

»In Gott?«

»Entschuldige, ist mir so rausgerutscht ... christliche Erziehung.« Samuel wirkt plötzlich unsicher. Als müsse er sich entschuldigen, fügt er hastig hinzu: »Es ist nur, weil ich kürzlich meinen Bruder verloren habe, da sitzt dieses ganze Kirchen-Gott-Geheiß sehr tief.«

Frank hebt ungläubig die Hände und stapft weiter – auf der Suche nach Spuren, nach irgendeinem Zeichen von Sarah.

Die Stimmung hat den Tiefpunkt erreicht, als sie am Haus ankommen. Niemand wagt es, etwas zu sagen. Steffi ist den Tränen nahe. Sie gibt sich die Schuld. Am liebsten würde sie ihre Schuldgefühle laut herausbrüllen. Ihr ist immer noch übel und ihr Kopf dröhnt, als würde eine Herde Elefanten ein Trompetenkonzert abhalten. Sie hört das leise Gemurmel der anderen, wie sie sich beratschlagen, was sie als Nächstes tun werden.

»Samuel, danke, dass du mit uns gesucht hast. Und entschuldige, dass ich ... wir so in dein Haus gestürmt sind.« Frank reicht ihm die Hand, die Samuel sofort ergreift.

»Ich versteh das. Mach dir keine Gedanken. Ich hoffe, dass sich alles zum Guten wendet. Kann ich noch was tun?«

»Nein, ich denke, wir werden die Polizei verständigen.«

»Ja, das ist mit Sicherheit angebracht.« Samuel blickt zu Frank, der wie alle anderen unschlüssig vor dem Haus steht. »Würde es dir etwas ausmachen, mich nach Hause zu fahren?«

»Nein, kein Problem.«

Steffi verschwindet kopfschüttelnd in ihrem Zimmer. Sie kann nicht verstehen, warum die Männer jetzt wieder auf Kumpel machen. Was sie hingegen begreift, ist Sarahs Wut auf Frank. Weder er noch die anderen glaubten ihr, dass da jemand war, der sie betäubt hat.

Aber wer sollte das sein, wenn nicht Samuel?

SIEBZEHN

Immer wieder erhellen Blitze den düsteren Horizont. Das Gewitter ist noch weit entfernt, doch die Luft ist bereits stickig und aufgeladen. Das Schauspiel der Natur kann Sarah nicht verfolgen, ihr Verlies ist dunkel und kühl.

Der muffige Geruch von abgestandener Luft dringt ihr in die Nase. Fieberhaft tasten ihre Hände den rauen Zementboden entlang. Es ist kalt und unsagbar still. Ihr Atem geht stoßweise. Sie weiß, sie muss sich beruhigen, darf nicht hyperventilieren. Doch wie soll sie das anstellen, wenn ihr die blanke Angst im Nacken sitzt?

Ein bitterer Geschmack auf der Zunge lässt sie vor Ekel erschaudern. Kriechend tastet sie sich vorwärts. Unsanft stößt sie an eine Wand. Sie versucht, sich aufzurichten, doch es gelingt ihr nicht, ihr Kopf stößt an die Decke.

Die Panik wird größer. Ihr Herz rast. Und das Gefühl, ihr Brustkorb würde enger werden und ihr Herz erdrücken, lässt ihr den kalten Angstschweiß über den Rücken rinnen.

Immer wieder ermahnt sie sich, ruhig zu sein.

Alles wird gut.

Nein, verdammt! Nichts wird gut! Ich bin in einem verdammten Grab. Niemand wird mich finden.

Sarah hält sich die Ohren zu. Sie will die Stimme in ihrem Kopf nicht hören, die ihr immer wieder sagt, dass sie sterben und niemand sie finden wird. Sie wird hier verfaulen und dann werden die Ratten sich ans Werk machen.

Ohne Hoffnung lässt sie sich auf den Boden gleiten. Sie will tief und ruhig atmen, doch der üble Geruch um sie herum verstärkt ihre Übelkeit. Sie muss sich konzentrieren. Noch ist sie nicht verloren.

Nein, verdammt! Noch bin ich am Leben!

Sie sucht nach Bildern in ihrem Gedächtnis, bevor alles um sie herum schwarz wird. Was ist passiert? Die Erinnerung ist verschwommen. Sie war mit Steffi auf der Anhöhe. Ja. Dort hatten sie getrunken. Viel zu viel. Auf dem Weg nach Hause musste sie pinkeln.

Und dann?

Hat sie es getan – gepinkelt?

Langsam tastet ihre Hand zwischen die Beine. Ekel und Scham … Sie krümmt sich auf dem feuchten Boden, zieht die Beine fest an den Körper und weint. Sie hat sich in die Hose gemacht. Wie konnte das geschehen? Wo ist Steffi? Was ist mit ihr? Warum hat Steffi nicht nach ihr gesucht? Warum ist sie in diesem Loch? Wo ist Frank, müsste er nicht längst nach ihr suchen?

Die Fragen hageln auf sie ein und sie kann keine davon beantworten. Sind Minuten oder Stunden vergangen? Sie weiß es nicht. Die Dunkelheit hat ihr Zeitgefühl geraubt, ihr ist entsetzlich kalt – sie will hier raus.

Aber wie?

Sie nimmt all ihren Mut zusammen und kriecht vorsichtig weiter an der Wand entlang. Ihre Hände tasten den Boden und die Wände Zentimeter für Zentimeter ab. Sarah verdrängt den aufsteigenden Horror, während ihre Hände den rauen Boden berühren. Sie erinnert sich an ihre Kindheit … Als sie sich im Dunkeln fürchtete, sagte ihre Mutter zu ihr: »Sing ein Lied, ein fröhliches Lied von Sonnenschein, blauem Himmel und grünen Wiesen.« Damals hat es geholfen, ihre Ängste zu vergessen. Sie probiert es aus. Ihre Stimme ist leise und zittrig. »Scheine, Sonne, scheine, schein auf Gras und Steine. Für das Säen sorgen wir, doch das Blühen liegt …«

Ein gellender Schrei entweicht ihrer Kehle, als ihre Hand ein fellartiges Etwas berührt. Klein und knochig. Sarah atmet tief ein und aus.

»Keine Panik, das ist mit Sicherheit bloß eine tote Ratte«, murmelt sie. Als sie sich wieder beruhigt hat, tastet sie weiter. Ihre Hände gleiten über ein Regal. Sie stutzt. Ist sie in einem Keller?

»Es muss doch eine Tür geben, wenn dieses Mistvieh von Ratte hier reingekommen ist!«

Ja, sie ist herein-, aber nicht wieder herausgekommen.

Sarah ignoriert den Gedanken, tastet weiter … und dann fühlt sie plötzlich blanken kalten Stahl. Ein Jubelschrei entweicht ihrer Kehle und setzt neue Energie frei. Flink fahren ihre Hände über die Kante zwischen Wand und Tür, bis sie den Riegel ertastet hat. Sie drückt, zerrt daran und die Euphorie in ihr versickert wie eine Pfütze in der Wüste. Zurück bleibt nur Staub. Sie fühlt sich wie damals in dem dunklen Gang, als sie zu Boden gedrückt wurde … unfähig, etwas zu tun.

So wie jetzt!

Ihre Augen sind fest geschlossen, der Wille zu überleben hat sich in die hinterste Ecke ihres Bewusstseins verkrochen.

***

»Hallo, Sarah.«

Sie blinzelt ins grelle Licht einer Taschenlampe. Dann hört sie es wieder. Die Stimme sagt ihren Namen. »Sarah, wie geht es dir? Komm, wir gehen nach draußen an die frische Luft.«

Luft? Ja, das würde ich sehr gern. Luft, die ich einatme und die mich ins Leben zurückholt.

Sie rührt sich nicht, denn der Traum, die süße Verlockung von reiner Luft, ist einfach zu schön. Der harte Griff an ihren Armen macht sie wütend. Sie strampelt, wehrt sich wie eine Furie.

»Hör mit dem Gezappel auf! Ich hatte angenommen, dass du mehr Willenskraft hast.«

Die Stimme ist ganz nah und Sarah wird mit einem Schlag klar, zu wem sie gehört. Und noch etwas: Sie träumt nicht. Doch bevor sie die Erkenntnis verarbeiten kann, werden ihre Augen mit einem rauen Tuch verbunden. Sie verkrampft sich, will dagegen ankämpfen.

»Alles gut, Sarah. Reine Vorsichtsmaßnahme.«

Sie reißt sich zusammen und lässt sich führen.

»Immer schön den Kopf einziehen. So ist es gut.«

Ohne einen Ton von sich zu geben, lässt sie sich aus ihrem Verlies ziehen.

Die schwüle Nachmittagsluft ist unerwartet, und doch heißt Sarah sie willkommen. Also lebt sie und kann wieder einen klaren Gedanken fassen. Widerstandslos lässt sie sich über das unebene Gelände ziehen. Instinktiv merkt sie sich jede Bodenunebenheit, jeden Strauch, der ihr ins Gesicht peitscht. Sie prägt sich die Geräusche ein. Das Rauschen von Wasser. Vielleicht ein Bach? Irgendwo flattert ein Wimpel. Je weiter sie sich von dem Verlies entfernt, desto deutlicher hört sie den dunklen Ton eines Windspiels. Sie erkennt es wieder. Jetzt weiß sie, wo sie ist.

»Ich möchte, dass du ganz ruhig bist, wenn ich dir die Augenbinde abnehme. Das ist wichtig. Verstehst du?«

Sarah nickt.

»Gut, dann haben wir einen Deal. Du bist still und ich werde dir nicht wehtun.«

Wieder nickt sie und kann es kaum erwarten, Samuel anzusehen, obwohl sie weiß, dass sie ihre Wut zügeln muss.

»Ich habe Tee zubereitet. Komm rein und mach es dir gemütlich.« Er neigt den Kopf zur Seite, betrachtet Sarah aufmerksam und presst bedauernd seine Lippen aufeinander.

»Du siehst gelinde gesagt *fertig* aus.«

Unwillkürlich fährt sich Sarah mit den Händen durch ihr Haar und blickt schnell an sich herunter. Sie bemerkt sein zynisches Lächeln, als er sie dabei beobachtet, wie sie versucht, sich präsentabel herzurichten. Sie ärgert sich maßlos über sich selbst. Er ist nicht ihr Freund, sondern …

»Warum bin ich hier? Was ist mit Steffi?«

»Nur Geduld, das wirst du noch früh genug erfahren. Aber lass uns erst einen Tee trinken.«

Sie folgt ihm ins Wohnzimmer. Frank hatte recht, es sieht tatsächlich anders aus, als sie es in Erinnerung hat. Aufgeräumter. Selbst die bunten Kissen auf dem Sofa wirken akkurat platziert, nur die Blumen auf dem Tisch sind verwelkt.

Samuel folgt ihrem Blick und nimmt eilig die Vase vom Tisch. »Entschuldige, ich hatte vergessen, sie auszuwechseln. Einen Moment, ich bin gleich wieder bei dir.«

Er eilt in die angrenzende Küche und Sekunden später stellt er einen prächtigen Strauß Wildblumen auf den Tisch.

»So ist es gut. Entschuldige, das war sehr unachtsam von mir.« Mit einer Handbewegung fordert er sie auf, Platz zu nehmen. Er schenkt Tee ein, schiebt den Zuckerbecher und das Milchkännchen zu ihr hinüber.

»Und, meine liebe Sarah, jetzt frage ich dich noch einmal: Wie fühlt sich das an, wenn niemand einem glaubt und man eingesperrt ist – ohne Hoffnung, jemals wieder ein normales Leben führen zu können?«

Er sagt es so beiläufig, als würde er über das Wetter plaudern. Auf seinen Lippen erscheint ein Lächeln. Er genießt den Moment.

»Entspann dich, Sarah, ich beiße nicht.« Sein Lachen ist kehlig und ohne Emotion. »Also, sag: Wie fühlt es sich an?«

»Scheiße fühlt es sich an.« Ihre Stimme ist leise. Sie will ihn nicht ansehen.

»Sieh mich an und sag es noch einmal etwas lauter, damit ich dich verstehe.«

Sarah stiert ihn an, noch nie hat sie so viel Verachtung für einen Menschen empfunden wie jetzt. »Scheiße!«, brüllt sie. »Es fühlt sich BESCHISSEN an!«

»Ja, das kann ich mir gut vorstellen. So muss es meinem Bruder ergangen sein.« Bedauernd schüttelt er den Kopf und nippt an seinem Tee.

Lange Zeit ist es still in der Hütte. Sarah fällt es schwer zu denken, die richtigen Schlüsse zu ziehen, die passenden Worte zu wählen. Unruhig verlagert sie ihre Sitzposition. Am liebsten würde sie im Zimmer auf und ab gehen, doch sie traut sich nicht. Samuel sieht sie nicht an. Er wirkt angespannt. Wie eine Katze auf dem Sprung.

»Also war Martin doch dein Bruder?«

»Ja, er war mein Bruder. Und ich war mehr als erschüttert, als ich die Nachricht erhielt, dass er sich erhängt hat.«

In seinen Augen liegt so viel Schmerz. Wie soll sie reagieren? Sie will nicht über Martin reden, sie will hier raus, sie will wissen, was mit Steffi ist.

»Es tut mir leid – ich war auch sehr betroffen.«

»Danke für deine Anteilnahme.« Auf einmal hat sich Samuel wieder im Griff. Sein Ton ist barsch und schneidend.

»Du hättest früher daran denken sollen.«

Erschrocken über dieses emotionale Wechselbad drückt sich Sarah fester an die weiche Lehne des Sofas.

»Das konnte niemand ahnen, dass er so … so labil ist.«

Samuels schallendes Lachen geht ihr durch Mark und Bein. Ihre Augen sehen hektisch zur Tür.

»Liebe Sarah, ihm ging es genauso wie dir. Niemand hat ihm geglaubt. Natürlich hatte er auch selbst Schuld.« Bedauernd schüttelt er seinen Kopf. »Aber mein Bruder war eben so. Hatte er nicht erwähnt, dass er schwul ist?«

Samuel legt seinen Kopf schräg und beobachtet aufmerksam Sarahs Reaktion. Aus ihrem Gesicht ist sämtliche Farbe gewichen. Vor Ungläubigkeit sind ihre Augen weit geöffnet.

Ihre Überraschung gefällt ihm.

»Du hast deinen Tee noch gar nicht angerührt. Er wird ganz kalt.«

Ohne darüber nachzudenken, trinkt sie einen Schluck. Er ist bitter wie Galle.

»Das verstehe ich nicht. Nein, das kann nicht sein! Wieso schwul? Warum hat er das nicht gesagt?« Sie springt auf und rennt los. Raus hier. Nur weg. Sie fühlt nichts weiter als Leere. Hektisch reißt sie an der Türklinke, drückt sie hinunter, doch die Tür zur Veranda ist verschlossen.

Ein abgrundtiefes Gefühl der Niederlage macht sich in ihr breit. Lethargisch schlurft sie ins Wohnzimmer zurück. Samuel sitzt immer noch genau dort an dem Tisch mit diesem wunderschönen Strauß wilder Blumen.

»Setz dich wieder!«

Sie folgt seiner Anweisung. Ist es nicht das, was sie wollte? Die Wahrheit erfahren. Licht in ihre dunklen Träume bringen. Sie wartet ab.

»Martin war mein Halbbruder. Gezeugt von einem Bastard von Vater. Unsere Mutter … Ach, sie war so ein guter Mensch. Gottesfürchtig. Sie hat uns als wahre Christen erzogen. Der Glaube hat uns in den schwersten Zeiten geholfen. Verstehst du? Nein, wie könntest du auch!«

Seine Augen haben eine Wildheit angenommen, die sie beängstigt. Von einer Sekunde auf die andere entspannen sich seine Züge.

»Um seine Neigung zu verbergen, musste sich mein Bruder oft verstellen. Was ihm natürlich nicht immer gelang. Und dann gab es Prügel von diesem *Vater*. Meine Mutter betete um Vergebung und Nachsicht für diesen Mistkerl, doch er war ein Ignorant. Meine arme Mutter ist daran zerbrochen.«

Samuel hat seinen Blick in die Ferne geschickt, in eine Welt, die nur er kennt. Unversehens lächelt er Sarah an.

»Bloß ich war da und habe Martin immer geholfen.« Er schenkt sich Tee nach. »Aber ich möchte dich nicht mit alten Familiengeschichten langweilen. Fakt ist, Martin war schwul. Er hasste Frauen und die Vorstellung, sie zu berühren, ekelte ihn an.«

Es ist stickig in der Hütte. Der Schweiß rinnt über Sarahs Rücken. Ihre Kehle ist trocken und sie stürzt den bitteren Tee hinunter. Sie sträubt sich zu glauben, was Samuel ihr gerade gesagt hat. Sie spürt, dass er auf eine Reaktion von ihr wartet; er hat seine Sitzposition verändert.

Jetzt blickt sie ihn fest an. »Aber was ist mit der DNA seines … Spermas? Dieses verfluchte Sperma war doch in mir!«

Sie kann es immer noch fühlen, wie er in ihr kam … sein Stöhnen hören!

Nein, da war etwas anderes. Erinnere dich, Sarah! Ein Betasten und Gefummel, als er stöhnte.

Ihre Gedanken spielen verrückt.

»NEIN! Er war es!«, brüllt sie voller Abscheu.

»Bist du dir wirklich sicher? Es war dunkel in dem Hinterhof. Denk nach, Sarah!«

»Was willst du, Samuel? Warum bist du hier? Warum tust du das alles?«

»Weil ich meinen Bruder immer beschützt habe. Hast du mir nicht zugehört? Ich habe ihn verteidigt, seinen Vater bestraft für die Prügel, die er ihm verabreicht hat. Gerechtigkeit! Das will ich.«

»Aber wo warst du, als er dich am meisten brauchte?«

Sie funkelt ihn an und zum ersten Mal entdeckt sie Unsicherheit in seiner Miene. Auch sein Lachen klingt anders. Doch der Moment verfliegt wie Laub im Herbststurm.

»Das ist nicht relevant!« Aggressiv schlägt er die Beine übereinander. »Willst du denn nicht wissen, wer dich wirklich vergewaltigt hat, dich krankenhausreif geschlagen und wer dein ungeborenes Kind getötet hat?«

Sarah kocht plötzlich vor Wut. Ja, das will sie mit jeder Faser ihres Herzens – wissen, wer es war. Bisher waren es nur ihre Gefühle, die ihr sagten, dass etwas nicht stimmt, während die Beweise dagegensprachen. Wenn Samuel jedoch die Wahrheit sagt, verändert das alles. Und doch sträubt sich ihr Bewusstsein weiterhin dagegen zu glauben, dass es nicht Martin gewesen ist. Mit allem Mut, den sie aufbringen kann, schleudert sie Samuel die Worte entgegen: »Martin war es, weil er mich gestalkt hat, mich bedrängt hat, eine Fotostrecke über sein Mode-Label zu machen. Ich habe mich geweigert, weil …«

»Ja, weil du ihn und seine Arbeit nicht für würdig befunden hast und Angst hattest, dass es deinem Ruf schaden könnte, wenn du einem No-Name-Designer eine Gefälligkeit erweist.«

Verachtung und Zorn lassen seine Gesichtsmuskeln zucken. Er presst den Kiefer zusammen, bis das Zucken aufhört.

»Du bist wirklich zu bedauern. Und deshalb, meine liebe Sarah, bist auch du schuld am Tod meines Bruders.«

»Aber wenn das alles stimmt, warum gehst du dann nicht zur Polizei oder zu einem Anwalt, damit der Fall wieder aufgerollt wird?«

Er lacht und es klingt böse und hoffnungslos zugleich. »Weil ich keine Chance gegen deinen einflussreichen Mann hätte. Genauso wenig wie Martin sie hatte. Dein Mann hat den Prozess vorangetrieben, er hat die richtigen Verbindungen, die richtigen Knöpfe gedrückt.«

In Sarah arbeitet es. Sie versucht, die Fäden zusammenzufügen, doch es gelingt ihr nicht. Immer wieder entgleiten ihr die Enden. Das Gefühl der Ohnmacht wird stärker. Sie will nicht wahrhaben, dass ihre innere Stimme von damals sie nicht getrogen hat.

Nein, das ist alles Humbug! Frank hat damit nichts zu tun! Oder?

Sie will nicht mit diesem Psycho darüber diskutieren.

»Was sind das für Akten, die du zusammengestellt hast?«

»Das seid ihr. Und ich nehme an, dass du es schon herausbekommen hast, nicht wahr?« Er grinst sie höhnisch an. »Die sieben Todsünden. Ihr repräsentiert die *moderne* Gesellschaft. Es sind keine Werte mehr vorhanden. Ihr seid Egoisten, Ehebrecher, raffgierige Schmarotzer und Huren.«

Sarah verschlägt es die Sprache. Nicht zum ersten Mal wird ihr bewusst, in welcher Gefahr sie sich befindet. Dennoch machen Samuels Ausführungen sie unsagbar wütend.

»Und was ist mit dir, Samuel? *Ira* – Rachsucht. Was ist mit deinem Zorn und mit Martin? *Acedia* – Faulheit.« Sie starrt ihn an. »Ja, ich habe recherchiert – diese ominösen veralteten Todsünden, Heucheleien aus dem Mittelalter …«

»Sarah, bis eben fand ich deine kühle Art sympathisch, aber jetzt enttäuschst du mich. Du bist eine armselige Kreatur, die es nicht verdient, dass man ihr vergibt.« Er springt von dem verschlissenen Sessel auf. »Ah, nun hast du Angst, was? Das solltest du auch, denn ich werde euch vernichten. Alle!«

»Du bist krank. Und du willst ein gottesfürchtiger Mann sein? Dass ich nicht lache …«

»Ich warne dich, treib es nicht zu weit!«

Sein scharfer Tonfall lässt Sarah wieder zur Besinnung kommen. Sie hat es vermasselt.

»Tut mir leid. Ich wollte dich nicht beleidigen.« Verstohlen blickt sie auf ihre schmutzigen Hände und fragt: »Was ist mit Steffi?«

»Sie ist wohlauf. Denkst du, ich bin ein Unmensch? Außerdem hatte ich wunderbaren Sex mit dieser Hure!« Er schüttelt den Kopf. »Du hast mich immer noch nicht verstanden. Ich will Gerechtigkeit, und ich werde dafür sorgen.«

»Und wie willst du das anstellen?« Sarah hält den Atem an. »Uns töten?«

Er lässt sich Zeit mit seiner Antwort. Ihr Unbehagen wächst. »Was ist, Samuel? Willst du uns töten? Aber wenn das dein Ziel ist, dann verstößt du gegen Gottes Gebot ›Du sollst nicht töten‹ …«

Sein schallendes Lachen lässt sie zusammenzucken.

»Du bist süß, Sarah. Nein, das werdet ihr selber tun und ich werde da sein und zusehen.«

Sarahs Rechtsempfinden meldet sich, all die Werte, die man sie gelehrt hat, und all ihre Zweifel an sich selbst und an diesem Menschen, der da vor ihr steht. Sie verdrängt die Angst, ihre Machtlosigkeit und Abscheu dieser kranken Person gegenüber. Sie krallt ihre Finger in den verschlissenen Stoff des Sofas. »Samuel, ich möchte jetzt gehen. Ich verspreche dir, dass ich mich darum kümmern werde, dass der Fall neu aufgerollt wird. Ich selbst habe großes Interesse daran …«

»Das soll ich dir glauben? Na, vielleicht … Aber auch du wirst es nicht schaffen, deinen Frank davon zu überzeugen. Apropos überzeugen …« Er kratzt sich am Hals und grinst sie an. »Ich habe auch ein Gebot für dich: ›Du sollst nicht stehlen.‹« Er sieht sie amüsiert an. »Und, klingelt da was, liebe Sarah?«

Er verzieht seine Lippen zu diesem unverschämten Grinsen. Sarah wendet den Blick ab.

»Sieh mich an!« Widerwillig richtet sie die Augen auf ihn.

»So ist es gut. Ich mag nicht, wenn ich mit Menschen rede und sie mich nicht ansehen.« Zufrieden setzt er sich wieder auf den Sessel. »Wir haben alle unsere kleinen und großen Geheimnisse. Ich habe sie für euch zusammengetragen. Für jeden Einzelnen. Und es wird euch zerreißen! Ich freue mich schon darauf und Gott wird es mir danken.«

Er schlägt die Beine übereinander.

»Dürfte ich die Toilette benutzen?«

»Aber natürlich.«

Ihr Gang ist unsicher – nicht nur von den Strapazen in dem Verlies. Es ist die Kälte, die von Samuel ausgeht, seine krankhafte Entschlossenheit. Sie schielt über ihre Schulter, ob er ihr folgt.

Doch es ist still.

Sie schlüpft ins Badezimmer und knipst das Deckenlicht an. Die Fensterläden sind von außen verriegelt.

Aber sie muss etwas tun, sie muss hier raus, und zwar schnell! Hektisch durchsucht sie das Bad nach irgendetwas, das sie diesem Dreckskerl in den Bauch rammen kann. Kurz zuckt sie bei dem Gedanken zusammen, einem Menschen wehzutun. Sie kramt im Spiegelschrank über dem Waschbecken. Doch sie findet nichts, nicht mal eine Schere oder Rasierklingen. Sie ist den Tränen nahe, als sie aus dem Badezimmer tritt.

Und dann erblickt sie das Gewehr in der Ecke neben der Haustür. Halb verdeckt von Jacken und Gummistiefeln. In ihrem Kopf arbeitet es wie wild. Ihr Adrenalinpegel steigt. Hastig sieht sie sich um.

Das ist meine Chance!

Sie hat Mühe, ihren Atem unter Kontrolle zu halten, und schleicht zur Tür, um an das Gewehr zu gelangen. Sie hört das Knarren des Holzbodens ganz in ihrer Nähe. Sie will sich nicht umdrehen, sie will nicht wissen, ob er hinter ihr steht. Sie reißt das Gewehr hoch und bringt es in Anschlag. Es ist schwer und fühlt sich gut an.

ACHTZEHN

Frank sieht nervös auf seine Armbanduhr, während er den Wagen auf die Hauptstraße lenkt. Mittlerweile ist es fünf Uhr am Nachmittag. Nachdem sie am Ferienhaus angekommen sind, haben sie noch einmal das Gelände abgesucht.

Erfolglos. Genauso erfolglos wie der Versuch, die Polizei in Östersund zu erreichen. Frank schwört sich, dass er sofort, wenn Sarah wieder da ist, eine Telefonleitung zum Haus legen lässt.

Was für eine bescheuerte Idee, darauf zu verzichten, weil sie sich dem Zwang der permanenten Erreichbarkeit entziehen wollten. Verflucht, Sarah!

Der Gedanke an sie ist schmerzhaft. Niemals könnte er es sich verzeihen, wenn ihr etwas zugestoßen wäre. Er hätte besser auf sie aufpassen müssen. Und dieses verdammte Trinken …

»Verflucht!«, brüllt er und tritt das Gaspedal durch.

Der Wind hat zugenommen, eine dicke Wolkendecke hüllt den Himmel ein, der immer wieder von Blitzen durchzogen wird.

Frank parkt den Wagen schwungvoll vor Kristines Laden. Im Eilschritt steuert er auf die Tür zu und reißt sie auf.

»Kristine!«, ruft er, noch bevor er in den Laden tritt. »Kristine! Wo bist du?«

Kristine stürmt aus ihrem Büro und bleibt stehen, als sie die Verzweiflung in Franks Gesicht erkennt. »Was ist los?«, fragt sie. »Frank, was ist passiert?«

»Sarah ist verschwunden. Ich muss die Polizei verständigen.«

»Oh nein! Wie konnte das passieren?«

Frank drängelt sich an ihr vorbei ins Büro. Es dauert eine Ewigkeit, bis er einen Beamten am Apparat hat. So präzise wie möglich schildert er die Situation. Doch die Sprachbarriere ist zu groß.

Kristine nimmt ihm den Hörer aus der Hand und übersetzt.

»Sie schicken morgen einen Beamten zu euch raus.«

»Was?! Erst morgen?« Er greift nach dem Telefon, doch Kristine hält seinen Arm fest. »Es hat keinen Sinn, Frank. Sie sind völlig überlastet. Weißt du, wie viele Menschen in Schweden verschwinden? Neuntausend im Jahr, einfach so …«

»Das interessiert mich nicht. Ich will, dass man nach Sarah sucht.«

»Das verstehe ich.« Mitfühlend legt sie ihre Hand auf seinen Arm und kneift nachdenklich die Augen zusammen. »Wir sollten eine private Suchaktion starten, bis die Polizei auftaucht.«

Jetzt ist sie es, die nach dem Telefon greift. »Thomas? Hier ist Kristine.«

Frank hört aufmerksam zu und ist erstaunt, wie ruhig Kristine ist. Erst nachdem sie das Telefonat beendet hat, zittert ihre Hand, die das Telefon immer noch hält. Sie bemüht sich, ganz ruhig zu sprechen, doch auch ihre Stimme ist zittrig. »Thomas ist ein Deutscher, der seit fünf Jahren hier lebt. Er und ein Freund von ihm werden zu deinem Haus kommen. Sie haben Hunde. Gute Spürhunde, Mantrailer, die ihren Job kennen. Dass Menschen in den Wäldern verloren gehen, ist nicht ungewöhnlich hier, wir haben viele Freiwillige, die dann auf die Suche gehen.« Kristine wird ruhiger und plötzlich sehr ernst. »Frank, alles wird gut. Sie werden Sarah finden und dann beginnt für euch ein neues Leben. Ihr werdet die Zeit vergessen, all das, was euch widerfahren ist. Glaub mir, so wird es sein.«

»Ich hoffe es. Danke, Kristine.« Er drückt ihre Hand und eilt davon.

Als er im Wagen sitzt, sieht er aus dem Augenwinkel, wie Kristine auf ihn zugelaufen kommt.

»Warte!«, schreit sie gegen den heftigen Wind an. Frank lässt das Seitenfenster heruntergleiten. »Hier, das lag in meinem Büro. Wahrscheinlich hast du es vergessen … oder Sarah … als ihr hier wart.« Sie sieht auf den dicken DIN-A4-Umschlag.

»Persönlich für Sarah, steht drauf.« Sie reicht ihm den Umschlag. Er blickt sie irritiert an.

»Stimmt was nicht?«, fragt sie.

»Nein, schon gut.« Er nimmt ihr den Umschlag ab und wirft ihn auf den Beifahrersitz.

***

Der einsetzende Regen ist heftig. Er peitscht Sarah ins Gesicht und weicht den Waldboden im Nu auf. Immer wieder stolpert sie über glitschige Baumwurzeln, doch es interessiert sie nicht. Sie will nur noch weg. Weg von diesem Psycho. Sie kann das metallische Geräusch, als sie abgedrückt hat, immer noch hören. Und dann sein höhnisches Lachen. Er hat sie verspottet, dass sie ein dummes Ding sei, wenn sie glaube, dass er ein geladenes Gewehr einfach so herumstehen lasse. Dann hat er die Patronen aus seiner Hosentasche genommen und sie ihr unter die Nase gehalten. Er lud sein Gewehr und jagte sie aus dem Haus.

»Lauf, mein Hase! Schnell, bevor ich dich erlege.«

Und dann kam der laute Knall. Seitdem rennt sie. Ignoriert ihre stechende Lunge, ihr Herz, das zu schnell schlägt.

Endlich erreicht sie das Ferienhaus. Blindlings läuft sie darauf zu und der einzige Gedanke, der sie vorantreibt, ist hineinzukommen. Zu Frank.

Sie bemerkt nicht den Wagen, der viel zu schnell die Zufahrt herangeprescht kommt, sieht nicht die Scheinwerfer, die ihren Körper erfassen, sondern nur das Haus.

Hart tritt Frank auf die Bremse. Der Schock währt nur kurz, bevor er aus dem Wagen springt.

»Sarah! – Sarah!«

Sie wendet sich erschrocken um, das Licht der Scheinwerfer blendet sie. Regungslos steht sie da.

»Sarah!« In der nächsten Sekunde ist Frank bei ihr und nimmt sie fest in die Arme. Sie braucht einen Moment, bis sie begreift, wer sie da umarmt. Dann fällt alle Last von ihr. Sie ist zu Hause, bei ihrem Mann, ihr Mund formt seinen Namen und dann rinnen ihr die Tränen unaufhörlich die Wangen herunter.

Er hält sie fest an sich gedrückt, kann und will sie nicht loslassen. »Baby, ich bin so froh, dass du lebst und bei mir bist«, murmelt er in ihr nasses Haar. Er hebt sie hoch und trägt sie ins Haus.

Es ist seltsam still. Sarah spürt, dass sich etwas verändert hat. Selbst ihr Haus scheint nicht mehr zu atmen. Kein Holz, das knarrt, kein sanftes Spiel des Windes, der die Gardinen zum Tanzen bringt. Es fühlt sich nicht mehr wie ihr Haus an, sondern fremd und bedrohlich.

Müde vergräbt sie ihr Gesicht an Franks Hals und kann den wilden Schlag seines Herzens spüren. Sie möchte ins Bett, sich an ihn kuscheln und alles vergessen, was sie erlebt hat. Doch dieser Wunsch wird ihr nicht gewährt, denn das Zuschlagen der Haustür lässt alle aufhorchen und in die Diele eilen.

Alle reden aufgeregt durcheinander. Erst als sie Steffi erblickt, die sie mit großen, tränenfeuchten Augen anstarrt, kommt Leben in Sarah. »Steffi«, murmelt sie. »Lass mich runter, Frank!«

Sie eilt zu Steffi, umarmt sie wie eine Ertrinkende.

»Gott, ich bin so froh, dass du lebst.« Sarah sieht Steffi an, die vor Schluchzen kein Wort herausbringt. Isabell reiht sich in die Umarmung ein und auch Mike drückt sie fest an sich. Nun kann sich Sarah der bitteren Realität nicht mehr entziehen, und der Wunsch, dass es nur ein böser Traum war, entschwindet wie die Sonne hinter dunklen Wolken, löst sich wie eine Regenwolke auf, die von der Sonne ausgesaugt wird.

Sie muss mit ihren Freunden reden, ganz schnell.

Ihre schmutzigen Hände liegen gefaltet im Schoß. Die Lampe über dem Küchentisch wirft einen heimeligen Kegel auf die Tischplatte und Sarah ist froh darüber, dass ihr Gesicht im Halbschatten liegt. Die Bank, auf der sie sitzt, fühlt sich hart und unnachgiebig an, so wie die Blicke, die auf sie gerichtet sind.

Sie redet schnell und macht kaum Pausen. Sie wagt es nicht, ihre Freunde anzusehen, während sie die Ereignisse schildert. Da ist die alte Furcht, dass sie ihr nicht glauben werden. Und sie könnte es ihnen nicht verübeln, es klingt wie eine Geschichte aus den schaurigen Büchern, die Mike so gern liest.

»Als ich ihn fragte, ob er uns töten will, hat er geantwortet, dass wir das selbst tun werden. Er würde da sein und uns dabei zusehen.«

Es folgt eine gespenstische Stille. Niemand wagt es zu atmen, geschweige denn etwas zu sagen.

»Warum hast du ihn nicht erschossen?«, fragt Steffi endlich mit leiser Stimme.

»In dem Gewehr war keine Patrone … er hat alles durchgeplant.«

Steffi nickt und rückt näher zu ihr heran. Sie legt ihre Hand auf Sarahs verkrampfte Hände. »Du hast recht, der Typ ist ein Psycho.«

Energisch schiebt Isabell ihren Stuhl zurück. Das laute kratzende Geräusch, das dabei entsteht, lässt alle zusammenzucken.

»Ich mach uns einen Tee, ja?« Sie eilt zur Spüle, um den Wasserkocher zu füllen. Bei dem dumpfen Klopfen an der Haustür gleitet er ihr vor Schreck aus der Hand. Scheppernd fällt er zu Boden.

Ohne lange zu überlegen, springen Frank und Mike gleichzeitig auf. Nur kurz verständigen sie sich mit Blicken und stürmen dann los. Doch noch bevor sie die Küchentür erreicht haben, steht ein hochgewachsener Mann vor ihnen, sein Gesicht wird durch das tief sitzende Basecap beschattet. Über seiner nassen grünen Regenjacke trägt er eine orangefarbene Warnweste. Trotz dieses Outfits sind seine breiten Schultern deutlich zu erkennen.

»Hallo, ich bin Thomas.« Er sieht in die entgeisterten Gesichter. »Kristine hat mich angerufen …«

»Oh ja, natürlich. Entschuldigen Sie, Thomas.« Frank reicht ihm die Hand. »Danke, dass Sie gekommen sind. Aber Gott sei Dank ist Sarah wieder da.« Er blickt über seine Schulter und lächelt ihr zu.

»Das ist fantastisch.« Thomas nimmt sein Basecap ab und streicht sein halblanges blondes Haar hinter die Ohren und die Regentropfen von seinem Bart. »Was ist passiert, Sarah?«

»Oh, nichts weiter … ich meine, sie hat sich nur verlaufen«, beteuert Frank eifrig. Sein Blick geht schnell zu Sarah, die angespannt an ihrem Daumennagel nagt. »Tja, also alles in bester Ordnung. Vielen Dank, dass Sie so schnell gekommen sind.«

Thomas ignoriert Frank und lächelt Sarah zu, die ihren Blick beschämt von ihm abwendet. »Also nur verlaufen?«

Sarah nickt, ohne Thomas anzusehen.

Warum hat Frank gesagt, dass sie sich nur verlaufen hat?, geht es ihr durch den Sinn. Sie sieht zu Frank hinüber, der unmerklich den Kopf schüttelt.

»Ja, ich bin einen Weg gegangen, der mir nicht … vertraut ist.« Räuspernd bemüht sie sich um ein bekräftigendes Lächeln. »Wollten Sie nach mir suchen?«

»Ja, mein Nachbar und die Hunde. Aber es ist gut, dass Sie heil wieder da sind. Das Wetter schlägt um. Wir werden einen mächtigen Sturm bekommen und viel Regen. Das ist für eine Suche nicht besonders gut. Deshalb freue ich mich umso mehr, dass Sie wieder nach Hause gefunden haben.« Er reicht Sarah seine Hand. »Ich wünsche Ihnen noch einen schönen Abend. Vielleicht sieht man sich ja mal. Hoffentlich unter besseren Umständen.«

Zögernd ergreift Sarah seine Hand. Er hält sie lange fest – das fühlt sich gut an. Sie fühlt sich beschützt. Sie blickt in sein Gesicht. Die kleinen Lachfältchen um seine Augen fallen ihr sofort auf. Ruhige Augen, die sie interessiert und nachdenklich ansehen. Schnell entzieht sie ihm ihre Hand.

»Danke. Und es tut mir leid, dass ich Ihnen Unannehmlichkeiten bereitet habe.«

»Kein Problem. Wie gesagt, ich habe es lieber, wenn die Menschen heil wieder nach Hause finden.« Er setzt sein Basecap auf und blickt noch einmal in die Runde, bevor er sich verabschiedet.

An der Haustür bleibt Thomas stehen und sieht Frank an. »Haben Sie die Polizei angerufen, damit die Suchaktion abgeblasen wird?«

»Verdammt! Nein, das hab ich noch nicht.« Hektisch fingert er in der Hosentasche nach seinem Smartphone. »Ach, Mist! Das ist noch im Wagen.«

Der Wind ist heftiger geworden und der Regen trifft sie hart von der Seite, als sie vor die Haustür treten.

»Was für ein Wetterumschwung!«, brüllt Frank gegen den Wind an. Thomas nickt nur und steuert auf seinen Pick-up zu. Im faden Schein der Innenbeleuchtung erkennt Frank einen Mann darin, der ihm zunickt. Frank erwidert den Gruß, seine Augen wandern zur Ladefläche.

»Die sollten aber auch schleunigst ins Trockene!« Frank deutet auf die Hunde, die auf der Ladefläche ihre Nase aufgeregt in den Wind halten.

»Die lieben dieses Wetter und die Aufregung vor einer Suchaktion. Sie haben ein Gespür dafür, wenn sie gebraucht werden. Na ja, nun werden sie enttäuscht sein, dass es wieder nach Hause geht.« Thomas streicht über das nasse Fell der Hunde. »Aber lieber enttäuschte Hunde als eine verschwundene Person.« Bevor er in den Wagen steigt, hält er kurz inne, dann wendet er sich zu Frank um. »Falls Sie noch mal Probleme haben, ich wohne in dem Dorf etwa einen Kilometer von Kristines Laden entfernt. Fragen Sie einfach nach dem Deutschen.« Er nickt Frank zu und steigt ein.

Frank schaut ihm hinterher, bis die Rücklichter verschwunden sind. Zum ersten Mal in seinem Leben ist er unsicher. Er hat keine Ahnung, wie er Thomas einschätzen soll. Aber letztlich ist es auch egal, nicht mehr wichtig, denn Sarah ist wieder da. Mittlerweile ist er bis auf die Haut durchnässt, aber es stört ihn nicht. Er will nur noch eines: ins Bett, schlafen und morgen klären, was an Sarahs Geschichte dran ist. Er holt sein Smartphone aus dem Wagen, das auf dem Beifahrersitz neben dem Umschlag liegt.

Als er das Haus betritt, empfängt ihn eine wilde Diskussion. Er hört, wie der Kühlschrank geöffnet wird und Eis in einem Glas klirrt. Er geht in die Küche und bleibt im Türrahmen stehen. Angespannt betrachtet er seine Freunde.

»Wir sollten auf der Stelle abreisen!«, zetert Isabell und geht dabei aufgeregt durch die Küche.

Mike, der am Kühlschrank lehnt, nimmt einen kräftigen Schluck Whiskey. »Schätzchen, wir werden nicht sofort abreisen. Morgen entscheiden wir gemeinsam, was zu tun ist. Ich würde diesem Kerl am liebsten die Eier abschneiden.«

»Das machen wir zusammen.« Frank zwinkert Mike zu und blickt sich suchend um, während er in die Küche geht. »Wo ist Sarah?«

»Oben. Sie wollte duschen.« Steffi sieht ihn flehend an. »Bitte, Frank, lass uns abreisen. Was hier abgeht, ist kein dummes Spiel, und es sind auch keine Hirngespinste.«

»Du hast vollkommen recht.« Frank legt den großen Umschlag achtlos auf den Küchentisch, sein Entschluss steht fest. Er zieht sein Smartphone aus der Hosentasche und ein aufgesetztes Lächeln umspielt seine Lippen. »Kaum zu glauben, draußen tobt ein Sturm und ich habe tatsächlich guten Empfang.« Schnell erledigt er den Anruf bei der Polizei, um die Suchaktion abzublasen. Dann wendet er sich zu Mike und deutet auf das Whiskeyglas in seiner Hand. »Ich könnte jetzt auch einen vertragen.«

»Warum hast du der Polizei nichts von dem Irren da draußen gesagt?«, fragt Steffi fassungslos.

»Weil ich glaube, dass sie nichts tun können. Wir regeln das alles in Hamburg.«

»Wenn du meinst, du bist der Boss. Hast ja anscheinend alles im Griff«, kommentiert Steffi schnippisch. »Und wie geht es jetzt weiter?«

»Wir fahren morgen früh los und hoffen, dass wir noch einen Flieger bekommen. Wenn nicht, übernachten wir irgendwo im Hotel.« Er grinst sie schief an. »Und das stimmt, ja, ich habe alles im Griff. Zufrieden?«

»Damit bin ich absolut einverstanden. Aber was machen wir in der Zwischenzeit? Ich meine, was ist, wenn der Idiot hier heute Nacht auftaucht?«

»So schnell kann hier keiner ins Haus kommen, und außerdem glaube ich nicht, dass er das tun wird.«

»Woher willst du das wissen? Schließlich hat er Sarah gekidnappt und mich hat er betäubt …«

»Steffi, atme mal tief durch und beruhig dich! Es nützt nichts, in Panik auszubrechen.«

»Du glaubst Sarah immer noch nicht, stimmt's?«

Steffi verschränkt die Arme vor der Brust und fixiert ihn. Frank hält ihrem Blick stand. Sie gibt auf und lässt sich seufzend auf einem der Küchenstühle nieder.

Frank setzt sich ebenfalls an den Tisch und dreht sein Glas mit der goldbraunen Flüssigkeit zwischen seinen Händen. Isabell gleitet auf den Stuhl ihm gegenüber und legt besorgt ihre Hand auf seine. Langsam entzieht er seine Hand und trinkt einen Schluck.

Sie richtet sich auf und lässt ihre Hände auf der rauen Tischplatte liegen. »Glaubst du die Geschichte, dass dieser Martin schwul war? Das ist doch unwahrscheinlich, oder? Es gibt schließlich die DNA-Analyse, und das Ergebnis war eindeutig. Ich versteh das nicht.«

Isabell sieht Frank fragend an. Doch noch bevor er antworten kann, knallt Steffi ihre Faust auf den Tisch. Ihre Stimme ist schneidend. »Meine liebe Isabell, wenn Sarah das sagt, wird es auch so sein. Schließlich war *sie* bei diesem Irren und nicht du! Und er hat ihr seine Lebensgeschichte erzählt und droht uns jetzt. Er macht das mit Sicherheit nicht einfach so, weil er gerade nichts Besseres zu tun hat!« Heftig springt sie auf. »Ich fasse es nicht, dass du immer so ruhig bist und nicht eine Sekunde daran denkst, wie es Sarah ergangen ist. Weder damals noch jetzt! Manchmal habe ich das Gefühl, einem Eisberg gegenüberzustehen!«

»Das ist mir zu blöd! Du bist doch genauso krank wie …« Isabell springt von ihrem Stuhl hoch. »Ich verstehe nicht, was *wir* mit dieser Geschichte zu tun haben! Oder hast du eine Antwort, Steffi?«

»Mädels, es reicht! Setzt euch hin und beruhigt euch. Ihr habt gehört, was Frank gesagt hat. Wir fahren morgen nach Hause, und bis dahin solltet ihr versuchen, euch nicht die Augen auszukratzen.« Mike sieht eine nach der anderen an.

Mit der flachen Hand wischt Sarah über den beschlagenen Spiegel im Bad und blickt auf ihr verschwommenes Abbild. Sie neigt den Kopf zur Seite und betrachtet fasziniert ihre eigene Bewegung. Sie lebt, auch wenn sie sich wie tot fühlt. Ihren Körper spürt sie nicht und ihre Seele hat sich ebenfalls entfernt.

Warum passiert das alles?, fragt sie sich wieder und wieder. Ein zaghaftes Klopfen an der Badezimmertür lässt sie zusammenzucken.

»Sarah? Alles in Ordnung?«

Sie fragt ihr Abbild im Spiegel: *Ist alles in Ordnung?*

Franks besorgte Stimme hinter der Tür lässt sie kalt. Warum hat er diesem Thomas nicht die Wahrheit gesagt?

Weil er immer noch zweifelt.

Schnell schließt sie die Augen und wendet sich von ihrem Spiegelbild ab. »Ja, alles gut!«, ruft sie und schlüpft in ihr Schlaf-Shirt und einen frischen Slip.

»Fahren wir morgen?«

Frank zieht die Vorhänge zu und knipst die Nachttischlampe an. »Ja. Und dann werden wir Licht in diese Sache bringen.«

Seine Worte sind Balsam für ihre Seele. Erleichtert, dass sie diesen Ort morgen verlassen werden, schlüpft Sarah unter die Bettdecke und kuschelt sich eng an Frank.

»Ihr habt euch gestritten. Ich habe nicht alles verstanden, aber es ging um Martin und ob er schwul war …«

»Schsch! Denk nicht darüber nach.«

»Aber was ist mit dir, glaubst du mir?«

»Ja, ich glaube dir.« Er küsst ihre Stirn, streicht sanft über ihre Wangen, ihren Hals. Seine Berührungen beruhigen sie. Sie spürt, wie sich ihr Körper entspannt. Leise stöhnt sie auf, als seine Hand unter ihr T-Shirt gleitet und ihre Brust einfühlsam liebkost. Sie schließt die Augen, ihr Herz schlägt wild, ihr Atmen wird schneller, als sie sich der Lust hingibt. Sie fühlt sich geborgen und begehrt. Keuchend führt sie seine Hand zwischen ihre Beine und flüstert: »Zeig mir, dass ich noch lebe.«

Und obwohl seine Berührungen und Worte sie besänftigen, glaubt Sarah ihm kein Wort.

NEUNZEHN

Sarahs Hand gleitet über das Laken neben ihr. Es ist warm, und sie kann Franks Kuss noch auf ihrem Mund spüren. Sie vergräbt ihr Gesicht im Kissen und atmet seinen Duft ein. Es geht ihr gut, auch wenn sie kaum ein Auge zubekommen hat. Immer wieder geistern ihr Samuels Worte durch den Kopf.

Er wird da sein und zusehen, wie wir uns selbst richten.

Zaghaft zieht Sarah die Vorhänge im Schlafzimmer zurück. Der Sturm hat eine kleine Pause eingelegt, um neue Kräfte zu sammeln, und auch der Regen hat sich zurückgezogen. Draußen dämmert es, ihre Augen suchen die Sonne …

Den Kampf gegen die Wolken wird sie heute wohl verlieren.

Sarah öffnet das Fenster und atmet die kühle feuchte Luft ein. Es tut gut und erfüllt sie mit Leben. Akribisch suchen ihre Augen im Zwielicht nach etwas Ungewöhnlichem.

Nein, du hältst nach Samuel Ausschau. Gib es zu! Du möchtest, dass er da ist, damit du weißt, dass es kein schlechter Traum war.

Sie atmet schwer aus, schluckt den trockenen Kloß in ihrem Hals herunter. Ihre Zwiegespräche sind ein Relikt aus alten und nicht sehr glorreichen Zeiten. Trotzdem liebt Sarah es, mit sich selbst zu reden. Doch beim Gedanken an ihre Vergangenheit stellen sich die Härchen auf ihren Armen auf. Und noch etwas:

diese verrückte Gottes-Glauben-Geschichte, die Samuel so verbittert vorgetragen hat.

Entschlossen schließt sie das Fenster und zieht die Vorhänge wieder zu. In Windeseile packt sie ihre Sachen in den Koffer, zieht sich ein Fleece-Hemd über und schlüpft in die Jeans. Dann eilt sie die Treppe hinunter.

Sie hört leises Gemurmel und das Klappern von Geschirr. Ein wohliges Geräusch, das so gar nicht zu dieser gespenstischen Situation passt. Das verhaltene Murmeln erstirbt, als Sarah in die Küche tritt. Die fragenden Blicke ihrer Freunde sind ihr unangenehm. Sie rutscht auf die Bank neben Steffi, die sie breit anlächelt. Sarah kann Erleichterung in ihren Augen sehen. Ja, so geht es ihr auch. Sie kann es kaum erwarten, endlich im Auto zu sitzen.

»Gut geschlafen?«, fragt Steffi und nippt an dem heißen Kaffee.

»Geht so, und du?«

»So lala.« Steffi verzieht ihr Gesicht und blickt ungeduldig auf ihre Armbanduhr. »Wann fahren wir?«

»Sobald wir hier fertig sind«, antwortet Frank und gießt Sarah Tee ein. »Magst du?«

Sie nickt ihm dankbar zu. Ihr Blick verweilt auf Isabells unergründlicher Miene, und auch Mike ist an diesem Morgen still. Sarah fühlt sich mit einem Mal hundsmiserabel. Das ist alles ihre Schuld.

»Es tut mir leid, dass ich euch den Urlaub versaut habe …«

»Ach, Schätzchen. Das ist doch nicht deine Schuld, außerdem ist das Wetter echt für ’n Arsch.« Mike grinst sie an und Sarah ist für seine Worte dankbar. Isabell schiebt ihren Stuhl heftig zurück – das Geräusch hallt viel zu laut durch die stille Küche. Genervt räumt sie das Geschirr vom Tisch, obwohl Sarah noch nichts gegessen hat.

»Was ist los, Isabell?« Sarah hält ihre Teetasse fest.

»Was los ist? Ich will hier schnell weg. Das ist alles.«

Sarahs Blick fällt auf den dicken Umschlag, der auf dem Tisch liegt. Sie zieht ihn langsam zu sich. »Was ist das?« Sie sieht Frank fragend an.

»Oh, den hat mir Kristine gestern gegeben. Hattest du ihn bei ihr deponiert?«

Irritiert schüttelt Sarah den Kopf. Ihre Finger beben, als sie ihn aufreißt. Sie zieht fünf flachere Umschläge heraus, auf denen jeweils ein Name steht. Wie gebannt starrt sie darauf.

Wir haben alle unsere kleinen und großen Geheimnisse. Ich habe sie für euch zusammengetragen. Für jeden Einzelnen. Es wird euch zerreißen.

Sarah ringt nach Luft. In ihrem Kopf herrscht Chaos. Ihre Gedanken schlagen Purzelbäume, lachen sie aus, machen sich lustig über sie, ängstigen sie.

»Sarah, was ist das? Sarah!« Langsam dringt Franks Stimme zu ihr durch, sie wendet ihren Blick zu ihm.

»Das ist von Samuel«, stößt sie atemlos hervor.

Lange Zeit sagt niemand ein Wort. Sarah wagt es kaum, ihre Freunde anzusehen.

»Lasst uns sofort fahren.« Sie starrt Frank Hilfe suchend an, doch er schlägt seine Augen nieder und will sich die Umschläge näher ansehen.

»NEIN!«, brüllt Sarah. »Das ist genau das, was er will. Habt ihr mir nicht zugehört?« Sie deutet auf die Umschläge. »Darin stehen Informationen über uns, die er gesammelt hat, und wie ich annehme, werden das sehr unschöne sein. Er will, dass wir uns daran die Zähne ausbeißen … und uns gegenseitig hassen.« Eindringlich sieht sie einen nach dem anderen an. »Lasst uns fahren. Jetzt!«

»Ich habe ein Recht darauf, meine Akte zu sehen!« Isabells Hand schnellt vor.

Fest umgreift Sarah Isabells Handgelenk. »Tu es nicht! Wir warten damit, bis wir in Sicherheit sind.«

»Schwachsinn! Was soll schon drinstehen, das nicht sowieso schon jeder weiß?« Mike schnappt sich blitzschnell die Umschläge. Sarah reagiert zu langsam.

ZWANZIG

Kristine schüttelt unentwegt den Kopf, sie kann nicht glauben, dass Sarah sich verlaufen hat. »Weißt du, Thomas, Sarah kennt die Gegend sehr gut und ich weiß, dass sie nicht einfach so in den Wald rennt. Dafür ist sie nicht der Typ.«

Thomas nimmt den Becher Kaffee, den ihm Kristine reicht. »Wichtig ist doch nur, dass sie wieder da ist, oder?«

»Ja, natürlich.« Gedankenverloren rührt sie in ihrem Kaffee.

»Kristine, was ist los?«

»Nichts. Ich bin froh, dass alles gut gegangen ist.« Sie lächelt ihn an. »Erzähl, wie geht deine Arbeit voran, wirst du bis zum Fest ein paar neue Skulpturen fertig haben?«

»Ich glaube schon, solange das Wetter mitspielt. Im Moment sieht es nicht danach aus.«

Kristine seufzt und sieht aus dem Fenster. Der Wind hat wieder zugenommen und auch der Regen hat eingesetzt. »Ach, bis dahin wird das schon wieder, außerdem können wir den Regen gut gebrauchen.« Unaufhörlich tippt sie mit dem Fingernagel an ihren Kaffeebecher.

»Warum bist du so nervös? Soll ich vielleicht doch noch mal zu deinen Freunden rausfahren und sehen, ob alles in Ordnung ist?«

»Lieber nicht. Sarah und Frank haben eine schwere Zeit hinter sich, wahrscheinlich hat es irgendwie damit zu tun.« Sie unterbricht ihr Tippen am Becher. »Kann sein, dass Sarah deshalb so lange weg gewesen ist.« Doch wirklich überzeugt klingt sie nicht.

Die Ladenglocke ertönt und Sörensens Stimme dröhnt durch den Laden. »Kristine, altes Mädchen, wo steckst du?«

Sie rollt mit den Augen. »Ich bin hier, du alter Bastard!«, ruft sie und schaut auf die Armbanduhr. Acht Uhr dreißig.

»Du bist früh unterwegs, konntest du nicht schlafen?« Sie weiß, dass Sörensen es hasst, wenn ihn jemand aufzieht, weil er gern länger im Bett bleibt als der Rest der kleinen Welt, in der er lebt. Ohne Umschweife greift er sich die Kaffeekanne und gießt sich den Becher randvoll, stellt ihn vorsichtig auf dem Schreibtisch ab, um dann ein paar Unterlagen vom Hocker auf den Fußboden zu befördern.

Fasziniert und erheitert beobachtet Kristine den eigenwilligen Sörensen.

»Hast doch nichts dagegen, oder?«, fragt er. »Was für ein Wetter! Und, Kristine, wie laufen die Geschäfte?«

»Wunderbar! Wie du siehst, kann ich mich vor Arbeit nicht retten.«

»Und bei dir, Thomas? Wie ich hörte, warst du gestern Abend auf der Suche?«

»Nein, es war falscher Alarm.« Thomas mag den alten Sörensen, aber Einzelheiten mag er ihm nicht verraten. Er ist eine Tratschtante. Sörensen will gerade zur nächsten Frage ansetzen, doch Kristine kommt ihm zuvor. »Sag mal, Sörensen, du hast doch deine Hütte vermietet …«

»Ja, aber der Kerl ist gestern abgereist. Warum fragst du?«

»Nur so, also ein Kunde weniger.« Sie beginnt wieder mit dem Tippen an dem Kaffeebecher.

»Tja, der Typ war der erste Gast, der das Haus picobello verlassen hat. Nicht ein Fussel oder ein verdammtes Haar hat er hinterlassen, dafür aber ein ordentliches Trinkgeld.« Sörensen kratzt sich über sein unrasiertes Kinn. »Das hat noch keiner gemacht. Na ja, endlich hat mal jemand bemerkt, wie fantastisch die Lage dieser Hütte ist.« Grinsend schlürft er den Kaffee.

Die Scheibenwischer kommen kaum gegen den immer heftiger werdenden Regen an. »Was meinst du, Buddy, sollen wir mal bei Kristines Freunden vorbeifahren?« Thomas sieht seinen Labrador fragend an, der neben ihm auf dem Beifahrersitz hockt und den Blick stur auf die Straße gerichtet hat.

»Hey, ich rede mit dir!« Buddy dreht nur kurz den Kopf zu Thomas und leckt sich die Schnauze. »Okay, ich hab verstanden, du willst lieber dein Frühstück, stimmt's?«

Buddy gibt ein paar Geräusche von sich, die nur Thomas versteht. »Ja, ist vielleicht besser, wenn wir uns da raushalten, obwohl ich ein komisches Gefühl habe. Sarah sah aus, als wäre der Teufel hinter ihr her.«

Gedankenverloren krault er Buddys Hals und fährt los.

***

Die Faust trifft Frank hart und unerwartet direkt am Kinn. Damit hat er nicht gerechnet und das rächt sich jetzt. Er taumelt rückwärts gegen den Küchentisch. Mike holt zum nächsten Schlag aus. Sein Gesicht ist puterrot, in seinen Augen lodert eine unbändige Wut. Das Geschrei um sie herum ist ohrenbetäubend, doch Frank ignoriert es und duckt sich gerade rechtzeitig, um Mikes nächstem Schlag auszuweichen.

»Hört verdammt noch mal auf!«, brüllt Steffi und springt mutig auf Mikes Rücken. Mit einer schnellen Bewegung kann er sie abschütteln und Steffi fällt hart auf den Fliesenboden.

Gelähmt vor Entsetzen steht Sarah einfach nur da. Erst als sie Steffi am Boden sieht, drängt sie sich zwischen Mike und Frank. »Verdammte Idioten! Aufhören! SOFORT!«

»Geh zur Seite, Sarah!« Mike keucht vor Aufregung. Er deutet auf Frank. »Verdammter Wichser! Du willst mein Freund sein, mein Geschäftspartner? Vögelst mit meiner Frau, während deine in der Klinik ist und ihre Psyche pflegt!« Unsanft schiebt er Sarah zur Seite. Er steht direkt vor Frank, der sich nicht bewegt. Mikes Fäuste sind geballt, seine Stimme zittert. »Das hätte ich niemals von dir gedacht. Du bist die größte Enttäuschung in meinem kleinen beschissenen Leben. Und ich wünsche dir von ganzem Herzen, dass du an dieser Geschichte zugrunde gehst.«

»Mike … es tut mir leid. Ich weiß, es war nicht richtig.«

»Fuck you! Ich bin fertig mit dir!« Mike wendet sich zu Sarah um. Er ringt mit sich, scheint aber nicht die richtigen Worte zu finden. Mit zwei Schritten ist er bei Isabell, die an der Spüle lehnt und ihn entsetzt ansieht. »Und was ist mit dir? Hast du was dazu zu sagen?«

Isabell schüttelt den Kopf. Abrupt wendet er sich um, greift sich die Fotos vom Tisch und wedelt damit vor ihrer Nase herum. »Muss verdammt kalt gewesen sein mitten im Winter da oben auf der Anhöhe. Sarahs und Franks heilige Stätte.« Unerwartet schießen ihm Tränen in die Augen. Er heult wie ein Schuljunge, dessen erste große Liebe einen anderen geküsst hat. Sarah erkennt Mike kaum wieder.

»Es war nicht so …«, flüstert Isabell.

»Hör auf! Diese verdammten Fotos zeigen etwas anderes!« Er drückt ihr die Fotos an die Brust. Ohne jemanden anzusehen, stürmt er aus der Küche.

Niemand wagt es, sich zu bewegen. Als hätte jemand die Pause Taste bei einem Film gedrückt.

Sarah hebt die Fotos auf. Ihre Hände beben, sie will die Fotos nicht ansehen, doch sie üben eine magische Anziehungskraft auf sie aus. Nein, sie will sich das nicht antun. Und doch erhascht sie einen Blick darauf. Frank, der Isabell an den Felsen presst, seine Hose ist bis zu den Knöcheln heruntergerutscht. Isabells rechtes Bein umschlingt seinen Schenkel. Ihre Münder sind fest aufeinandergepresst. Sarah drängt Tränen der Wut und Enttäuschung zurück. Sie fühlt sich nicht nur betrogen, sondern auf unfassbare Weise verraten. Mit zitternden Fingern steckt sie die Fotos zurück in den Umschlag, den Mike aufgerissen hat.

»Ich habe euch gewarnt!« Sie schaut Frank an, der sich das Blut von den Lippen wischt und zu einer lahmen Entschuldigung ansetzt. Sarah hebt die Hand. »Sag jetzt nichts!« Sie wendet sich Isabell zu, die schnell ihre Augen niederschlägt. Eilig verlässt Sarah die Küche. Sie kann es nicht ertragen, noch länger dieselbe Luft wie Frank und Isabell zu atmen. Flüchtig blickt sie zu Steffi hinüber, die ihr ohne ein Wort folgt.

Hätte Sarah einen Blick aus dem Fenster geworfen, so hätte sie Samuel gesehen, wie er triumphierend unter der Kapuze seines Regencapes lacht, an der Feuerstelle, wo sie noch vor ein paar Tagen bei dem Spiel »Rate, wer ich bin« Spaß hatten. Schade, dass niemand sein Lachen sieht. Dennoch stört es Samuel nicht, er ist zufrieden mit sich. Alles läuft, wie er es will. Er hockt sich hin und verschmilzt mit der Umgebung.

***

Sarah stellt den Koffer neben sich auf den Boden. Lange betrachtet sie die Tür zu Mikes und Isabells Schlafzimmer. Sie lauscht. Es ist gespenstisch still hinter der Tür. Neugierig späht sie die Treppe hinunter, doch auch hier ist alles ruhig.

Ob sich Frank und Isabell gegenseitig bemitleiden und trösten? Vielleicht treiben sie es auch auf dem Küchentisch!

Sarah presst den Kiefer fest aufeinander, bis der Schmerz unerträglich wird. Erst dann atmet sie aus. Beherzt klopft sie an die Tür. Sie wartet erst gar nicht, bis Mike ihr antwortet, sondern tritt ein.

Verloren sitzt er am Fußende des Bettes, in seiner Hand eine Flasche Whiskey.

»Wie geht es dir?«

Mike hebt die Flasche hoch. »Auch einen Schluck?« Er blickt sie lange an.

Sarah antwortet nicht.

»Nein? Gut, dann hab ich mehr davon.« Er setzt die Flasche an und der goldbraune Saft gleitet in seine Kehle.

»Mike, es ist viel zu früh, um zu trinken.«

Er prustet vor Lachen. »Und das aus deinem Munde? Sarah, ich trinke nicht, weil ich Bock drauf habe, ich trinke, um meine Eitelkeit, meine verletzte Seele zu versorgen. Im Grunde ist es dafür wahrscheinlich schon viel zu spät.« Er klopft mit der flachen Hand auf die Matratze. »Setz dich zu mir! Wie geht's dir? Kommst du klar?«

»Ich weiß noch nicht.« Sie setzt sich, stützt die Unterarme auf ihre Beine und betrachtet den Holzboden. *Müsste mal wieder gewachst werden*, stellt sie fest und wundert sich.

Was für bekloppte Gedanken man hat, wenn die Welt um einen herum zusammenbricht.

»Wir sollten fahren, Mike. Wir werden alles in Hamburg regeln.«

Mike lacht hohl auf. »Schätzchen, was gibt es da zu regeln? Das war's. Ich werde mich von Isabell scheiden lassen und meine Partnerschaft mit Frank aufkündigen.«

»Ja, vielleicht ist es das, was du jetzt willst. Aber wer weiß, was morgen ist.«

Mike lässt sich ihre Worte durch den Kopf gehen. Aber im Moment ergeben sie keinen Sinn. Unschlüssig lässt er die Flasche in seiner Hand hin und her schwingen.

»Sarah, was denkst du über diesen Samuel? Was will er von uns? Was hat er davon? Warum tut ein Mensch so was? Und was hat es mit deiner Vergewaltigung zu tun?«

Da läuft es Sarah eiskalt über den Rücken. Wie konnte sie Samuel und alles andere für ein paar Minuten aus den Augen verlieren?

Weil du das gleiche Schicksal wie dein Freund teilst. Betrogen und belogen. Nimm es endlich zur Kenntnis!

Sie holt tief Luft. »Was stand noch in deiner *Akte*?«

Er betrachtet die Flasche in seinen Händen, bevor er noch einen Schluck trinkt. Mit einer Mischung aus Ekel und Behagen seufzt er und wischt sich den Mund mit dem Handrücken ab. »Ich weiß nicht mehr so genau. Ich glaube, auch etwas von dir. Irgendwie war alles … wie heißt das? … chronologisch aufgebaut.« Er schaut sie lange an, dann zuckt es in seinem Gesicht. »Scheiße, Sarah! Mein ganzes Leben steht dort. Sag mir, was hat das zu bedeuten?«

»Das habe ich euch schon gesagt. Es geht um Martin. Um die Rache für seinen Tod, es geht um uns, die wir so fett und selbstzufrieden in unserem Wohlstand gedeihen, dass wir alles, was sich uns in den Weg stellt, vernichten.«

»Du spinnst.«

»Ja, ich spinne, aber eines wird mir immer klarer: Martin hat mich nicht vergewaltigt.« Sie steht auf und sieht auf Mike herunter. »Und noch eins weiß ich genau: Irgendwo da draußen ist dieser Psycho, der auf Rache sinnt. Und wir sollten sehen, dass wir hier endlich verschwinden. Alles andere ist im Moment unwichtig.«

Mike verzieht das Gesicht zu einer Grimasse. »Schätzchen, du hast recht. Los, ab nach Hause!« Er wankt, als er aufsteht.

Sarah grinst ihn gequält an. »Kommst du klar?«

»Aber sicher. Ich bin Mike … oder laut dem, was in der Akte steht: *Gula* – die Maßlosigkeit.« Er lacht schallend auf. »Also los! Ich hoffe, ich kann mich zügeln, wenn ich die beiden …«

»Hör auf! Du tust auch mir weh.«

Unbeholfen streichelt er ihre Wange. »Tut mir so leid, Schätzchen.«

Die Sonne hat den Kampf gegen den Regen und einen immer stärker werdenden Sturm verloren. Kälte hüllt den Tag ein, als wolle sie ihn konservieren. Sarah zieht die Schultern hoch, damit die Kälte sie nicht erreicht. Immer wieder blickt sie sich hektisch um. Doch da ist nichts als graues Zwielicht. Die Koffer und Taschen sind im Kofferraum verstaut und jetzt überkommt sie dieses Gefühl der Endlichkeit, als sie das Haus im Dämmerlicht des Morgens betrachtet. Schnell steigt sie ins Auto und wünscht sich nichts sehnlicher, als von hier wegzukommen, fort von diesem Gefühl der Angst, des Betrugs und der Machtlosigkeit.

»Alles in Ordnung?«, fragt Frank und es scheint, als wolle er seine Hand auf ihren Arm legen. Doch als er die Ablehnung in ihren Augen erkennt, lässt er es sein.

»Lass uns fahren.« Sie wendet sich zu Steffi um, die sich in den Sitz gedrückt hat. Die beiden Freundinnen lächeln sich an. Schweigend versuchen sie, einander Mut zu machen und Trost zu spenden.

Frank dreht den Zündschlüssel herum und das satte Motorengeräusch lässt Sarah erleichtert aufatmen. Langsam fährt Frank los. Auf einmal hören sie ein Geräusch, das nichts Gutes verheißt. Sarah hält den Atem an.

»Was ist das?«, fragt sie leise.

Frank hechtet aus dem Wagen. Gebannt beobachtet sie, wie er um das Auto eilt. Sie hört Steffi, die sich unruhig hinter ihr aufrichtet.

»Bei Mike scheint auch was nicht in Ordnung zu sein.« Steffi reißt die Tür auf und springt aus dem Wagen. Sarah folgt ihr. Sie kann nicht fassen, was sie sieht. Alle vier Reifen sind platt. Wütend tritt Frank gegen einen Reifen und stemmt die Hände in die Hüften. »Dieser verfluchte Hurensohn!«

»Was jetzt?«

Sarah bekommt keine Antwort, hektisch sieht sie zu Mike hin, der etwa zehn Meter entfernt steht. Mit ausladenden Schritten kommt er auf sie zu.

»Wenn der Typ denkt, dass er uns hier festnageln kann, irrt er sich!«, brüllt er aufgebracht und starrt Frank an, der nach seinem Smartphone greift.

»Was machst du?«

»Ich rufe die Polizei.«

»Das ist Zeitverschwendung. Der Kerl spielt mit uns! Merkst du es nicht?« Er blickt sich wütend um und streckt den Stinkefinger in die Luft. »Du Arschloch kriegst uns nicht!« Aufgebracht starrt er Frank an. »Ich warte hier keine Sekunde länger. Wir nehmen das Boot.« Entschlossen sieht Mike Sarah an. »Was ist mit dir, bist du dabei?«

Sie wägt die Alternativen ab. Bleiben und auf Hilfe warten oder handeln und diesem Horror schnell entkommen. »Ja, ich komm mit. Was ist mit dir, Steffi?«

Ein kurzer Blick auf Frank, der genervt mit dem Smartphone hin und her geht, um Empfang zu bekommen, und Steffis Entschluss steht fest. »Los, Frank, komm mit! Das hat doch keinen Sinn.«

Demoralisiert steckt er das Smartphone in seine Hosentasche zurück und folgt den anderen zum Ufer. Hoch oben in der Luft schreit ein Fischadler schrill und anhaltend gegen den Sturm an.

Sarahs Hände klammern sich Halt suchend an die feuchte Sitzbank des Bootes. Bei dem stürmischen Fahrtwind fühlt sich der Regen an, als wären die Tropfen kleine Nadeln, die ihr ins Gesicht schießen. Der See ist aufgewühlt, seine Wellen lassen das kleine Boot wild auf und ab tanzen.

Isabell sitzt neben ihr, und erst jetzt fällt Sarah auf, dass sie noch kein Wort gesprochen hat. Verstohlen schaut sie zu ihr und versucht, ihre Gefühle für Isabell zu ergründen. Doch da ist nichts. Weder Hass noch Ablehnung. Als wäre Isabell nicht existent. Steffis plötzlicher Schrei holt sie mit einem Ruck aus ihren Gedanken.

»Scheiße, das Boot hat ein Leck!«

Aus dem Gefühl von Benommenheit wird Angst. Sarah entdeckt eine Wasserlache, die ihre Schuhe bereits halb bedeckt und stetig ansteigt. Ihr Herz rast, panisch sieht sie zum Ufer, das weit entfernt liegt – und entdeckt ihn. Es ist, als könne sie selbst auf diese Entfernung sein Grinsen erkennen.

»Keine Panik, wir schaffen das!«, brüllt Mike gegen den Wind an und dreht den Gashahn auf. Frank reißt sich sein Sweatshirt vom Leib und versucht, das Loch im Rumpf damit zu stopfen. Doch das Wasser steigt weiter.

»Mike, wir müssen umkehren!« Der Sturm verschluckt Franks Worte, aber Mike steuert unbeirrt auf die andere Seite des Sees zu. Nach ein paar Minuten ist es vorbei. Der Motor erstirbt.

***

Die Kälte des Wassers lässt Sarahs Muskeln verkrampfen. Sie konzentriert sich auf ihre Bewegungen: *immer weiter schwimmen, ruhig und gleichmäßig atmen, nicht nachdenken, was passieren wird, wenn die Kräfte nachlassen.*

Immer wieder blickt sie sich zu den anderen um, die ebenfalls um ihr Überleben kämpfen.

»Wir müssen zusammenbleiben. Hört ihr? Immer zusammenbleiben!« Es ist Frank, der ihnen die Anweisung zuruft. »Immer auf den anderen achten!«

Doch die Kräfte schwinden rasend schnell. Sarah würde sich am liebsten treiben lassen, einfach auf den Grund des Sees sinken … in eine friedliche Stille.

»Du schaffst das, Baby! Komm, ich zieh dich ein Stück. Halte dich an meinen Schultern fest.«

Es tut gut, eine Weile zu verschnaufen, doch schon bald werden ihre Glieder steif. Sie löst sich von Frank und bemüht sich, wieder einen Rhythmus zu finden.

Sarah weiß nicht, wie viel Zeit vergangen ist, seit sie sich das letzte Mal zu den anderen umgesehen hat. Sie zählt vier Köpfe, die im Wasser treiben.

Drei! Es sind nur drei!

Noch einmal zählt sie.

Es sind nur drei!

Panisch wendet sie sich in alle Richtungen. Etwa dreißig Meter hinter ihr sieht sie einen Kopf, der auftaucht und dann wieder verschwindet. Sarah brüllt um Hilfe, doch niemand hört sie. Bis zum Ufer sind es nur noch hundert Meter, vielleicht zweihundert. Was soll sie tun? Aus Leibeskräften ruft sie wieder um Hilfe. Die hohen Wellen und der heftige Sturm verschlucken ihre Rufe. Zur Verzweiflung gesellen sich Müdigkeit und das Gefühl von Hilflosigkeit. Ihre Augen blicken panisch über das unruhige Wasser und zum rettenden Ufer.

Ich schaffe das!

Entschlossen schwimmt sie auf den Kopf zu, und als sie näher kommt, erkennt sie, wer dort treibt. Es ist Isabell, die um ihr Leben kämpft. Sarah ist nur noch wenige Meter entfernt, als

Isabells Kopf endgültig unter der Wasseroberfläche verschwindet. Sarahs Entscheidung fällt im Bruchteil einer Sekunde.

Sarah mobilisiert ihre letzten Kraftreserven und schwimmt auf die Stelle zu, wo sie Isabells Kopf zuletzt gesehen hat. Hektisch gleitet ihr Blick über die Wasseroberfläche. Sie merkt, wie Angst und Panik sie zu überwältigen drohen, als sie nichts weiter als die Wellen des Sees sieht. Ohne nachzudenken, taucht sie hinunter. Trübe Finsternis empfängt sie. Die Sicht geht gegen null. Ihre Hände greifen wild um sich – in der Hoffnung, etwas zu fassen zu bekommen. Ihre Lungen schmerzen. Sie muss auftauchen, und plötzlich berührt sie eine Hand. Sarah greift zu. Mit allerletzter Kraft zieht sie daran und strampelt gleichzeitig mit den Beinen, um an die Oberfläche zu kommen. Prustend holt sie Luft und zieht schließlich Isabell an die Oberfläche.

»Atme, Isabell! Atme!«

Ein leises Röcheln folgt, doch dann reißt Isabell den Mund auf und atmet gierig ein. Hustend schlägt sie um sich und zerrt an Sarah, stemmt sich auf deren Schultern und drückt sie unter Wasser.

Das Adrenalin rauscht wie ein wilder Fluss durch ihren Körper. Sarah zieht die Beine dicht an ihren Körper und lässt sie vorschnellen wie eine Sprungfeder. Beide Füße treffen Isabell in den Unterleib, endlich lässt sie los. Sarahs Kopf schießt aus dem Wasser, japsend holt sie Luft und sieht vor sich Isabell, die sie mit weit aufgerissenen Augen anstarrt und wild mit den Armen rudert – um sich wieder an Sarah festzukrallen.

Dann geht alles ganz schnell. Frank ist neben ihr und Mike folgt wenige Meter hinter ihm.

EINUNDZWANZIG

Sarah kuschelt sich noch enger in den Ohrensessel, der neben dem Kamin steht, zieht die Beine hoch und beobachtet, wie Frank ein weiteres Holzscheit in den Kamin wirft. Er hockt sich davor und starrt in die tanzenden Flammen. Sie tut es ihm gleich und ist fasziniert von der Vielfalt der Farben, der Wärme, dem Knistern des Holzes, wenn die zerstörerische Wut des Feuers daran nagt. Es lässt sie für einen Moment ihre Erregung und Ratlosigkeit vergessen. Außer diesem Knistern ist es still im Wohnzimmer. Die Fensterläden sind geschlossen und vermitteln das Gefühl von Sicherheit. Die geschickt arrangierten Stehlampen sorgen für ein anheimelndes Licht.

Idylle.

Sarah streicht sich durch ihr immer noch feuchtes Haar, als Frank sich erhebt und sie anschaut. Er sieht müde und mitgenommen aus und sein Lächeln wirkt unsicher, als er fragt: »Soll ich dir einen Tee bringen?«

Sie sieht ihn flüchtig an und nickt. Fröstelnd zieht sie die Decke bis unter ihr Kinn und kann dennoch das Zittern nicht kontrollieren, obwohl sie ausgiebig heiß geduscht hat. Sie kann nicht fassen, was in den vergangenen Stunden alles herausgekommen ist. Frank hat sie betrogen. Mit derjenigen, die sie vor dem Ertrinken gerettet hat.

Was für eine Ironie, denkt sie und zieht die Beine noch enger an den Körper.

Und was jetzt, wie soll es weitergehen?

Sie ist so müde und leer. Immer noch starrt sie in die Flammen und bemerkt nicht, dass Steffi ins Wohnzimmer kommt. Sarah zuckt zusammen, als ihre Freundin die Hand auf ihre Schulter legt, bevor sie sich auf den Boden am Kamin niederlässt, um sich den Rücken zu wärmen. Unbeholfen lächelt sie Sarah an.

»Wie geht es dir?« Steffis Stimme ist rau.

Sie hat sich erkältet, denkt Sarah.

»Du solltest heiße Milch mit Honig trinken.«

»Oh Gott! Ich will mich doch nicht vergiften. Lieber würde ich jetzt eine Zigarette rauchen.«

»Dann mach das doch.«

»Hier?«

»Klar, ist eine Ausnahmesituation.«

Das lässt sich Steffi nicht zweimal sagen und kramt ihre Zigaretten aus der Tasche des Kapuzenshirts. Erleichtert inhaliert sie den Rauch.

»Was machen wir denn jetzt bloß?«

»Ich habe keinen blassen Schimmer und ehrlich gesagt fehlt mir gerade die Energie, Entscheidungen zu treffen.«

»Kann ich mir gut vorstellen. Ich frage mich, warum du sie gerettet hast. Schließlich hat sie dich dreckig hintergangen und …«

»Steffi, hör auf!«, unterbricht Sarah sie schroff. »Schließlich gehören zwei dazu, die mich hintergangen haben. Und ehrlich gesagt möchte ich jetzt nicht darüber sprechen.«

»Klar, aber du darfst dich nicht wieder zurückziehen und einkapseln.«

»Was meinst du?«

»Na ja, so hast du dich auch verhalten, als du überfallen wurdest. Einfach mit niemandem geredet und alles in dich reingefressen.« Steffi zieht noch einmal an ihrer Zigarette und schnippt sie dann ins Feuer. »Wenn du darüber gesprochen hättest, wären deine Zweifel vielleicht gehört worden, und dann säßen wir nicht in dieser Scheiße hier.«

»Willst du mir sagen, dass es meine Schuld ist?«

»Nein, so meinte ich das nicht. Ich hab mich falsch ausgedrückt.« Steffi rutscht zu Sarah, richtet sich auf den Knien auf und sieht sie flehend an. »Tut mir leid. Ehrlich!«

»Weißt du, wie du gerade aussiehst? Wie ein Dackel.« Sarah lacht, doch das Lachen erstirbt so schnell, wie es gekommen ist. »Meinst du, ich mache mir keine Vorwürfe? Außerdem habe ich wieder und wieder versucht, mit Frank darüber zu sprechen. Aber er hat ja alles im Griff gehabt …« Sie lacht bitter und schluckt den aufsteigenden Frust herunter. »Ich wurde nicht nur überfallen und vergewaltigt, ich habe mein Kind verloren. Verstehst du? Und ich trage womöglich die Schuld daran, dass ein Unschuldiger verurteilt wurde, der sich dann das Leben nahm. Verdammt!« Sie nagt an ihrer Unterlippe, bis sie schmerzt. »Und Samuel hat recht mit dem, was er sagte, dass ich eine egoistische Kuh bin. Nur auf meinen guten Ruf bedacht. Hätte ich Martin den Gefallen getan und seine Modefotos gemacht, dann wäre dieser ganze Scheiß nicht passiert. Weder damals noch heute. Aber nein, ich wollte meinen Namen nicht für ihn hergeben. Heute weiß ich nicht mal mehr, ob seine Sachen wirklich so schlecht waren.«

Sie spürt, wie die Zweifel an ihr nagen – und hasst ihre Unfähigkeit, richtige Entscheidungen zu treffen. Der Gedanke, eine Mitschuld daran zu tragen, dass ihr Kind sterben musste, weil sie so unnachgiebig war, ist unerträglich.

»Sarah, es konnte doch keiner ahnen, dass es so enden würde. Außerdem muss jeder in der Lage sein, Abweisungen oder Kritik zu ertragen. Wo kommen wir denn hin, wenn wir alle immer unseren Willen bekommen, andere für uns ausnutzen, egal wie bescheuert die Sache ist, nur um unseren Vorteil dadurch zu erlangen?« Steffi streicht Sarah ein paar Haare aus dem Gesicht und zwingt sie, sie anzusehen. »Bitte mach dir keine Vorwürfe. Wir schaffen das!«

Sarah nickt. Sie hat Mühe, den sich anbahnenden Heulkrampf zu unterdrücken.

»Schätzchen, wie geht es dir?« Mike steht plötzlich vor ihnen und betrachtet Sarah besorgt. »Du bist eine tapfere Frau. Jeder andere hätte es sich zweimal überlegt, ob …« Mike winkt unbeholfen ab. Er weiß, er ist nicht gut darin, die richtigen Worte zu finden. Stattdessen wendet er sich Steffi zu. »Hast du hier geraucht?«

»Ja, Sarah meinte, es sei okay.«

»Hm, weißt du was? Ich werde jetzt endlich dieses verdammte Ding hier anzünden.« Eingehend betrachtet er seine Zigarre, und sein Entschluss steht fest. Genüsslich bläst er den blauen Rauch aus und sieht ihm versonnen hinterher. »Wer weiß? Vielleicht ist es die letzte in meinem glorreichen Leben.« Er lacht bitter auf und schaut in die versteinerten Gesichter der beiden Frauen.

»Hey, das war ein Scherz! Ihr kennt mich doch.«

Sarah findet seine Bemerkung nicht komisch, und doch hat sie das Gefühl, dass er der Wahrheit ziemlich nahekommt. *Verdammt!* Sie starrt auf die Glut der Zigarre, als Mike noch einmal daran zieht, und als sie aufblickt, steht Frank im Zimmer, in seiner Hand einen Becher mit Tee. Mike zieht kräftig an der Zigarre und bläst Frank den blauen Qualm mitten ins Gesicht. Kurz taxieren sie sich, dann reicht Frank Sarah den Tee.

»Ich hoffe, er ist in Ordnung so.«

»Willst du gar nicht wissen, wie es Isabell geht?«, fragt Mike ihn provozierend.

Frank richtet sich auf. »Wie geht es Isabell?«

»Miserabel.« Ohne auf Mike oder Frank zu achten, nähert sich Isabell und bleibt vor Sarahs Sessel stehen. »Danke. Du hast mein Leben gerettet. Ohne deine Hilfe würde ich jetzt auf dem Grund des Sees liegen.« Sie nickt Sarah zu, und ohne die anderen anzusehen, stakst sie in die Küche.

Nachdem Sarah ihren Tee getrunken hat, geht sie in die Küche, um sich einen frischen aufzubrühen. Isabell hat sich auf ihr Zimmer zurückgezogen, weshalb Sarah die Küche für sich hat und den Augenblick des Alleinseins genießt. Die Anspannung ist kaum auszuhalten. Während sie darauf wartet, dass das Wasser kocht, bemerkt Sarah, dass die Fensterläden hier nicht geschlossen sind wie sonst überall in den Räumen. Warum auch? Es ist der Ort, wo sie sich immer aufhalten, wo sie gemütlich am Tisch sitzen und auf den See hinausschauen. Mit einem müden Seufzer verdrängt sie die schönen Erinnerungen und öffnet das Fenster, um die Läden zu schließen. Der kalte Wind bläst ihr gnadenlos ins Gesicht, zerrt an den Haaren, und doch empfindet sie diese Berührung wie eine Umarmung.

Sie hat die Griffe der Läden ertastet und will sie gerade zuziehen, da sieht sie ihn. Nur ein paar Meter von ihr entfernt. Er hat den Kopf zur Seite gelegt und blickt sie fragend an, dann entblößt er die Zähne zu einem schallenden Lachen, das der Wind zu ihr trägt und noch weiter durch das Haus bis ins Wohnzimmer. Noch bevor Frank und Mike bei ihr sind, hat sie die Fensterläden verschlossen. Ihre Hände zittern, ihr Herz rast.

»Fuck! Dieser Hurensohn!«, brüllt Mike und ist auf dem Weg in die Diele. Frank hält ihn hart am Arm zurück.

»Nicht! Er spielt mit uns. Lass dich nicht provozieren!«

»Und was sollen wir deiner Meinung nach tun? Hier warten, bis der Irre uns abschlachtet?!«

»Lass uns in Ruhe überlegen, was wir tun können.« Frank senkt die Stimme. »Wir sollten gemeinsam eine Lösung finden, anstatt in Panik zu verfallen. Und lass uns bitte die persönlichen Differenzen vertagen, bis wir hier heil rausgekommen sind.«

»Du bist so ein Arschloch, weißt du das?«

»Vielleicht hast du recht, aber jetzt sollten wir uns auf diese Situation konzentrieren. Ich vertraue dir und hoffe, du vertraust mir.«

Ohne eine Antwort schlurft Mike ins Wohnzimmer zurück.

Samuel hat sich in die Büsche geschlagen. Sein Regencape verschmilzt harmonisch mit der Umgebung. Er drückt den kleinen Kopfhörer noch fester in die Ohrmuschel.

Fantastisch!, denkt er. Er hat alles durchdacht, bis ins Kleinste ausgetüftelt, jede Eventualität miteinbezogen, und jetzt erntet er die Früchte seiner Arbeit. Andächtig lauscht er der aufgebrachten Stimmung im Haus. Das Grinsen will nicht aus seinem Gesicht verschwinden.

»Sarah, wo ist dein Smartphone? Meins hat das unfreiwillige Bad leider nicht überlebt.«

»In meiner Handtasche in der Diele. Oben im Bad hat man relativ guten Empfang.«

»Wen willst du anrufen?«, fragt Mike misstrauisch.

»Die Polizei. Oder hast du einen besseren Vorschlag?«

»Das hätten wir schon vor Stunden tun sollen! Ich hoffe, es funktioniert.«

Samuel hört, wie Frank die Treppe hinaufeilt und der Rest der Truppe sich ins Wohnzimmer begibt. Das Zeichen für seinen Einsatz. In gebückter Haltung sprintet er zum Haus. Mit flinken Fingern bringt er ein Schloss am Fensterladen der Küche an, danach widmet er sich einer weitaus schwierigeren Aufgabe. Der Eingangstür. Im Vorfeld hat er sich viele Gedanken darüber gemacht. Zuversichtlich, dass es klappen wird, hievt er eine Autobatterie aus dem Busch neben der Tür. Flink wickelt er das Kabel um den Türgriff. Am Ende des Kabels ritzt er mit einem Taschenmesser die Isolierung ab, teilt die beiden Drähte und schließt sie an die Batterie an. Nachdenklich reibt er sich das Kinn. Er muss es wagen, sonst hat das alles keinen Sinn. Schnell streckt er die Hand aus und berührt den Türgriff. Der Schmerz ist höllisch und er kann den Schrei nicht ganz unterdrücken.

»Was war das? Habt ihr das auch gehört?« Steffis aufgeregte Stimme – dann Stille.

Samuel hält den Atem an und drückt den Stöpsel fester ins Ohr. Gebannt lauscht er in die Stille, die plötzlich im Haus herrscht.

»Wahrscheinlich der Sturm«, sagt Mike.

Erleichtert atmet Samuel auf und schleicht zu einem letzten Kontrollgang ums Haus. Zufrieden richtet er sich auf, der Wind zerrt an seinem Regencape und fegt ihm die Kapuze vom Kopf. Es stört ihn nicht. Er legt den Kopf in den Nacken und sieht zum dunklen Himmel hinauf. Der Regen prasselt auf sein Gesicht. Er breitet die Arme aus und genießt seinen Triumph. Ja, es ist sein Spiel, nach seinen Regeln! Und er spielt nicht nur die Hauptrolle, er führt auch Regie. Er kann den Applaus hören, die Jubelschreie. Jetzt wird er allen zeigen, was in ihm steckt.

Die Party kann beginnen.

ZWEIUNDZWANZIG

Nach Minuten, die sich wie Stunden anfühlen, kommt Frank wieder. Er braucht nichts zu sagen. Mit ernstem Blick legt er das Smartphone auf den Wohnzimmertisch.

Sofort beginnt eine aufgeregte Diskussion. An Sarah perlt sie ab wie Wasser auf öliger Haut. Sie ist müde und will es endlich hinter sich haben. Matt beobachtet sie Frank, jede seiner Bewegungen, jedes Wort, und prüft ihre Gefühle zu ihm. Er steht da und hat wie immer alles im Griff, die anderen lauschen seinen Ausführungen und Vorschlägen. Für einen winzigen Moment hat sie das Gefühl, er genieße die Aufmerksamkeit. Ja, er braucht es, im Mittelpunkt zu stehen, der Held zu sein. Samuel hat ihn richtig eingeschätzt: *Avaritia* – die Habsucht. Er will sie alle besitzen, beherrschen.

Verflucht, ich muss damit aufhören! Das ist doch alles purer Blödsinn – einem kranken Hirn entsprungen.

»Was sagst du dazu, Sarah?« Frank sieht sie fragend an.

»Denkst du nicht auch, wir sollten warten, bis der Sturm nachgelassen hat, und uns dann aus dem Haus schleichen, um vorn an der Straße ein Auto anzuhalten? Oder denkst du, Mikes Vorschlag hat mehr Chancen?«

»Du bist der Boss. Was nützt es, wenn irgendjemand deinen Plan über den Haufen wirft? Du wirst schon dafür sorgen, dass es so gemacht wird, wie du es willst.« Während die Worte aus ihr herausschießen, springt sie heftig vom Sessel auf. Achtlos lässt sie die Decke zu Boden gleiten.

»Sarah, ich bitte dich! Wenn du sagst, dass es falsch ist, werden wir eine andere Lösung finden. Schließlich kennst du Samuel besser als wir.«

»Ich fasse es nicht! Ihr seid doch mit ihm angeln gewesen, ihr habt mit ihm getrunken – und habt mir die ganze Zeit nicht ein Wort geglaubt! Also komm mir nicht damit, dass du auf meine Meinung Wert legst.«

Frank hebt abwehrend seine Hände. »Ich weiß, und es tut mir leid. Aber die Situation ist jetzt …«

»Verschone mich mit deinem Managergebrabbel!« Abrupt wendet sie sich von ihm ab und stürmt in die Küche. Am liebsten würde sie hinauslaufen, aber dazu fehlt ihr der Mut.

»Sarah, ich verstehe ja, dass du sauer bist wegen der Geschichte mit Isabell. Wär ich auch, aber wir sind in einer Ausnahmesituation.« Steffi setzt sich zu Sarah. Vorsichtig greift sie über den Tisch und legt eine Hand auf ihre gefalteten Hände. »Bitte, Sarah, rede mit mir!«

»Was gibt es denn noch zu sagen? Macht, was ihr wollt. Ich werde mich der Mehrheit anschließen.«

»Verdammt, Sarah! Ich dachte immer, du bist eine, die weiß, was zu tun ist. Wo ist die Sarah, die ich kennen und schätzen gelernt habe? Die, die mich immer wieder aus der Scheiße geholt hat? Verdammt, ich brauch dich jetzt!«

Sarah betrachtet das sorgenvolle Gesicht ihrer Freundin. Dunkle Schatten haben sich unter den Augen gebildet, die Blässe und die eingefallenen Wangen sind erschreckend und erinnern an eine Schwindsüchtige. »Also gut. Dann werden wir alle zusammen gehen.«

»Danke. Ich sag den anderen, dass du einverstanden bist.«

***

Niemand ist in seinem Zimmer verschwunden, um sich ein paar Stunden Schlaf zu gönnen. Viel zu tief sitzt die Angst vor dem, was passieren könnte. Mike und Steffi liegen zusammengekauert auf dem Sofa. Jeder in einer Ecke, die Beine angezogen, die Augen geschlossen. Isabell hat den großen Sessel besetzt und sich eine Decke bis unter das Kinn gezogen. Ihre Augen flattern im Traum. Fasziniert beobachtet Sarah, wie Isabells Augäpfel hin und her hetzen.

Sie träumt vom Ertrinken, mutmaßt Sarah und kann nicht verhindern, dass sie eine gewisse Genugtuung dabei empfindet, Isabell so zu sehen.

Hätte ich sie ertrinken lassen sollen? Sie hasst sich für diesen Gedanken. Wie jämmerlich wäre das gewesen? Nein! Wenn sie hier jemals lebend herauskommen, wird sie sich von Frank trennen. Das ist die einzig logische Konsequenz aus diesem verfluchten Schlamassel. Sie blickt zum Sessel neben sich, den Frank dicht an ihren geschoben hat. Sie weiß, dass er nicht richtig schläft, dazu ist sein Gesicht zu angespannt. Wie sehr sehnt sie sich nach seiner Umarmung, nach seinem Trost und danach, dass er alles für sie regeln wird.

Ist das nicht genau das, was du nicht willst, was dazu geführt hat, dass wir hier sind?

Er hat doch alles arrangiert, den Anwalt angetrieben, um den Prozess vorzuverlegen. Und wieder muss sie Samuel recht geben in dem, was er über Frank gesagt hat. Auch wenn sie versucht, den Fall neu aufrollen zu lassen, wird Frank dafür sorgen, dass kein schmutziger Fleck bleibt, der auf sie zurückfällt. Verflucht, diese Gedanken machen sie noch irre! Bedachtsam steht sie auf, um ein Holzscheit nachzulegen. Sofort züngeln die Flammen hoch. *Nahrung.* Sie lässt sich dieses Wort lange durch den Kopf gehen, dreht und wendet die Bedeutung, während sie in die Diele schleicht und in der Tasche kramt.

Unsicher betrachtet sie den Umschlag mit den dünnen Akten, doch ihre Neugier ist zu groß. Im Stillen fragt sie sich, warum niemand mehr darauf bestanden hat, seine Akte an sich zu nehmen. War es Angst, Scham oder der Wunsch nach Verdrängung, nachdem die Wahrheit über Frank und Isabell ans Licht kam?

Sie breitet die Akten auf dem Küchentisch aus. Ohne zu zögern, greift sie nach ihrer eigenen. Schnell überfliegt sie das, was sie kennt. Geburt, aufgewachsen, bla, bla. Nichts Ungewöhnliches – bis auf einen Eintrag, der gelb markiert ist. Ihr Aufenthalt bei den barmherzigen Nonnen.

Auf einmal kommen die Erinnerungen in ihr hoch. Sie war fünfzehn und nahm sich, was sie wollte. Egal, ob es der Freund ihrer besten Freundin war oder eine Designer-Jeans aus der kleinen Boutique. Sie nahm sie einfach mit, ohne sie zu bezahlen. Ihre Mutter war damals alleinerziehend, sie hatte ihren Mann aus dem Haus gejagt, weil er sie mit ihrer besten Freundin betrogen hatte. Sarah muss bei dieser Erinnerung lachen. Was für eine Ironie. Sarah verstand damals nicht, warum ihre Mutter sich so darüber aufregte. Als sie die Scheidung einreichte, fing Sarah an, sich ganz gegen ihre Mutter zu stellen. Sie landete in einem Rehabilitationsprogramm für Jugendliche, bei diesen verfluchten Nonnen. Beten und Buße tun war das Einzige, was sie verlangten. Sarah musste den Katechismus auswendig lernen. Die reinste Tortur! Sie hatte sich geweigert, wollte frei sein von Zwängen und Regeln. Die Nonnen sahen das anders. Besonders Schwester Agatha. Sarah erinnert sich lebhaft an die kleine, drahtige Gestalt mit den dünnen Lippen. Eines Tages hatten sie eine erbarmungslose Auseinandersetzung und bei Sarah brannten die Sicherungen durch. Schwester Agatha landete im Krankenhaus und Sarah im Jugendknast.

Sie schließt die Augen – in der Hoffnung, dass die Bilder von damals in der Dunkelheit verschwinden.

Wenn das rauskommt, bin ich erledigt. Woher weiß Samuel davon?

Sie späht ins Wohnzimmer, dort ist alles ruhig. Entschlossen reißt sie das Blatt, auf dem ihre düstere Vergangenheit steht, aus der Akte und zerknüllt es. Es fühlt sich merkwürdig an, diesen rauen Ball aus Papier in ihren Händen zu halten.

Wohin damit? Werde ich meine dunkle Vergangenheit je loswerden?

Sie behält den Klumpen Papier in der Hand, während sie Franks Daten liest. Was dort steht, ist nichts Neues für sie. Bis auf einen Eintrag, bei dem es um Bestechung geht. Offensichtlich hat er Schmiergeld gezahlt, um an ein lukratives Geschäft zu kommen. Sie runzelt die Stirn, als sie die Summe sieht. Drei Millionen Euro. Vor mehr als zehn Jahren. Und noch mehr solcher Geschäfte sind aufgeführt.

Sie versteht es nicht. Ist Frank nicht immer so darauf bedacht, dass bei seinen Geschäften alles hundertprozentig transparent ist? Das hat er oft betont.

Sie reibt sich die Schläfen.

Mist! Wenn ich in meiner Akte Informationen zu Frank finde, haben er und jeder andere vielleicht auch Informationen über mich.

Ihr ist übel, eine unerträgliche Nervosität überkommt sie.

Das meinte Samuel also damit, dass wir uns zerfleischen würden.

Schnell klappt sie den Deckel zu und kramt die Akten zusammen.

»Sarah, alles in Ordnung?«

Erschrocken fährt sie zusammen und schiebt die Papiere hinter ihren Rücken. Mit bebenden Fingern klemmt sie sie in den Bund ihrer Hose. Sie starrt in Franks Gesicht, der sich über sie beugt und sie aufmerksam ansieht.

Rasch erhebt sie sich. »Ist es so weit, gehen wir?«, fragt sie atemlos.

»Ja, nimm nur das Nötigste mit.« Er sieht sie durchdringend an. »Sarah, mir tut so leid, was ich getan habe. Es war nicht richtig und ich schäme mich …«

»Bitte nicht jetzt!«, unterbricht sie ihn. »Lass uns hier gemeinsam rauskommen, dann sehen wir weiter.«

Sie drängelt sich an ihm vorbei, doch er hält sie am Arm fest. »Bitte verzeih mir! Ich kann nicht denken und vernünftig handeln, wenn ich nicht weiß, ob du bei mir bleibst.«

Sie schüttelt seine Hand ab. Es schmerzt sie, ihn so zu sehen. Geläutert. Ratlos. Klein.

»Nicht jetzt, Frank!«

Sie stürmt in die Diele und verstaut die Akten in ihrem Rucksack. Aus dem Wohnzimmer hört sie leises Gemurmel, das Schlag auf Schlag lebhafter wird. Und auch sie wird von der Aufregung angesteckt.

Hektische Schritte, leises Murmeln und noch mehr Geräusche dringen an sein Ohr. Samuel richtet sein Gewehr auf das Haus, stellt den Nachtsichtsucher ein. Alles gut. Er weiß, dass sie aus diesem Haus nicht herauskommen werden. Dennoch ist er vorbereitet. Gebannt lauscht er den Stimmen. Sie wollen es tatsächlich durch die Haustür versuchen.

Was würde er jetzt darum geben, ihre Gesichter zu sehen. Falls er jemals wieder in eine solche Situation kommt, wird er nicht nur Mikrofone, sondern auch Kameras installieren. Es ärgert ihn, dass der Handyempfang hier so schlecht ist. Und doch bleibt es aufregend und erheiternd.

Alle reden durcheinander, er kann kaum eine Stimme heraushören, dabei hätte er wetten können, dass Frank die Sache ordentlich durchführt, aber anscheinend ist es Mike, der die Richtung bestimmt.

Auch gut.

Plötzlich ist es still im Haus. Samuel starrt gebannt durch das Zielfernrohr. »And action!«, murmelt er freudig.

Ein kalter blauer Funkenflug umhüllt den Türgriff. Zufrieden reibt sich Samuel das Ohr, als er Mikes Aufschrei hört.

»Siehst du, ich bin größer als Gott und scheiß auf dieses Gott-Getue. Auf dieses ganze Vorspiel!«

Erneut starrt er durch das Zielfernrohr.

»Verdammt!« Mike klemmt die Hand zwischen die Beine. »Habt ihr das gesehen? Wieso ist da Strom drauf?« Er deutet auf die Türklinke, als wäre sie eine magische Glaskugel. Niemand sagt ein Wort, alle starren wie paralysiert auf die Klinke.

»Warte, lass uns eine Decke darumwickeln.« Frank stürmt ins Wohnzimmer und kommt mit der kuscheligen Decke zurück, in die sich Sarah gewickelt hatte.

»Nein!« Sarah reißt sie ihm aus der Hand. »Auch wenn es funktioniert, wird er vor der Tür stehen und auf uns warten.« Sie fühlt die entsetzten Blicke, die auf sie gerichtet sind.

»Wir gehen durch die Terrassentür.« Sie rennt ins Wohnzimmer.

»Warte!«, ruft Frank ihr hinterher. Doch sie ignoriert ihn, reißt die Terrassentür auf und rüttelt an den Fensterläden. Sie rühren sich nicht einen Millimeter. Frank ist an ihrer Seite und drückt ebenfalls mit aller Kraft gegen die Läden. Ein leichter Luftzug ist zu spüren, und das Rasseln einer Kette lässt sie erstarren.

»Was ist los?«, fragt Mike und stemmt sich jetzt ebenfalls gegen die Läden.

»Lass es sein! Das hat keinen Zweck. Er hat sie von außen verriegelt.« Frank rauft sich die Haare.

»Ach, verdammt, wir werden doch wohl diese beschissenen Fensterläden aufkriegen.« Mike nimmt Anlauf. Er ist so voller blinder Wut, dass er wie ein Stier auf das rote Tuch des Toreros losgeht.

Doch er ist kein Stier. Seine Schulter macht ein knackendes Geräusch, als sie auf die Fensterläden prallt.

Ungeachtet des schmerzerfüllten Geheuls, das Mike ausstößt, stürmt Sarah die Treppe zu ihrem Schlafzimmer hinauf.

Sie rüttelt an den Läden. Nichts.

Sie rennt in Mikes und Isabells Zimmer. Nichts.

Langsam wird ihr bewusst, dass es sinnlos ist, auch noch die anderen Fenster zu überprüfen.

Er hat sie eingesperrt!

Schlagartig überkommt sie eine altvertraute Panik. Die Türen und Fenster im Kloster waren auch stets verriegelt. Ihr ist nach Schreien zumute. Sie will toben – wie Mike. Frustriert sinkt sie auf das Bett, die Situation ist ausweglos.

Was will Samuel wirklich von uns?

Die Frage kreist in ihrem Kopf wie eine Wespe um die süße Frucht.

***

Samuels Euphorie ist unbeschreiblich. Er ist ein Meister! Alle werden zu ihm aufblicken und ihn bewundern.

Aber wer wird es sein, Samuel? Wer wird dich bewundern – und wofür?

Er ignoriert diese garstige Stimme, die sich in seinen Kopf geschlichen hat. Mürrisch grummelt er vor sich hin und konzentriert sich lieber auf die Panik, die im Haus herrscht, als auf diese Stimme, die ihn bezwingen will – und auslacht.

Das chaotische Durcheinander im Haus erfreut ihn. Er kann es bis hierher spüren: Angst und Ohnmacht. Das erfüllt ihn mit einem erstaunlichen Hochgefühl. Er hat alles im Griff. Ja, das hat er.

Zuversichtlich umrundet er das Haus und stellt zufrieden fest, dass seine Barrikade hält. Jetzt hängt alles von Sarah ab. Inständig hofft er, dass sie weiß, was er will.

***

Wie eine Marionette erhebt sie sich vom Bett. Mittlerweile ist es fast Mittag, und immer noch sitzen sie hier fest. Jeder Versuch, hier rauszukommen, ist gescheitert. Antriebslos schreitet Sarah die wunderschön gearbeitete Holztreppe hinunter. Einst liebte sie dieses Haus, es war eine willkommene Zuflucht, wenn der Stress im Job zu groß wurde. Jetzt ist es ein Haus, das seine Seele verloren hat.

Erwartungsvoll schauen die anderen zu ihr. Sie schüttelt den Kopf und lässt sich im Ohrensessel neben dem Kamin nieder. Das Feuer ist fast erloschen, ebenso wie ihr Kampfgeist. Sie blendet die lebhafte Diskussion zwischen Frank und Mike aus, darüber, wie sie die Fensterläden aufbrechen können. Auch Isabells besorgtes Gemurmel, weil sie Mike davon überzeugen will, sie seine Schulter verarzten zu lassen.

Ja, Isabell ist gut in diesen Dingen.

Sarah lächelt still in sich hinein, als Mike Isabells Drängen mürrisch nachgibt. Das Geheul ist groß, als Isabell ihm eine Schlinge um die verletzte Schulter legt.

Sarah muss sich zusammenreißen, um nicht laut und hysterisch loszulachen. Es kommt ihr so vor, als würde sie ein mieses C-Movie schauen.

Und am Ende siegt das Monster. Nein!

An so ein Ende will sie für sich nicht glauben. Nachdenklich legt sie ein Holzscheit auf die Glut im Kamin. Schnell züngeln die ersten Flammen hektisch empor, fressen sich erbarmungslos durch das Holz.

Ist wirklich alles meine Schuld? Was will Samuel?

Sie hebt den Blick von den unruhigen Flammen, wühlt in der Tasche ihrer Jeans und holt das zerknüllte Blatt hervor. Sorgsam streicht sie es glatt. Immer wieder gleiten ihre Hände über das Geschriebene, die Kurzfassung ihres Lebens.

»Ich werde über das Dach gehen, durch die Luke steigen, die für den Schornsteinfeger da ist.« Isabell steht vor ihr und bindet sich energisch einen Pferdeschwanz. »Ich denke, ich werde es schaffen.«

»Warum willst ausgerechnet du das machen?« Sarah faltet das Blatt zusammen und hält schützend ihre Hand darüber.

»Weil ich eine gute Läuferin bin.«

Sarah lacht schallend auf. In diesem Moment ist ihre Bitterkeit gegenüber Isabell größer als das Gefühl der Ausweglosigkeit.

»Du wärst fast ertrunken. Deine Kondition ist nicht die beste.« Sie deutet mit einer Kopfbewegung Richtung Küche, wo Frank mit Mike sitzt.

»Was sagt dein Lover dazu, dass du dich in dieses Abenteuer stürzen willst?«

»Sarah, es tut mir leid, dass du es auf diese Weise erfahren musstest. Bitte verzeih mir, es war nicht meine Absicht. Es hat sich so ergeben ...«

»Fuck, Isabell! Ich will das nicht hören. Weißt du, was ich bereue? Nein, nicht das, was du denkst. Sondern den Tag, an dem ich dich in meinem Haus willkommen hieß, dich in mein, in *unser* Leben gelassen habe. Dass ich versucht habe, dich zu mögen, und mich dir anvertraute. Damals, als ich gestalkt wurde. Und ich bereue, dass ich dein Mitleid als eine liebevolle Geste empfand, nachdem mich dieses Monster überfallen hat und mein Kind starb. Das bereue ich aus tiefstem Herzen. Du hast mein Vertrauen auf das Übelste missbraucht.«

Der Drang, jetzt etwas zu trinken, ist so überwältigend, dass Sarah wütend aufspringt.

»Geh und tu, was du nicht lassen kannst! Mir ist egal, ob Samuel dich erwischt, aber vielleicht hast du ja Glück und kannst uns alle retten. Ich glaube, das würde dir gut zu Gesicht stehen, wenn du dich als Heldin präsentieren kannst. Frank steht auf starke Frauen. Also, nur Mut!«

Eine Ewigkeit starren sie sich an … Isabell wendet sich resigniert ab und verlässt mit steifen Beinen das Wohnzimmer.

DREIUNDZWANZIG

Das gleichmäßige Geräusch eines Hohleisens, das sich Millimeter für Millimeter in das starre Holz gräbt, vermischt sich mit dem Tosen des Sturms, der um das Haus fegt. Eine nackte Glühbirne schwingt sanft über der fast fertigen Holzskulptur und erweckt den Anschein, sie erwache zum Leben.

Thomas wendet den Blick von den Brüsten ab, die er gerade mit dem Hohleisen formt, und schielt zu Buddy. Der Hund blinzelt ihn schläfrig an.

Du hast es gut, brauchst dir um nichts Gedanken zu machen, alles geht seinen Gang, ohne dass du dir Sorgen machen musst. Ich wünschte, ich könnte mit dir tauschen.

Grübelnd greift Thomas nach dem bunten Kaffeebecher. Jedes Mal, wenn er diesen Becher mit den schrillen Farben betrachtet, verfliegen alle dunklen Gedanken im Nu. Kristine hat ihm diesen Becher feierlich überreicht, als er seine erste Skulptur hier in Ottsjö verkaufte. »Damit du diesen besonderen Tag nie vergisst.«

Ja, das war er in der Tat – ein verregneter Novembertag. Und seine Hoffnung, jemals etwas zu verkaufen, hatte er schon aufgegeben. Innerlich war er längst am Kofferpacken, dachte daran, wieder nach Deutschland zu gehen, um dort in seinem alten Job als Ermittler beim LKA zu arbeiten. Doch dann kam dieser Wirtschaftsmogul aus Stockholm und kaufte eine seiner Skulpturen. Von da an ging es stetig bergauf. Und wieder einmal bestätigte sich die Theorie, dass Vitamin B das beste Mittel ist, wenn es um Geschäfte geht.

Lächelnd schüttelt er den Kopf und trinkt einen Schluck kalten Kaffee. Er sieht auf die Uhr, die an der Wand über dem Werkzeugregal hängt. Mittlerweile ist es Mittag. Seit fünf Uhr ist er hier in seinem Atelier, eigentlich viel zu früh für seine Verhältnisse, aber er konnte nicht schlafen. Er musste an Sarah denken, an die zierliche Frau mit den tiefgründigen Augen, in denen er Angst gesehen hat. Immer wieder fragt er sich, was passiert ist. Genau wie Kristine glaubt er nicht, dass sie sich lediglich verlaufen hat. Natürlich ist ihm klar, dass er bisweilen überall nur das Böse sieht. Eine alte Angewohnheit aus seiner Zeit beim LKA. Dort wurde er darauf trainiert, hinter die Kulissen zu schauen und nicht alles zu glauben, wenn die Menschen sich die Welt schönredeten oder aus Angst schwiegen.

Hat mich einfach nur die Berührung ihrer Hand animiert, mir über sie Gedanken zu machen? So wie sie mich vielleicht auch angeregt hat, diese neue Skulptur zu formen?

Seufzend nimmt er das Hohleisen wieder in die Hand und betrachtet die Brüste der Frau, die noch kein Gesicht hat. Er fragt sich, warum er erst die Brust formt, bevor er das Gesicht in Angriff nimmt.

Bin ich sexistisch?

Der Gedanke lässt ihn amüsiert auflachen, während Buddy ein lang gezogenes Stöhnen entfährt.

»Jaja, mein Kumpel, Menschen sind verrückte Geschöpfe.«

Plötzlich richtet sich Buddy auf und ist hellwach.

»Was ist los?«

Buddy rennt zur Tür, seine Rute wedelt aufgeregt, und dann hört Thomas etwas, das seinen Herzschlag beschleunigt.

Ein Schuss.

Gefolgt von zwei weiteren …

***

Der Pick-up rumpelt über den Schotterweg vor seinem Haus zur Hauptstraße. Thomas hält sein Smartphone fest ans Ohr gedrückt. »Lasse? Ja, alles gut. Ich bin auf dem Weg. Sag mal, hast du vorhin auch die Schüsse gehört?« Thomas nickt zustimmend, während er Lasse zuhört. »Ja, wahrscheinlich hast du recht. Jäger, die es nicht abwarten können, bis die Jagdsaison eröffnet ist, oder verdammte Wilderer.« Thomas nickt eifrig, während er Lasses Fluchen über die Wilderei lauscht. »Ja, ich finde es auch zum Kotzen – okay, wir sehen uns.« Nachdenklich verstaut er sein Smartphone in der Jackentasche und lässt das Seitenfenster herunter, damit Buddy seine Nase in den Fahrtwind strecken kann. Der Sturm hat nachgelassen und feiner Nieselregen legt sich wie ein Film auf die Windschutzscheibe. Er liebt diese Stimmung, die den nahenden Herbst ankündigt.

Sein Blick huscht auf die Armbanduhr. Gleich halb eins, er hätte noch Zeit, bei Sarah vorbeizuschauen.

Aber warum sollte ich? Es geht mich nichts an.

Er reibt sich den Bart, um dieses Gefühl der Unruhe zu verscheuchen. Das jahrelange Training bei der Kripo hat ihn versaut. Ja, das ist es. Er kann es nicht lassen, sich Gedanken zu machen, wenn dieses unerklärliche Gefühl von ihm Besitz ergreift.

Der Wagen erreicht die Kreuzung, er muss sich entscheiden. Mit Schwung lenkt er den Pick-up in die Auffahrt. Schon von Weitem erkennt er Lasse, der sich mit einem Holzbalken für das Dach seiner neuen Sauna abplagt.

»Hey, Lasse. Du kannst es nicht erwarten, oder?«

Thomas springt aus dem Wagen, gibt Buddy ein Zeichen, dass er ihm folgen darf.

»Ich will dieses verdammte Ding fertig bekommen. Noch ein oder zwei Wochen, dann wird nicht nur das Wetter ungemütlich. Lisa liegt mir jeden Tag in den Ohren und beschwert sich.« Lasse rollt mit den Augen und lehnt den Balken an die Wand der Hütte, die zu einer Sauna werden soll.

»Dann sehen wir zu, dass wir die Hütte fertigkriegen.«

Schweigend arbeiten sie Hand in Hand, als hätten sie das schon immer getan. Lasse ist Thomas' einziger Vertrauter, er und Lisa sind die angenehmsten, unkompliziertesten Menschen, die er je kennengelernt hat. Sie stellen keine Fragen, erheben keine Ansprüche. Das passte Thomas damals sehr gut, denn als er hier ankam, war er am Boden zerstört. Seine große Liebe – und die beste Kollegin der Welt – war bei einem Routine-Einsatz getötet worden. Es war eine ganz normale Hausdurchsuchung, dann zog dieser Irre eine Waffe und schoss ihr in den Kopf. Bis heute fragt sich Thomas, ob er es hätte verhindern können. Hätte er mehr auf die Körpersprache des Täters geachtet …

Mit voller Wucht hämmert er einen Nagel in den Balken. Warum muss er ausgerechnet jetzt wieder daran denken? Und noch mal schlägt er zu, obwohl der Nagel schon längst tief im Holz versunken ist.

»Thomas, was tust du?« Lasse schüttelt den Kopf und reicht ihm einen Kaffee. »Komm, wir machen eine Pause.«

Sie hocken sich auf die Stufen der Hütte. Thomas lässt seinen Blick über den Hof streifen und entdeckt Buddy, wie er von einer Seite zur anderen flitzt, die Nase dicht am Boden – auf der Suche nach seinem Freund, einem Retriever-Schäferhund-Mix.

»Wo ist Rambo?«

»Mit Lisa in der Schule. Heute ist Hundetag. Streicheln und so … genau das Richtige für Rambo.«

Thomas nickt und schlürft den heißen Kaffee.

VIERUNDZWANZIG

Mit weit ausladenden Schritten und unter lautem Fluchen umrundet Samuel das Haus. Wie konnte er nur die Dachluke vergessen? Unverzeihlich! Wütend kickt er eine weggeworfene Dose ins Gebüsch. Er muss besser aufpassen! Gut, dass er wenigstens hört, was sie vorhaben. Das wiegt den Fehler wieder auf, und er muss sich eingestehen, dass er es berauschend fand, sein Gewehr auf Isabell zu richten. Durch das Zielfernrohr konnte er ihre Panik sehen, als der erste Schuss neben ihrem Kopf ins Dach eindrang. Dann legte sich dieses Miststück flach hin, was die Angelegenheit etwas schwieriger machte, denn töten wollte er sie nicht.

Nein, er braucht sie noch. Schließlich spielt sie eine Rolle in seinem Stück. Also hat er ihr einen Streifschuss am Bein verpasst.

Der Gedanke an ihr entsetztes Gesicht, als sie wie eine Katze, der man auf den Schwanz getreten ist, aufjaulte, bereitet ihm immer noch Vergnügen. Der dritte Schuss war nur eine Warnung, damit sie sich beeilte, wieder ins Haus zu kriechen. Doch dass er so unachtsam war, ärgert ihn.

Er drückt den kleinen Empfänger fest an sein Ohr. Seit einer Stunde ist es still im Haus und seine Blase drückt. Bisher hat er nicht gewagt, dem Druck nachzugeben, doch nun wird es unerträglich. Rasch sieht er sich im Gelände um. Alles friedlich. Kein Sturm mehr, nur noch feiner Nieselregen, der vom grauen Himmel weht. Er lehnt das Gewehr an eine Birke und schließt die Augen, als er endlich im hohen Bogen pinkelt. Erleichtert stöhnt er auf, als ihm Sarah einfällt.

Warum ist sie so langsam? Hab ich mich in ihr getäuscht? Ich habe ihr doch genügend Informationen gegeben.

Schweigend sitzen sie an dem wunderschönen Holztisch in der Küche. Das sanfte Licht der Lampe darüber kann die eisige Stimmung nicht erwärmen. Der Schreck sitzt allen in den Knochen. Unentwegt kratzt Sarah mit dem Daumennagel in die feinen Riefen des Holzes. Ihr Nagel ist schon zerfranst.

Sie schielt zu Isabell, die im Wohnzimmer auf dem Sofa liegt und sich endlich beruhigt hat. Was für ein Schock war das, als sie die Schüsse hörten. Wie von Sinnen sind sie auf den Dachboden gerannt. Frank war als Erster oben und rief unaufhörlich Isabells Namen. Kreidebleich glitt sie durch die Dachluke, ihr Bein blutete stark. Zum Glück stellte sich heraus, dass es nur ein Streifschuss war. Dennoch war die Besorgnis groß, und auch Sarah, die sich wünschte, dass Isabell für den Betrug an ihr bestraft werde, fühlte sich wegen dieser erbosten Gedanken mies.

Steffi und sie verarzteten Isabell und beruhigten sie. Für Sarah war es eine Art Abbitte.

Die Nonnen haben ganze Arbeit geleistet. Dieser Gedanke verfolgt Sarah – sie hat Mühe, sich zu konzentrieren.

»Was machen wir denn jetzt?«, fragt Steffi leise. »Ich meine, wir können hier doch nicht einfach so rumsitzen und darauf warten, dass uns irgendjemand von diesem Irren befreit und aus diesem Gefängnis holt.«

Ihre Stimme klingt hysterisch.

»Schätzchen, immer ruhig Blut! Wir werden eine Lösung finden.« Mike klingt nicht überzeugend, auch wenn er sich alle Mühe gibt. »Sieh es mal so, wir sind erst einen Tag hier eingesperrt und haben noch nicht alle Möglichkeiten ausprobiert.« Er tätschelt Steffis Hand und blinzelt ihr zu.

Sarah fragt sich, ob er tatsächlich an das glaubt, was er sagt. Doch anscheinend haben seine Worte bei Steffi gefruchtet, und das ist alles, was jetzt zählt. Ihr Blick geht zu Frank, der sie aufmerksam beobachtet. Energisch erhebt Sarah sich, bevor er sie etwas fragen kann. »Ich lege mich ein bisschen hin.«

Leise schließt Sarah die Schlafzimmertür hinter sich und lauscht … Alles ruhig. Eilig kramt sie ihre Akte aus dem Rucksack. Während sie liest, läuft sie unruhig hin und her. Atemlos huschen ihre Augen über die Zeilen, die die Vergangenheit ihrer Freunde preisgeben. Einiges weiß sie schon, die meisten Geheimnisse aber nicht, und vieles erschreckt sie. Ihre verschwitzten Hände umklammern die dünne Mappe.

Was für eine Scheiße!

Sie atmet tief durch, bevor sie auf die letzte Seite blättert. Entsetzt hält sie eine Hand vor den Mund, als sie den handschriftlich verfassten Brief liest.

> Liebe Sarah,
> diese Zeilen sind nur für dich. Es hat mir viel Vergnügen bereitet, die Akten zusammenzustellen. Aber das sei nur am Rande erwähnt. Du fragst dich mit Sicherheit, was ich damit bezwecken will. Also, die Antwort ist einfach: Ich möchte dir die Gelegenheit geben, den wahren Mörder deines Kindes und den Vergewaltiger zu finden, der dir so viel Leid zugefügt hat. Oh, nein, nicht mit den

Augen rollen! Ich weiß, wie schwer es für dich sein muss, mir Glauben zu schenken. Und wenn wir schon über Glauben sprechen, dann meine ich deinen Glauben an Gerechtigkeit und deine Neugier, die ich entfacht habe. Das habe ich doch, oder, liebe Sarah?

Es liegt an dir, wie du mit den Informationen umgehst. Ich habe dir die perfekte Plattform geschaffen. Niemand kann sich jetzt noch vor dir verstecken. Finde den Mörder, finde den Menschen, der dir das angetan hat! Er ist in deiner Nähe. Vergeltung, Rache und Zorn sollen mit dir sein, wenn du diesen Menschen richtest.

Vielleicht fragst du dich, warum ich das von dir verlange, aber am Ende wirst du es verstehen.

Noch eines: Ab dem Moment, da du diese Zeilen gelesen hast, hast du vierundzwanzig Stunden Zeit, den Täter zu finden und zu eliminieren. Solltest du es nicht schaffen, werdet ihr alle sterben. Ohne Ausnahme. Ich wünsche dir von Herzen viel Glück.

Ich vertraue auf deine Diskretion und deinen Mut.

Dein treuer Freund Samuel

Angeekelt wirft sie die Akte auf den Boden. Eine kleine Ewigkeit starrt sie darauf, dann tritt sie wütend mit dem Fuß danach. »Was für ein mieses Stück bist du?«, brüllt sie laut und hemmungslos. Ihr Atem geht schwer, Übelkeit überrollt sie. Sie hört schnelle Schritte die Treppe heraufstürzen und Franks besorgte Stimme.

»Sarah! Sarah, ist alles in Ordnung?«

Sie sieht, wie die Klinke heruntergedrückt wird.

»Sarah, mach die Tür auf!«

»Alles okay.« Hektisch greift sie nach der Akte am Boden und verstaut sie in ihrem Rucksack. Frank lässt nicht locker, immer wieder fleht er sie an, die Tür zu öffnen. Fieberhaft sieht sich Sarah im Schlafzimmer um und schiebt den Rucksack unter das Bett, bevor sie die Tür öffnet.

»Warum hast du dich eingeschlossen?« Frank stürmt ins Zimmer, sein Blick geht suchend durch den Raum.

»Tu das nie wieder! Hörst du?!«

Er will sie in die Arme schließen, doch sie weicht ihm aus. »Alles gut. Ich bin nur wütend über die Situation, in der wir uns befinden.«

Das ist nicht einmal gelogen. Sie sehnt sich nach einer unbeschwerten Zeit und … nach der Wahrheit.

***

Sarah ahnt nicht, dass sie Samuel gerade ein großes Geschenk gemacht hat. Gebannt hat er ihrem Ausbruch gelauscht. Ja, jetzt läuft es wieder, endlich hat sie den Brief gelesen. Er hält sein Gesicht in die trübe Sonne und genießt ihre Wärme. Es könnte doch noch ein wunderbarer Tag werden. Zuversichtlich zieht er das Regencape aus, öffnet den Rucksack und holt ein Lunchpaket hervor.

FÜNFUNDZWANZIG

Sarah wandert unruhig in ihrem Schlafzimmer auf und ab, nervös kaut sie auf der Unterlippe. Es gelingt ihr nicht, auch nur *einen* vernünftigen Gedanken zu fassen.

Was für ein krankes Hirn kann sich so etwas ausdenken?

Sie hatte Mühe, Frank davon zu überzeugen, dass alles gut ist. In dem Moment, als er vor ihr stand und sie besorgt und auf eine aufrichtige Art liebevoll ansah, wurde sie unsicher. Am liebsten hätte sie sich in seinen Armen verkrochen und ihn dann wieder angebrüllt, was für ein verlogener Dreckskerl er sei.

Abrupt unterbricht sie ihre Wanderung. Sie muss kühl und logisch denken. Was sie über Frank gelesen hat, stammt zum Teil aus seiner Vergangenheit … besudelt mit Dreck.

Eine Vergangenheit, die hinter ihnen liegt.

Dennoch will es ihr nicht gelingen, sich damit anzufreunden. Franks Geschäfte waren nicht sauber und er hat diese Praktiken offensichtlich bis heute beibehalten. Er hatte unzählige Affären vor ihr, rühmte sich mit schönen Frauen und servierte sie ab, wenn er ihrer überdrüssig wurde.

Sie will nicht weiterdenken. Sie muss eine Entscheidung treffen, wie es weitergehen soll.

Finde den Mörder, finde den Menschen, der dir das angetan hat. Er ist in deiner Nähe. Vergeltung, Rache und Zorn sollen mit dir sein, wenn du diesen Menschen richtest.

Unschlüssig steht Sarah in der Diele. Die Stille im Haus wird ab und zu von Gemurmel aus der Küche unterbrochen. Sie filtert Steffis und Mikes Stimmen heraus, die verzweifelt an einem Fluchtplan arbeiten.

Wie soll ich jetzt vorgehen?

Sie will wissen, wer für ihr Grauen verantwortlich ist, aber sind es wirklich ihre Freunde? Sie kann und will das nicht glauben. Soll sie ihre Freunde bespitzeln und mutmaßen, wer von ihnen es gewesen sein könnte? Und dann *was*? Wer sagt ihr denn, dass Samuel seine Drohung, alle zu töten, nicht sowieso wahr macht – egal, wie sie sich entscheidet? Was gibt ihr die Gewissheit, dass Samuel mit seinen Anschuldigungen recht hat? Warum sollte sie gerade ihm vertrauen?

Ihr Herz schlägt wild und ihr Gang wirkt schwermütig, als sie in die Küche tritt. Steffi und Mike sehen zu ihr auf, ein verkrampftes Lächeln auf den Lippen.

»Konntest du ein wenig schlafen?«, fragt Steffi besorgt.

Sarah nickt.

Steffi legt ihren Kopf in den Nacken und dreht ihn von rechts nach links. Umständlich erhebt sie sich von dem Stuhl. »Ich habe Hunger. Wie sieht es bei euch aus?« Sie inspiziert den fast leeren Kühlschrank. »Ich mach uns ein paar Rühreier und Speck, sonst ist hier nichts Brauchbares.«

Der Gedanke an Essen lässt Sarahs Magen verkrampfen. Aber sie muss etwas zu sich nehmen. Essen ist nicht nur für den Körper wichtig, es macht die Menschen auch redselig, wenn sie zusammen an einem Tisch sitzen und den Körper mit Nahrung versorgen. Essen verbindet.

Verflucht, was für eine hinterhältige Person bist du? Willst du mit deinen Freunden gemeinsam essen und sie beiläufig über die düsteren Geheimnisse ihrer Vergangenheit aushorchen?

Sarah wendet den Blick zum Wohnzimmer. Sie schluckt, als sie Frank zusieht, wie er die heruntergefallene Wolldecke vom Boden aufhebt und fürsorglich über Isabell ausbreitet. Er hatte viele Frauen in seinem Leben … Was ist aus denen geworden? Was ist mit ihr? Ist er auch ihrer überdrüssig? Ist sie eine Last für ihn? Zumal sie ein Kind erwartete, was Einschränkungen bedeutet hätte?

Nein! Das kann ich nicht glauben.

Sie verflucht ihre Gedanken.

Schnell wendet sie sich ab. Sie darf dieses Gefühlschaos nicht zulassen, das mehr und mehr von ihr Besitz ergreift. Es würde sie nur ausbremsen und sie die falschen Schlüsse ziehen lassen, ihre Entscheidungen beeinträchtigen.

Sie setzt sich Mike gegenüber an den Küchentisch. Er ist immer so unbeholfen, wenn es um Gefühle geht, weiß nie, was er sagen soll. Sarah schlägt die Augen nieder, als er über den Tisch langt und ihre Hand streichelt.

»Alles wird wieder gut, Schätzchen.«

Sie kann nur stumm nicken. Zu gern würde sie ihre Hand wegziehen, denn wenn stimmt, was sie gelesen hat, ist auch Mike kein unbeschriebenes Blatt.

»Mike, wir kennen uns schon sehr lange und ich vertraue dir …« Sie zögert und sieht ihm direkt in die Augen. »Sag mir bitte: Hast du jemals einer Frau Gewalt angetan, hattest du je Sex mit einer Frau gegen ihren Willen?« Ohne dass sie es wollte, hat sie ihre Gedanken laut ausgesprochen. Mikes Reaktion ist eindeutig.

»Wie kommst du auf diese Scheißidee?« Er dreht sich zu Steffi um, will wissen, ob sie etwas gehört hat. Doch sie ist viel zu sehr damit beschäftigt, die Eier aufzuschlagen.

»Sag mir die Wahrheit, Mike! Hast du das getan?«

»Nein, verdammt!« Wütend springt er vom Stuhl. »Uns bekommt dieses Eingesperrtsein nicht – und dir offensichtlich noch weniger als den anderen.«

Sie erkennt die Wut und den gehetzten Ausdruck in seinem Gesicht. Also stimmt es. Er hat es getan. Zweimal. In seiner Studienzeit und dann noch mal vor fünf Jahren. Die Sache wurde diskret behandelt, eine dicke Abfindung für das Opfer und eine Ermahnung vonseiten des Anwalts.

Polternd stellt Steffi die heiße Pfanne auf den Tisch. »Okay, Essen fassen!«, ruft sie, als wäre alles in bester Ordnung.

Sarah beobachtet ihre Freundin, wie sie das Rührei in sich hineinschaufelt. Hat sie es getan? Steckt sie dahinter? Aus Samuels Akte weiß Sarah, dass Steffi vor Jahren ihre damalige Freundin gestalkt und sich wie eine Furie aufgeführt hat, weil diese Freundin nicht mehr mit ihr um die Häuser ziehen und feiern wollte, da sie ein Kind erwartete.

Nein, das kann nicht sein! Und selbst wenn, jeder hat seine dunkle Vergangenheit … Doch die Parallelen sind da!

Krampfhaft überlegt Sarah, wie Steffi reagiert hat, als sie ihr die Schwangerschaft verkündete.

Wie hat sie damals reagiert?

»Was ist los, Sarah? Warum siehst du mich so an?«, fragt Steffi und legt die Gabel an den Rand des Tellers.

»Nichts. Schon gut.« Schnell isst Sarah ein paar Happen. Sie schielt zu Isabell, die sich anschickt, in die Küche zu humpeln. Was ist mit ihr? Sie war schon einmal verheiratet, hatte drei Fehlgeburten, und bei der letzten ließ ihr Mann sie einfach im Stich, nahm sich eine andere.

Aber ist das ein Grund?

Und überhaupt, woher weiß dieser Samuel all das?

Das ist doch krank! Und wenn ich mich auf sein perfides Spiel einlasse, bin ich dann nicht genauso krank?

Aber sie will wissen, wer der wirkliche Täter ist. Und sie hat vierundzwanzig Stunden, um die Wahrheit herauszufinden, oder sie werden alle sterben. Nie wieder wird sie in der Lage sein, ihre Freunde und ihren Mann unbefangen anzusehen. Es macht sie fuchsteufelswild.

»Ich habe eine Idee«, verkündet Frank, während er den leeren Teller von sich schiebt. »Wir hebeln die Fensterläden auf.«

»Macht zu viel Krach«, erwidert Mike, der seit dem kleinen Zwischenfall mit Sarah nicht ein Wort oder einen Blick mit ihr gewechselt hat.

»Hast du eine bessere Idee? Wir können hier nicht länger bleiben und gar nichts unternehmen.« Frank lehnt sich vor und sieht fragend in die Runde. »Was meint ihr?«

»Ich finde den Einfall gut. Aber es stimmt schon, es wird mit Sicherheit laut.« Steffi stochert lustlos mit der Gabel in den Resten des Rühreis.

»Kannst du das bitte lassen? Das macht mich nervös.« Sarah deutet auf die Gabel in Steffis Hand. Genervt legt diese die Gabel auf den Teller.

»Was, wenn er draußen wartet und uns abknallt?«

»Ich weiß, Sarah, aber wenn wir langsam und mit Sorgfalt vorgehen, stehen unsere Chancen gut. Und es wird bald dunkel.« Franks Ausführungen ergeben Sinn und Hoffnung. Denn das ist es, was sie brauchen.

Hoffnung.

Ganz besonders Sarah braucht jede Menge davon.

Humpelnd, blass und mit schmerzverzerrtem Mund setzt sich Isabell an den Tisch. »Ich habe gehört, was ihr vorhabt. Ich glaube auch, wir sollten es versuchen.«

Samuel schüttelt den Kopf. Schon wieder muss er die Akteure an das Drehbuch erinnern. So war das nicht geplant. Kein weiterer Fluchtversuch! Obwohl er zugeben muss, dass ihm Franks Idee gefällt, er würde wahrscheinlich ebenso handeln.

Also gut. Er schiebt die Zweige einer jungen Birke zur Seite und lässt den Blick über das Gelände gleiten. Alles ist ruhig. Zur Sicherheit nimmt er sein Fernglas und prüft nochmals die Umgebung. Als er sicher ist, dass niemand in der Nähe ist, tritt er aus der Deckung heraus und drückt den Kopfhörer an sein Ohr. Gebannt lauscht er den Vorbereitungen. Er hört das Werkzeug und Mikes und Franks gesenkte Stimmen. Er stellt sich vor, wie zuversichtlich die beiden Hand in Hand arbeiten – ein eingespieltes Team.

Er presst die Lippen aufeinander, um seine Enttäuschung über Sarah zu unterdrücken. Sie spielt sein Spiel nicht so, wie er es erwartet hat. Sie sind kein Team, und das erzürnt ihn maßlos. Er darf sich jetzt nicht von seinen Gefühlen leiten lassen, er muss den richtigen Moment abwarten, um zu reagieren, damit die Ratten nicht aus dem Loch kriechen.

Nachdenklich blinzelt er in den Himmel. Neue Wolken türmen sich auf und deuten auf einen weiteren Sturm hin. Samuel bezieht Posten vor der Verandatür. Er zielt auf die Scharniere der Fensterläden.

Die Schüsse sind ohrenbetäubend.

»Alles gut? Jemand verletzt?!« Frank hastet zu Sarah, die ihren Körper flach auf den Holzboden im Wohnzimmer presst. Er streicht ihr die Haare aus dem Gesicht.

»Sieh mich an! Ist alles okay?«

Sarah wendet den Kopf zur Seite. Ihre Augen sind unnatürlich geweitet.

»Richte dich auf! Alles ist gut …«

»Verdammt, Frank! Hast du es immer noch nicht begriffen? Nichts ist gut. Das hier …«, sie macht eine ausladende Handbewegung, »… das kannst du nicht wieder in Ordnung bringen. Hier ist niemand, dem du bloß Geld zuschieben musst, damit der Mist unter den Teppich gekehrt wird.«

Sie robbt auf den Knien von ihm fort und zieht sich am Sofa hoch.

»Was redest du da?« Frank macht ein paar Schritte auf sie zu, doch Sarah hebt die Hände.

»Komm mir nicht zu nah!«

Die Ablehnung in ihren Augen erschreckt ihn. Resigniert senkt er die Arme und wendet sich von ihr ab.

Schuldgefühle – gepaart mit der Angst, den Menschen zu verlieren, den sie liebt – lassen Sarah Tränen in die Augen schießen.

Nein, verdammt! Ich muss jetzt stark sein.

Entschlossen wischt sie sich mit dem Handrücken die Tränen von den Wangen. Das fröhliche Zwitschern ihres Smartphones reißt sie für den Moment aus der bedrückenden Stimmung. Frank und sie sehen sich an, ein Hoffnungsfunke erhellt flüchtig ihre Gesichter. Auf dem Display erscheint der Name des Anwalts. Als könnte das Smartphone zerbrechen, nimmt Frank es vorsichtig hoch – immer den Blick auf das fragile Signal gerichtet.

»Hallo, Hartmut. Nein … Hartmut, hör mir jetzt bitte genau zu! Hartmut?« Frank schaut auf das Display.

Kein Signal.

»Verdammt!«

»Warte! Gib es mir, ich werde es oben im Bad versuchen.« Sarah greift sich das Handy aus Franks Hand und drängelt sich an den anderen vorbei, die ebenfalls atemlos gelauscht haben.

»Das ist vergeudete Zeit, Sarah!«, ruft Frank ihr hinterher.

Bemüht, ruhig und gelassen zu sein, wandert Sarah im Bad auf und ab. Immer wieder bricht die Verbindung zusammen. Schließlich nimmt sie die Position ein, die sie innehatte, als sie die sieben Todsünden googelte. Doch dieses Mal scheint das Glück sie verlassen zu haben.

Was für eine verdammte Ironie. Niedergeschlagen setzt sie sich auf den Toilettendeckel. Für eine Weile genießt sie die Ruhe in dem kleinen Raum. Eine intime Ruhe, die sie daran denken lässt, ein Bad zu nehmen. Sie weiß, es ist verrückt. Aber was ist normal an diesem Tag?

Mit Genuss steigt sie ins warme Wasser, mit kostbarem, wohlriechendem Schaum angereichert. Entspannt schließt sie die Augen, als die Wärme ihren Körper umhüllt. Göttlich! Leise summt sie irgendeinen Song, und es gefällt ihr, dass sich in ihrem Kopf alles nur noch um das wohlige Bad dreht.

Sie fühlt sich wie neugeboren. Es stimmt also, dass ein Bad entspannt und den Geist mit neuer Energie versorgt. Zufrieden öffnet sie die Augen und lässt den Blick durch das Badezimmer wandern. Sie stutzt, als sie einen kleinen runden Fleck neben der Deckenbeleuchtung entdeckt. Sorgsam trocknet sie sich ab und schlüpft in frische Kleidung. Immer wieder sieht sie zu der Lampe hoch. Sie kann sich keinen Reim darauf machen, holt schließlich einen Hocker aus dem Schlafzimmer und positioniert ihn unter der Lampe. Sie will den kleinen Knopf berühren, doch etwas in ihr warnt sie. Erschrocken hält sie sich eine Hand vor den Mund, als sie erkennt, um was es sich handelt.

Ein Mikrofon!

Schlagartig hat sich ihr Wohlgefühl aufgelöst. Hastig sucht sie das Schlafzimmer ab und wird fündig. Hinter dem Nachttisch entdeckt sie die nächste Wanze. Sie hat ein mulmiges Gefühl, denn es ist ihre Seite im Bett. Der Gedanke, dass Samuel in ihr

Schlafzimmer eingedrungen ist, mit seinen Händen ihr Kissen, ihre Decke berührt hat, lässt Panik und Ekel in ihr aufsteigen.

Aber wann war er hier? Als er mit Steffi ...? Gott! War er hier, als ich geschlafen habe? Warum habe ich ihn nicht bemerkt?

Sie schließt die Augen und atmet tief durch. Die Vorstellung, dass er bei ihr war, während sie schlief, lässt sie schaudern.

Sie hetzt die Treppe hinunter und stürmt in die Küche. Ihr Herz rast, die Hände zittern, als sie ein Blatt Papier hochhält, auf das sie hektisch die Worte gekritzelt hat: *Wir sind verwanzt!*

Mike setzt an, seine Zweifel kundzutun. Sarah starrt ihn streng an und legt den Finger an ihre bebenden Lippen. Eilig notiert sie auf dem Blatt, was sie im Bad und Schlafzimmer gefunden hat. Es dauert lange, bis alle Anwesenden diese Nachricht verarbeitet haben. Ohne dass jemand ein Wort sagt, machen sie sich auf die Suche – wie Kinder beim Ostereiersuchen. Ihre Gesichter strahlen bei jedem Fund und akribisch notiert Sarah sämtliche Orte, an denen sie weitere Wanzen finden.

SECHSUNDZWANZIG

Euphorie erfüllt das Haus. Wie in alten Zeiten sitzen sie eng beieinander am Küchentisch. Kleine Zettel werden hin und her geschoben, auf denen sie ihre Flucht planen. Es erfordert äußerste Disziplin, nicht einen Mucks von sich zu geben, dennoch sind sie mit Eifer dabei. Es scheint, als würden die Glückshormone greifbar über dem Küchentisch schweben.

Sarah überlegt angestrengt, ob sie dem Plan zustimmen soll, über die Dachluke zu fliehen. Schließlich ist es schon einmal schiefgegangen. Während sie auf ihrem Stift herumkaut und überlegt, schielt sie zur Küchenuhr. Wie ein Stromschlag durchfährt es ihren Körper. Seit einer Stunde haben sie kein Wort gesprochen, sich kaum bewegt. Panisch fliegt ihr Stift über das Papier.

Wir müssen miteinander reden, irgendwas tun. Sonst wird er misstrauisch.

Im Nu verfliegt die heitere Stimmung. Allen fällt es ungeheuer schwer, sich in dieser Situation *normal* zu unterhalten. Gähnend reckt sich Mike und erhebt sich laut und geräuschvoll vom Stuhl.

»Leute, eines kann ich euch sagen: Trübsal blasen ist nicht angesagt. Also lasst uns was tun.« Während er ihnen zuwinkert, rudert er mit den Armen, fordert sie auf, sich zu bewegen.

»Du hast recht, Mike. Sag mir, was wir machen können.« Steffi muss sich die Hand vor den Mund halten, um ihr Kichern zu unterdrücken.

»Nun, wir müssen einen neuen Plan ausarbeiten.« Mike stolziert wie Napoleon in der Küche auf und ab. »Wir könnten es noch einmal mit der Haustür versuchen …«

»Nein, du weißt doch, dass das unmöglich ist. Samuel wird vor der Tür auf uns warten.« Frank grinst Mike breit an und für diesen kurzen Moment lebt ihre alte Freundschaft wieder auf, als sei gestern nicht passiert.

***

Angeregt lauscht Samuel dem Gespräch. Bis vor einer Minute war es so unglaublich still im Haus, dass sein Argwohn geweckt wurde, doch jetzt ist er beruhigt und setzt sich auf einen Felsen, der von der Sonne gewärmt wird. Er kramt in seinem Rucksack und befördert ein Sandwich hervor, das er sorgfältig in eine Serviette gewickelt hat. Zufrieden stellt er fest, dass sich noch genügend Proviant in seinem Rucksack befindet.

Genüsslich beißt er in das belegte Brot und betrachtet die Welt um sich herum: die herrliche Aussicht auf den See, der friedlich vor ihm liegt. Darüber haben sich die Wolken verdichtet, und seine Vermutung, dass es bald wieder regnen und stürmen wird, scheint sich zu bewahrheiten. Doch das interessiert ihn nicht. Er sieht auf seine Armbanduhr.

»Verdammt, Sarah, fang endlich an! Bring deine Freunde von dem Fluchtplan ab!«

Er springt hoch, seine laut ausgesprochenen Gedanken bringen ihn in Rage. Es dauert schon viel zu lange! Unruhig schreitet er durch die Schonung mit den jungen Birken, in seinem Ohr die Stimmen, die immer noch über einen neuen Fluchtversuch diskutieren. Und was macht Sarah? – Nichts!

»Verdammt, Sarah!«

Und als hätte sie ihn erhört, meldet sie sich zu Wort. »*Wir sollten lieber abwarten. Ich denke, Kristine wird die Polizei rufen oder jemanden schicken, der nach uns sieht. Also lasst uns noch warten. Oder wollt ihr von diesem Irren abgeknallt werden?*«

Zufrieden stoppt Samuel seine unruhige Wanderung.

»So, genau so, meine liebe Sarah!«

Langsam ebbt die Diskussion im Haus ab, offensichtlich hat sich Sarah durchgesetzt. Sie fordert ihre Freunde auf, sich im Wohnzimmer vor den Kamin zu setzen, zu trinken, zu essen und zu reden. Samuel ist stolz auf die Hauptfigur in seinem Stück. Sie ist clever, das muss er zugeben.

Jemand hat Musik angemacht. Samuel lacht und tanzt ein paar ungelenke Schritte. »Okay. Ich verstehe, Sarah. Das ist gut. Ja, macht es euch gemütlich und dann … komm zur Sache!«

Er stoppt seinen bizarren Tanz und hockt sich wieder hinter die Birken, die ihm ausgezeichnete Tarnung bieten.

Er lauscht jedem Wort. Sie tauschen Banalitäten aus, die ihn zu Tode langweilen. Seit zwei Stunden hört er sich nun dieses Geplänkel an. Was für eine Taktik verfolgt Sarah? Seine Ungeduld wird größer. Wie er es vorausgesagt hat, setzt der Regen ein und der Wind bläst nun stärker. Genervt zieht er sich die Kapuze seines Regencapes über. Ihm ist bewusst, dass er sich nicht zu sehr aufregen darf, denn Sarah ist eine schlaue Frau, die mit Sicherheit weiß, wie sie ihre Freunde gegeneinander ausspielen kann, um an die alles entscheidende Wahrheit zu kommen.

Wahrheit.

Was ist schon Wahrheit, was Lüge?

Die Zettel werden zahlreicher, das Gespräch belangloser. Frank sieht auf die Uhr, in einer halben Stunde wird es dunkel sein. Er nickt den anderen zu. Sie wissen, was sie zu tun haben. Sarah,

Steffi und Isabell sind die Ersten, die leise in ihre Zimmer gehen, um sich umzuziehen. Schwarze Kleidung, das haben sie beschlossen, um mit der Dunkelheit zu verschmelzen. Und in den Rucksäcken nur das Nötigste, denn wenn alles schiefgeht und sie kein Auto auf der Hauptstraße anhalten können, werden sie etwa zwanzig Kilometer zu Fuß marschieren müssen.

Bevor sie sich zur Dachluke schleichen, legen sie noch einmal geräuschvoll Holz im Kamin nach, stellen die Musik lauter und gähnen, wecken den Anschein, dass sie demnächst ins Bett gehen werden. Mike legt sein Smartphone in die Nähe einer Wanze. Sie haben fünfzehn Minuten, um sich in Sicherheit zu bringen, bevor die Aufnahme der Unterhaltung stoppt – und sie dann wieder von vorn beginnen lässt.

Mike legt seine Armschlinge ab, die Schulter schmerzt, aber er hat – wie Isabell – genügend Schmerzmittel eingenommen, um es auszuhalten.

Er ist der Erste, der seinen Kopf vorsichtig aus der Dachluke reckt. Rasch sieht er sich um. Es stürmt, Regen peitscht ihm ins Gesicht. Trotzdem lächelt er und zwängt sich durch die enge Luke. Auf dem Dach macht er sich ganz klein, hockt sich hin und hilft den anderen beim Ausstieg.

Wie nasse Katzen lassen sich Sarah und Steffi vom Dach gleiten. Sie halten sich an der Dachrinne fest, um nicht zu tief zu stürzen. Unten angekommen, geben sie das Okay-Zeichen mit gerecktem Daumen, ducken sich und warten gebannt auf die anderen. Sarah sieht sich immer wieder um, lauscht in die Dunkelheit. Dann lässt sich Mike vom Dach gleiten. Die Schmerzen müssen höllisch sein, denkt Sarah, als sie bemerkt, wie er die Zähne zusammenpresst. Dann springt er.

Sie sind ein eingespieltes Team, alles läuft ab wie ein Uhrwerk. Isabell drückt sich durch die Luke. Sie gleitet das Dach hinunter und klammert sich an der Dachrinne fest. Dass sie sich mit dem verletzten Bein knapp zwei Meter in die Tiefe fallen lassen soll, macht Sarah Sorgen.

Sie schafft das nicht.

Sarah sieht ihre Unsicherheit, die Tränen in Isabells Augen, als sie Hilfe suchend zu Mike blickt. Er streckt die Arme nach ihr aus. Ausgerechnet Mike. »Komm, vertrau mir. Ich werde dich auffangen«, flüstert er. Isabell schüttelt panisch den Kopf. Ihre Tränen vermischen sich mit dem Regen, der auch die karge Zuversicht fortspült. Sie blickt nach oben zur Dachluke, aus der sich Frank gerade lehnt.

»Du schaffst das, Isabell.« Der Wind trägt seine weiche, ruhige Stimme zu ihr. Ohne sich noch einmal zu Mike umzusehen, löst sie ihre Hände von der Dachrinne.

Ihr Schrei hallt durch die Nacht. Schnell legt Mike seine Hand auf ihren Mund. Alle ducken sich, harren in der Dunkelheit aus.

Mike schaut hektisch auf seine Armbanduhr. Noch drei Minuten, dann stoppt die Aufnahme.

»Wir müssen weiter«, flüstert er und sieht fragend zu Isabell hinüber. Sie nickt schmerzerfüllt.

In geduckter Haltung laufen sie in den Wald und binnen Sekunden verschluckt sie das schwarze Dickicht.

***

Samuel richtet sich auf. Was war das für ein Geräusch? Er nimmt den Stöpsel aus dem Ohr und lauscht. Der Regen rinnt von seinem Cape auf den durchgeweichten Boden, der Wind rüttelt an der Kapuze und fegt sie von seinem Kopf. Immer noch steht er da und versucht, den Laut zu lokalisieren. Eilig rennt er Richtung Wald – bemüht, in der Dunkelheit etwas zu erkennen. Doch da ist nichts. Er zieht die Kapuze wieder auf und steckt die Stöpsel ins Ohr.

Angestrengt lauscht er. Außer der Musik und dem prasselnden Feuer kann er nichts hören. Er hält den Atem an und späht noch einmal zum Wald. War da ein Knacken im Unterholz? Und dann hört er Sarahs leise Stimme in seinem Ohr und das beruhigt ihn sofort. Gemächlich schlendert er wieder zu seinem Posten. Mittlerweile mag er die Birken, die so gut riechen. Er hockt sich hin, zieht das Cape über seine Knie und lauscht.

Er drückt den Stöpsel noch fester an sein Ohr und verfolgt gebannt Sarahs Ausführungen.

Plötzlich springt er hoch.

SIEBENUNDZWANZIG

»Ich trinke auf euch, ihr starken Männer!« Lisa erhebt ihr Glas, das mit Weißwein gefüllt ist. »Ehrlich gesagt habe ich nicht damit gerechnet, dass ihr es heute noch schaffen würdet. Ich bin stolz auf euch. Skål!« Sie gibt Lasse einen Kuss. Als sie sich über den Tisch beugt und auch Thomas küsst, ist ihr Lachen herzlich.

»Lasse, ich denke, ich komme öfter vorbei, um dir bei der Arbeit zu helfen, der Lohn ist unbezahlbar.« Thomas grinst, leert sein Glas und genießt die warme Atmosphäre im Haus seiner Freunde. Ein leises Gefühl von Wehmut überkommt ihn. Jedes Mal, wenn er hier ist, verspürt er ein Gefühl der Einsamkeit. Er weiß, dass es Blödsinn ist, denn er ist mit seinem Leben zufrieden. Und doch – etwas fehlt.

»An was denkst du, Thomas?« Lisas Hand ruht auf seiner.

»An nichts weiter. Ich sollte wohl langsam meine müden Knochen ins Bett bewegen.«

An der Haustür umarmt er Lisa liebevoll und dankt ihr für das gute Abendessen. Als er die Tür öffnet, pfeift der Wind gnadenlos um die Hausecken.

»Verdammt!«, flucht Lasse, als er ins Unwetter hinausschaut. »Ich hoffe, dass nicht allzu viele Bäume dem Sturm zum Opfer fallen. Das bedeutet noch mehr Arbeit.«

»Wenn du Hilfe brauchst, sag Bescheid. Ich freu mich immer über Holz, wie du weißt.« Thomas stülpt sich die Kapuze seiner Regenjacke über und ruft Buddy, der auch gleich zum Wagen rennt.

***

Das Feuer im Kamin knistert wohlig und die Klänge von Mozarts »Requiem in d-Moll« schwellen gerade dramatisch an, als Thomas seinen Computer startet und zögernd den Suchbegriff »Sarah Winter« eingibt.

Er wollte es nicht tun. Lange ist er um den Computer herumgeschlichen, hat sich ein Glas Rotwein eingeschenkt und dann diese Musik angemacht.

Der Computer präsentiert ihm eine endlos lange Liste von Suchergebnissen. Binnen Sekunden ist er in seinen LKA-Modus gewechselt. Routiniert klickt er sich durch die Ergebnisse … und dann hat er sie.

Fasziniert studiert er Sarahs Website. Ein Foto zieht ihn magisch an. Augen, die ihn lachend ansehen. Ganz im Gegensatz zu denen, in die er neulich geblickt hat. Er nimmt einen beherzten Schluck Wein und ermahnt sich, nicht zu sehr in Sarahs Welt einzutauchen. Aber dann tut er es doch und klickt weiter, bis er auf einen Zeitungsartikel stößt, der von einem Überfall berichtet. Der Artikel ist kurz und gibt kaum relevante Details wieder. Das verwundert ihn, denn normalerweise schlachtet die Presse so etwas aus. Es sei denn, es gab ein Informationsverbot seitens der Opfer und der Polizei, aber auch das fruchtet nie hundertprozentig. Thomas streicht sich nachdenklich über den Bart.

Lass gut sein und kümmere dich um deine eigenen Dinge!

Er atmet tief aus und fährt den Computer herunter. Noch lange starrt er auf den schwarzen Monitor.

ACHTUNDZWANZIG

Nur langsam kommen sie voran. Immer wieder stolpern sie über Unebenheiten, die der dunkle Wald vor ihnen verbirgt. Sarah hat aufgehört zu denken, sie weiß, dass es das Beste ist, sich nur auf eine Sache zu konzentrieren, und im Augenblick ist das die Frage, wie sie zur Hauptstraße kommen.

Während sie die Hände immer wieder schützend vor ihr Gesicht hält, um die tief hängenden Fichtenzweige abzuwehren, späht sie hoffnungsvoll nach rechts. Dort muss die Hauptstraße sein. Sie ist sich hundertprozentig sicher. Wie von einem Faden gezogen, rennt sie weiter. Hinter ihr hört sie das Keuchen ihrer Freunde und immer wieder Isabells schmerzverzerrtes Stöhnen. Sarah ist bemüht, alles auszublenden, was sie daran hindern kann, den Weg zu finden, und zwar so schnell wie möglich. Sie will einfach nur weg von diesem kranken Spiel, weg von ihren Freunden, die sie in dieses perfide Spiel hineinziehen muss, wenn sie die Straße nicht erreichen.

»Mach langsamer, Sarah!« Franks leise Stimme ist ganz dicht an ihrem Ohr. Um Atem ringend bleibt sie stehen, beugt sich vor und stützt ihre Hände auf die Knie, sie atmet schnell, unterdrückt den Reizhusten in ihrer rauen Kehle und wendet sich schließlich um. Nur schemenhaft erkennt sie die Gestalten ihrer Freunde, die langsam auf sie zukommen.

»Wo verdammt sind wir?« Mikes Atem geht rasselnd. »Wir müssten doch längst die Straße sehen.« Er stützt die Hände in die Hüfte, sein Blick geht suchend von rechts nach links.

»Ich glaube, wir müssen über diesen Hügel und danach rechts runter, dann kommen wir direkt zur Straße.« Sarah hebt die Stimme, um eine plötzliche Windböe zu übertönen, die sie taumeln lässt. Keine zehn Meter weiter fällt krachend eine Fichte dem Sturm zum Opfer. Ohne Vorwarnung und ohne ein Anzeichen birst der dicke Stamm wie ein Streichholz.

Sarah wirft sich auf den klitschnassen Waldboden und hält schützend die Hände über den Kopf, so gewaltig ist das Geräusch. Und noch ein Baumstamm bricht. Sie will schreien, damit sich die Panik nicht in ihrem Körper festsetzt, doch nur ein ängstliches Wispern kommt über ihre Lippen.

»Bist du in Ordnung?«, fragt Frank besorgt, der neben ihr auf dem Boden liegt. Liebevoll streicht er über ihren Rücken. Seine Berührung tut ihr gut und ohne darüber nachzudenken, wirft sie sich in seine Arme. Stumm pressen sie sich eng aneinander, wiegen sich hin und her wie zwei verlorene Seelen, die sich wiedergefunden haben.

Sie rennen weiter und halten sich rechts. Wie Sarah es vermutet hat, können sie nun die Straße erkennen und den See davor – tiefschwarz wie ein Schlund, aus dem es kein Entrinnen gibt. Auf der anderen Seite des Sees tanzen die Lichter des Dorfes wie eine Fata Morgana und üben eine magische Anziehung aus.

Zuversichtlich, dass sie das Schlimmste hinter sich haben, verschnaufen sie einen Moment. »Eines kann ich euch verraten, diesen Urlaub werde ich in meinem ganzen Leben nicht vergessen.« Japsend lässt sich Steffi kraftlos auf den Boden nieder. »Wie geht es dir, Sarah?«

Sarah erkennt nur die Umrisse von Steffis Gestalt. Sie legt einen Arm um ihre Freundin. »Gut. Bald haben wir es geschafft, und irgendwann werden wir darüber lachen.«

Werden wir das wirklich? Vielleicht laufe ich dem Unheil gar nicht davon, sondern nehme es mit? Im Grunde könnte auch Steffi für alles verantwortlich gewesen sein.

Sarah hasst ihre Gedanken. Sie drückt Steffi fest an sich. »Alles wird gut«, murmelt sie und sieht zur Straße hinüber, die nur hundert Meter von ihnen entfernt ist.

In einem gemäßigten Tempo laufen sie den Hügel hinunter. Hoffnungsvoll, dass ein Auto sie mit ins Dorf nimmt.

Doch dann fällt ein Schuss.

Wie versteinert bleiben sie stehen. Realisieren nicht, was das gerade war. Erst der zweite Schuss treibt sie dazu an, schreiend und mit Höllenangst den Hügel hinaufzurennen.

***

Sarah verliert jegliches Zeitgefühl und jede Orientierung. Sie rennt … Hinter sich hört sie die verzweifelten Stimmen ihrer Freunde. Sie versuchen zusammenzubleiben. Es ist ihre größte Angst, dass sie sich in der Dunkelheit und Panik verlieren könnten.

»Ich kann nicht mehr.« Isabells leises Wehklagen zwingt Sarah, langsamer zu werden. Keuchend bleibt sie stehen, blickt sich um und sieht, wie Mike Isabell auffängt, bevor sie kraftlos auf den Boden sackt.

Sofort ist Sarah bei ihnen, hockt sich neben Isabell, deren Wimmern lauter wird. Sie braucht Isabell gar nicht anzusehen, um zu wissen, wie es ihr geht. Dass sie bei diesem Tempo überhaupt mitgehalten hat, grenzt schon an ein Wunder. Sie tut ihr leid und Sarah wünscht sich, dass sie endlich aus diesem Albtraum erwacht.

»Das wird schon wieder«, stammelt sie und kramt in ihrem Rucksack nach den Schmerztabletten, die sie aus der Hausapotheke mitgenommen hat. Ihre Finger finden nicht nur die Tabletten, sondern auch ihr Smartphone.

Verdammt! Warum habe ich nicht vorher daran gedacht? Vielleicht haben wir hier auf dem Hügel Empfang. Ja, das könnte funktionieren. Es muss!

Sie drückt Isabell zwei Tabletten in die Hand. »Das wird die Schmerzen eindämmen.« Trotz der Dunkelheit meint Sarah, Dankbarkeit und Reue in Isabells Augen zu sehen. Es irritiert sie, denn jetzt ist nicht der Zeitpunkt, sich über diese Dinge Gedanken zu machen.

Brüsk fragt sie Mike: »Habt ihr Wasser?«

Er nickt und küsst zärtlich Isabells Stirn. »Alles wird wieder gut. Nimm die Tabletten und ruh dich aus«, murmelt er und streicht das nasse Haar aus Isabells Gesicht. Diese Geste rührt Sarah. Nie hat sie Mike so erlebt.

Schnell wendet sie sich ab und eilt in geduckter Haltung zu Frank und Steffi, die angelehnt an einen Baumstamm sitzen. Aufgeregt hält sie ihr Smartphone hoch. Frank springt auf, späht nach allen Seiten. Es ist still – nichts als Sturm und unaufhörlicher Regen.

»Du bist genial! Hast du die Nummer der Polizeiwache gespeichert?«

»Nein … Ich rufe einfach die 112. Der Notruf ist doch weltweit derselbe, oder?«

Sarahs Finger drücken die drei Ziffern. Gebannt starrt sie auf das Display, und ihre Euphorie wird mit dem Regen fortgespült. Der Akku hat noch genau drei Prozent.

Das muss reichen. Es muss!

Die Verbindung ist schlecht, immer wieder ist nur ein Rauschen in der Leitung. Sarah lauscht dem abgehackten Klingeln am anderen Ende. Eine Stimme meldet sich auf

Schwedisch. Sie kann kein Wort verstehen. Hysterisch brüllt sie in den Hörer, doch mit jedem Wort wird klarer, dass der Mann am anderen Ende sie nicht versteht.

Fuck!

Sie drückt auf das rote Hörersymbol, dann auf die Kurzwahltaste. Wieder lauscht sie dem Klingeln. Der Anrufbeantworter springt an und ein ellenlanger Text auf Schwedisch und Englisch wird leiernd heruntergerasselt. Endlich hört sie das erlösende Piepen. »Kristine! Ich bin es, Sarah …«

Und dann ist ihr Smartphone dunkel.

Nichts. Tot.

»Was ist?«, fragt Frank aufgeregt. Wortlos hält sie ihm das Smartphone hin.

»Oh, bitte nicht!« Er klingt enttäuscht, mit einer Spur von Genervtheit. Etwas, das Sarah in dieser Situation für mehr als unangebracht hält.

Sie wendet sich Steffi zu. »Was ist mit dir? Hast du dein Handy dabei?«

Steffi wühlt in ihrem Rucksack und wird immer hektischer. »Fuck! Ich hab es im Haus gelassen.« Fassungslos, dass sie ihr Heiligstes einfach hat liegen lassen, jammert Steffi leise vor sich hin.

»Verdammt noch mal, wie konnte das passieren?«, schreit Frank.

»Weil wir da panisch weggelaufen sind! Erinnerst du dich?« Steffi springt auf, ihre Fäuste vor Wut und Frustration geballt. »Du gehst mir auf die Nerven, Frank! Du und deine Arroganz!«

Sarah stellt sich zwischen die beiden. »Hört auf, wir müssen leise sein!« Sie wendet sich Isabell zu. »Was ist mit dir, hast du dein Smartphone dabei?«

»Nein, ich habe es in Hamburg gelassen. Ich wollte frei sein, nicht erreichbar.« Mühsam erhebt sich Isabell, Mike ist sofort an ihrer Seite, um sie zu stützen. »Wir sollten versuchen, wieder zur Straße zu kommen. Das ist die einzige Chance.« Langsam bewegt sich Isabell auf Sarah zu. »Lass es uns versuchen, wir werden nicht auf die Straße gehen, sondern immer am Waldrand entlang. Und wenn wir ein Auto sehen, dann …«

»Wenn du weißt, wo die Straße ist, gern. Ich habe keine Ahnung, wo wir uns befinden«, unterbricht Sarah sie ungehalten.

»Okay. Ein Vorschlag …« Frank senkt seine Stimme und sieht sich besorgt um. »Wir wissen nicht, wo wir sind, und wir haben keinen blassen Schimmer, ob dieser Freak uns gefolgt ist. Der Sturm lässt nicht nach …«

»Komm auf den Punkt!«, fällt ihm Mike scharf ins Wort. Hass blitzt in seinen Augen auf, doch Frank spricht unbeirrt weiter.

»Wir suchen uns einen Unterschlupf und warten, bis es hell wird.«

»Warum sagst du das nicht gleich, anstatt einen Vortrag zu halten?«, fragt Mike. Trotz der Dunkelheit stieren sie sich an. Eine Windböe erfasst die Wipfel der Fichten, die sich beängstigend biegen. Dann hören sie es krachen. Laut und schnell fällt der erste Baum um, ganz in ihrer Nähe.

»Wir müssen raus aus dem Wald!«, brüllt Frank gegen den Wind an.

NEUNUNDZWANZIG

Der Wald lichtet sich. Doch der Schein trügt, es ist nur eine alte Schneise, die hier vor Jahren gezogen wurde. Mittlerweile ist sie mit Sträuchern überwuchert, die sperrigen Felsen, die der Boden halb verschluckt hat, sind glatt und kaum zu erkennen. Es wird schwieriger, sich fortzubewegen, auch wegen der Müdigkeit und Erschöpfung.

Frank läuft vor und inspiziert die Gegend. Er entdeckt einen Felsvorsprung. Hektisch winkt er den anderen zu.

Der Einstieg ist eng, nass, und es ist stockdunkel.

»Hat jemand eine Taschenlampe dabei?« Franks Stimme hallt gespenstisch in dem Felsvorsprung nach. Natürlich hat keiner eine. Mike kramt in seiner Hosentasche und hält ein Feuerzeug hoch. Nach mehreren Versuchen scheint eine winzige Flamme im Dunkel auf.

»Das ist eine verdammte Höhle!« Mike geht tiefer hinein und hält inne, als er Knochen und das riesige Geweih eines Elches erkennt. Es riecht muffig und die Vorstellung, dass vielleicht ein Bär in dieser Höhle wohnt, schleicht sich in die Gedanken der Freunde ein.

»Sollen wir es trotzdem wagen?«

Eingehend begutachtet Frank die Gebeine. »Sieht so aus, als wäre sie schon lange nicht mehr benutzt worden. Die Knochen sind trocken, also nicht mehr frisch«, sagt er, ohne überzeugt zu klingen. Sie einigen sich, abwechselnd vor dem Eingang Wache zu halten.

***

Frank übernimmt die erste Wache. Er zieht sich die Kapuze der Regenjacke tief über das Gesicht, lehnt sich an die harte Felswand neben dem Eingang und späht angestrengt in die Dunkelheit hinaus. Nichts ist zu sehen. Der Regen ist stärker geworden und auch der Sturm nimmt zu. Er zieht den Reißverschluss seiner dünnen Regenjacke bis zum Hals hoch und schaut sich wachsam um.

Minuten vergehen. Stunden. Langsam kommt er zur Ruhe und entspannt sich, obwohl weder Sturm noch Regen nachlassen. Müde schiebt er die Kapuze aus dem Gesicht und sieht sich über die Schulter zu den anderen um. Nur mit Mühe kann er ihre Konturen ausmachen. Sie sitzen eng beieinander, dicht an die Felswand gedrückt. Die Ruhe, die sie verbreiten, ist unheimlich.

Schnell wendet er sich wieder um und starrt in das Dunkel vor ihm. Was wird als Nächstes passieren? Wo ist dieser … Samuel? Haben sie ihn abschütteln können? Einen Moment lang schließt er seine brennenden Augen. Er sieht Sarah vor sich, wie sie panisch von ihrem Treffen mit Samuel berichtet, wie sie versucht, ihn zu überzeugen, dass sie sich nicht sicher ist, ob Martin wirklich derjenige war, der sie überfallen hat. Er sieht ihren zusammengeschlagenen Körper, die flehenden Augen, die Trinkerei.

Warum hat er ihr nicht geglaubt? Hätte er all diesen Irrsinn verhindern können?

Die Fragen quälen ihn. Er sollte hinausschleichen und sich auf die Suche nach Samuel machen, um dem Ganzen ein Ende zu bereiten. Dieser kranke …! Er schließt die Augen und erinnert sich, wie er mit Mike und Samuel in dem Boot saß. Das

Gefühl, das er hatte, als er Samuel genauer ansah. Undeutlich, verschwommen, wie eine Ahnung. Jetzt … reißt er die Augen auf, ihm wird heiß und kalt.

Frank wirbelt herum, als sich eine Hand auf seine Schulter legt. Erschrocken weicht Sarah einen Schritt zurück, trotz der Dunkelheit kann sie die Wut sehen, die seine Gesichtszüge verzerrt. Für den Augenblick herrscht Stille. Stumm sehen sie sich an. Die Fragen zwischen ihnen bilden eine Kluft, die Sarah nicht überwinden will.

»Ich muss mal …«

Frank richtet sich auf. »Okay, ich komme mit.«

»Nein!«

»Warum nicht? Was ist, wenn er da auf dich wartet?«

»Wird er nicht. Und ich gehe nicht weit. Versprochen.«

Frank kennt sie gut genug, um zu wissen, dass es zwecklos ist, sie aufzuhalten. Er gibt den Weg frei und lehnt sich wieder an den Felsvorsprung, sieht ihr nach, bis Sarah aus dem Sichtfeld entschwunden ist.

***

Der Regen hat nicht nachgelassen, auch der Sturm scheint keine Pause einzulegen. Sarah atmet die würzige feuchte Luft tief ein. In der Höhle ist es stickig und der Geruch von fauler Nässe und den Ausdünstungen ihrer Freunde reizt ihren empfindlichen Magen.

Sie hält Ausschau, ob sie etwas Ungewöhnliches erkennen kann, bevor sie ihre Regenhose und die Leggins herunterzieht. Sie hockt sich hin und spürt sofort Erleichterung.

Was es ausmacht, wenn man endlich pinkeln kann.

Über ihren Gedanken muss sie schmunzeln. Sollte sie nicht Trübsal blasen? Sich Gedanken machen, wie sie hier heil herauskommen? Ja, sollte sie. Rasch zieht sie die Hosen hoch und sieht sich noch einmal um. Alles friedlich, kein Geräusch – außer dem heftigen Prasseln des Regens und dem Tosen des Windes.

Noch einmal atmet sie die frische Waldluft tief ein und spürt, wie sich ihr Körper entspannt und die Hoffnung auf ein gutes Ende in ihr aufsteigt. Sie hofft inständig, dass es kein Wunschdenken ist.

Der Druck der Hand, die sich auf ihren Mund presst, und des Arms, der sie festhält und an seinen Körper drückt, trifft sie völlig überraschend. Sie spürt seinen Atem auf ihrer Wange, seinen Körper, der sich an sie presst, als würden sie verschmelzen.

»Ganz ruhig, meine liebe Sarah!«

Sein Flüstern ist zärtlich, und doch lässt es ihr das Blut in den Adern gefrieren. Er reibt seine Wange an ihrer – und eine verdrängte Erinnerung regt sich in ihr. Sie kann den Gedanken nicht weiterverfolgen, er verschwindet immer wieder in der Dunkelheit.

»Du hast noch sechzehn Stunden Zeit, um herauszufinden, wer für all deinen Schmerz und das Böse verantwortlich ist.«

Er drückt sie fester an sich und atmet ihre Angst tief ein. »Du kennst die Geschichte von den zehn kleinen Negerlein, oder?«

Er lacht glucksend. Sie nickt. Er lockert den Griff.

»Dann weißt du, was zu tun ist. Und denk daran: Ich bin immer in deiner Nähe und will hören, wie du den Namen aussprichst. Verstanden?«

Und plötzlich ist sie frei. Doch sie kann sich nicht rühren. Nicht atmen. Nicht denken.

»Sarah? Alles in Ordnung?« Franks aufgeregte Stimme reißt sie aus der Erstarrung.

»Ja, alles in Ordnung.«

DREISSIG

»Ich kann das nicht. Tut mir leid, Isabell.« Angewidert wendet sich Mike an Steffi. »Wechselst du den Verband? Mir wird sofort übel, wenn ich Blut sehe.«

Mit einer genervten Geste schiebt Steffi ihn zur Seite und lächelt Isabell an, deren Augen fiebrig glänzen.

»Wie fühlst du dich?«, fragt Steffi, während sie den von Blut und Wundwasser durchtränkten Verband langsam löst. Beim Betrachten der Wunde, um die sich ein dunkler roter Rand gebildet hat, schluckt sie.

»Das wird schon wieder.« Aufmunternd lächelt sie Isabell an, die ihren Kiefer aufeinandergepresst hat.

»Ich bin so müde und sehne mich nach meinem Bett mit den duftenden Laken, den kuscheligen Kissen …« Sie richtet sich auf, ihr Blick ist fest auf Steffi gerichtet. »Denkst du, wir kommen hier raus?«

»Wir schaffen das. Das wäre doch gelacht. Wir sind in der Überzahl.«

»Ja, das stimmt. Aber wir haben kein Gewehr und wir sind nicht so verrückt wie dieser Kerl da draußen. Das ist ein großer Unterschied.« Erschöpft lehnt sich Isabell zurück an die Felswand. Flink säubert Steffi die Wunde und verabreicht Isabell ein fiebersenkendes Mittel und Schmerztabletten. Zum ersten Mal ist sie froh, dass Isabell eine so geordnete Person ist – sie hat ihren eigenen Erste-Hilfe-Kasten mitgenommen.

Typisch Isabell. Auf alles vorbereitet sein, schießt es Steffi durch den Kopf. »Ruh dich aus. Ich seh mal nach, was die Jungs so machen.«

»Sag ihnen, sie sollen vorsichtig sein. Und … ich brauche eine Pause.«

Der Sturm ist vorübergezogen, auch der Regen hat sich aufgelöst. Der junge Morgen präsentiert sich eingehüllt in dichten Nebel und lässt hoffen, dass es ein wunderbarer Tag wird.

Nachdem Steffi aus der Höhle gekrochen ist, reckt sie sich und atmet tief durch.

»Runter!«, ranzt Frank sie an. Erst jetzt bemerkt sie, dass die anderen dicht an den Felsen gekauert hocken. In Deckung! Sie tut es ihnen gleich und sieht zu Sarah, die neben ihr hockt und ihren Blick ins Nirgendwo gerichtet hat.

»Was denkst du?«, flüstert Steffi.

Mit einem dünnen Lächeln auf den Lippen wendet sich Sarah Steffi zu. »Ich denke an gar nichts.«

»Okay.« Steffi zupft an einem nassen Grashalm. »Sollten wir nicht langsam einen Plan ausarbeiten? Ich meine, habt ihr eine Ahnung, wo wir sind?« Fragend hebt sie den Blick von dem kleinen Haufen abgezupfter Grashalme zu ihren Füßen. »Ich will weg von hier.« Die aufsteigende Panik in ihrer Stimme ist nicht zu überhören.

»Denkst du, das wollen wir nicht auch?« Sarahs Antwort ist ruppig. Sofort tut es ihr leid. Doch sie hat ein Problem, und das ist nicht damit gelöst, dass sie von hier verschwinden. Ganz im Gegenteil!

»Wie bist du denn drauf? Du redest mit mir, als sei es meine Schuld.« Wütend erhebt sich Steffi.

Sarah greift nach ihrem Arm. »Entschuldige, ich hab das nicht so gemeint.«

Steffi brummelt und hockt sich wieder neben Sarah.

»Schätzchen, wenn wir wüssten, wo wir sind, würden wir sofort losrennen.« Mike deutet auf die dichte Nebelwand. »Aber bei diesem Mistwetter sollten wir lieber hierbleiben.«

»Mike hat recht. Wir bleiben so lange in dieser Höhle, bis sich der Nebel verzogen hat. In der Zwischenzeit sollten wir uns ausruhen.« Frank blickt zu Sarah, die teilnahmslos vor sich hin starrt.

»Ist das in Ordnung für dich oder hast du einen Vorschlag, wie wir von hier wegkommen?«

Sie atmet tief ein, wendet sich Frank zu und sieht ihn lange an. »Ich denke auch, es ist das Beste, wir warten ab.«

»Fuck! Was, wenn sich dieser Irre einfach anschleicht und uns abknallt?« Steffis Stimme klingt plötzlich schrill. »Können wir gar nichts tun? Irgendwas!«

Mike verdreht die Augen und schüttelt resigniert den Kopf. »Glaub mir, ich bin der Erste, der mit dir geht, wenn du eine gute Idee hast. Aber wie es scheint …« Abrupt erhebt er sich und wendet sich zum Höhleneingang. »Und ich nehme an, Isabell wird die Pause guttun.«

Sarah blickt Mike hinterher und sieht Steffi, wie sie ihm zögernd folgt. Sie hasst diese Situation, obwohl sie sich eigentlich eignet, um Samuels Anweisungen nachzukommen. Aber sie kann es nicht. Allein bei dem Gedanken krampft sich ihr der Magen zusammen. Sie spürt Franks warme Hand auf ihrem Knie. Seine Berührung tut ihr gut, und doch würde sie am liebsten seine Hand wegschlagen. Das Gefühl, beobachtet zu werden, ist allgegenwärtig.

»Baby, rede mit mir! Ich weiß, da ist noch mehr, das dir zu schaffen macht.« Er beugt sich näher zu ihr. Schnell wendet sich

Sarah von ihm ab. Sie kämpft mit sich, mit ihrem Entschluss und auch mit den Tränen, die in ihr aufsteigen.

»Lass uns reingehen. Ich habe das Gefühl, beobachtet zu werden.« Sie springt auf, und ohne sich nach Frank umzusehen, eilt sie in die muffige dunkle Höhle.

Das Warten zehrt an ihren Nerven. Immer wieder springt jemand auf, um zu sehen, ob der Nebel sich verzogen hat oder sich zumindest auflockert. Doch wie ein grauer Schleier hängt er über dem Wald.

Hunger und Durst machen sich ebenfalls bemerkbar und lassen die Stimmung noch tiefer sinken. Niemand hat daran gedacht, sie haben keine Taschenlampe, kein Essen. Es war doch so einfach, ein paar Kilometer bis zur Straße – und dann wären sie gerettet. Ein wenig Obst, Schokoriegel und zwei Flaschen Wasser ist alles, was sie besitzen. Damit müssen sie haushalten.

Sarah plagen nicht nur Hunger und Durst, sondern auch Schuldgefühle. Sie hätte ihre Freunde in Samuels Vorhaben einweihen sollen, in sein gottverdammtes Spiel. Doch konnte sie ahnen, dass die Flucht schiefgeht? Jetzt muss sie sich endgültig entscheiden: für ihre Freunde oder für die Wahrheit.

EINUNDDREISSIG

Surrend gehen die Neonröhren an. Flackernd geben sie kaltes Licht ab, bis sie leise summend den Laden erhellen. Kristine sehnt den Tag herbei, an dem sie für immer die Tür abschließen wird und sich endlich schöneren Dingen widmen kann. Gemächlich geht sie wie immer zuerst in ihr Büro, um den Anrufbeantworter abzuhören, nach eventuellen E-Mails oder Faxen zu sehen. Kein Fax, keine E-Mail, aber der Anrufbeantworter blinkt. Sie drückt auf Wiedergabe, doch da ist nur ein Rauschen. Enttäuscht wendet sie sich ab und befüllt die Kaffeemaschine mit Wasser, leise zählt sie die gehäuften Löffel mit Kaffee, die sie sorgfältig in die Filtertüte gibt.

Während der Duft des frisch gebrühten Kaffees durch das Büro zieht, drückt sie noch einmal auf Wiedergabe des Anrufbeantworters. Sie hört genau hin, und jetzt ist inmitten des Rauschens eine Stimme zu hören. Sie checkt die Nummer des Anrufers und eine Mischung aus Freude und Unbehagen kriecht in ihr hoch. Langsam streckt sie den Zeigefinger aus, um Sarahs Nummer auf der Kurzwahltaste zu drücken, und schreit schrill auf, als das Telefon klingelt. Überzeugt, dass es Sarah ist, die sie anruft, nimmt sie lächelnd den Anruf entgegen.

»Hallo, Sarah, ich wollte dich auch gerade …«

»Hallo? Spreche ich mit Kristine Johansson?«

»Ja, und wer sind *Sie*?«

»Dr. Hartmut Weiser, Rechtsanwalt von Frank Winter. Er hat mir seinerzeit Ihre Nummer für den Notfall gegeben. Sind Sie noch dran?«

»Ja, aber … Was kann ich für Sie tun?« Kristines Gedanken gehen wild durcheinander. Sie ist hellwach und alarmiert.

»Nun, ich versuche seit geraumer Zeit, Herrn Winter zu erreichen. Haben Sie eine Möglichkeit, die Winters zu kontaktieren?«

»Ja. Ich weiß, dass diese Smartphones dort oben schlechten Empfang haben.«

Kristine spürt durch das Telefon, wie Dr. Weiser ungeduldig mit dem Kopf nickt. »Genau. Das erwähnte Herr Winter. Meine Bitte an Sie, Frau Johansson: Können Sie ihm eine Nachricht überbringen? Er möchte mich bitte schnellstmöglich zurückrufen. Sagen Sie ihm, es geht um seine Anfrage, dann weiß er Bescheid.«

»Ja, sicher. Kein Problem.«

»Gut, aber es eilt wirklich sehr.«

Kristine will fragen, worum genau es sich handelt, da hat er nach einem kurzen »Danke schön« schon aufgelegt. Kristine hat immer noch den Hörer in der Hand und ist für einen Moment überfordert. Zu viele Gedanken gehen ihr im Kopf herum. Sie macht sich Sorgen.

Ausgerechnet jetzt kommt Kundschaft in den Laden.

»Verflucht!«, schimpft sie leise, streckt den Kopf durch die Tür und bittet um einen Moment Geduld. Schnell wählt sie Thomas' Nummer und betet zu Gott, dass er da ist. Nach dem dritten Klingeln hört sie seine Stimme.

***

Thomas hat sich weit nach vorn gebeugt, um eine bessere Sicht auf die Straße zu bekommen. »Was für eine Suppe!«, murmelt er genervt. Buddy hat sich auf dem Beifahrersitz zusammengerollt. »Klar, du willst dir das Elend nicht ansehen. Recht hast du.« Er streicht dem Hund über den Kopf und erhält als Antwort lediglich ein Stöhnen. Thomas lacht und umklammert das Lenkrad. Er ist zwiegespalten. Einerseits nervt es ihn, bei diesem Dreckwetter rauszumüssen. Doch als der Anruf von Kristine kam und sie ihn bat, zu den Winters zu fahren, jubelte er innerlich auf. Vielleicht könnte er mit Sarah ein paar Worte wechseln und sich davon überzeugen, dass seine Zweifel unbegründet sind und alles in Ordnung ist. Auf der anderen Seite möchte er nicht in die Probleme anderer Menschen hineingezogen werden.

Fast hätte er die Einfahrt verpasst. Er reißt das Lenkrad viel zu schnell herum und der Pick-up schlingert auf der nassen Schotterpiste. Buddy ist hellwach und setzt sich alarmiert auf.

»Hey, ich hab alles unter Kontrolle.« Doch Thomas klingt nicht allzu überzeugend. Er tritt hart auf die Bremse, als mitten auf dem Weg ein Elchbulle steht und ihn anstarrt. Thomas schimpft in sich hinein. Er muss sich konzentrieren …

In gemäßigtem Schritttempo erreicht er das Haus. Die beiden Wagen sind geparkt, wenn auch etwas ungewöhnlich: Sie stehen mitten auf der Zufahrt. Thomas steigt aus und sieht sich um. Alles ist ruhig, er kann nichts Ungewöhnliches erkennen. Langsam nähert er sich den Wagen und schluckt, als er die platten Reifen bemerkt. Automatisch duckt er sich, seine Augen gleiten jetzt aufmerksamer über das Gelände. Der dichte Nebel macht ihn nervös, die Sicht beträgt keine fünf Meter. Er lauscht. Doch der Nebel verschluckt alle Geräusche.

Plötzlich schlägt Buddy an. Thomas' Adrenalinpegel steigt rasant. Hektisch geht sein Blick zu Buddy, der an der Fahrerseite aus dem Fenster bellt und in eine bestimmte Richtung starrt. Thomas folgt Buddys Blick, und dann sieht er ihn. Erleichtert atmet Thomas aus, als er den Elchbullen erkennt, der gemächlich an den Büschen äst.

Dennoch sind seine Nerven angespannt. Die Reifen hat sicher nicht der Elch zerstochen. Immer wieder schaut er sich um und nähert sich dem Haus. Die Fensterläden sind geschlossen, beunruhigt streicht er sich über den Bart. Seine Anspannung nimmt zu, als er die Ketten und Schlösser an den Fensterläden sieht. Sein Herz schlägt schnell.

»Verflucht!«, schimpft er mit zusammengepressten Zähnen. Eingehend betrachtet er die Kabel, die zu einer Autobatterie führen, dann löst er sie und drückt vorsichtig die Türklinke.

Abgeschlossen.

Er rennt um das Haus, inspiziert die Fensterläden. An der Terrassentür erkennt er Einschusslöcher. Er schließt die Augen und verflucht sich. Schüsse, er hat sie gehört und … Verdammt.

Ich muss die Polizei rufen, sofort.

Er verwirft den Gedanken, denn er weiß, dass es Stunden dauern wird, bis die schwedischen Beamten hier sind. Er lauscht, ob ein Geräusch im Haus zu hören ist.

Nichts.

Hektisch sprintet er zu seinem Pick-up. Mit bebenden Fingern öffnet er den Werkzeugkasten.

Der Bolzenschneider gleitet wie Butter durch den Stahl der Kette. Mittlerweile geht Thomas davon aus, dass niemand mehr auf dem Gelände ist, und er hofft inständig, dass er im Inneren des Hauses nicht das vorfindet, was er befürchtet.

Routiniert durchsucht er jedes Zimmer. Sein Herz pumpt, Adrenalin jagt durch seine Adern. Er sieht das Chaos in der Küche und im angrenzenden Wohnzimmer. Langsam geht er die Treppe nach oben, durchsucht auch dort erfolglos die Zimmer. Auf dem Weg zurück bemerkt er Blut auf dem Fußboden des oberen Stockwerks. Er hält den Atem an, als er die Dachluke entdeckt.

Sie sind weg, doch einer ist verletzt.

Angespannt greift er nach dem Funkgerät im Pick-up. Er wischt sich den Schweiß von der Stirn, während er immer wieder Lasses Namen in das Funkgerät spricht. Endlich ist er dran. Thomas braucht nicht viel zu erklären, keine unnötigen Fragen zu beantworten. Fünfzehn Minuten später ist sein Freund bei ihm.

»Die Polizei ist verständigt. Ich hab ihnen gesagt, dass wir uns mit den Hunden auf die Suche machen.« Routiniert wie immer berichtet Lasse, welche Informationen er an wen weitergegeben hat.

»Danke. Auch, dass du spontan Zeit hast.«

»Das ist doch unsere Passion.« Er zwinkert Thomas zu. »Lisa ist am Funk. Sie wird alles weiterleiten. Ich hoffe, wir werden die Leute schnell finden. Der Wetterbericht sagt für die nächsten Tage wieder Regen und Sturm voraus.« Er blickt in den trüben Himmel. »Der Nebel löst sich langsam auf, schauen wir mal, ob die Sicht noch besser wird.«

Lasse hat Rucksäcke mit Wasser und Verpflegung dabei und reicht einen davon Thomas. »Was ist deine Einschätzung?«

»Soweit ich es beurteilen kann, sind sie über die Dachluke geflohen. Jemand wurde angeschossen, das macht mir Kopfzerbrechen.«

»Hast du eine Ahnung, wer all das veranstaltet hat?«

Thomas streicht sich über den Bart und schüttelt den Kopf. Er hat eine Vermutung, aber sie ist zu vage, und im Grunde ist es auch egal, denn er kennt keine Details. Und jetzt ärgert es ihn, dass er nicht doch seinen alten Kollegen beim LKA angerufen hat, um mehr Informationen über Sarah zu bekommen.

Thomas hat diverse Beutel mit persönlichen Gegenständen der Bewohner des Hauses bestückt. Er reicht Lasse einen davon, der

Kleidung enthält. Er selbst behält den mit Sarahs Shirt, das sie trug, als er sie zum ersten Mal gesehen hat.

»Was denkst du, wie lange sie schon unterwegs sind?«

»Schwer zu sagen ... Sie werden gestern Abend oder heute am frühen Morgen losgegangen sein. Die Spuren sehen noch relativ intakt aus – trotz des Regens.«

Thomas hofft, sich nicht zu irren, denn je älter die Spuren sind, desto schwieriger wird die Suche.

Sie legen den Hunden das Brustgeschirr an. Die spüren, dass es an die Arbeit geht. Der Regen hat die meisten Geruchspartikel weggespült. Was noch übrig ist, hält der Nebel fest. Es wird keine leichte Arbeit.

Sie lassen ihre Hunde an der Kleidung im Beutel riechen und nach wenigen Minuten nehmen sie die Fährte auf. Thomas ist ganz im Arbeitsmodus, er konzentriert sich voll auf Buddy.

***

Die Krähen schreien ihre Warnrufe in die nebelverhüllte Welt hinaus. Es ist schwül und das Tempo, das die Hunde vorlegen, ist hoch. Immer wieder muss Thomas Buddy sanft zurückhalten, denn er weiß, dass sie noch lange suchen werden, und nicht nur Buddy muss seine Kraft und Konzentration dosieren – er genauso. Der Schweiß läuft ihm den Rücken herab. Es ist wie in einer Waschküche. Warm und feucht. Im Zickzack geht es durch den Wald. Thomas hebt den Blick und kann in der Ferne die Hauptstraße erkennen, die sie einige Minuten später erreichen.

Unschlüssig schnüffeln die Hunde am Straßenrand, um dann wieder anzuziehen, den Hügel hinauf. Thomas stutzt, sieht sich um.

Warum seid ihr nicht auf der Straße geblieben?, fragt er sich und hält Buddy zurück. »Pause, Buddy. Pause!« Zögernd unterbricht der Hund seine Suche.

»Was ist los, hast du was gefunden?«, ruft ihm Lasse zu.

»Nein, aber ich frage mich, warum sie die Straße verlassen haben.«

Er blickt den Hügel hinauf und dann zur anderen Straßenseite. Die Krähen fliegen tief, ihr Geschrei macht Thomas nervös.

»Verdammte Unglücksboten«, zischt er, während seine Augen akribisch die Gegend absuchen. Er ist voll und ganz in seinen alten Polizistenmodus verfallen. Und dann entdeckt er die Spuren im Boden. Es ist nicht viel, doch hier war Bewegung. Jemand oder etwas lag am Straßenrand. Er atmet tief durch, als er die erste Patronenhülse findet. Er schaut zu Lasse, der ihn genau beobachtet, während Thomas das Smartphone zückt und Fotos von dem Fund macht.

»Sag Lisa Bescheid, dass ich ihr Fotos schicke, die sie an die Polizei weitergeben muss, möglichst zügig.«

ZWEIUNDDREISSIG

Sarah lässt den Blick über ihre Freunde schweifen. Freunde? Sind sie das wirklich? Ihr Entschluss steht fest. Sie wird Samuels Bedingung erfüllen und hofft inständig, dass sie dadurch ihrer aller Leben retten kann.

Aber spielt nicht auch ein wenig Egoismus und Neugierde mit, wenn ich endlich erfahren will, wer hinter dem Überfall steckt? Der Gedanke lässt Unruhe in ihr aufkommen, denn auf diese Weise will sie es eigentlich nicht erfahren.

Noch bevor sie etwas sagt, spürt sie, wie ihr Herzschlag sich vor Aufregung beschleunigt. Sie richtet den Blick auf Frank, der ihr gegenübersitzt, schenkt ihm ein dünnes Lächeln und ist froh, dass er es erwidert.

»Lasst uns ein Spiel spielen.« Ihre Stimme ähnelt mehr einem Krächzen. Aufmunternd schaut sie einen nach dem anderen an. »Kommt schon, lasst uns die Zeit mit etwas Unterhaltung vertreiben!«

Die Resonanz ist gedämpft. Was hat sie auch erwartet? Mit den Fingern zwirbelt sie eine Strähne ihrer verdreckten Locken.

»Was für ein Spiel?«, fragt Frank und lässt sie nicht aus den Augen.

»Wahrheit oder Lüge.« Ihr breites Lächeln wirkt aufgesetzt. Nervös senkt sie den Blick auf den Höhlenboden. »Du kennst es, wir haben es gespielt, als wir uns kennengelernt haben.« Sie schaut auf, als er nicht sofort antwortet.

»Findest du das jetzt wirklich passend?« Sein Tonfall ist scharf und steht in hartem Kontrast zu seinem Lächeln. Sarah schluckt diesen verdammten Kloß im Hals herunter und ist sich mit einem Mal nicht mehr sicher, ob sie es tatsächlich schaffen wird, ihr Vorhaben durchzuziehen.

»Ja. Warum nicht? Es ist ein Spiel und …«

»Ich finde die Idee nicht schlecht.« Isabell richtet sich interessiert auf. »Ich habe es als Kind oft gespielt. Also, wer fängt an?«

»Du, wenn du magst.« Sarah ist froh, dass sie nicht die erste Frage stellen muss, so bekommt die Sache eine gewisse Leichtigkeit. Oder? Das Klopfen in ihrer Brust beruhigt sich nicht. Und dann richtet sich Isabells erste Frage ausgerechnet an sie.

»Sarah, was ist dein Lieblingsessen?«

»Spaghetti mit Tomatensoße.«

»Falsch! Eisbein mit Sauerkraut.« Frank beugt sich vor. »Stimmt's?«

»Ja, erwischt.«

»Das hätte ich jetzt nicht gedacht, dass du auf so ein derbes und fettiges Essen stehst.« Isabell lacht laut auf und schüttelt ungläubig den Kopf. »Finde ich sympathisch«, fügt sie hinzu.

Sarah murmelt ein leises »Danke«. Sie fühlt sich nicht gut. Natürlich hat sie absichtlich gelogen, und dass Isabell so herzlich reagiert, macht die Sache kaum einfacher. Unruhig verlagert sie ihre Sitzposition und sieht Frank an. »Dann bist du jetzt mit der nächsten Frage dran.«

Er holt tief Luft und blickt in die Gesichter der anderen. »Gut, eine Frage an Steffi. Ist dein Haar naturblond?«

»Was ist das für eine Frage?« Unwillkürlich streicht sie sich durch ihr feuchtes Haar. »Natürlich ist es das.«

»Lüge!«, ruft Sarah amüsiert. »Wir beide haben uns beim Friseur kennengelernt, und da …«

»Ach, verdammt! Meine Naturfarbe ist Braun. Langweiliges Braun.«

Plötzlich ist es mucksmäuschenstill in der Höhle, und dann kann Mike nicht mehr an sich halten, sein glucksendes Lachen geht in lautes Gelächter über und die anderen stimmen bereitwillig mit ein.

»Jaja, ist toll, wenn man sich über andere lustig machen kann«, wirft Steffi gespielt beleidigt ein. Aber auch sie kann nicht anders, als in das Gelächter einzustimmen. Es befreit. Immer noch lachend nickt sie Sarah zu, während sie sich die Tränen von den Wangen wischt. »Und jetzt du! Ich bin gespannt. Vielleicht erwische ich ja auch jemanden beim Lügen.«

Sarah ist augenblicklich ruhig. Das ungute Gefühl in ihrem Magen wird größer. Sie kommt sich wie eine Verräterin vor, die ihre Freunde in die sprichwörtliche Schlangengrube lockt. Ihr Herz klopft laut in der Brust, sie bekommt kaum Luft vor Anspannung. Energisch presst sie die Fingernägel in den Handballen, der Schmerz lenkt sie ab und ihr Herz beruhigt sich.

»Eine Frage an dich, Frank. Hast du jemals eine Frau, die du satthattest, eiskalt abserviert?«

Unverwandt sieht sie ihn an.

»Ich verstehe die Frage nicht so ganz.«

»Also, in deinem Leben gab es ja einige Frauen … Was ist passiert? Hast du sie einfach fallen lassen? Und wenn ja, wie haben sie reagiert? Musstest du irgendwelche Tricks anwenden, damit sie kapieren, dass du ihrer überdrüssig geworden bist, hast du ihnen Geld gegeben, damit sie aus deinem Leben verschwinden?«

»Natürlich nicht! Was soll das?«, fährt er sie ruppig an.

»Lüge!« Sie starrt ihn an und es zerreißt ihr das Herz, als sie die Fassungslosigkeit in seinen Augen sieht.

»Okay, dann versuche ich eine andere Frage. Hast du jemals einen Deal gemacht, der nicht koscher war? Ich meine, hast du je einen illegalen Deal gemacht, damit du bei einer Ausschreibung den Zuschlag bekommst? Hast du Geld dafür bezahlt? Bestechung nennt man das, soweit ich weiß.«

»Warum tust du das, Sarah?«

»Weil ich nach der Wahrheit suche.«

Sie sieht zu den anderen hinüber, die peinlich berührt zu Boden starren. Auf einmal wird ihr bewusst, was sie da tut. Sie begeht Verrat an den Menschen, die sie liebt, die sie mag und schätzt.

Warum hat sie sich auf Samuels Spiel eingelassen? Ist es nicht vielmehr er, der sie benutzt, um einen Keil zwischen sie und ihre Freunde zu treiben? Zwischen sie und Frank, dem sie vertraut, der immer für sie da ist?

Sie ist ein elendes Stück Dreck, nicht besser als das, was sie über ihre Freunde erfahren hat. Und vielleicht ist ja auch alles gelogen?

Aber wenn es wahr ist?

Es läuft ihr heiß den Rücken herunter. Die Stille um sie herum, die Ausgrenzung, ist das Einzige, was sie fühlen kann.

»Was für eine Scheiße ist das, Frank?« Mike richtet sich auf und trotz der diffusen Lichtverhältnisse in der Höhle kann Sarah seine Verwirrung erkennen.

»Frank, sag was! Hat Sarah recht mit den Bestechungen? Wenn das stimmt, dann … Wenn wir wieder zu Hause sind, werde ich dem nachgehen. Ich warne dich!«

»Was denkst du, Mike? Traust du mir das wirklich zu? Wenn ja, dann habe ich mich sehr in dir getäuscht.« Die beiden starren sich an und für einen Moment sieht es so aus, als wollte sich Mike auf Frank stürzen, um die Wahrheit aus ihm herauszuprügeln.

»Aufhören!«, brüllt Sarah. Wild sieht sie zum Eingang der Höhle, entschlossen springt sie auf und rennt hinaus.

»Ich kann das nicht! Hörst du mich, Samuel? Ich bin nicht wie du! Wenn du mich bestrafen willst, für meine Schwäche, meine Feigheit, dann tu es!« Sie breitet die Arme aus, schließt die Augen – bereit, die tödliche Kugel zu empfangen.

Der Aufprall auf dem nassen Waldboden ist hart. Der Druck auf ihren Körper raubt ihr den Atem.

Keuchend zerrt Frank sie in die Höhle zurück. »Bist du verrückt geworden? Was hast du dir dabei gedacht?« Er drückt ihren bebenden Körper fest an sich.

»Es tut mir so leid, ich wollte das nicht«, flüstert sie unaufhörlich mit tränenerstickter Stimme. Sanft streicht er über ihren Rücken, bis sie sich beruhigt hat.

Es ist erschreckend still in der moderigen Höhle – vor Entsetzen über das, was sie gerade erlebt haben. Niemand mag Sarah ansehen, selbst Steffi malt unendliche Kreise in den feuchten Boden. Mike bemüht sich, eine freundliche Miene zu zeigen, doch es sieht so lächerlich gespielt aus, dass Sarah fast versucht ist, laut zu lachen. Isabell ist die Einzige, die sie direkt ansieht, doch ohne einen Funken Emotion.

»Ich schäme mich so. Es tut mir leid«, flüstert Sarah und sieht Isabell an, die unmerklich nickt und ihrem Blick weiter standhält.

Mike räuspert sich. »Erklär uns bitte, was das eben zu bedeuten hatte.« Jetzt sieht er sie fest und fordernd an.

Sarah ist nicht wohl bei seinem bohrenden Blick. Sie hockt sich an die Felswand und fummelt an den Schnürsenkeln ihrer Boots. Was soll sie ihnen sagen, wie kann sie es erklären? »Also gut. Ich habe meine Akte gelesen, und da waren auch Einblicke in eure Vergangenheit. Dinge, die nur euch bekannt sind – und die auch ich jetzt weiß.«

Sie hebt den Blick. Niemand sagt etwas, doch sie kann förmlich sehen, was sich in ihren Köpfen abspielt. Schnell spricht sie weiter. »Da war auch ein Brief von Samuel an mich. Darin hat er angedeutet, dass einer von euch für das verantwortlich ist, was damals mit mir passiert ist.«

Prüfend sieht sie jeden Einzelnen an, und noch bevor der Sturm der Entrüstung losbricht, fährt sie fort: »Er hat mir ein Ultimatum gesetzt. Ich soll herausfinden, wer von euch es gewesen ist. Wenn ich es nicht innerhalb der vorgegebenen Zeit schaffe, wird er uns alle töten.«

Es dauert nicht lange, bis sie sich von dem Schock erholt haben. Alle reden durcheinander, gehetzt, ungläubig und auch verletzt. Sarah sieht diese Menschen an, ihre Münder, ihre Augen, und erkennt in ihnen nicht mehr ihre Freunde. Feindseligkeit schlägt ihr entgegen. Kalt und unbarmherzig. Doch sie hält es aus.

»Sarah, Schätzchen. Ich weiß, du hast eine schwere Zeit hinter dir, aber das, was du gerade erzählt hast, ist doch sehr … irre!« Mike steht vor ihr, starrt auf sie herab und hockt sich schließlich vor sie hin.

»Zeig mir den Brief und deine Akte, ich will das sehen.«

»Nein! Es reicht, wenn ich all die Dinge von euch weiß.«

»Das ist nicht fair, oder?«

»Wieso? Du hattest deine Chance, Mike. Und du weißt, was passiert ist. Jeder von euch hat eine Akte, aber nach dem *Zwischenfall* wollte niemand sie sehen. Langsam frage ich mich, warum.« Sie lacht hohl auf. »Ach ja, hatte ich ganz vergessen. Ihr habt ja immer noch gedacht, ich bin verrückt und bilde mir das alles nur ein. Und habt ihr auch gedacht, dass *ich* diese tollen Fotos von Isabell und Frank gemacht habe? Na ja, in gewisser Weise stimmt es sogar. Schließlich war es meine Kamera, die oben auf der Anhöhe stand.«

Sarah schließt die Augen. Erst jetzt wird ihr klar, warum die Speicherkarte nicht mehr in der Kamera war.

Was für einen Aufwand Samuel betrieben hat!

»Und wo sind die Akten und dieser Brief jetzt?«

»Im Haus.«

»Du hast sie im Haus gelassen? Und wir sollen dir jetzt diesen Schwachsinn glauben?« Mike steht auf und sieht erneut auf Sarah herab. »Glaubst du wirklich, einer von uns wäre fähig, dir das anzutun?«

»Lass sie in Ruhe! Es reicht!« Frank tritt nah an Mike heran. »Warum sollte Sarah das erfinden? Der Typ ist da draußen, er hat uns gejagt, auf uns geschossen – und er hat diese verfluchten Akten erstellt. Ich muss dich nicht an die Offenbarung erinnern, die er dir beschert hat.«

Mike stößt Frank von sich und stapft auf die andere Seite der Höhle. »Fuck! Aber was hat deine beschissene Affäre mit meiner Frau mit all dem Scheiß hier zu tun?«

»Das hat Sarah gerade versucht zu erklären. Er will uns gegenseitig aufhetzen, Rache üben für den Tod seines Bruders!«

»Aber, verflucht noch mal, was haben wir damit zu tun?«

»Weil Martin es nicht war.« Sarah erhebt sich aus ihrer geduckten Position. »Er hat mir eure Geheimnisse anvertraut, jeder hier wäre dazu imstande und hätte einen Grund dafür.« Sie fühlt sich immer noch niederträchtig, doch mit jeder weiteren Sekunde weicht dieses Gefühl von ihr.

»Ich werde mich nicht mehr an seinem Spiel beteiligen. Ich werde den Fall wieder neu aufrollen lassen. Und dann werden wir es wissen.« Mit neu erwachtem Kampfgeist sieht sie einen nach dem anderen an. Endlich hat sie den richtigen Entschluss gefasst, und es fühlt sich gut an. Sie fühlt sich stark genug, um das hier zu überstehen.

»Du hast Nerven, Sarah. Dafür bewundere ich dich.« Isabells anerkennende Worte erstaunen Sarah, doch sie kennt sie gut genug, um zu wissen, dass noch etwas kommt.

»Allerdings finde ich es verantwortungslos, uns in eine so gefährliche Situation zu bringen. Das hätten wir alles regeln können, bevor die Sache so eskaliert ist.« Isabell erhebt sich mühsam, streicht über ihr verletztes Bein und richtet sich gerade auf. »Ich möchte jetzt so schnell wie möglich von hier fort. Ich möchte, dass du immer daran denkst: Du trägst die Schuld daran, wenn jemand verletzt oder … getötet wird.« Sie steht dicht vor Sarah. »Denk immer daran: Du hast uns das angetan, mit deinem blinden Wahn.«

Sarah hält ihrem Blick stand – in dem festen Vorhaben, sich nicht von Isabell provozieren zu lassen. Lieber beißt sie sich die Zunge ab, als noch etwas zu sagen. Sie hat die Geheimnisse ihrer Freunde tief in sich vergraben.

»Ja, Isabell. Wir sollten gehen und die Geschichte zu Ende bringen.«

***

Der Nebel hat sich noch immer nicht aufgelöst. Doch jetzt erweist er sich als hilfreich, macht ihnen Mut und Hoffnung, dass sie sich unbemerkt aus der Höhle schleichen können. Ohne ein Wort bewegen sie sich im Schutz der Büsche. Niemand weiß, welche Richtung sie einschlagen müssen. Es ist auch gleichgültig. Hauptsache, sie kommen endlich weg.

Beim kleinsten Geräusch zuckt Sarah zusammen und sieht sich hektisch um. Ihre Nerven sind angespannt wie ein Seil, das zu reißen droht. Seit einigen Stunden schlagen sie sich bereits durch den Wald und sie fragt sich, was Samuel vorhat. Warum ist er so ruhig? Macht er die Drohung nicht wahr, sie alle zu töten, wenn sie bei seinem Plan nicht mitspielt?

Er spielt mit uns, ja. Dieser perverse Psycho weidet sich an unserer Angst. Das ist sein Spiel!

Es wird immer beschwerlicher, über die umgestürzten Bäume zu steigen, die dem letzten Sturm zum Opfer fielen.

Immer wieder stolpert einer von ihnen über Baumwurzeln. Hunger und Durst steigern die Verzweiflung noch mehr.

»Wisst ihr, wo wir sind, wo wir lang müssen?«

»Sch … still!«, ermahnt sie Frank, der gute fünf Meter vor ihr läuft. Ungeduldig bleibt er stehen und blickt sie scharf an. »Nach Westen«, ist seine knappe Antwort. Ohne sich weiter um Sarah zu kümmern, geht er los.

»Idiot!«, faucht sie ihm hinterher. »Und woher weißt du, wo Westen ist?« Sie schert sich nicht einen Deut darum, ob sie zu laut ist.

Frank ist sofort bei ihr und zieht sie zu sich heran. »Siehst du das Moos an den Bäumen? Das ist Norden, demzufolge ist die Richtung, die wir eingeschlagen haben, Westen. Verstanden?«

»Bist du sicher? Woher weißt du das?«

»Ich habe ein schlaues Buch gelesen. Und jetzt komm!«

»Warum redest du so mit mir?«

»Wie rede ich denn?«

»Als wäre ich ein Stück Dreck!« Unwillkürlich steigen ihr Tränen in die Augen – krampfhaft versucht sie, sie zurückzudrängen.

»Baby, es tut mir leid! Wir sind alle müde.« Er streicht ihr sanft eine Träne von der Wange. »Alles wird gut. Morgen sind wir wieder zu Hause. Versprochen.« Er lächelt ihr aufmunternd zu, nimmt ihre Hand und folgt den anderen, die schon weitergegangen sind.

»Ich frage mich, wo Samuel ist und warum er …«

»Vielleicht haben wir ihn ja abschütteln können. Der Nebel ist ausnahmsweise von Vorteil für uns. Auch wenn Samuel schlau ist, wird er Schwierigkeiten haben, uns zu folgen. Deshalb sollten wir leise sein.«

Seine Worte beruhigen sie – und auch seine Hand, die ihre fest umklammert hält, gibt ihr Sicherheit.

Zumindest für eine Weile.

DREIUNDDREISSIG

Dunkelheit umgibt sie. Erschöpft suchen sie zwischen umgestürzten Fichten Schutz. Irgendwo in ihrer Nähe beschwert sich ein Waldkäuzchen über ihre Anwesenheit.

»Oh Mann, das erinnert mich an diesen Film, da sind sie auch durch den Wald gelaufen und wurden alle abgestochen. Und da war auch … Wie heißt dieser Vogel noch mal?«

Steffi blickt Sarah fragend an.

»Waldkäuzchen. Aber bitte, ich brauch diese Geschichte nicht.«

»Ich auch nicht.« Mit einem tiefen Seufzer zieht Steffi die Kapuze ihrer Regenjacke über den Kopf. Sie sieht zu Sarah hinüber, die sich abmüht, eine halbwegs bequeme Liegeposition auf dem Waldboden einzunehmen.

Sarah spürt Steffis fragenden Blick. »Lass es raus!«

»Okay. Was stand da über mich in der Akte?«

Lange betrachtet Sarah ihre Freundin, wie sie nervös einen kleinen Zweig in winzige Teile zerbricht. »Nichts weiter. Lass uns alles besprechen, wenn wir hier rauskommen. In Ordnung?«

»Nein, ich möchte es *jetzt* wissen. Was ist der Grund, warum bist du auf die Idee gekommen, dass ich dir etwas angetan habe? Weißt du, wie verletzend dieser Gedanke ist?« Sie hebt den nächsten Zweig vom Waldboden auf. »Warum denkst du das von mir?«

Sarah sieht zu den anderen hinüber. Mike und Isabell sind keine zwei Meter von ihnen entfernt und versuchen genau wie sie, es sich so bequem wie möglich zu machen. Frank hat sich vor dem Versteck positioniert, er und Mike wechseln sich mit der Wache ab. Endlich hat sie sich entschieden. Sie rückt näher an Steffi heran. »Ich weiß nicht, wie ich es sagen soll. Du hattest eine Freundin, die schwanger wurde, und du hast sie gestalkt, konntest es nicht ertragen, dass sie keine Zeit mehr für dich und das ausschweifende Partyleben hatte. Stimmt das?«

Selbst in der Dunkelheit kann Sarah sehen, wie sich Steffis Gesichtsfarbe verändert, wie viel Scham, Wut und Entrüstung in ihrem Ausdruck liegen. »Das ist lange her, und so war es gar nicht!«

»Pst, nicht so laut!«

»Als *du* mir gesagt hast, dass du schwanger bist, habe ich mich gefreut«, flüstert sie und greift sich den nächsten Zweig, um ihn in kleine Stücke zu brechen.

Ja, ich erinnere mich. Da war kein Freudengesang!

»Wir sollten schlafen.«

»Sarah, wie soll ich das deiner Meinung nach angestellt haben? Ich hätte diesen Martin oder wen auch immer engagieren müssen. Glaubst du wirklich, dass ich so abgebrüht bin? Und woher sollte ich das Geld haben, um den Typen zu bezahlen?!«

»Sei bitte nicht so laut!«, zischt sie Steffi an. »Ich weiß es auch nicht und im Moment ist es auch nicht wichtig. Wir reden, wenn wir hier raus sind, und jetzt versuch, ein wenig zu schlafen.« Sarah bemerkt, wie Steffis Kinn zittert und sie sich bemüht, nicht laut loszuheulen. Sie tut ihr leid. Tröstend legt Sarah ihre Hand auf Steffis, in der sich noch ein kleines Stück Zweig befindet. Steffi hat recht. Es ist absurd, dass sie es gewesen sein soll. Die ganze Geschichte ist absurd. Trotz oder gerade wegen ihres unvermeidlichen Klosteraufenthalts hat Sarah nie an Gott geglaubt und schon gar nicht gebetet. Doch jetzt tut sie es. Still für sich bittet sie um Hilfe.

Kleine haarige und flinke Beine kitzeln Mike im Gesicht. Genervt reißt er die Augen auf und mit einer schnellen Handbewegung streicht er das achtbeinige Tierchen von seiner unrasierten Wange. Schnell richtet er sich auf und lauscht angestrengt. Als er nichts Ungewöhnliches hört, atmet er erleichtert aus. Verdammt, er würde jetzt sterben für einen ordentlichen Scotch und eine Zigarre – gemütlich vor einem knisternden Kamin oder in einer tropischen Strandbar. Das würde ihm gefallen. Müde und zermürbt lässt er die Luft durch die Nasenflügel entweichen. Bedacht darauf, Isabell nicht zu wecken, rollt er sich umständlich zur Seite und steht auf. Mit einem unterdrückten Stöhnen reckt er seinen verkrampften Körper und späht in die Dunkelheit.

Ungelenk schleicht er zu Frank hinüber, doch schon beim Näherkommen bemerkt er, dass der eingeschlafen ist.

»Alter, das nennst du Wache halten?«, brummelt er vor sich hin. Genervt schüttelt er den Kopf, am liebsten würde er Frank einen ordentlichen Schrecken einjagen. Doch angesichts der Situation lässt er es und entfernt sich von der Runde, um in Ruhe das zu erledigen, was er schon seit Stunden tun muss.

So leise wie möglich stapft er durch den dichten Wald. Immer wieder sieht er sich um, weil er das Gefühl nicht loswird, dass ihn jemand oder etwas verfolgt. Er kommt sich wie ein kleines Kind vor, das in den Keller geht und pfeift, um die Angst zu überwinden. Das mit dem Pfeifen lässt er lieber … Er bemerkt, dass sich die Bodenbeschaffenheit verändert hat, es ist felsiger geworden, und plötzlich steht er an einem Abgrund. Es ist nicht tief, eher ein Felsvorsprung, der ihn hoffen lässt, dass sie bald aus dem Wald herauskommen.

»Yes!« Erfreut über diese Aussicht sieht er sich suchend um und macht weiter.

Danach zieht er erleichtert die Hose hoch und blickt noch einmal über den Felsvorsprung hinweg. Erkennen kann er nichts. Der Nebel hängt in dicken Schwaden über dem Gebiet, und doch ist er überzeugt, dass der Wald hier endet. Das muss er unbedingt Frank erzählen.

Seine Schritte werden schneller, als er die Richtung vom Lager einschlägt. Die Euphorie über einen Weg aus dem Wald beflügelt ihn und lässt ihn unachtsamer werden. Er stolpert und kann sich gerade noch fangen. Jetzt verlangsamt er sein Tempo und heftet den Blick fest auf den Waldboden. Es ist so dunkel zwischen den Bäumen, dass er kaum die Hand vor Augen sieht. Mike verflucht den Tag, als er Samuel am See angesprochen hat. Der Typ wirkte nett und Mike hatte das Gefühl, dass er einsam war. Im Grunde ist er selbst schuld, weil er ihn eingeladen hat, ins Haus zu kommen.

»Scheiße!«, flucht er leise vor sich hin, als sich sein Hosenbein an einem Ast verhakt. Er bückt sich, um den Stoff zu lösen, und hört ein Geräusch: das leise Knacken eines Astes. Mike hält inne und lauscht angestrengt. Nichts außer seinem eigenen Atem, der schneller geworden ist.

»Boah, alter Junge, beruhig dich!«

Und nun hat er es tatsächlich getan: mit sich selbst geredet, um das Böse zu vertreiben. Er reißt an seinem Hosenbein, um freizukommen. Es interessiert ihn nicht, dass der Stoff reißt. Nur schnell wieder zurück zu den anderen.

Die Gestalt sieht er erst, als sie direkt vor ihm steht. Dunkel, ohne Gesicht, ohne Konturen. Instinktiv dreht sich Mike um und rennt planlos davon.

Immer wieder blickt er sich gehetzt um, der Abstand wird geringer. Mike hat den Felsvorsprung erreicht und kommt ins

Straucheln, als er auf der Kante steht. Panisch wägt er ab, was er tun kann. Springen, ohne zu wissen, wie tief es tatsächlich heruntergeht, oder sich Samuel stellen und wie ein Mann kämpfen.

Doch womit? Die Entscheidung wird ihm abgenommen. Mike spürt die Hände auf seinem Rücken, er wirbelt herum, während ein kräftiger Stoß ihn stürzen lässt. Er spürt den Aufprall, hört, wie etwas durchstoßen wird, erst hart, dann weich und glitschig. Der Schmerz folgt Sekunden später, als die Erkenntnis in sein Hirn dringt.

Frank reckt und streckt sich ausgiebig, seine Hand fährt müde über das Gesicht. Er lässt den Blick über die umgestürzten Fichten schweifen, zwischen denen sich Sarah und die anderen versteckt haben, doch er erkennt nur schwarze Umrisse. Leise bewegt er sich auf sie zu und erstarrt, als es hinter ihm im Unterholz raschelt. Sein Körper ist angespannt wie eine Sprungfeder. Blitzschnell dreht er sich in die Richtung, aus der das Geräusch kam. Bereit, sich auf den erwarteten Angreifer zu stürzen. Drei Elche stapfen durch das Dickicht und laufen erschrocken davon, als sie Franks Witterung aufnehmen. Erleichtert atmet er aus.

Dann wirft er einen Blick auf Sarah und erkennt, dass sie wach ist. Er hebt die Hand, um ihr zu bedeuten, still zu sein. Er sieht zum Schlafplatz von Mike und Isabell. Doch Mike ist nicht da, nur Isabell liegt mit angezogenen Beinen auf dem harten Boden.

»Isabell?«, flüstert er, doch sie regt sich nicht. Er berührt ihre Schulter. »Isabell, wach auf!«

Mit einem Satz schnellt sie hoch.

»Wo ist Mike?«

Verwirrt sieht sie Frank an. Der wiederholt die Frage.

Geduckt schleicht er zu Sarah und Steffi. »Mike ist weg. Wir müssen ihn suchen.«

Sarah reibt sich die Augen und späht in den dunklen Wald. »Wollen wir nicht noch einen Moment warten? Vielleicht ist er nur hinter die Büsche gegangen.«

Frank folgt ihrem Blick. »Okay, noch fünf Minuten.«

Die Angst sitzt tief. Und doch schafft Sarah es, sich nur darauf zu konzentrieren, Mike zu finden. So leise wie möglich bewegt sie sich durch den Wald. Immer wieder sieht sie nach rechts und links, um sicherzugehen, dass Frank, Steffi und Isabell in ihrer Nähe sind. Niemand traut sich, Mikes Namen zu rufen, aber auf diese Weise erscheint ihr diese Suche sinnlos.

Frank bestimmt die Richtung, in der sie suchen. Auch er bleibt immer wieder stehen, um sich zu vergewissern, dass sie zusammenbleiben. Plötzlich bückt er sich und streicht über den Boden.

Sarah hastet zu ihm. In der Hand hält er einen Fetzen Stoff, der zu Mikes Hose passt. Ohne ein Wort richtet Frank sich auf und geht stur weiter. Sarah folgt ihm. Sie kann an seiner Körperhaltung erkennen, wie angespannt er ist. Knall auf Fall bleibt er stehen und hebt eine Hand.

»Vorsicht! Hier geht es abwärts.«

»Verdammt, Frank! Wo ist Mike? Ich dachte, du hältst Wache?« Isabells erregte Stimme lässt Sarah frösteln.

Du kennst doch die Geschichte von den zehn kleinen Negerlein, oder?

Samuels Stimme dröhnt in ihrem Kopf. Mit klopfendem Herzen stellt sie sich neben Frank an die Felskante. »Vielleicht ist er gestürzt?« Ohne eine Antwort abzuwarten, brüllt sie laut Mikes Namen.

Entsetzt greift Frank nach ihrem Arm. »Sei still!«, zischt er sie an.

Doch sie ignoriert ihn und ruft aus Leibeskräften noch einmal nach Mike. Isabell und Steffi stimmen mit ein.

»Wartet! Ich glaube, ich hab was gehört.«

Alle lauschen gebannt, und tatsächlich hören sie ein verzweifeltes Röcheln.

»Es kommt von da unten«, flüstert Sarah und schaut zu Frank, der angestrengt in den Abgrund sieht.

»Ich gehe runter. Ihr bleibt, wo ihr seid, und verhaltet euch ruhig!« Besonnen steigt Frank den Abhang hinunter. Er hat Mühe, auf dem Geröll nicht abzurutschen.

»Was ist?«, ruft Sarah. Sie hört nur das Scharren der Steine und Franks leises Fluchen. Ohne eine Antwort abzuwarten, folgt sie ihm.

Frank rutscht den letzten Meter hinunter und wird von einer umgestürzten Fichte aufgehalten. Ihr Stamm ist einen Meter über dem Erdboden zerborsten. Wie ein angespitzter Bleistift ragt etwas empor, worauf Mike aufgespießt ist.

»Mike, kannst du mich hören?« Er macht sich keine Gedanken darüber, ob Mike es kann oder nicht. Was er sieht, lässt ihn erschauern und setzt sein Denkvermögen außer Kraft. Vorsichtig berührt er Mikes Kopf, der schlaff nach unten hängt.

»Mike?«, flüstert er und fährt vor Schreck zusammen, als sein Freund den Kopf hebt und er in dessen blutunterlaufene Augen blickt, die ihn ängstlich anstarren.

Es dauert lange, bis Sarah ihre Stimme wiedergefunden hat. »Oh nein, bitte nicht!« Sie hört hinter sich eine Steinlawine den Hang hinunterrauschen.

»Ist Mike da? Was ist mit ihm?« Isabell rappelt sich auf, als sie unten angekommen ist, und stürmt an Sarah vorbei. Frank will sie zurückhalten. Vergeblich.

»Mike!« Angewurzelt bleibt Isabell stehen, als sie Mikes aufgespießten Körper erblickt. Sein Rumpf ist von dem spitzen Stamm der Fichte durchbohrt. Unwirsch schiebt sie Frank zur Seite, der Mikes Kopf hält.

»Mike, Liebling!« Sie streicht ihm mit bebenden Fingern über die Wange. Es sieht aus, als würde er lächeln. »Wir kriegen das wieder hin. Ich bin jetzt hier, bei dir. Hörst du, Mike?«

Mike öffnet seinen Mund, er will etwas sagen, doch da sind nur Blasen – ein blutiges Gasgemisch. Mehr als ein Blubbern ist nicht zu hören.

»Ich habe dich nicht verstanden, sag mir, was ich für dich tun kann.« Hilflos legt sie ihr Ohr an seinen Mund.

»Frank ...«

»Ja, er ist hier. Alles wird wieder gut, hörst du!«

Sie bemüht sich um einen aufmunternden Ton und lächelt ihn unter Tränen an. Mike reißt die Augen auf, die Augäpfel hüpfen hin und her. Dann verkrampft sich sein Körper in spastischen Bewegungen, bis er in sich zusammensackt.

Als Isabell schrill allen Kummer und Schmerz herausschreit, hält sich Sarah die Ohren zu. Sie hockt sich hin und vergräbt den Kopf zwischen den Beinen.

Du kennst doch die Geschichte von den zehn kleinen Negerlein, oder?

Zu Samuels Worten in ihrem Kopf gesellt sich Franks Stimme, der sich bemüht, Isabell zu beruhigen. Zitternd richtet sich Sarah auf und blickt sich zu Steffi um, die apathisch dasteht. Alles wirkt so surreal, als würde sie einer Inszenierung beiwohnen.

»Sarah, komm und hilf mir – bitte!« Sie wendet sich Frank zu, blickt Isabell an, die sich an Mikes Körper klammert und immer noch ihren Schmerz herausbrüllt.

»Wir müssen hier weg, Isabell. Bitte, lass ihn los! Wir können nichts mehr für ihn tun.« Frank wiederholt immer wieder dieselben Worte.

»Nein! Wir können ihn doch nicht einfach hierlassen ...«

»Doch, das müssen wir.«

Sarah kann sich nicht rühren, auch nicht, als Frank sie nochmals um Hilfe bittet. Sie fühlt sich elend und der Gedanke, dass sie an allem schuld ist, lässt sie nicht mehr los. So wie Isabell es gesagt hat.

VIERUNDDREISSIG

Mit dem Einsetzen der Dunkelheit haben Thomas und Lasse die Suche abgebrochen. Nicht nur die Hunde sind erschöpft. Nach dem Fund der Patronen sind sie der Spur gefolgt, die ihnen die Hunde angezeigt haben. Sie führte weit in den Wald hinein. Thomas war klar, dass die Gruppe gehetzt worden sein musste, anders war das Zickzack-Muster nicht zu erklären.

Lasse hat die Stelle markiert, wo sie zu suchen aufgehört haben, und dann Lisa angefunkt, damit sie kommt, um sie abzuholen. Lasse und Thomas sprechen kaum, beiden ist klar, dass die Chance gering ist, Sarah und die anderen schnell zu finden. Sie hoffen, dass die Polizei eine komplette Hundestaffel bereitstellt.

Der klapprige alte Jeep poltert über die Schotterpiste. Die Scheinwerfer tanzen im Nebel, als Lisa den Wagen so schnell wie möglich zu Kristine manövriert. Thomas starrt in die Dunkelheit, so wie Lasse, völlig gedankenversunken.

Schwungvoll parkt Lisa den Jeep auf dem Parkplatz, wo bereits zwei Wagen der Polizei stehen. Der Laden ist gespenstisch hell erleuchtet. Ein harter Kontrast zu der nebligen Dunkelheit.

Frustriert und mit müden Knochen betritt Thomas den Laden. Sein Blick geht suchend durch den Raum, bis er an Kristine hängen bleibt, die an ihrer Bürotür steht. Sie sieht mehr als bestürzt aus. Ihre Wangen sind gerötet, die Augen wirken leer. Sie winkt ihm zu. Thomas erwidert den Gruß.

»Lasse, kannst du mit den Beamten reden?«

Dieser nickt und spricht die Polizisten an. Thomas ist beeindruckt, wie präzise Lasse sofort zur Sache kommt. Er beobachtet ihn eine Weile, wie er den Beamten auf einer Landkarte, die auf dem Verkaufstresen ausgebreitet ist, zeigt, wo sie gesucht haben. Zufrieden, dass er sich vorerst den Fragen der Polizei entziehen kann, geht Thomas zu Kristine, die immer noch an ihrer Bürotür steht. Sie wirkt aufgeregt.

»Was für eine Geschichte, oder? Komm rein und schließ die Tür.« Sie schüttelt unentwegt den Kopf. Sie sieht aus, als versuche sie mit aller Kraft, die Tränen zurückzuhalten.

»Sag mir, dass ihr sie finden werdet«, presst sie hervor. »Bitte, Thomas, ihr müsst sie finden!« Schluchzend schlägt sie die Hände vor das Gesicht, wird von ihren Gefühlen überwältigt und lässt dann ihren Tränen freien Lauf.

»Wir tun, was wir können.« Thomas legt ihr einen Arm um die Schulter, will ihr Trost spenden. Er weiß, dass er nicht besonders gut Gefühle zeigen kann. Das konnte er noch nie. Verlegen räuspert er sich. »Kristine, gibt es etwas Neues, irgendetwas, das uns helfen könnte?«

Sie wischt sich verstohlen die Tränen von den Wangen. Flüchtig schaut sie zu den Beamten, die immer noch mit Lasse sprechen. »Nur dass die Polizei versucht hat, den Anwalt anzurufen. Aber soweit ich es mitbekommen habe, hatten sie bisher keinen Erfolg.« Sie wühlt in ihrer Hosentasche und zieht einen zerknitterten Zettel hervor. »Hier, das ist die Telefonnummer des Anwalts, vielleicht hast du ja mehr Glück.«

Hin- und hergerissen zwischen Abwehr und Interesse nimmt Thomas den Zettel entgegen. »Das kann ich nicht tun. Ich bin kein …«

»Doch, ich glaube schon. Mein Gefühl sagt mir, dass die Nachricht, die du Sarah und Frank überbringen solltest, etwas mit dieser Geschichte zu tun hat. Es war eine Nachricht von genau diesem Anwalt. Frank sollte ihn anrufen.«

»Wie kommst du darauf?«

Sie atmet tief durch, füllt zwei Becher mit Kaffee und stellt sie auf den Schreibtisch, der für ihre Verhältnisse unordentlich wirkt, und schiebt den Papierkram zur Seite.

»Weißt du, seit dem Überfall vor etwa einem Jahr ist in ihrem Leben alles anders geworden. Wie ich hörte, war Sarah letzten Winter wegen eines Zusammenbruchs in irgendeiner psychiatrischen Klinik. Frank war ganz in sich gekehrt, als er, Mike und Isabell für einen Kurzurlaub hier waren.«

Sie nimmt einen Schluck Kaffee und versinkt in Grübeleien. Dann spricht sie leise weiter: »Ehrlich gesagt fand ich es merkwürdig, dass Frank Urlaub macht, während seine Frau in der Klinik ist. Auf der anderen Seite hatte ich das Gefühl, dass er selber einem Zusammenbruch nahe war.« Seufzend stellt Kristine den Becher auf dem Schreibtisch ab. »Er geht sehr liebevoll mit ihr um. Auch jetzt, obwohl sie meiner Meinung nach nicht mehr die Alte ist, aber das ist ja nur verständlich – nach dem, was mit ihr passiert ist.« Sie atmet schwer und streicht sich fröstelnd über die Arme. »Sie wurde überfallen, vergewaltigt und zusammengeschlagen. Ach, Thomas, sie hat ihr Kind verloren. Darüber wird sie nie hinwegkommen.«

Thomas senkt die Augen. Er weiß nur zu gut, wie sich das anfühlt. Damals hat er nicht nur seine Kollegin und die Frau, die er liebte, verloren, sondern auch ihr ungeborenes Kind. Er schluckt die Erinnerung hinunter und räuspert sich. »Hast du in den letzten Tagen etwas Ungewöhnliches bemerkt?«

»Na ja, wie gesagt, Sarah war anders als sonst … Vor ein paar Tagen war sie mit Frank hier. Er wollte das Festnetz benutzen, um in der Firma anzurufen. Du weißt ja, der Handyempfang ist nicht gut. Ach, ich weiß nicht, wie ich es sagen soll, aber sie war aufgeregt und fragte mich über Sörensens Gast aus. Du weißt schon, diesen Samuel.«

Kristine sieht Thomas an, der mit gespieltem Gleichmut ihren Blick erwidert. »Sie meinte, Samuel hätte mit Steffi angebandelt, und hatte Bedenken, was Samuel betrifft. Irgendetwas schien sie zu beunruhigen, aber ich habe dem nicht genug Beachtung geschenkt. Sie war nervös und versicherte, sie werde mit mir reden, sobald sie wisse, was los sei. Und ich musste ihr versprechen, dass ich Frank nichts über unser Gespräch sage.«

»Hast du das der Polizei gesagt?«

»Nein. Ich weiß nicht, ob das wichtig ist. Außerdem ist dieser Samuel längst abgereist.«

Thomas lächelt, aber das beruhigt Kristine nicht.

»Meinst du, das ist wichtig?«

»Ja, du musst es den Beamten sagen. Jede noch so kleine Information kann wichtig sein.« Er stellt den halb ausgetrunkenen Kaffeebecher auf den Tisch. »Gibt es sonst noch etwas, das dir merkwürdig vorkam?«

»Na ja, an dem Tag war auch Samuel hier im Laden. Er wollte eine Spule kaufen … wie auch immer, Sarah war auf der Toilette und ich im Lager, und als ich zurückkam, haben die beiden miteinander geredet. Sarah sah angespannt aus.« Kristine streicht sich frustriert durch die Haare. »Verdammt, wenn ich nur geahnt hätte, dass …«

»Niemand kann vorhersehen, wie sich die Dinge entwickeln. Mach dir nicht so viele Gedanken. Außerdem ist ja noch gar nicht klar, was mit Sarah und den anderen passiert ist und ob dieser Samuel etwas damit zu tun hat.«

Thomas späht durch das Bürofenster in den Laden. Es sieht so aus, als wäre Lasse mit seinem Bericht fertig. »Wir werden morgen weitersuchen. Wenn dir noch etwas einfällt, sag es mir und der Polizei. Das ist wichtig, du musst ihnen alles erzählen.«

»Ja. Tut mir leid, aber ich bin so durcheinander.«

Thomas erhebt sich und nimmt sie in die Arme. Er spürt ihre Besorgnis – und dann, wie die Anspannung sich langsam löst.

***

Als Thomas ein Holzscheit in den Kamin wirft, lodern die Flammen auf. Lange betrachtet er das Flackern. Er hat kein gutes Gefühl bei dieser Suchaktion. Zu viele Ungereimtheiten. Erst das Verschwinden und plötzliche Auftauchen von Sarah. Und dann das, was Kristine ihm über Sarah, Frank und diesen Samuel erzählt hat. Wie passt das alles zusammen?

Lass es gut sein, misch dich da nicht ein!

Diese Gedanken spuken immer wieder durch seinen Kopf. Er gießt sich ein Glas Wein ein und tigert um das Telefon herum. Zu gern würde er Sörensen über Samuel ausfragen, doch er erinnert sich an die kurze Unterhaltung in Kristines Laden. Sörensen war begeistert von Samuel. *»Der Typ war der erste Gast, der das Haus picobello verlassen hat. Nicht ein Fussel oder ein verdammtes Haar hat er hinterlassen, dafür aber ein ordentliches Trinkgeld.«*

Nachdenklich sieht Thomas zum Telefon, das ihn förmlich anschreit. Er nimmt einen kräftigen Schluck Wein und wählt die Nummer seines ehemaligen Kollegen in Hamburg.

»Hallo, Richard.« Eine lange Pause – dann begrüßt ihn sein früherer Kollege freudig, sehr zu Thomas' Erleichterung, der sich eine Ewigkeit nicht bei ihm gemeldet hat.

»Ich weiß, es ist spät, aber ich brauch deine Hilfe.« Thomas hört im Hintergrund, wie Richards Frau Susanne versucht, die inzwischen drei Jahre alte Tochter ins Bett zu bringen. Es versetzt Thomas einen Stich. Sein Kind wäre jetzt sechs Jahre alt.

»Alles gut bei dir, Thomas?« Thomas umklammert eisern das Telefon, hört Richards Frage, doch er registriert sie kaum. Erst als Richard erneut nach seinem Befinden fragt, antwortet er: »Ja, mir geht es gut. Tut mir leid, dass ich mich so selten melde …«

»Schon gut. Was kann ich für dich tun?«

Die beiden kennen sich gut genug, um gleich zu wissen, was der andere will.

»Bist du mit dem Fall Sarah Winter vertraut?«

»Ja, er ist grad heute bei uns eingegangen. Das ist bei dir in der Nähe passiert, nicht wahr?«

»Ich bin bei der Suchaktion dabei. Aber der eigentliche Grund, warum ich anrufe … Kennst du die Vorgeschichte?« Pause. Thomas weiß, dass Richard mit sich ringt.

»Hm, ich hatte den Fall damals übernommen, und nun habe ich wieder einen Fall auf dem Tisch, bei dem die Dame eine Rolle spielt. Du weißt ja, wie das ist. Ich muss checken, ob es da eine Verbindung gibt zwischen der Sache damals und dem jetzigen Verschwinden.«

»Kannst du mir ein paar Informationen geben?«

»Nein. Thomas, du weißt, das darf ich nicht.«

»Verstehe. Es ist nur … Es könnte unter Umständen für die Suche wichtig sein.«

»Thomas, das kannst du einem Greenhorn erzählen, aber nicht mir. Ich werde dir keine Informationen geben.«

»Ja, ich weiß. Na ja … Einen Versuch war es wert.« Thomas merkt, wie Richard mit sich ringt, aber er weiß auch, dass sein früherer Kollege ein loyaler Mensch ist.

»Wie gut kennst du die örtliche Polizei?«, fragt Richard.

»Sie sind gut, soweit ich es beurteilen kann. Du weißt, ich bin nicht sonderlich erpicht auf Polizeiarbeit, aber das hier ist eine Ausnahme, weil ich die Menschen kenne, die verschwunden sind.« Bei dieser Lüge kneift er die Augen zusammen.

»Also was Persönliches?«

»Ja.« Er kramt in seiner Hosentasche und zieht den Zettel mit der Telefonnummer des Anwalts heraus. »Wie ich gehört habe, kommen die schwedischen Kollegen nicht an den Anwalt der Winters heran. Weißt du etwas darüber?«

»Nein.«

Thomas spürt sofort, dass es Richard sauer aufstößt, denn offensichtlich ist diese Information neu für ihn.

»Gut, vielleicht kannst *du* ja etwas erreichen.« Er gibt ihm die Nummer und berichtet Richard, was er von Kristine weiß. Mit jedem Wort wird sein ehemaliger Kollege aufmerksamer und auch zugänglicher. Er verabschiedet sich von Thomas mit dem vagen Versprechen, sich wieder zu melden, wenn er etwas hat, das weiterhelfen könnte.

Mit einem zufriedenen Lächeln legt Thomas das Telefon zur Seite. »Geht doch!«, murmelt er und geht zum Kamin, vor dem sich Buddy der Länge nach ausgestreckt hat.

»Mein Freund, richtig so, wärm dich auf. Morgen wird ein langer Tag.« Er krault den Hund hinter den Ohren und wird mit einem wohligen Schnaufen belohnt.

FÜNFUNDDREISSIG

Sarah sieht zu dem verhangenen Himmel hinauf. Endlich kann sie eine unscharfe Mondsichel erkennen. Zaghaft löst sich der Nebel auf. Dieser Umstand spendet ihr auf bizarre Weise Trost. Doch nur eine Sekunde später zerbröselt er wie trockenes Brot. Vor nicht einmal einer Stunde hat sie ihren besten Freund verloren. Die Bilder sind so präsent in ihrem Kopf, dass es ihr eine Gänsehaut über den Rücken jagt. Und noch etwas zerreißt ihr fast das Herz: Niemand spricht mit ihr. Keiner teilt ihren Schmerz und will über das reden, was geschehen ist. Isabell hat sich abgekapselt und folgt stoisch dem Weg, den Frank vorgibt.

Sarah versucht, sich in Isabells Lage zu versetzen, und kommt zu dem Schluss, dass sie mit ziemlicher Sicherheit genauso handeln würde. Nichts sagen, keinen Trost oder gar Berührungen annehmen. Dennoch nagt es an Sarah. Zu gern würde sie mit Isabell darüber sprechen, denn sie fühlt sich schuldig. Bedrückt setzt sie einen Schritt vor den anderen.

Die Ebene, die sie überqueren, erweist sich als tückisch. Immer wieder stolpern sie über Baumwurzeln. Offensichtlich wurde auch hier der Wald gerodet. Sie sind müde und ausgelaugt.

»Frank, können wir eine Pause einlegen? Ich kann nicht mehr.« Steffi taumelt neben Frank, der sie verstimmt ansieht.

»Wir müssen weiter, wir können es uns nicht erlauben, auf freier Fläche auszuruhen.« Er deutet auf eine dunkle Wand, die sich im faden Licht des Mondes abzeichnet. »Da ist wieder Wald, dort können wir uns ausruhen.« Ohne auf eine Reaktion zu warten, stapft er weiter.

Als sie den Waldrand erreichen, lassen sie sich auf dem feuchten Boden nieder. Frank zerschneidet einen Apfel mit seinem Messer, das er vorher mit einem Stein geschärft hat, und reicht jeder ein Stück davon. »Kaut langsam, es ist unser letzter Apfel.«

Die Nachricht ist so trostlos wie ihr Schicksal. Sarah riecht an dem Apfel, atmet seinen süßen, frischen Duft ein, bevor sie vorsichtig abbeißt. »Hast du eine Ahnung, wo wir sind?«

Resigniert schüttelt Frank den Kopf. Er atmet tief ein, seine Stimme ist brüchig. »Furchtbar, was passiert ist. Mike ... Ich kann es immer noch nicht fassen.« Er reibt sich über die Augen und schielt zu Isabell, die abseits an einen Baumstamm gelehnt ihr Apfelstück betrachtet. Schweigend legt Sarah ihre Hand auf seinen Arm. Dann fasst sie sich ein Herz und kriecht näher zu Isabell heran, doch diese zeigt keine Reaktion, ihre ganze Aufmerksamkeit ist auf den Apfel gerichtet.

»Ich würde es begrüßen, wenn du mich in Ruhe lässt.«

Sarah erstarrt. Mit allem hat sie gerechnet, aber nicht mit dieser Eiseskälte. Unsicher bleibt sie sitzen.

»Sarah, ist es so verdammt schwer, meinem Wunsch nachzukommen?«

»Um ehrlich zu sein, ja.«

»Verstehe, du möchtest unbedingt dein Beileid ausdrücken. Aber ich möchte es nicht hören, denn hättest du diese Show nicht abgezogen, würde Mike noch leben.«

»Was für eine Show?«

»Du weißt genau, was ich meine ... all die Heimlichkeiten mit Samuel. Wir hätten fahren sollen. Aber du hast nichts dafür getan, dich meiner und Steffis Meinung anzuschließen.«

Sarah kann es nicht fassen. Ist es wirklich so gewesen? Hätte sie das alles verhindern können, wenn sie darauf bestanden hätte, sofort abzureisen?

»So war es nicht! Ihr habt mir nicht geglaubt und wolltet, dass ich mich wie eine Idiotin fühle. Auch Frank und Mike waren überzeugt, dass ich spinne. Ihr habt euch der Meinung angeschlossen.«

Sie ist erregt und wird lauter. »Selbst du hast nicht darauf bestanden, dass wir abreisen. Und ich erinnere mich sehr gut an die Höhle und dieses idiotische Spiel. Den Schuh zieh ich mir nicht an. Und ich erinnere mich an deine Bemerkung. Ja, vielleicht ist es meine Schuld, eure aber genauso. Ihr hättet mir glauben sollen, als ich versucht habe, euch klarzumachen, in welcher Gefahr wir uns befinden.«

Isabell erwidert nichts, sie sieht Sarah nur mit wirren Augen an. »Du mochtest Mike, nicht wahr? Ihr wart ein Herz und eine Seele. Ich bin immer ein wenig eifersüchtig auf dich gewesen. Er hat von dir geschwärmt. Aber im Grunde wusste ich, dass du keine Gefahr für mich bist.« Sie kichert hinter vorgehaltener Hand und beißt in das Apfelstück.

»Weißt du, Sarah, ich habe mir oft vorgestellt, wie es sein würde, wenn Mike tot ist.« Sie betrachtet das angekaute Stück Apfel in ihrer Hand. »Ja, manchmal war der Wunsch so groß, dass ich seinen Tod herbeisehnte, weil ich sein albernes Gehabe nicht ertragen konnte, die Art, wie er Witze machte, oft auf meine Kosten. Und wie er herumschwadronierte, mit dieser widerlichen Zigarre im Mundwinkel. Er war so ein grober Klotz … Ich habe mir dann immer ausgemalt, wie es sein würde, wenn Frank an meiner Seite wäre … klug, gebildet und charmant.« Sie lächelt Sarah an. Ihr Gesicht wirkt im Zwielicht der Nacht wie das einer Verrückten.

»Aber er wollte mich nicht. Damals nicht und auch heute nicht.« Isabell neigt den Kopf und mustert Sarah aufmerksam.

»Du brauchst gar nicht so entsetzt zu schauen, Frank und ich waren mal ein Paar. Lange vor deiner Zeit. Ich musste so lachen, also natürlich nur innerlich, als du ihn bei diesem Spiel in der Höhle gefragt hast, ob er die Frauen kalt abserviert hätte, wenn er sie satthatte.« Sie schüttelt den Kopf und blickt in die Dunkelheit. »Mag sein, dass er die anderen bezahlt hat, damit sie sich von ihm fernhalten, aber mich verließ er unter Tränen. So, jetzt hast du deine Antwort.«

Als Sarah schon glaubt, Isabell wäre mit ihrer Rede zu Ende, fügt sie noch hinzu: »Oh, nicht dass du denkst, ich hätte Mike nicht auch geliebt, doch, das habe ich. Aber Frank war immer in meinem Herzen. Und ich glaube, ihm erging es ähnlich mit mir.«

Abrupt erhebt sie sich und eilt auf Frank zu, der auf die Ebene starrt. »Stimmt doch, Frank!«, brüllt Isabell, als sie sich ihm nähert. »Du wolltest mich nicht, damals. Aber auch du hattest immer Gefühle für mich, nachdem du mich verlassen hast!«

Sofort springt er auf und packt Isabell. »Sei still!« Sein Blick geht gehetzt zu Sarah, die zusammengesunken auf dem Boden kauert, neben ihr Steffi, die tröstend einen Arm um sie gelegt hat.

»Was ist los, Isabell?«, fragt er eindringlich.

»Ich habe Sarah gesagt, dass ich dich liebe.« Tränen rinnen über ihre Wangen. Sie klammert sich an ihn, doch er schiebt sie von sich.

»Das war dumm von dir.«

»Ja, ich weiß. Es tut mir leid. Ich kann das alles nicht mehr ertragen.« Flehend blickt sie ihn an. »Ich fühle mich so schuldig … ich habe ihn betrogen – und jetzt …«

»Schon gut. Ruh dich aus, wir reden später darüber.« Er streicht ihr sanft über die Schulter. Sein Blick geht suchend zu Sarah.

Beruhigend legt Steffi den Arm um Sarahs bebende Schultern. »Was hat dir die Ziege erzählt, das dich so aus der Fassung bringt?«

Während sie zwischen Verachtung und Verletzung schwankt, erzählt sie Steffi, was geschehen ist. Mit jedem Wort, das sie laut ausspricht, wird sie wütender.

»Ich kann es nicht glauben. Mike ist erst seit ein paar Stunden tot und sie sagt mir ins Gesicht, dass sie sich seinen Tod herbeigewünscht hat, weil sie lieber mit Frank zusammen wäre … Fuck! Und die beiden hatten vorher schon ein Verhältnis.«

»Was für eine Heuchlerin. Am liebsten würde ich ihr an die Gurgel gehen.« Steffi springt auf. »Ich werde mir diese Kuh vornehmen.«

Sarah hält sie zurück. »Nein, lass gut sein! Ich will nur eines: so schnell es geht hier weg. Und dann werd ich es ihnen heimzahlen.« Sarah fühlt sich leer und verloren. Sie kennt dieses Gefühl nur zu gut. So ähnlich hat sie sich gefühlt, als sie erfuhr, dass sie ihren Sohn niemals im Arm halten würde, weil dieser Irre sie vergewaltigt und zusammengeschlagen hatte. Schwer atmet sie aus, will sich von diesem Gefühl befreien. Mit entschiedener Geste wischt sie die Tränen aus ihren Augen.

»Ich bin so froh, dass du hier bist, Steffi. Ohne dich würde ich das nicht durchstehen.« Sie kramt in ihrem Rucksack, fördert die dünnen Mappen hervor und hält sie Steffi hin.

»Nimm du sie und bewahr sie gut auf – für den Fall, dass mir was zustößt. Das sind eure Lebensläufe plus die von Samuel und Martin. Die Polizei kann ihn damit überführen …«

»Hast du nicht gesagt, du hättest sie im Haus gelassen?«

»Ich habe gelogen, frag nicht, warum. Ist jetzt egal. Nimm sie. Bitte!«

»Was soll der Scheiß? Du wirst es schaffen, genauso wie ich. Außerdem – was, wenn ich den Löffel vor dir abgebe?«

»Deine Wortwahl ist wieder ganz köstlich.« Ein winziges Lächeln huscht über Sarahs Züge, doch dann wird sie sofort wieder ernst. »Ich habe meine Akte und den Brief von Samuel bei mir.« Sie hält eine Hand auf ihren Bauch. »Er ist zwar gut versteckt, aber doppelt hält besser. Deshalb möchte ich, dass du die Akten bei dir trägst.«

»Aber warum tust du das alles?«

»Weil schon zu viel passiert ist und ich ein ungutes Gefühl habe.« Sie schaut zu der mächtigen Kiefer, an deren Stamm Isabell kauert. Dann kramt sie erneut in ihrem Rucksack und fördert einen Flachmann hervor. »Sag jetzt nichts. Einen Schluck kann ich mir jetzt gönnen.«

»Nein, tu das bitte nicht!«

»Doch, ich halte den Gedanken nicht aus, dass Frank mich so hintergangen hat. Ich schaffe das nicht im nüchternen Zustand.« Sie dreht den Verschluss auf und hält das Fläschchen Steffi hin.

»Nein, ich behalte lieber einen klaren Kopf. Und das solltest du auch.«

Sarah ignoriert Steffis Einwand und leert die kleine Flasche in einem Zug.

»Das war nicht nur ein Schluck, Sarah.«

»Ich weiß, aber es beruhigt mich, und ich möchte nicht mehr denken.« Ein hilfloses Lächeln zeichnet sich auf ihren Lippen ab.

»Versuch zu schlafen. Ich werde bei dir bleiben.«

»Danke, Steffi.« Sarah rollt sich zusammen, der Alkohol wärmt ihren Körper und dämmt ihre Gefühle ein.

SECHSUNDDREISSIG

Noch vor Sonnenaufgang fahren sie zu dem Punkt, an dem sie gestern Abend die Suche abgebrochen haben. Lisa stellt den Motor ab und beobachtet Thomas und Lasse, wie sie den Hunden das Brustgeschirr umschnallen und sich ihre Rucksäcke greifen. Diesmal wollen sie die Suche nicht unterbrechen und – wenn nötig – im Wald übernachten.

»Ich hoffe, ihr findet sie. Meldet euch regelmäßig, damit ich weiß, dass es euch gut geht.«

Lasse nimmt ihr Gesicht in die Hände und küsst sie leidenschaftlich. »Mach dir keine Sorgen. Ich liebe dich und werde vorsichtig sein, versprochen.«

»Jaja, ich mach mir keine Sorgen um dich, sondern um meinen Hund. Du weißt, er liegt mir auch sehr am Herzen.« Sie schenkt ihm ein unsicheres Lächeln und umarmt ihn fest. Dann wendet sie sich Thomas zu. »Bitte tut nichts Unüberlegtes. Es sind nicht einfach Menschen, die sich verlaufen haben, diese Menschen werden gejagt.«

»Ich weiß, Lisa. Wir werden vorsichtig sein.« Er haucht ihr einen Kuss auf die Wange. »Wir melden uns.«

Sie schaut ihnen nach, bis der Wald sie verschluckt hat.

Die Hunde brauchen eine Weile, bis sie die Spur wieder aufgenommen haben. Thomas ist sich darüber im Klaren: Je älter die Spur ist, desto schwieriger wird es. Buddy schnüffelt dicht über dem Boden. Er hat eine Fährte aufgenommen, die ins Unterholz führt. Thomas muss seinen Arm immer wieder schützend vor sein Gesicht halten, um die feinen Äste abzuwehren. Das Licht seiner Stirnlampe tanzt durch das Dickicht, er hat seinen Blick fest auf den Hund gerichtet und alle Gedanken ausgeschaltet. Nur so kann er sich auf die Suche konzentrieren. Plötzlich zieht Buddy an, seine Rute wedelt hektisch. Kurz wendet Thomas den Blick nach rechts, auch Lasse wird schneller.

Beide Hunde steuern aufgeregt zu einer Felsspalte, die in das Innere einer Höhle führt. Thomas hält Buddy an der kurzen Leine und Lasse tut es ihm gleich. Er holt seine Taschenlampe aus dem Rucksack und leuchtet ins Innere der Höhle.

»Ist hier jemand?«, ruft Thomas laut und geht langsam voran, Buddy dicht an seiner Seite, gefolgt von Lasse und Rambo. Das Licht der Taschenlampe flackert durch die kleine Höhle und verharrt auf dem Einwickelpapier eines Schokoriegels. Thomas sieht Lasse an. »Sie haben sich hier versteckt.« Beide Hunde schnüffeln winselnd. »Verdammt! Hätten wir die Suche bloß nicht so früh abgebrochen, vielleicht hätten wir sie gestern hier gefunden.« Verärgert sucht Thomas nochmals jede Ritze der Höhle ab.

»Du weißt, dass du Blödsinn redest, oder? Sieh es positiv, wir sind auf der richtigen Spur.«

»Du hast recht«, brummt Thomas. »Gibst du Lisa die Koordinaten durch? Ach, und frag sie bitte gleich, wann die Hubschrauber kommen.«

Während Lasse die GPS-Daten abliest und Lisa anfunkt, inspiziert Thomas die nähere Umgebung. Zum Glück graut langsam der Morgen. Er mag es nicht, wenn es so finster ist und der Wald so dicht. Während seiner Arbeit beim LKA – aber auch hier in Schweden – hat er schon die eine oder andere böse Überraschung erlebt. Einmal war er mit Buddy unterwegs, um ihn für die Nachtsuche zu trainieren, und ist mitten in ein Rudel Wölfe geraten, die sich um einen Riss balgten. Damals hat er sich nicht auf Buddy verlassen, der ihm deutlich angezeigt hatte, dass etwas nicht stimmte. Er atmet tief durch, um die Vergangenheit loszulassen, tätschelt Buddys Kopf und verlässt die Höhle.

Über ihnen kreisen Krähen, ihre Schreie sind aufgeregt und so verdammt eindringlich. Thomas beobachtet sie intensiv, etwas an ihrem Verhalten ist ungewöhnlich. Sie wirken aggressiver, fordernder als für gewöhnlich. Keine dreißig Meter entfernt stürzen sie sich in den Wald, einige fliegen krächzend auf, um sofort wieder hinabzustürzen.

Je mehr sich Thomas auf die Stelle zubewegt, wo die Krähen landen, desto aufgeregter wird Buddy. Thomas hält ihn kurz und ermahnt ihn, ruhig zu sein. Hinter einem wuchernden Brombeerbusch entdeckt er einen Felsen, auf dem eine Krähe sitzt und Alarm schlägt. Sofort erheben sich die Vögel in die Luft. Vorsichtig bewegt sich Thomas auf den Felsen zu. Er bleibt stehen und lauscht.

Nichts, nur die Krähen, die dicht über ihm fliegen und ihren Unmut kundtun. Besonnen späht er hinter den Felsen und erstarrt.

»Scheiße«, flucht er leise, dann ruft er nach Lasse.

***

An diesem Morgen ist die Luft kühl und ein würziger Duft steigt vom Waldboden auf. Zaghaft fangen die Vögel an zu singen, um den neuen Tag zu begrüßen. Aus der Ferne ist das dumpfe Röhren eines Elchbullen zu hören. Er klingt einsam und bedrückt, genau so, wie Sarah sich fühlt. Sie will nicht nachdenken, sondern einfach nur noch weg von hier. Müde blinzelt sie in die blasse Sonne und richtet sich auf. Ihre Knochen sind steif, sie fühlt sich verkatert. Stöhnend reckt sie die Arme gen Himmel, dann rüttelt sie Steffi wach, die neben ihr liegt.

»Geht's los?«, nuschelt Steffi und schiebt die Kapuze ihrer Jacke vom Kopf. »Gott, ich schwöre, wenn wir wieder zu Hause sind, werde ich einen ganzen Tag nur in der Badewanne verbringen. Ich stinke wie eine Wildsau.« Sie reckt sich ausgiebig. »Wie geht es dir? Hast du schlafen können?«

»Ja, dank meines Schlummertrunks war es erträglich.«

»Damit musst du unbedingt aufhören. Es macht dich auf die Dauer nur fertig.«

»Du sprichst aus Erfahrung, stimmt's?«

»Du kennst mich eben in- und auswendig – dank Samuel.« Angesäuert sieht sie Sarah an. »Wenn alles vorbei ist, werde ich dir erzählen, wie es wirklich war.«

»Steffi, auch ich habe meine Leichen im Keller. Wie jeder von uns.« Sie fährt sich durch die verklebten Locken. »Und weißt du, was? Auch ich werde die Badewanne mindestens einen Tag zu meinem Zuhause erklären.« Sie nimmt Steffi in die Arme und drückt sie fest an sich. »Wir beide schaffen das, und dann beginnt ein neues Leben.«

Verlegen befreit sich Steffi aus Sarahs Umarmung. Für den Bruchteil einer Sekunde ist es unangenehm still zwischen ihnen.

»Also los, Steffi, lass uns aufbrechen und diesem Grauen so schnell wie möglich entfliehen!« Sarah schenkt ihr ein breites Grinsen, das Steffi dankbar erwidert.

»Ja, aber erst muss ich mich mal in die Büsche schlagen.« Sie zwinkert Sarah zu und geht tiefer in den Wald. Sarah atmet lang und tief aus. Inständig hofft sie, dass ihre Freundschaft keinen Schaden genommen hat.

Und wenn sie es ist, die dir das angetan hat?

Nein, nicht jetzt! Sie schämt sich, überhaupt irgendeinen von ihren Freunden in Erwägung gezogen zu haben. Und Frank? Auch dafür schämt sie sich.

Langsam erhebt sich Sarah von ihrem harten Lager und dehnt sich. Aus den Augenwinkeln bemerkt sie Frank, der schleppend auf sie zukommt. Er wirkt reuevoll.

Bitte, nicht jetzt!

Noch bevor er bei ihr ist, dringt ein gellender Schrei zu ihnen. Gemeinsam rennen sie in die Richtung, aus der Steffis Schreie kommen.

»Verdammt, verdammt … Isabell!«

Schlagartig bleibt Sarah stehen, als sie Isabell sieht. Um sie herum hat sich der Waldboden dunkelrot gefärbt. Getränkt von dem Blut, das aus ihrer durchgeschnittenen Kehle geflossen ist. Atemlos sieht sie sich um.

Du kennst doch die Geschichte von den zehn kleinen Negerlein, oder?

Wie angewurzelt steht Sarah da und kann nicht glauben, was sie sieht. Warum hat Samuel das Isabell angetan? Sie kniet sich neben Isabell, berührt ihr Haar, die kalte Wange, blickt in die leblosen Augen. Sarah muss spüren, dass Isabell wirklich tot ist, um das alles nicht für einen bösen Spuk zu halten.

»Wir müssen weiter! Sofort!«, brüllt Frank. »Sarah, sieh mich an! Wir gehen jetzt ganz ruhig weiter. Wir bleiben eng beieinander.« Er hockt sich neben sie, berührt ihre Schulter. »Bitte, Sarah, lass uns gehen! Ich will nicht, dass dir etwas zustößt. Hörst du? Ich will weg von diesem Irren!«

Heftig schiebt sie Franks Hand von ihrer Schulter. »Hast du überhaupt keine Gefühle? Sie war deine Geliebte – und jetzt ist sie tot. Lässt dich das wirklich kalt?«

»Sarah, ich kann nichts mehr für sie tun, aber ich kann dich – uns – hier rausholen. Was jetzt zählt, sind *wir*.« Die Worte klingen eindringlich, der Blick ist kompromisslos.

»Lass mich in Ruhe!«, stößt sie hervor. »Wie kannst du so kalt sein?« Ohne zu überlegen, streift Sarah ihre Regenjacke ab und breitet sie über Isabell aus. Auch wenn sie diese Frau nicht gerade mochte, das hatte sie nicht verdient.

»Komm jetzt, Sarah! Lass uns weitergehen.«

Seine leisen Worte machen sie wütend. Aber er hat recht, sie müssen weiter. Mit gemischten Gefühlen erhebt sie sich und blickt zu Steffi, die zitternd auf dem Boden hockt.

»Steffi, denk dran, wir haben immer noch uns. Wir beide schaffen das! Hast du verstanden?« Steffi nickt apathisch und greift nach Sarahs Hand.

Kopflos hetzen sie durch den Wald, immer Franks Anweisungen folgend. Sie sind müde, aber das Adrenalin lässt sie weitermachen. Sie müssen es schaffen. Das alles darf nicht umsonst gewesen sein.

***

»Was für eine Sauerei ist das nur?« Lasse sieht auf den leblosen Körper hinunter, der ausgestreckt vor ihm auf dem Waldboden liegt. Und obwohl er schon vieles gesehen hat, dreht sich ihm bei diesem Anblick der Magen um. »Die verfluchten Krähen haben ganze Arbeit geleistet. Sieh dir nur das Gesicht an, es gleicht einer Zombiefratze, und die Augen, sie gehen immer erst auf die Augen …«

»Lasse, bitte!« Thomas, der neben dem Leichnam hockt, wendet sich zu seinem Freund, dessen Gesichtsfarbe fahl wirkt. Blass, mit einem Hauch von Gelb. Thomas muss trotz der albtraumartigen Situation schmunzeln, dann konzentriert er sich wieder auf den Toten, betrachtet die Verletzungen, die tiefen schwarzen Augenhöhlen.

Aus seinem Rucksack nimmt er ein Paar Einweghandschuhe und streift sie über. Vorsichtig nimmt er den Kopf in die Hände und dreht ihn auf die andere Seite. Thomas weiß, er sollte das nicht tun, aber Lasse lässt ihn gewähren. Er macht ein paar Fotos von der Gesichtshälfte, die nicht von den Krähen zerhackt wurde.

»Hast du der Polizei alles genau beschrieben? Und … hast du Lisa verständigt?«, fragt Thomas, während er den Toten wieder in die ursprüngliche Position dreht.

»Ja, sie sind mit dem Heli auf dem Weg. Weißt du, wer das ist? Das Gesicht scheint nicht mit einem unserer Vermissten übereinzustimmen.«

»Möglicherweise ein Kollateralschaden? Aber dafür erscheint mir die Todesart zu gezielt. Vielleicht war es derjenige, der hinter ihnen her war?«

»Aber wo sind dann unsere Vermissten? Ich versteh das nicht. Ich meine, wenn sie ihren Verfolger überwältigt haben, dann müssten sie doch hier irgendwo sein?«

»Ich verstehe es auch nicht. Wir sollten weitersuchen, solange das gute Wetter anhält.« Er deutet zum Himmel. »Da braut sich wieder was zusammen.« Schnell tippt er eine Nachricht in das Smartphone und sendet sie samt Foto sowohl an seinen Polizeikontakt Richard als auch an Lisa, damit sie es an die Polizei weiterleiten kann. Thomas ist erstaunt, hier mitten im Nirgendwo Empfang zu haben. Nicht weit entfernt muss ein Sendemast stehen.

»Wie ist er gestorben? Ich meine, was …?«

»Man hat ihm die Kehle aufgeschlitzt. Siehst du all das Blut hier?« Lasse nickt angewidert.

»Es ist nicht so einfach, jemandem die Kehle zu durchtrennen. Man braucht nicht nur das geeignete Messer, sondern auch viel Kraft und das Wissen, wie man die Klinge ansetzt.«

Thomas betrachtet den leblosen Körper. Wer könnte es gewesen sein, wer verfügt über die nötigen Fähigkeiten? Er schaut zu Lasse, dessen Gesichtsfarbe sich langsam wieder normalisiert. »Was denkst du?«

»Ich weiß nicht, vielleicht waren es zwei Verfolger. Vielleicht haben die beiden sich gestritten. Ich glaube …«

»Ich glaube erst mal gar nichts. Wir sollten sehen, dass wir loskommen.« Thomas lässt den Blick noch einmal über den Waldboden gleiten, doch er kann nichts Ungewöhnliches entdecken. Keine Kampfspuren, keine größeren Bodenverletzungen, abgesehen von der Stelle, an der das Opfer zusammengebrochen ist. Er schließt daraus, dass der Mann überrascht wurde. Das sagt ihm auch der Gesichtsausdruck des Opfers. Inständig hofft er, dass sie nicht zu zweit waren und die anderen sich in der Aufregung nur *verlaufen* haben.

»Was ist, hast du noch was entdeckt?«

»Nein.« Thomas behält seine Gedanken für sich, steht auf und kramt die orangefarbene Plane aus seinem Rucksack. Vorsichtig legt er sie über den Leichnam und beschwert sie mit ein paar Steinen. »Das wird weitere Aasfresser abhalten.«

Es geht langsam voran, nicht nur die Hunde sind müde. Thomas weiß, dass sie nicht mehr lange durchhalten werden. Für Buddy und Rambo ist es Schwerstarbeit. Einzig der Wille, Sarah und die anderen zu finden, treibt ihn an. Immer wieder redet er Buddy gut zu.

Das Gelände ist schwer vom Sturm gezeichnet, alle paar Meter müssen sie über umgestürzte Bäume steigen.

»Wir sollten bald eine Pause einlegen, die Hunde werden unkonzentriert!«, ruft Lasse gegen den aufkommenden Wind.

»Ich weiß, nur noch eine halbe Stunde, dann machen wir eine Pause. Okay?«

Lasse reckt den Daumen und treibt auch seinen Hund an weiterzusuchen. Nach ein paar Minuten wird Rambo unruhig.

Beide Hunde haben ihre Nase dicht am feuchten Boden. Gemeinsam beschnüffeln sie einen Platz zwischen zwei umgestürzten Bäumen. Hier scheint sich der Geruch der Gesuchten besonders abgelagert zu haben. Thomas und Lasse schenken dem vermeintlichen Lagerplatz nicht viel Aufmerksamkeit und treiben die Hunde an weiterzusuchen. Thomas hat das Gefühl, die Zeit drängt. Nur mit Mühe schafft er es, Buddy zu folgen, der hektisch erst in die eine, dann in die andere Richtung läuft, bis er schließlich etwas in der Nase hat, dem er folgen kann.

Im Eiltempo geht es durch das Unterholz, bis sie an einer Felskante ankommen. »Verdammt!«, entfährt es Thomas, als er Mikes aufgespießten Körper erblickt.

SIEBENUNDDREISSIG

»Wir müssen eine Pause einlegen.« Sarah hält Frank am Arm fest, der mit stoischem Schritt weitermarschiert.

»Bitte, Frank!« Ruckartig bleibt er stehen und sieht sie aus rot geränderten Augen an.

»Nur eine halbe Stunde«, sagt sie und streicht sich eine feuchte Strähne aus dem Gesicht. »Du brauchst das auch.«

Heftige Windböen zerren an ihren Haaren. Sie finden hinter dicken Fichtenstämmen Schutz. Geschwächt von Hunger, Durst und Müdigkeit, sitzen sie stumm da. Sarah sucht mit ihren Blicken den lichten Wald ab. Immer wieder fragt sie sich, wo Samuel ist. Warum gibt er sich nicht zu erkennen und vollendet sein Werk, indem er sie alle umbringt? Ein unruhiges Kribbeln breitet sich in ihr aus. Noch vor ein paar Stunden konnte sie es erfolgreich zurückdrängen, doch jetzt ist es wieder da und wird stärker. Sie schaut zu Steffi, die neben ihr sitzt, die Beine lang ausgestreckt, den Kopf an den Stamm gelehnt, die Augen geschlossen. Ganz ruhig sitzt sie da. Viel zu ruhig, findet Sarah.

Am liebsten würde ich ihr an die Gurgel gehen.

Steffis Worte schleichen sich in ihre Gedanken, eingehend betrachtet sie die Hände ihrer Freundin, aber da ist kein Blut, nur Schmutz. Hat sie wirklich geglaubt, dass …? Blödsinn!

Außerdem lag sie die ganze Nacht neben ihr. Hätte Steffi sich davongeschlichen, sie hätte es bemerkt.

Sicher?

Nein, sicher ist sich Sarah nicht. Nervös presst sie den Kiefer aufeinander. Diese Gedanken müssen aufhören! Doch schon gleitet ihr Blick zu Frank, der etwas abseits sitzt. So unauffällig wie möglich huschen ihre Augen über seine Kleidung – auf der Suche nach Spuren von Blut oder irgendeinem Anzeichen, dass er Isabell die Kehle durchgeschnitten hat.

»Was siehst du mich so an?«

Sarah zuckt zusammen. »Es ist nichts.«

»Sicher, dass du nicht nach irgendetwas suchst?«

»Ja.« Sie senkt den Blick und hofft, dass die Hitze in ihren Wangen sich nicht als verräterische Röte abzeichnet. Nachdem der Hitzeschwall abgeklungen ist, wagt sie es, Frank erneut anzusehen. Er hat den Blick immer noch auf sie gerichtet. Sie rückt näher zu ihm heran. Seine Nähe zu spüren ist vertraut und stimmt sie traurig. Sie kämpft gegen die Gefühlsverwirrung an, konzentriert sich auf sein Gesicht, erkennt Falten, die sich ihm tief in die Haut gegraben haben. Es tut ihr so leid. Wieder ist da dieses Gefühl, sie sei an allem schuld.

Verflucht, das muss aufhören! Sofort! Ich bin nicht schuld, schon gar nicht an Mikes und Isabells Tod.

Sie holt tief Luft. »Was denkst du, ist Samuel in der Nähe?«

Frank lässt sich mit der Antwort Zeit. »Warum sprichst du nicht aus, was du eigentlich wissen willst?« Er neigt den Kopf, um in ihre Augen zu sehen. »Du fragst dich, ob ich Isabell getötet habe, stimmt's?«

»Hast du?«, fragt sie ihn atemlos.

»Nein!« Er erhebt sich und sieht auf sie herab. »Ich hoffe, du glaubst mir, denn es ist mir wichtig. Damit ich es schaffe, dich hier lebend herauszubekommen. Das ist das Einzige, was für mich zählt.«

Sie steht ebenfalls auf und blickt ihn durchdringend an. »Ich glaube dir und wünschte, ich könnte die Zeit zurückdrehen. Vielleicht wäre alles nicht passiert, wenn ich nur darauf bestanden hätte, nach Hause zu fahren, so wie Isabell …«

»Nein, Sarah! Wir waren es, die dir nicht geglaubt haben, und das ist jetzt die Quittung dafür.« Er räuspert sich und macht einen Schritt auf sie zu. »Ich hoffe, wir beide schaffen es, wieder ein normales Leben zu führen.« Vorsichtig nimmt er sie in die Arme.

Sarah lässt ihn gewähren. Tief atmet sie seinen Geruch ein, der so vertraut ist. Seine Umarmung zu spüren, die so beschützend und angenehm ist, beruhigt sie – und macht ihr zugleich Angst. Denn seine Umarmung ist unduldsam. Und doch fällt eine Last von ihr ab. Er zieht sie noch dichter zu sich heran und küsst ihre Schläfen. Diese Geste berührt sie tief. Langsam löst sie sich aus seiner Umarmung. »Ich danke dir.«

»Wofür?«

»Dass du uns hier rausbringst.«

***

Sarah hat den Blick fest auf den immer steiniger werdenden Boden gerichtet. Als sie aufsieht, wird ihr bewusst, dass sich der Wald lichtet. Endlich! Innerlich jubelt sie. Endlich raus aus diesem Wirrwarr der Orientierungslosigkeit. Sie seufzt erleichtert auf und sieht Steffi an, die neben ihr aufschließt, ihre Miene wirkt verbittert.

»Was ist los?«

»Das fragst du mich? Sieh dich an, du bist ganz handzahm mit Frank, als wäre nichts gewesen. Hast du etwa schon vergessen …?«

»Was meinst du?«

»Ach komm, Sarah! Er braucht nur ein wenig zu säuseln und du glaubst ihm jedes Wort. Ich habe alles gehört, war ja nicht schwer.« Im Vorbeigehen knickt sie einen dünnen Zweig von einem Strauch und bricht ihn ungeduldig in kleine Stücke. »Du bist so auf ihn fixiert, dass mir übel wird.«

»Was soll das?«

»Sarah, er hat dich auf das Übelste betrogen und du klebst an ihm wie eine notgeile Tusse.«

»Steffi, du spinnst! Ich …«

»Hör auf, dich zu rechtfertigen! Mir ist es egal, ich dachte nur, nachdem du dir gestern Nacht die Augen ausgeheult hast, weil er dich schamlos betrogen hat, und das offensichtlich nicht nur einmal, dass du jetzt mal endlich aufwachst. Was ist mit Isabell und Mike? Darüber solltest du dir Gedanken machen. Warum hat es gerade sie getroffen? Und … Ach, vergiss es!« Sie bleibt stehen und starrt Sarah verständnislos an. »Ich überlege schon eine Weile, ob dieser Samuel tatsächlich noch hinter uns her ist. Warum hören oder sehen wir nichts von ihm?«

»Weil er ein perfides Spiel mit uns treibt. Er hat gesagt, dass er einen nach dem anderen tötet, wenn ich ihm nicht den Namen meines Angreifers sage. Ich hoffe, das reicht dir.« Sarah ist wütend – über sich selbst. Denn insgeheim denkt sie das Gleiche wie Steffi, nur dass sie noch nicht den Mut hatte, das laut auszusprechen.

»Ja, das reicht. Aber sieh dich um, Sarah! Wir stehen hier ohne Deckung – und nichts passiert. Denk drüber nach!« Steffi beschleunigt ihren Schritt.

Entgeistert starrt Sarah ihr hinterher.

Ist es wirklich so? Benehme ich mich wie eine Tusse, die alles verdrängt? Ist es das, was Samuel mir sagen wollte? Hat Steffi recht, dass er gar nicht mehr hier ist? Dann …

Sie wirft einen Blick über ihre Schulter und scannt den Wald. Es gibt hier tatsächlich kaum Deckung. Noch einmal lässt sie den Blick über den lichten Wald schweifen, während ein eisiger Schauer sie frösteln lässt.

Finde den Mörder, finde den Menschen, der dir das angetan hat. Er ist in deiner Nähe. Sie schließt die Augen, um klar zu denken. Sie muss die Erinnerungen endlich zulassen, anstatt sie zu verdrängen.

Du bist gut, du hast ein gutes Gespür für Menschen, für Situationen. Das waren Franks Worte. Ja, sie ist gut in solchen Dingen. Verdammt, sie muss sich erinnern. Jetzt!

Ihr Hals ist trocken, ihr Herz rast. Gerüche, Berührungen und Geräusche stürzen auf sie ein … Und dann kann sie seine Wange spüren, seinen Atem riechen. Damals, in der dunklen Gasse, in dem Toilettenraum am Flughafen und in der Hütte … Samuel! Das Herzrasen wird immer stärker.

Nein, das kann nicht sein!

Doch! Die Vermutung, dass Martin es nicht war, bestätigt sich in diesem Moment. Es war Samuel. Aber warum?

Blinde Panik überkommt sie. Ihr wird schwindlig und zugleich ist da der Drang, einfach wegzulaufen. Weg von diesem Albtraum. Sie schreit aus Leibeskräften Samuels Namen, immer und immer wieder. Der Wind trägt ihn fort, noch tiefer in den Wald hinein. Sie kann nicht aufhören, es ist wie eine Befreiung und zugleich die Gewissheit, dass der wahre Feind immer noch bei ihr ist. Denn Samuel antwortet nicht.

»Sarah, beruhige dich!«

Mit gespenstisch geweiteten Augen starrt Frank sie an, der ihren Arm fest umklammert. »Was ist los? Beruhige dich … Hast du ihn gesehen?«

»Nein! Aber ich habe seine Frage beantwortet.«

»Was meinst du damit?«

»Ich habe ihm den Namen genannt, den er hören wollte. Den Namen desjenigen, der mir das angetan hat.« Sie schüttelt seine Hand von ihrem Arm. »Das war es, was er wollte. Ich sollte herausfinden, wer mich vergewaltigt hat, und nun weiß ich es.«

Frank atmet tief durch. »Sarah, bitte fang nicht wieder damit an. Martin war es, und dieser Samuel ist ein Irrer …«

»Blödsinn! Ich muss es wissen. Ich hab es immer gewusst! Aber du hast nicht zugelassen, dass ich mich erinnere!«

Abwehrend hebt er die Hände. »Okay, wenn du daran glaubst und Beweise hast, werden wir dem Ganzen auf den Grund gehen, sobald wir hier raus sind.« Seine Coolness ist aufgesetzt, unsicher späht er über ihre Schulter in den Wald.

»Frank, du brauchst nicht mehr nach Samuel zu suchen. Er ist nicht da.« Lange mustern sie sich gegenseitig, bis sich Sarah von ihm abwendet und auf das offene Gelände zusteuert. Sie streckt ihr Gesicht dem Himmel entgegen. Zu gern würde sie jetzt einen blauen Himmel und hellen Sonnenschein sehen, doch es ist grau und der Wind bläst ihr wütend ins Gesicht, zerrt an ihrem Haar.

»Alles in Ordnung?« Steffi blickt zum Waldrand, wo Frank immer noch unschlüssig steht. »Glaubst du mir jetzt, dass Samuel nicht mehr hinter uns her ist?«

»Ja.« Sarah versucht, Steffis Miene zu ergründen. Was geht in ihrer Freundin vor? »Seit wann hast du das Gefühl, dass er uns nicht mehr folgt?«

Steffi zuckt mit den Schultern und senkt den Blick. »Ich weiß nicht, es war so ein Gefühl. Lass uns endlich verschwinden! Ich will nach Hause.«

***

In der Ferne ist der Helikopter zu hören. *Wuschwuschwusch* dröhnt es vom grauen Himmel. Thomas winkt hektisch mit den Armen, um zu signalisieren, dass er den richtigen Landepunkt hat.

Kaum hat er zur Landung angesetzt, sprintet Thomas auf den Heli zu. Der zuständige Beamte kommt ihm in geduckter Haltung entgegen. Er braucht sich eigentlich kaum zu ducken, denn er ist klein und untersetzt und er wirkt träge. Doch seine Augen strahlen das genaue Gegenteil aus: Sie sind flink und hellwach.

In gebrochenem Schwedisch bemüht sich Thomas, die Situation zu erklären. Doch schnell bemerkt er, dass er nicht weiterkommt. »Kommen Sie, Kommissar Anderson. Lasse wird Ihnen alles berichten.«

Anderson grinst ihn schief an. »Kein Problem, ich spreche Deutsch – vielleicht sogar besser als Sie Schwedisch.« Er zwinkert ihm zu und wird sich wieder der ernsten Situation bewusst. »Entschuldigen Sie bitte.«

»Kein Problem.« Thomas räuspert sich und winkt Lasse zu sich, falls es doch Schwierigkeiten mit der Sprache geben sollte. Er wendet sich wieder Anderson zu. »Übrigens, bei dem Toten hier handelt es sich um Mike Rose, es ist eine der Personen, die gejagt wurden.«

Anderson nickt, legt seine Stirn in Falten und sieht Lasse an, der ihm im Eiltempo die bisherige Situation erklärt.

Während sich Lasse mit Kommissar Anderson unterhält, checkt Thomas sein Smartphone. Kein Signal. »Mist!«, flucht er leise vor sich hin. Es macht ihn wahnsinnig, dass er die Zusammenhänge nicht erkennen kann. Abwartend sieht er zu Kommissar Anderson und Lasse.

»Okay, ich bin im Bilde«, sagt Anderson, sieht Thomas an und wendet sich zum Gehen.

»Warten Sie, Herr Kommissar, eine Frage noch: Haben Sie Neuigkeiten, was die erste Leiche bei der Höhle betrifft? Wissen Sie, wer der Mann ist?«

Irritiert sieht Anderson ihn an, dann räuspert er sich und sucht nach den passenden Worten. »Wir haben noch keine

Bestätigung zu seiner Identität, die deutschen Behörden sind informiert.« Seine Antwort ist kurz und knapp. Thomas ist sich bewusst, dass der Kommissar keine Informationen weitergeben wird, schließlich sind Lasse und er nur ein ziviler Suchtrupp. Aber Thomas spürt auch, wann jemand lügt.

»Ich benötige aber ein paar Informationen, damit ich die Situation besser einschätzen kann. Das erste Opfer wurde eindeutig ermordet, und da hört der Spaß auf.«

Die beiden mustern sich eine Weile, bis Anderson den Blick abwendet. »Okay, ich weiß nur, dass man den Anwalt mittlerweile erreicht hat. Er wollte den Winters mitteilen, dass dieser Samuel ein ehemaliger Mitarbeiter von Frank Winter ist. Er heißt Sascha Weinrich.«

»Keine weitere Info?«

»Die Kollegen sind dran. Aber wie es aussieht, handelt es sich bei der ersten Leiche wohl um Samuel … also um Sascha Weinrich.« Anderson streicht sich durch sein schütteres graues Haar, seine Miene wirkt besorgt. »Ich teile Ihre Einschätzung.« Er sieht Thomas an, der erstaunt wirkt. »Ja, Thomas. Ich denke auch, dass es komplexer ist, als wir dachten, und dass entweder noch ein Komplize dabei ist oder aber …« Wieder streicht er sich durchs Haar, das der Wind unablässig durcheinanderwirbelt.

»Also, wollen wir mal davon ausgehen, dass es sich hier um einen Unfall handelt, dass dieser Mike Rose gestürzt ist und … na ja, dass er von diesem elenden Fichtenstamm aufgespießt wurde.« Er setzt ein krampfhaftes Lächeln auf, nickt Thomas und Lasse zu. »Wenn ich mehr über Sascha Weinrich alias Samuel erfahre, melde ich mich über Funk bei Ihnen.«

Thomas schaut Anderson nachdenklich hinterher und verflucht sich dafür, dass er seinen Ex-Kollegen Richard nicht schon früher kontaktiert hat. Der hätte mit Sicherheit mehr herausbekommen.

»Mist!«, brummt er leise vor sich hin.

»Thomas, entspann dich! Du kannst es nicht ändern. Aber wir suchen weiter und finden die anderen.«

»Ich weiß nicht. Hier geht es nicht darum, ein paar Vermisste aufzuspüren. Hier geschieht etwas, das … ist echt krank.«

»Ja, ich weiß. Aber es gibt immer ein Fünkchen Hoffnung. Das sind deine Worte. Erinnerst du dich?« Lasse blinzelt Thomas zu, geht zu seinem Hund Rambo und muntert ihn auf.

ACHTUNDDREISSIG

Niemand sagt ein Wort, während sie den steilen felsigen Weg entlanggehen. Regen hat eingesetzt, der Wind wird wieder heftiger. Doch Sarah merkt von alledem nichts. Sie ist ganz in Gedanken versunken. Zum ersten Mal fühlt sie sich frei, sie kann sich endlich an das erinnern, was damals mit ihr geschehen ist. Und es erfüllt sie mit Zuversicht, dass sie ihr Leben wieder in den Griff bekommen kann. Sie weiß jetzt, dass Martin nicht der Täter war, der ihr Leben, ihr Kind und ihre Zukunft zerstört hat. Sondern Samuel. Jetzt muss sie nur noch herausfinden, warum er es getan hat. Voller Zuversicht nimmt sie das Unwetter, das um sie herum tobt, kaum wahr.

Sie atmet die feuchte Luft ein. Es riecht nach Moos und Erde. Sie hält inne. Der Duft, der sie gerade so beruhigt hat, verfliegt. Warum wollte Samuel ihr weismachen, dass er Martins Bruder ist? Na ja, vielleicht ist er das ja … Nein, so wie er sich aufgeführt hat, kann sie es nicht glauben. Und was sollte die Geschichte mit den sieben Todsünden? Und die Forderung, dass sie ihm sagen sollte, wer ihr Leben wirklich zerstört hat, wenn *er* es doch selbst war? Ihr Grübeln lässt sie unachtsam werden. Sie rutscht auf einer nassen Felskante aus, ihr Fuß knickt hart zur Seite. Der Schmerz raubt ihr den Atem und treibt Tränen in ihre Augen. Keuchend reibt sie ihren Knöchel, der sich anfühlt, als hätte er Feuer gefangen.

Frank ist sofort an ihrer Seite. »Was ist?« Besorgt kniet er sich neben sie. Sarah hat sich zusammengekauert, wegen des rasenden Schmerzes verkrampft sich ihr Körper.

»Du musst atmen, Sarah! Tief durchatmen, dann lässt der Schmerz nach.« Während sie seinen Anweisungen folgt, schnürt er ihren Laufschuh vorsichtig auf. Sie zieht die Luft durch die Zähne ein, als er den Schuh abstreift.

»Verdammt, ich habe mir den Knöchel verstaucht.«

»Sieht so aus.« Er betrachtet den anschwellenden Fuß. »Wir müssen ihn kühlen. Warte hier und beweg dich keinen Millimeter! Hörst du?«

Sarah nickt und schaut ihm hinterher, wie er die umliegenden Felsen absucht.

»Was ist passiert?« Steffi kniet sich neben Sarah, die ihren Knöchel fest umfasst.

»Ich bin umgeknickt.«

»Das wird wieder.« Steffi hockt sich neben sie und zieht Sarah fest zu sich heran, um sie zu trösten. Sarah weiß nicht, warum ihr Steffis Umarmung gerade so unangenehm ist. Sie fühlt sich besitzergreifend an.

Schwachsinn!

»Was ist?«, fragt Steffi, als Sarah von ihr abrückt.

»Nichts, ich hab nur Schmerzen und jede Berührung ist unangenehm.« Sie sieht zu Frank, der die Regenjacke und den Pullover ausgezogen hat. Er kramt in seinem Rucksack und holt sein Messer hervor – das er von seinem geliebten Vater geschenkt bekommen hat. Sarah runzelt die Stirn und kann den Blick nicht von ihm wenden, während Frank die Klinge durch sein T-Shirt gleiten lässt und großzügig einen Streifen herausschneidet. Er wirkt konzentriert, als er den Stoffstreifen in eine Pfütze taucht.

Sarah bleibt die Luft weg. Sie blickt Steffi an, die es ebenfalls gesehen hat. Steffi springt auf, doch Sarah hält sie am Arm fest. »Nicht jetzt! Setz dich wieder.« Ihr Blick ist gefasst. »Nicht überreagieren. Okay?«, raunt sie ihr zu, als sie bemerkt, dass Frank wieder auf sie zukommt.

»So, jetzt wird es kalt, aber das wird die Schwellung zurückgehen lassen.« Behutsam wickelt er den kalten nassen Stofffetzen um Sarahs Knöchel. Sie zuckt zusammen, als das kühle Nass auf ihre heiße Haut trifft.

»Am besten, du ziehst deinen Schuh gleich wieder an.« Er streift ihn ihr über und zieht die Schnürsenkel fest zusammen. Vor Schmerz stöhnt sie laut auf.

»Entschuldige, aber das muss leider sein. Wenn die Schwellung größer wird, passt du nicht mehr hinein.« Mit einer entschuldigenden Geste streicht er über ihr feuchtes Haar. Sarah weicht seiner Berührung aus und wendet sich Steffi zu, stützt sich auf deren Schulter, um aufzustehen. Frank ist sichtlich irritiert über ihr Verhalten, aber das ignoriert sie. Steffi stützt Sarah, die unsicher wankt.

Frank kniet immer noch vor ihr – wie damals auf der Anhöhe, als er ihr einen Heiratsantrag machte. Schnell wischt sie die schöne Erinnerung beiseite.

»Warum hast du ein Messer bei dir?«

»Ich habe es immer bei mir.« Langsam erhebt er sich und blickt Sarah in die Augen. »Du weißt das. Ich habe es immer bei mir, wenn wir in Schweden oder zu Hause in den Wäldern unterwegs sind.«

»Das mag sein, aber ich frage mich, warum du es nicht früher benutzt hast.«

»Ich verstehe nicht, was du meinst.«

»Du hast den Apfel mit einem scharfkantigen Stein geteilt!«

»Das stimmt nicht. Dazu habe ich mein Messer benutzt.«

»Nein. Ich habe es genau gesehen. Schließlich saß ich direkt daneben.«

»Sarah, bitte! Was soll das?« Frustriert schüttelt er den Kopf. »Ich habe einen Stein genommen, um das Messer zu schärfen.« Resigniert atmet er aus und schaut Steffi an. »Was sagst du dazu? Habe ich mein Messer für den Apfel benutzt oder einen Stein?« Er klingt gereizt.

»Einen Stein.« Ihre Antwort kommt prompt und sie stellt sich dichter an Sarah heran. »Ich hab es auch gesehen.«

Nervös reibt er sich mit einer Hand die Stirn. »Und wenn es so gewesen ist, was es nicht war, was bedeutet das, Sarah?«

Sie schweigt und hält dem bohrenden Blick des Mannes stand, den sie zu kennen glaubt. Doch alles ist anders geworden.

»Warum sagst du es nicht?«, fragt er. »Sag doch, was du denkst, damit wir es hinter uns haben.«

Sie spürt Steffis Nähe, sie fühlt ihren Kampfgeist und lässt sich davon anstecken. »Hast du Isabell … getötet?«, schießen die Worte aus ihr raus. »Und Mike? Warst du das auch?«

Frank schließt die Augen, seine Arme hängen schlaff herunter. Eine unendliche Traurigkeit legt sich über ihn. Umständlich streift er die Regenjacke über, greift nach seinem Rucksack und sieht sie aus müden, gequälten Augen an. »Ich habe Isabell nicht getötet.« Er dreht sich in die Richtung, aus der sie gekommen sind, blickt lange auf den Wald, dann wendet er sich wieder Sarah zu. »Weißt du, auf eine Weise, die ich nicht erklären kann, habe ich Isabell tatsächlich geliebt. Also warum hätte ich sie umbringen sollen? Unsere Affäre war bereits herausgekommen und ich musste mich den Konsequenzen stellen. Ich war bereit, für dich zu kämpfen, weil du die Frau bist, mit der ich mein Leben verbringen will.«

Er schultert den Rucksack. »Und Mike war mein Freund. Ich hatte keinen Grund, ihn zu töten. Deine Gedanken sind absurd und bestürzen, nein, sie kränken mich, und ich weiß nicht, wie ich damit umgehen soll.«

Eben noch war Sarahs Gefühlswelt durcheinandergewirbelt, doch jetzt zersplittert sie in tausend Teile. Sie darf nicht zulassen, dass er sich so einfach aus dieser Sache herauswindet, dazu ist es zu ernst und wichtig für sie. »Du hast nicht nur mich mit Isabell betrogen, sondern auch Mike. Dazu kommt das mit der Firma. Du hast krumme Deals gemacht und ihn nicht eingeweiht. Ich sehe immer noch sein ungläubiges Gesicht, als ich es sagte, als wir dieses blödsinnige Spiel gespielt haben. Es gab viele Gründe, weshalb Mike und Isabell aus deinem perfekten Leben verschwinden mussten.«

»Nur weil dir so ein Irrer etwas zugeflüstert hat, glaubst du ihm alles. Das ist doch … krank. Nein! Nichts davon stimmt! Nur dass Isabell und ich vor deiner Zeit eine Beziehung hatten und dann eine Affäre, die tiefer ging, als sie sollte, während du … Aber ich habe keine, wie du es nennst, krummen Dinger gedreht.« Er geht einen Schritt auf sie zu, bemerkt, wie sie zusammenzuckt und Angst und Unsicherheit in ihre Augen treten. »Sarah, vertrau mir …«

»Wie kann ich das jetzt noch? Du bist der Meinung, dass ich krank bin. Pah! Schon vergessen, dass er, Samuel, uns in unserem Haus eingesperrt hat, dass er uns durch den Wald gehetzt hat? Hast du das vergessen? Nicht ich bin krank, er ist es! Und das alles wäre nicht passiert, wenn du mir zugehört und nicht den verfluchten Prozess vorangetrieben hättest – mit all dem Geld und deiner Macht!«

Er löst den Blick von ihr und wendet sich Steffi zu, sieht sie eindringlich an. »Ich werde uns hier herausbringen.« Wortlos geht er davon.

Fassungslos sieht Sarah ihm nach. »Du bist ein elender Lügner! Wie konntest du mir das antun? Wie konntest du Isabell und Mike das antun?«

All die Ausweglosigkeit liegt in diesen Worten. Er wendet sich nicht um und es trifft sie hart. Niemals hätte Sarah gedacht, dass er sie einfach so stehen ließe. Was soll sie tun? Den Gedanken, dass Frank ein Mörder ist, will und kann sie nicht ertragen. Alles ist anders geworden, da gibt es nichts Vertrautes mehr zwischen ihnen, nur noch eine riesige Kluft, die unüberwindbar geworden scheint.

Samuels Worte drängen sich in ihre Gedanken. *Finde den, der dir das angetan hat.* Und immer noch kann sie die Zusammenhänge nicht erkennen, denn es war doch Samuel! Oder nicht?

Verdammt, was habe ich übersehen?

»Ich kann das nicht glauben.« Es ist nur ein Flüstern, das aus ihrer trockenen Kehle dringt. Sie blickt Frank hinterher, dessen Silhouette sich im zunehmenden Regen immer weiter auflöst. Ihr Herz krampft sich zusammen.

»Frank, warte!«, brüllt sie aus Leibeskräften und humpelt ihm hinterher. »Warte! Ich rede mit dir!« Doch ihre Worte erreichen ihn nicht.

»Sarah, lass es gut sein.« Steffi hält sie am Arm fest. »Ist doch in Ordnung. Jetzt wissen wir, wer Isabell umgebracht hat … und vielleicht auch Mike.«

»Du spinnst!«

»Vielleicht, vielleicht auch nicht. Isabell wurde die Kehle durchgeschnitten … und Frank ist der Einzige von uns, der ein Messer bei sich hat. Und wir beide hatten das Gefühl, dass Samuel …«

»Ja, aber was, wenn unser Gefühl falsch war? Wenn es doch Samuel war und wir uns wie eine hysterische Meute auf Frank stürzen, obwohl er unschuldig ist?«

»Sieh dich um, Sarah! Hier ist offenes Gelände. Wo ist Samuel?«

Sarah schweigt und humpelt Frank hinterher.

Stumm folgen sie Frank, der sich hin und wieder nach ihnen umsieht. Der Weg ist beschwerlich, immer steiler geht es die Hochebene hinauf. Zerklüftete Felsspalten und tiefblaue Seen. Wunderschön, dramatisch und einzigartig, doch niemand hat einen Blick dafür.

Der Schmerz in Sarahs Knöchel ist unerträglich. Ihr Körper verkrampft sich, um den Schmerz auszuhalten. Sie spürt Steffis besorgten Blick, aber auf keinen Fall will sie mit ihr darüber sprechen. Sie möchte nur von hier wegkommen. Erst als Steffi sie überholt und auf Frank zurennt, macht sie eine Pause, wagt es aber nicht, sich hinzusetzen.

»Hey! Weißt du, wo wir lang müssen? Ich hab das Gefühl, dass du uns immer weiter vom Haus wegführst.«

Er bleibt stehen, und ohne Steffi anzusehen, deutet er auf das Tal vor ihnen. »Sieh genau hin, dann erkennst du den See. Und hier, siehst du den Pfad? Das ist ein Wanderweg, und genau den nehmen wir.« Der Pfad ist schmal, zu ihrer Linken geht es steil bergab zu einem dunklen See. Steffi schluckt. Sie wendet ihren Blick von der Tiefe ab und deutet auf den entfernten See vor ihr.

»Dieser See dort vorn kann irgendeiner von den Millionen Seen sein, die es hier gibt!«

»Glaub mir oder lass es bleiben, das ist deine Entscheidung. Ich werde diesen Weg nehmen.«

Steffi hält ihn am Arm fest. »Ich warne dich, Frank! Wenn das eine Falle ist, wirst du es bitter bereuen.« Er stößt sie grob von sich. Steffi taumelt und stürzt zu Boden. Bevor sie sich wieder aufrappeln kann, setzt sich Frank rittlings auf ihren schmächtigen Körper, drückt ihre Schultern auf den felsigen Boden. Panisch gehen Steffis Augen zu dem Abgrund neben ihr. Immer wieder stemmt sie sich gegen Franks festen Griff.

Sarah sieht, wie sich Frank über Steffi beugt, es hat den Anschein, als würden sie miteinander ringen. Alarmiert humpelt sie auf die beiden zu. Sie kann nicht verstehen, was sie sagen, dafür ist sie zu weit entfernt. Steffi schreit und krallt sich an Franks Regenjacke fest, strampelt mit den Beinen, um sich aus seinem Griff zu befreien.

»Frank! Lass sie los!« Sarah ignoriert den verwundeten Knöchel. »Hört auf!«, brüllt sie gegen den Wind, und dann sieht sie das Messer in seiner Hand. Ohne zu überlegen, stürzt sie sich auf ihn.

***

Der Regen macht nicht nur Thomas und Lasse zu schaffen, auch die Hunde haben Schwierigkeiten, die Fährte wieder aufzunehmen. Immer wieder verfolgen sie etwas, um dann abzubrechen und sich neu zu orientieren. Thomas weiß, je länger der Regen anhält, desto geringer werden ihre Chancen. Kommissar Anderson hat versprochen, dass er – solange es die Wetterverhältnisse zulassen – den Hubschrauber in der Luft hält. Thomas hofft, dass sie nicht noch eine böse Überraschung erleben.

Eine Stunde sind sie seit dem Gespräch mit Anderson schon unterwegs – und werden nun immer langsamer. Thomas blickt zu Lasse, dessen Kräfte ebenfalls schwinden. Eine längere Pause würde ihnen guttun, aber auch die Chancen, die Vermissten zu finden, verringern.

Thomas ist so sehr mit seiner Besorgnis beschäftigt, dass er das Anziehen der Leine nicht sofort bemerkt. Fast wäre sie ihm aus der Hand geglitten. Jetzt strömt Adrenalin durch seinen Körper, als er beobachtet, wie Buddy die Nase fest am Boden hält, um auch noch das kleinste Geruchsmolekül zu erfassen. Thomas wirft einen schnellen Blick zu Lasse, der ebenfalls konzentriert seinem Hund folgt.

Doch das, was sie finden, entsetzt sie. »Ich weiß nicht, was hier geschieht, aber diesen Anblick werde ich nie vergessen.«

Angewidert von ihrem Fund, wendet sich Lasse ab.

Thomas untersucht Isabells Leichnam. Er blendet all seine Emotionen aus, während er die klaffende Wunde an ihrem Hals betrachtet. Gern würde er die Lider ihrer Augen zudrücken, denn der Ausdruck darin ist erschreckend. Anders als Samuel wirkt er überrascht.

Stockend richtet er sich auf und wendet sich Lasse zu, der dem Kommissar die Situation über Funk schildert.

Thomas steht nur da und denkt über das nach, was in den letzten Stunden geschehen ist. Er hat in seiner Laufbahn als LKA-Ermittler schon einiges erlebt, darum ahnt er, dass es noch nicht vorbei ist. Buddy schmiegt sich an sein Bein und Thomas ist dankbar für diese Berührung. Sanft streicht er dem Hund über das nasse Fell.

»Du hast einen tollen Job gemacht«, murmelt er und schaut zu Lasse, der sein Gespräch beendet hat und nun offensichtlich eine Strategie ausbrütet. Thomas kennt diesen abwesenden Ausdruck im Gesicht seines Freundes.

»Was denkst du?«

»Ich glaube, wir müssen uns beeilen. Wir sollten die Hunde frei suchen lassen.«

»Ich weiß nicht, ob Buddy schon so weit ist …«

»Bestimmt, außerdem ist Rambo bei ihm.«

Lasse hat recht, alles oder nichts. Thomas hält Buddy noch einmal die Plastiktüte mit Sarahs Shirt vor die Nase, dann löst er die Leine. »Such, Buddy, finde sie!«

Die Hunde stürmen los, orientieren sich, legen ein hohes Tempo vor. Über den Wipfeln der Bäume kreist der Hubschrauber. Thomas hofft, dass Anderson Isabells Leichnam vorerst ignoriert und sich auf die Suche konzentriert. Während er durch den Wald hetzt, blickt er durch die Baumkronen. Der

Hubschrauber mit Anderson folgt ihnen. Erleichtert konzentriert sich Thomas auf seinen Hund, der immer wieder rechts und links vor ihm läuft. Dann haben sie den Waldrand erreicht. Für die Hunde gibt es kein Halten mehr.

NEUNUNDDREISSIG

Drei Tage später

Zaghaft schließt Sarah die Augen, will nur die Wärme und den Frieden spüren, die von der Sonne auszugehen scheinen. Doch sie darf diesen Moment der Ruhe nicht zulassen.

Entspann dich! Alles ist gut, du bist in Sicherheit.

Zu gern würde Sarah das glauben. Immer noch spürt sie den kalten Wind oben auf dem Plateau, den Regen, der ihr ins Gesicht peitscht, und das Gefühl der Machtlosigkeit, als sie sich zwischen Steffi und Frank drängte. Die beiden haben verbissen miteinander gerungen. Den Ausdruck in Franks Gesicht wird sie nie vergessen. Wut und Verbitterung, als wäre er davon zerfressen.

Er hielt das Messer fest umklammert, bemerkte nicht einmal, dass sich Sarah zwischen ihn und Steffi drängte. Frank stieß sie einfach wie ein Wahnsinniger von sich. Und dann rutschte sie aus und stürzte in die Tiefe. Der Aufprall auf dem Felsen war hart. Das ist alles, woran sie sich erinnern kann. Nur noch der Schmerz ihrer gebrochenen Rippe und die Prellungen erinnern sie an das, was passiert ist. Und Steffi … sie wurde eingekeilt zwischen den Felsen im See gefunden. Bewusstlos und unterkühlt.

Sie hört das Zuschlagen der Ladentür und eilige Schritte, die auf sie zukommen. »Ich habe uns Tee gemacht, magst du?«

Sarah blinzelt Kristine zu, die mit zwei Bechern Tee vor ihr steht. »Du bist eine Hellseherin. Ja, ich mag Tee, und besonders, wenn du ihn zubereitet hast.«

Kristine lacht herzlich und setzt sich neben Sarah auf die Bank. »Ist es nicht ein wundervoller Tag?« Zufrieden schlürft Kristine den heißen Tee. »Es liegt schon ein wenig Herbst in der Luft«, sagt sie und legt die Hand auf Sarahs Bein. »Ich bin so froh, dass du neben mir sitzt.« Sie muss sich zusammenreißen, um ihre Tränen zurückzuhalten. Zaghaft lächelt sie Sarah an und sieht in ihr zerkratztes Gesicht. Der Anblick schnürt ihr die Kehle zu. »Geht es dir gut?«

Sarah überlegt lange, bevor sie ihr antwortet. »Ich glaube, ich fange gerade an, mich wieder an das Leben zu gewöhnen.«

»Ich wünschte, ich könnte dir dabei helfen ... Es tut mir so leid, was passiert ist.«

Sarah schließt die Augen. Ja, auch ihr tut es leid, und sie weiß, dass die Vergangenheit sie immer verfolgen wird. Die Frauen schweigen und lauschen den vorbeifahrenden Autos. Die Saison neigt sich dem Ende zu und Sarah wird schmerzlich bewusst, dass Entsetzliches geschehen ist. Und sie hat Angst, allein zu sein.

Schwungvoll parkt ein Pick-up vor ihnen. Kristines Lippen verziehen sich zu einem freudigen Lächeln. »Thomas!«, ruft sie und eilt ihm entgegen.

Sarah bleibt unschlüssig auf der Bank sitzen. Nervös streicht sie über ihre Locken und beobachtet, wie sich die beiden unterhalten. Sie hält den Atem an, als Kristine sie verstohlen über die Schulter ansieht, dann den Blick schnell senkt und aufgebracht am Saum ihres weißen Hemdes nestelt. Sarahs Herz schlägt bis zum Hals. Schlagartig springt sie von der Bank. Ihre gebrochene

Rippe antwortet mit einem stechenden Schmerz. Doch was ist dieser Schmerz gegen das, was Thomas ihr sagen wird?

Mit ausdrucksloser Miene kommt er auf sie zu. Wieder hält sie den Atem an. Unmerklich schüttelt er den Kopf. Tief in ihrem Inneren wusste sie es, aber jetzt …

»Sie haben Frank gefunden?« Ihre Stimme versagt und das letzte bisschen Hoffnung schwindet. »Er ist tot, oder?«, murmelt sie leise, wie zu sich selbst.

»Ja. Sie haben ihn auf dem Grund des Sees gefunden. Er ist ertrunken, er hatte sich offensichtlich bei dem Sturz eine Kopfverletzung zugezogen und …« Er hält inne, als er Sarahs entsetzten Gesichtsausdruck sieht. »Es tut mir leid, Sarah.«

Unschlüssig stehen sie sich gegenüber. Unfähig, etwas zu sagen oder zu tun. Sarah fühlt nichts, da ist nur diese abgrundtiefe schwarze Leere.

»Wollen wir uns setzen?«, fragt Thomas, nimmt ihre Hand und zieht sie auf die Bank neben sich. »Hat Anderson schon mit dir gesprochen?«

Ihre Hand zittert, während sie an ihrem Tee nippt. Sie hat den Blick starr auf den See gerichtet, zu der Stelle auf der anderen Seite, wo ihr Haus steht. Zwischen Birken und Kiefern, die so wunderbar duften.

»Sarah, hat Kommissar Anderson schon mit dir geredet?«, wiederholt Thomas.

»Ja. Er sagte, dass die Gerichtsmedizin bestätigt hat, dass es Franks Messer war, mit dem Isabell und auch Samuel die Kehle durchgeschnitten wurde.« Unaufhörlich dreht sie ihren Becher in den Händen. »Das bedeutet, dass Frank ein Mörder ist, oder?« Plötzlich lacht sie hysterisch auf. Bis jetzt hatte sie immer noch gehofft, dass es nicht so sei.

»Ich verstehe das alles nicht. Warum? Warum hat er Samuel getötet und uns nichts gesagt?« Sie hält inne, kann kaum aussprechen, was sie denkt. »Warum hat er Mike getötet? Das hat er doch auch, oder?« Ihre Augen füllen sich mit Tränen, als sie Thomas ansieht. Es schmerzt sie, denn sein Blick ist Antwort genug.

Thomas wendet den Blick von ihr und betrachtet nachdenklich den See. Kann er ihre Fragen beantworten, darf er das überhaupt? Er zögert.

»Thomas, wenn du etwas weißt, dann sag es mir. Bitte! Nichts ist schlimmer als die Ungewissheit.«

Er sieht in ihre erwartungsvollen Augen. »Also gut. Mein ehemaliger Kollege, Kommissar Richard Molder, ist mit dem Fall auf der Hamburger Seite betraut …«

»Richard Molder?«, unterbricht sie ihn ungläubig. »Er war auch der leitende Kommissar in meinem Fall.«

»Ich weiß, ich habe ihn gebeten, tiefer zu graben, und das hat er jetzt getan. Damals wie heute hat euer Anwalt Hartmut Weiser alles geregelt. Alles hart an der Grenze des Legalen, ohne dass er belangt werden kann oder jemand Verdacht schöpft. Verdammte Anwälte! Die sind nur auf Profit aus.« Mit der Spitze seines Boots kickt er einen Stein über den Parkplatz.

»Entschuldige bitte, ich hatte oft mit diesen Geiern zu tun und hätte nicht gedacht, dass es mich immer noch so aufregt.« Er räuspert sich und lächelt verlegen, als er ihren verständnisvollen Blick bemerkt. »Nun, unter den gegebenen Umständen hatte Richard die Möglichkeit, Weiser unter Druck zu setzen. Ihr wart verschwunden und er wollte euch beziehungsweise Frank eine Nachricht zukommen lassen. Und genau das war der Punkt, an dem Richard ansetzen konnte. Du erinnerst dich, dass Frank euren Anwalt wegen Samuel kontaktiert hatte?«

»Ja, sicher. Weiser hat versucht, uns zu erreichen, bevor wir aus dem Haus geflohen sind …« Sie kneift sich in den Oberschenkel, damit die Bilder in ihrem Kopf sie nicht überwältigen. »Was ist mit dieser Nachricht?«

»Er wollte Frank alarmieren, dass es sich bei Samuel um Sascha Weinrich handelt. Ein ehemaliger Partner deines Mannes.«

Sarah bemüht sich, das eben Gehörte zu verarbeiten, doch es gelingt ihr nicht. »Ich verstehe kein Wort. Wieso Partner?« Sie springt auf, vergräbt die Hände in den Hosentaschen der Jeans, ihre Schultern sind nach vorn gebeugt, der Blick auf den sandigen Boden gerichtet. Doch sie nimmt nichts wahr, keine Autos, die vorbeirauschen, nicht den Schrei des Fischadlers, der sich auf der Suche nach Beute in den See stürzt.

»Was hat das alles zu bedeuten, Thomas?« Sie richtet sich auf und steht direkt vor ihm. »Bitte, ich muss alles wissen. Alles!«

Thomas nickt ihr zu, streicht sich über den Nacken und wünscht sich nichts sehnlicher, als dass er Sarah nie begegnet wäre. Denn der Schmerz, den sie fühlt, ist ihm wohlbekannt. Nie wieder wollte er einen Menschen so leiden sehen. Schon gar nicht eine Frau, für die er etwas empfindet. »Okay, Sarah. Aber ich fürchte, es ist nicht schön, was ich …«

»Egal, ich muss es wissen«, unterbricht sie ihn, obwohl sie merkt, dass es ihm schwerfällt, mit der harten Wahrheit rauszurücken, und er sie am liebsten in Watte packen würde.

»Thomas, wer ist Sascha Weinrich? Ich habe den Namen noch nie gehört, und warum hatte Frank ihn nicht erkannt?«

»Offensichtlich hat sich Samuel das Haar gefärbt, auf alten Fotos ist er blond, außerdem wurden der Mund und die Nasenpartie chirurgisch verändert.«

Sarah nickt abwesend, denn sie weiß nur zu gut, dass Frank sich nie viel Mühe gegeben hat, sich Gesichter einzuprägen und sich mit seinen Mitmenschen zu befassen. »Sprich ruhig weiter … ich schaff das schon.«

»Also gut. Die Firma deines Mannes war offensichtlich gerade erst gegründet und Sascha Weinrich und Frank wollten hoch hinaus. Sascha hatte einen nicht ganz koscheren

Deal eingefädelt, der lukrativ schien und für die Firma den Durchbruch bedeuten konnte. Doch Frank wollte offensichtlich alles für sich behalten. Er entließ Sascha, bevor der Deal abgeschlossen war. Aber der ließ sich nicht so einfach abwimmeln, drohte Frank wohl, die krummen Geschäfte öffentlich zu machen.« Thomas wägt ab, ob er weitersprechen soll. Sarah hat sich neben ihn gesetzt und ihre Hände umklammern die Kante der Bank.

»Das sind alles nur Vermutungen, verstehst du? Wir können niemanden mehr befragen. All das lässt sich aus den spärlichen Aussagen des Anwalts und den bisherigen Recherchen herleiten, die Richard Molder angestellt hat. Frank fingierte offenbar einen Überfall mit Vergewaltigung und beschuldigte Sascha als Täter. Somit hatte Frank zwei Fliegen mit einer Klappe geschlagen. Er war die Frau los, die er satthatte, weil sie sich nicht damit abfinden konnte, und ihn offensichtlich stalkte – und zugleich den Partner, der ihn erpresste.«

Wieder sieht er Sarah an, die sich keinen Millimeter bewegt hat. »Noch ist nicht alles bestätigt. Euer Anwalt beruft sich auf die Schweigepflicht, doch die Gerichtsunterlagen und die aktuelle Befragung des Vergewaltigungsopfers weisen stark darauf hin, dass es sich in etwa so abgespielt hat. Fakt ist, dass Samuel, ich meine, Sascha Weinrich, verurteilt wurde und für drei Jahre ins Gefängnis musste. Anschließend begab er sich in psychiatrische Behandlung. Danach verliert sich die Spur … bis jetzt.«

Thomas beobachtet jede ihrer Regungen. Er kann nur erahnen, wie es in ihr arbeitet, und beschließt abzuwarten.

Sarah greift sich ihren Becher mit Tee, der mittlerweile kalt geworden ist. Sie muss etwas in den Händen haben, woran sie sich festhalten kann. Sie blickt über den See zu ihrem Haus, wo sie so viel Glück erlebt hat. Damals. Es vergeht eine Zeit, dann bricht es aus ihr heraus: »Das bedeutet doch, dass Sascha jetzt *Rache* geübt hat, richtig? Und auch, dass er seinen Rachefeldzug an mir …« Sie hält inne, denn letztlich kennt sie die Antwort. »Er hat mich überfallen und vergewaltigt – genau nach dem Muster, wie Frank es damals inszeniert hat.«

»So stellt es sich dar. Die Ermittlungen laufen auf Hochtouren. Ich denke, sobald du wieder in Hamburg bist, kann dir Richard Molder mehr Informationen geben.«

Sorgsam stellt Sarah den Becher auf die Bank. »Eins versteh ich nicht. Was ist mit Martins DNA? Wie kann das sein?«

Thomas seufzt. Er weiß, dass seine These auf wackeligen Füßen steht. »Es gibt Fotos von ihm und Martin … Erinnerst du dich? Ihr hattet einen Detektiv beauftragt, Martin zu observieren …«

»Das war allein Franks Idee. So wie er immer alles organisiert hat.« Sie klingt böse und verletzt. »Entschuldige, Thomas. Es ist nur …«

»Schon gut. Das verstehe ich, und wenn du möchtest, dann warte, bis du in Hamburg bist, um mit Richard zu sprechen. Das ist vielleicht sogar besser.«

»Nein, ich will es jetzt wissen.«

»Also gut. Es gibt Fotos, auf denen Martin zusammen mit Sascha zu sehen ist. Also … Fotos, die einem bestimmten Milieu zuzuordnen sind.« Verwirrt schaut sie ihn an, versteht nicht.

»Fotos, auf denen Martin und Sascha bei einer Schwulen-Party zu sehen sind, in eindeutigen Posen. Ich denke …«

Sarah hebt die Hand, um ihn zu unterbrechen. Sie will es nicht hören. In ihrem Kopf herrscht Chaos. Fragen, die auf eine Antwort warten. Fragen, die sie schon beantwortet hat und die dennoch auf eine Bestätigung warten. Aber nicht jetzt. Jetzt will sie nichts mehr hören. Ihr Körper fühlt sich dumpf an, losgelöst von der Seele. Sie bemerkt nicht, wie Thomas einen Arm um ihre Schultern legt und sie vorsichtig zu sich heranzieht. Sie fühlt gar nichts mehr.

Eine Ewigkeit sitzen sie dort auf dieser Bank im Licht der herbstlichen Sonne. Sarah löst sich sanft aus seiner Umarmung. »Danke. Ich bin froh, dass ich es nun weiß.«

»Rede mit Richard Molder darüber. Er hat mit Sicherheit mehr Informationen, wenn du in Hamburg bist.«

»Ja, das werde ich. Es wird mir wohl nicht erspart bleiben.« Sie lächelt ihn an, in einer Mischung aus Erleichterung, Resignation und Traurigkeit. Langsam steht sie auf, umklammert mit den Armen fest ihren Körper.

»Steffi wird morgen aus dem Krankenhaus entlassen. Das heißt, wir werden gleich morgen nach Hause fliegen.« Unschlüssig steht sie vor ihm, weiß nicht, wie sie die richtigen Worte finden soll, ihm zu danken. Sie schenkt ihm ein verhaltenes Lächeln und eilt zu Kristine in den Laden.

Die Glocke über der Tür klingelt, als Thomas seine Hand auf die Bank legt, an die Stelle, wo Sarah eben noch gesessen hat.

VIERZIG

Wochen später

Das Hamburger Novemberwetter macht seinem Namen alle Ehre: grauer Himmel und ein fieser Nieselregen, bei dem man nicht weiß, ob es sich lohnt, einen Schirm aufzuspannen. Sarah hat sich dagegen entschieden. Aufgewühlt und durchnässt betritt sie das Café an den Alsterarkaden.

Es ist früher Nachmittag, schnell findet sie einen freien Platz am Fenster mit Blick auf das Fleet. Sie streift sich ihre warme Winterjacke ab und hängt sie achtlos über den Stuhl neben sich. Ihre Augen schweifen über das Wasser, doch auch hier ist alles farblos, selbst die Schwäne wirken grau und verschmutzt.

Sollten die nicht schon längst in ihrem Winterquartier sein? Fangen sie die nicht ein und betüddeln sie?

Sarah erinnert sich, irgendwo gelesen zu haben, dass die Vögel wegen des heißen Sommers frühzeitig ins Quartier umgesiedelt wurden. Stirnrunzelnd wendet sie sich der Speisekarte zu. Es sind nur unnütze Gedanken, um sich von dem abzulenken, was sie gerade beschäftigt – nach dem Treffen mit Kommissar Richard Molder. Es fällt ihr schwer, sich auf die Speisekarte zu konzentrieren.

»Was darf ich Ihnen bringen?«

Sarah sieht auf und blickt in ein Gesicht, das exakt der gleiche Bart ziert, den Frank trug. Sofort bekommt sie schweißnasse Handflächen. Wie paralysiert starrt sie den jungen Mann an, der freundlich lächelt.

»Entschuldigen Sie.« Sie blickt auf die Speisekarte, und doch sieht sie nicht, was dort steht. Schließlich entscheidet sie sich für Apfelkuchen und Kaffee.

»Vielen Dank, eine gute Wahl«, säuselt der Kellner und mit einer leichten Verbeugung schreitet er aus ihrem Sichtfeld.

Sarah lässt den Blick über die wenigen Gäste schweifen, krampfhaft bemüht, ihre Gedanken zu ordnen. Sie bemerkt eine Frau, die beim Lachen den Kopf in den Nacken legt. Sie erinnert sie an Kristine. Ein Schmunzeln umspielt ihre Lippen. Kristine. Sie war so besorgt und fürsorglich während der Zeit, als Sarah bei ihr war. Nach der Tragödie. Ihr schlechtes Gewissen meldet sich, sie sollte Kristine anrufen. Und wieder verdrängt sie das, was sie eigentlich am meisten beschäftigt. Hat sie nichts gelernt? Und dann lässt sie es zu. Hört in ihrem Kopf Molders Worte: *»Sascha Weinrich – oder Samuel – hat Sie und Ihren Mann über Jahre hinweg beobachtet. Wir haben viele Beweise in seiner Wohnung sichergestellt.«*

»Hier sind Ihr Apfelkuchen und der Kaffee.«

Sarah schenkt dem Kellner ein Lächeln, ohne ihn anzusehen. Gedankenverloren tut sie Milch und Zucker in die Tasse.

»Entschuldige die Verspätung.« Steffi beugt sich zu Sarah hinab und begrüßt sie mit einem Kuss auf die Wange. »Im Studio war die Hölle los. Ich kann dir sagen, manchmal verfluche ich diese verdammte Modewelt, die Agenturen, die Models … ach, einfach alles.« Schwungvoll lässt sie sich auf dem Stuhl gegenüber nieder. »Du solltest auch wieder anfangen, dich um deinen Job zu kümmern. Du bist so erfolgreich und ich weiß, dass du haufenweise Anfragen bekommst. Du musst dich wieder fangen. Das sagt auch dein Agent.«

Verblüfft starrt Sarah Steffi an. »Du hast mit meinem Agenten gesprochen?«

»Ja, warum nicht? Er fragte, wann er wieder mit dir rechnen kann, schließlich bist du seine beste Fotografin …«

»Ich bin noch nicht so weit. Und im Grunde weiß ich nicht mal, ob ich jemals wieder den Job machen will«, unterbricht sie Steffi. »Warum mischst du dich da ein?«

»Entschuldige, aber ich sorge mich um dich. Ich meine es gut.« Gekränkt lehnt sich Steffi in ihrem Stuhl zurück. Schweigend betrachten sie den Nieselregen, vor dem die Passanten mit eingezogenen Köpfen unter den Arkaden Schutz suchen. Steffi zupft am Blatt einer Rose, die in einer schlanken Vase auf dem Tisch steht. Mit ihren Nägeln bohrt sie kleine Löcher in das Rosenblatt, bis es ganz zerfleddert aussieht. »Tut mir leid«, murmelt sie leise.

Für einen winzigen Moment weiß Sarah nicht, ob sie oder das Rosenblatt gemeint ist. »Schon gut. Ich steh grad ein wenig neben mir.«

»Was ist denn los?«

»Ich komme von Kommissar Molder.«

»Ach ja! Verdammt, das hab ich total vergessen. Wie war es?« Steffi legt ihre Hand auf Sarahs.

»Sehr erhellend und … auch sehr brutal.«

»Magst du es mir erzählen?«, fragt Steffi, während sie dem Kellner zuwinkt. Dann wendet sie sich wieder Sarah zu, die sich mit verschränkten Armen zurücklehnt.

»Was gibt es Neues?« Steffi lehnt sich ebenso wie Sarah zurück und betrachtet aufmerksam ihre Freundin.

Der Kellner kommt an den Tisch und Steffi ordert ebenfalls Apfelkuchen und Kaffee. Wieder verbeugt er sich formvollendet, bevor er den Tisch verlässt. Steffi schaut ihm irritiert nach. »Komischer Kauz.«

»Ist doch nett.«

Steffi kneift die Augen zusammen. »Okay, erzähl! Was war los? Du bist ja völlig durch den Wind.«

»Eigentlich gibt es gar nicht viel Neues, es ist nur immer noch sehr belastend. Sascha … Oh, verflucht! Ich kann mich nicht an diesen Namen gewöhnen, er ist und bleibt Samuel für mich.« Frustriert beugt sie sich vor und schiebt den Apfelkuchen zur Seite. »Der Mistkerl hat es geschafft, sich das Sperma von Martin zu besorgen, um es mir … Er hat sich offensichtlich von ihm vögeln lassen und das Kondom … Na ja, er hat Martins Sperma mit einer Spritze oder so irgendwie in mich hineinbefördert.« Sarah spuckt die Worte förmlich aus. Ekel erfüllt sie.

»Fuck! Wie pervers ist das denn?«

»Ja, laut Gutachten seines Psychiaters litt er an einer schweren Persönlichkeitsstörung, wie ich es verstanden habe, war er quasi psychopathisch veranlagt. Er hat sich mit Martin angefreundet und alle Informationen gesammelt, die er brauchte, um mich und euch durch die Hölle gehen zu lassen. Martin wuchs tatsächlich so auf, wie Samuel es beschrieben hat. Die Gläubigkeit der Mutter und die Brutalität des Vaters …« Sarah fährt sich hektisch durch die Locken. »Und diesen Scheiß mit den sieben Todsünden hat er einfach dazugedichtet. Dieser verdammte Psycho! Er wollte Rache an Frank, und ich war nur ein Bauernopfer! Im Grunde bin ich froh, dass Frank ihm die Kehle durchgeschnitten hat!« Sie merkt nicht, wie laut sie spricht – und wie still es im Café geworden ist. »Aber am meisten regt es mich auf, dass ich immer geahnt habe, dass Martin nicht der Täter war. Es ist meine Schuld, dass er sich erhängt hat. Niemand hat ihm geglaubt, als er seine Unschuld immer wieder beteuerte. Und das nur, weil ich zu feige war und mich habe einlullen lassen von Frank und diesem bescheuerten Anwalt. Der hat die Tatsache, dass Martin schwul war, einfach verschwiegen, damit er verurteilt wird, weil Frank darauf drängte, die Angelegenheit so schnell wie möglich vom Tisch zu bekommen!

Weißt du, was ich denke? Frank hat das Muster seiner eigenen Tat wiedererkannt. Daher wollte er um jeden Preis verhindern, dass jemand tiefer gräbt und die alte Geschichte rauskommt. Ich könnte schreien, wenn ich darüber nachdenke, und dieser Anwalt hat mitgespielt!« Wild streicht sie sich ihre Locken aus dem Gesicht. »Frank hat uns alle im Glauben gelassen, dass es Samuel war, der Mike und Isabell getötet hat, dabei war er es … nur um … um sich wie immer elegant aus der Affäre zu ziehen! Er wusste, wer Samuel wirklich ist. Dennoch frage ich mich die ganze Zeit, wieso Isabell?«

Sie holt tief Luft und realisiert die Stille um sich herum. Kampflustig taxiert sie jeden Gast und ist höchst zufrieden, als sie registriert, wie die Menschen schnell ihre Köpfe senken und leises Murmeln den Raum erfüllt. Ihre Hand zittert, als sie die Tasse anhebt und einen Schluck lauwarmen Kaffee trinkt. Vorsichtig stellt sie die Tasse wieder ab.

Sie blickt Steffi an, die sie aus glasigen Augen anstarrt. »Steffi, ich vergesse immer wieder, dass auch du durch die Hölle gegangen bist.« Sie legt die Hand auf Steffis, die gerade wieder zu der Vase mit der zerfledderten Rose geht.

Steffi lächelt vage, als Sarahs Hand sie berührt. »Ich habe immer noch Albträume, wenn ich zurückblicke auf das, was geschehen ist.« Sie senkt den Blick.

»Tut mir leid, Steffi, geht mir genauso, vor allen Dingen, wenn ich die Bilder vor mir sehe, wie du und Frank miteinander gerungen habt. Ich hatte so eine Angst … Ich frage mich immer noch: Was ist passiert?«

»Ich weiß es nicht mehr. Er hatte ein Messer und wollte es mir in den Körper rammen … ich erinnere mich nur noch, dass du dich zwischen uns geworfen hast, aber er ließ nicht von mir ab und … ich kann mich nicht genau erinnern. Wir sind in die Tiefe gestürzt und ich landete im See.« Steffi sieht Sarah mit leerem Blick an. »Ich weiß es doch auch nicht so genau, ich lag im

Wasser und sah mich um, doch Frank war nirgends zu sehen. Das sind meine spärlichen Erinnerungen, bevor ich ebenfalls das Bewusstsein verlor.« Steffi schluckt den trockenen Kloß in ihrer Kehle herunter, ihre Augen füllen sich mit Tränen. »Es tut mir so leid, dass ich für Frank nichts tun konnte …«

»Schsch, mir tut es leid, dass du das erlebt hast. Bitte nicht weinen.« Sarah streicht mitfühlend über Steffis Hand.

Schweigend hängen sie ihren Gedanken nach. Nach einer Weile fasst sich Sarah ein Herz und sagt: »Ich habe mir all die Fotos angesehen, die dieser Samuel gemacht hat. Er hat in einem Zimmer seiner Wohnung Fotos von mir, Frank, unseren Freunden und noch anderen aus unserem Umfeld an den Wänden drapiert. Widerlich! Und all das nur, um es Frank heimzuzahlen.«

Steffi reibt sich den Arm, offensichtlich schockiert. »Weißt du, mir ist schon klar, dass die Welt nicht nur aus normal tickenden Menschen besteht, aber das ist wirklich abartig.« Sie greift über den Tisch, um auch noch das letzte intakte Rosenblatt zu bearbeiten.

»Was passiert jetzt?«

Sarah zuckt mit den Schultern und atmet deprimiert aus. »Wie mir Molder mitteilte, werden sie den Fall in den nächsten Tagen abschließen.« Sie lacht hysterisch auf und schüttelt energisch den Kopf. »Den Fall … wie sich das anhört. Als ob man einfach einen Deckel drauftut und alles ist vergessen und vorbei. Aber was ist mit mir? Oder mit dir? Denn schließlich hast du den ganzen Albtraum auch durchlitten und bist am Ende fast gestorben.«

Sarah stützt den Kopf auf ihre Hände, sie hat Mühe, die Tränen zurückzuhalten. »Was ist mit den unschuldigen Opfern, Mike, Isabell? Oh, ich weiß, das war Frank, aber es wäre nie passiert, wenn dieser Samuel nicht so ein Irrer gewesen wäre und alle gegeneinander aufgehetzt hätte …«

»Hör auf, Sarah! Das bringt alles nichts, sich ständig den Kopf darüber zu zerbrechen, mit all dem *›Was wäre, wenn?‹*. Wir leben, und wir haben eine Zukunft.« Sie reicht Sarah eine Serviette, damit sie ihre Tränen trocknen kann. »Lass uns nach Hause gehen.«

Sarah schnäuzt sich geräuschvoll und streicht hektisch eine Locke hinter das Ohr. »Du hast recht. Ich sollte mich mehr auf die Zukunft konzentrieren.«

EINUNDVIERZIG

Vorsichtig balanciert Steffi eine Teetasse von der Küche in Sarahs Schlafzimmer. Ihre nackten Füße geben auf dem Parkettboden ein leises *Platschplatsch* von sich. An dem großen Spiegel im Flur bleibt sie stehen und betrachtet sich aufmerksam. Vielleicht hätte sie den Pyjama gegen Tageskleidung austauschen sollen. Ach was, schließlich wohnen die beiden jetzt zusammen in Sarahs wundervollem Haus. Und es fühlt sich richtig gut an. Sarah hat sofort zugestimmt, nachdem sie wieder in Hamburg waren. Sie waren beide verstört und hatten Angst, und jetzt ist es eine wunderbare WG.

Steffi lächelt ihrem Spiegelbild zu, klopft an Sarahs Schlafzimmertür, und ohne eine Antwort abzuwarten, schlüpft sie hinein.

Lächelnd steht sie vor Sarahs Bett und betrachtet ihre Freundin, die im Schlaf tief und gleichmäßig atmet.

»Sarah, aufstehen! Es ist ein wunderbarer Morgen. Die Sonne lacht vom strahlend blauen Novemberhimmel. Eine Seltenheit.«

Sarah wälzt sich schlaftrunken in ihrem Bett und reibt sich müde die Augen. Sie sieht nur die Teetasse und ist plötzlich hellwach. »Was …? Was ist, Frank? Müssen wir schon los?«

»Ich bin es, Steffi. Wach auf!« Brüsk stellt Steffi die Tasse auf den Nachttisch. »Ich hab dir Tee gemacht, so wie du ihn magst, mit Milch und viel Zucker.«

Irritiert blinzelt Sarah und schaut auf die Tasse neben sich. »Danke dir … Gott, ich hab so einen Mist geträumt.«

»Ja, offensichtlich. Du hast mich Frank genannt.«

»Oh, tut mir leid.« Sie bemerkt Steffis angesäuerten Gesichtsausdruck. »Danke für den Tee.« Sie nimmt einen Schluck und lächelt. »Hm, der ist wirklich gut.« Erleichtert und auch unangenehm berührt bemerkt sie, wie Steffi sich entspannt.

»Schön, das freut mich. Ich habe heute frei, wollen wir was unternehmen?«

»Tut mir leid, aber ich hab einen Termin.«

»Was für einen?«

»Steffi, bitte!«

»Schon gut, ich halte mich an die Abmachung … keine Fragen, jeder macht sein Ding.« Sie zwinkert Sarah zu und stolziert summend zur Tür. »Ich werd ins Kino gehen. Ja, und zwar seh ich mir drei Filme hintereinander an.«

»Drei! Ist das dein Ernst?«

»Jup, das wollte ich schon immer mal machen. Also bis später irgendwann.« Leise schließt sie die Tür und lässt eine verwunderte Sarah zurück.

Das Haus ist still. Das gefällt Sarah. Sie schmiegt sich an die weiche Rückenlehne des roten Samtsofas und wartet darauf, dass ihr Laptop hochfährt. Ohne Eile zieht sie ihn über den gläsernen Couchtisch zu sich heran, auf dem Bildschirm ist immer noch ein Foto von ihrem Haus in Schweden zu sehen. Irgendwann muss sie es löschen, doch startet sie eine Internetsuche.

Während sie durch die Ergebnisse scrollt, nippt sie an einem frischen Tee. Der von Steffi war viel zu süß. *Warum habe ich ihr nicht gesagt, dass mir der Tee nicht schmeckt? Will ich es schon wieder jedem recht machen?*

Der Tee, den sie zubereitet hat, schmeckt bitter, genauso, wie sie sich gerade fühlt. Bitter und gemein. Sie ignoriert ihre Gedanken und konzentriert sich auf die Ergebnisse, die Google ausspuckt. Wird fündig. Tut sie das Richtige?

Das Telefon in ihrer Hand wiegt Tonnen. Sie wirft einen letzten Blick auf den Artikel, der über sieben Jahre alt ist und in dem ihre Freundin Steffi die Hauptrolle spielt.

»Hallo? Ja, ich hätte gern die Nummer von Saskia Petersen in Harburg.«

Es dauert keine zehn Sekunden, und die Nummer wird ihr angesagt. Eilig notiert Sarah sie auf dem Notizblock, als sie hinter sich ein Geräusch hört.

»Ich bin es nur. Hab doch glatt mein Portemonnaie vergessen.« Steffi lächelt sie breit an. »Oh, entschuldige! Ich wollt dich nicht erschrecken.« Ihr Blick wandert von Sarahs entsetztem Gesicht zum Laptop. »Alles in Ordnung?«, fragt sie immer noch lächelnd.

»Ja, alles gut. Hast du es gefunden?«

Steffi hält es in ihren Händen. »Ja, ich hatte es im Flur liegen lassen. Also, bis später und viel Spaß, was auch immer du tust.« Fröhlich rauscht sie aus dem Wohnzimmer.

Auf Sarahs Stirn haben sich Schweißperlen gebildet und verstärken ihr Gefühl, eine miese Lügnerin zu sein.

ZWEIUNDVIERZIG

Mit verschränkten Armen steht Sarah vor den bodenlangen Fenstern und sieht in die Dämmerung. Es hat angefangen zu schneien. Ein Glücksgefühl durchflutet ihren Körper, sie mag Schnee. Ihr ist klar, dass er nicht liegen bleiben wird, es ist immer noch November, und der ist wankelmütig, was das Wetter angeht.

Entschieden zieht sie die schweren goldfarbenen Samtvorhänge zu und dreht sich gemächlich ihrem Besucher zu.

»Entschuldigen Sie, Herr Stein. Was sagten Sie gerade?«

»Ob Sie wirklich sicher sind, dass Sie das Haus verkaufen wollen. Ich würde mich natürlich freuen – die Immobilie ist ein Traum. Der Blick auf den wunderbar angelegten Garten, die Nähe zur Elbchaussee und dann das Haus selbst …«

»Ich bin mir sicher«, unterbricht Sarah ihn. Sie hat keine Lust auf das Geschwafel, sie weiß sehr wohl, dass es nicht lange dauern wird, bis er es verkauft hat. »Setzen Sie bitte so schnell wie möglich den Vertrag auf und verkaufen Sie es an Menschen, die Sinn für Gartenarbeit haben. Das ist das Einzige, was mir am Herzen liegt.«

»Selbstverständlich.« Stein erhebt sich vom Sofa und lässt den Blick noch einmal durch das Wohnzimmer schweifen. »Wirklich gemütlich.«

Sarah lacht wehmütig auf. »Ja, ich hab mich hier immer wohlgefühlt.« Sie erkennt die Fragezeichen in Steins Gesicht und auf keinen Fall will sie weitere Erklärungen abgeben. Stattdessen streckt sie ihm die Hand entgegen. »Ich danke Ihnen, dass Sie sich darum kümmern werden.«

Sie geleitet ihn zur Haustür, die gerade aufgestoßen wird. Steffi blickt verwundert von Sarah zu Stein.

»Hallo, Steffi, das ist Herr Stein«, begrüßt Sarah ihre Freundin. »Herr Stein, das ist meine Mitbewohnerin Steffi Hansen.« Steffi ergreift Steins ausgestreckte Hand und sieht Sarah fragend an, doch diese bleibt stumm.

Nachdem Sarah den Makler verabschiedet hat, geht sie in die Küche, um das Abendessen zuzubereiten, obwohl der Hunger sich in Grenzen hält. Steffi folgt ihr und Sarah kann Steffis Unruhe sofort spüren.

»Wer ist das?«

»Ein Makler.«

»Und was soll er vermakeln?«

Sarah öffnet die Kühlschranktür und sucht nach dem Champagner. Sie hat lange keinen Alkohol getrunken, doch jetzt hat sie Lust darauf.

»Trinkst du ein Glas mit mir?«

»Bist du sicher, dass du das wirklich willst?«

»Hundertprozentig.«

Der Korken knallt gegen die Decke und Sarah juchzt auf. Sie füllt die Gläser, ignoriert Steffis missbilligenden Blick und reicht ihr ein Glas. Ihr eigenes erhebt sie mit theatralischer Geste. »Ich werde dieses Haus verkaufen, mich von der Vergangenheit lösen und mir was Kleines, Schnuckeliges auf dem Land suchen. Mit einem Garten, in dem ich mein Gemüse anpflanzen kann und …«

»Du bist verrückt! Was willst du auf dem Land?«

»Leben. Einfach nur …«

»Was ist los mit dir?«

»Wieso, was ist daran so verkehrt?«

»Weil du flüchtest – vor deiner jüngsten Vergangenheit.«

Sarah lacht laut, nimmt einen Schluck prickelnden Champagner und stellt das Glas auf den Küchentisch.

»Steffi, ich flüchte nicht, ich will ein neues Leben beginnen. Niemals werde ich vergessen, was passiert ist. Glaub mir, ich habe immer noch die Bilder im Kopf, all das Blut …«

Sarah hält inne, denkt daran, dass sie den Anruf nicht getätigt hat, weil sie es nicht über sich brachte. Jetzt überlegt sie, ob sie Steffi nach ihrer Vergangenheit fragen soll, um auch noch das letzte Kapitel abzuschließen.

»Was ist, warum siehst du mich so an?«

Sarah schüttelt den Kopf und füllt ihr Glas aufs Neue. »Nichts, es ist nichts.«

»Du solltest nicht trinken …«

»Steffi, ich weiß.« Mit einem tiefen Seufzer kippt sie den Champagner in die Spüle.

»Komme ich in deiner Planung mit dem Haus auf dem Land auch vor?«

Sarah schließt die Augen, während der Champagner im Spülbecken seinen Weg in die Kanalisation antritt. »Nein.«

DREIUNDVIERZIG

Tage später

Heftiger Regen trommelt gegen das ovale Fenster des Flugzeugs. Sarah zieht die Sonnenblende herunter, sie kann es nicht mehr ertragen – den ewigen Regen, die Nässe und Kälte, die in ihre Glieder dringt und ihr auf die Stimmung schlägt. Sie hat ein flaues Gefühl, wenn sie daran denkt, dass sie in ein paar Stunden in Schweden ist. An dem Ort, der ihr Leben so gewaltig verändert hat. Sie dreht den Kopf zur Seite und betrachtet Steffi neben sich, die ihre Augen geschlossen hat. Sie wollte unbedingt mit.

Sarah hat nicht lange diskutiert, sondern über ihre Pläne gesprochen, und dann akzeptierte auch Steffi die Tatsache, dass sie ihr eigenes Leben führen will. Sarah war erleichtert und dankbar. Vielleicht war das sogar ausschlaggebend dafür, dass sie Steffis Wunsch nachkam, sie nach Schweden zu begleiten. Und vielleicht ist es gut so.

Sarah schlägt ein Fashion-Magazin auf, das sie am Flughafen gekauft hat. Gelangweilt blättert sie es durch, die Fotos sind nichtssagend und auf eine schadenfrohe Weise freut es sie. Vielleicht sollte sie doch wieder in ihrem Job arbeiten, langsam, aber sicher spürt sie, wie sich ihre kreative Seite meldet. Doch jetzt klappt sie das Magazin zu und denkt an Schweden.

***

Mit weit ausgestreckten Armen stapft Kristine durch den knöcheltiefen Schnee. Ihre Augen leuchten vor Freude, ihr Mund stößt kleine Wölkchen in den kalten sonnigen Himmel, als sie Sarah begrüßt.

»Wie schön, dass du endlich da bist.« Fest umarmt sie Sarah, und dann füllen sich ihre Augen mit Tränen. »Sieh nur, ich heule.« Verschämt wischt sie sich die Tränen von den Wangen. Eingehend betrachtet sie Sarah, die ebenfalls weint.

Sie zieht Kristine fest an sich und genießt das Gefühl der Geborgenheit. Ein »Danke« ist alles, was sie herausbekommt. Die beiden Frauen brauchen nichts zu sagen.

Kristine wendet sich Steffi zu, die unsicher von einem Fuß auf den anderen tritt. »Steffi, schön, auch dich zu sehen.« Kristines Umarmung ist herzlich und einladend.

»Kommt ins Warme. Ich habe eure Zimmer zurechtgemacht. Zu gern wäre ich schon in meinem neuen Haus, aber leider dauert es noch.« Etwas ungehalten zuckt Kristine mit den Schultern, als sie die Hintertreppe neben dem Laden hinaufsteigt. Sarah und Steffi folgen ihr.

»Ich hoffe, es macht euch nichts aus, dass die Zimmer so winzig sind. Wer wo schläft, müsst ihr unter euch ausmachen.«

»Kristine, erstens bin ich dir wahnsinnig dankbar, und zweitens habe ich mich hier vor ein paar Monaten sehr wohlgefühlt.« Sarah kann nicht anders und umarmt Kristine noch einmal. »Ich danke dir für alles«, murmelt sie und inhaliert Kristines Duft nach Seife und Winter.

Nachdem sie sich eingerichtet haben, finden sie sich in Kristines Küche ein. Der Geruch nach deftigem Essen steigt ihnen in die Nase. »Wow, das riecht *richtig* gut!« Steffi tritt an den Herd, auf dem ein großer Topf steht, in dem es köchelt. Sie lüftet den Deckel und ihr Gesicht hellt sich auf. »Ich liebe Eintopf!«

Kristine lacht herzlich auf und schöpft die Suppe in eine Terrine, die sie auf dem dunkel gebeizten Küchentisch abstellt. Die tief hängende Lampe über dem Tisch taucht die kleine und funktional eingerichtete Küche in ein warmes Licht.

»Dann wünsche ich euch guten Appetit, greift ordentlich zu, ihr seht ein wenig verhungert aus, wenn ich das sagen darf.« Kristine legt ihre Hand auf Steffis Arm, als diese gerade protestieren will. »Ich freu mich, dass ihr meine Gäste seid.« Theatralisch erhebt sie ihr Weinglas. »Lasst uns den Spuk der Vergangenheit begraben und nach vorn blicken!«

Zögernd erhebt auch Sarah ihr Glas. Kristine hat recht, aber sie wird erst die Vergangenheit hinter sich lassen können, wenn sie hier alles geregelt hat. »Danke, Kristine. Auch dafür, dass du dich um das Haus gekümmert hast.«

»Ach, das ist selbstverständlich. Der Interessent ist ganz verliebt und will es so schnell wie möglich kaufen …« Sie hält inne und ein Hauch von Traurigkeit legt sich wie ein Schatten über ihr Gesicht. »Es sind nette Leute aus Stockholm, mit zwei Kindern.« Schnell senkt sie den Blick und löffelt die Suppe.

»Das finde ich gut. Kinder werden das Haus mit Leben füllen.« Sarah fällt es zwar schwer, das auszusprechen, aber wie sehr hatte sie sich gerade das gewünscht. Kinder. Ihre Kinder, die fröhlich und unbeschwert durch das Haus toben, die Natur erkunden und mit aufregenden Geschichten nach Hause kommen. Sie seufzt.

Steffi schaut sie mitfühlend und besorgt an. »Vielleicht sollten wir das Thema wechseln.« Dann sieht sie zu Kristine und räuspert sich genervt, als diese den Blick ebenso scharf erwidert.

»Schon gut, ich bin okay, behandelt mich bitte nicht wie ein rohes Ei.« Sarah wendet sich an Kristine. »Wie geht es Thomas?«

»Oh, ich glaube, ganz gut. Die Sache hat ihn schon mitgenommen, aber na ja, er ist das ja aus seinem alten Job gewohnt.« Sie presst die Lippen aufeinander, bemüht sich, den Kummer über das Geschehene zu verbergen. »Gelegentlich kommt er vorbei und wir trinken einen Kaffee. Du solltest ihn besuchen, er würde sich bestimmt freuen.«

»Ja, das mach ich gern. Vielleicht morgen, nachdem wir am Haus waren. Was meinst du, Steffi?«

»Klar, warum nicht?« Steffi löffelt lustlos ihre Suppe.

VIERUNDVIERZIG

Für Sarah ist es wie ein Déjà-vu, als sie die Landstraße zum Haus entlangfährt, nur dass jetzt Winter ist und die Landschaft unter einer weißen Schneedecke liegt, die in der Sonne glitzert. Alles wirkt sauber und rein.

»Märchenhaft … Schau nur, sind das Rentiere?« Steffi deutet auf die Ebene an der Seeseite. »Wow! Wie in einem Kitschfilm. Herrlich!« Sie kuschelt sich tiefer in den Sitz.

»Du und deine Vergleiche. Sieht aber wunderschön aus.«

»Willst du das Haus wirklich verkaufen?«

»Ja, ich möchte komplett von vorn anfangen, ein neues Leben beginnen.«

»Hm, eins ohne deine Vergangenheit. Das habe ich begriffen. Ich frage mich die ganze Zeit, wann du mir mitteilst, wie du mich entsorgen willst.«

»Spinnst du? Das eine hat doch mit dem anderen nichts zu tun. Wir bleiben immer Freunde. Das haben wir doch schon diskutiert.« Sarah schaut zu Steffi, die mit versteinerter Miene geradeaus starrt. »Steffi, ich möchte dich nur bitten, mich in meinen Entscheidungen zu unterstützen. Das ist sehr wichtig für mich, schließlich haben wir viel durchgemacht. Du bist die Einzige, die nachvollziehen kann, wie es gewesen ist. Bitte nimm meine Entscheidung, allein zu leben, nicht persönlich, denn sie ist ganz und gar nicht gegen dich gerichtet.«

»Das fällt mir schwer. Ich glaube, dass du überstürzt handelst und die falschen Entscheidungen triffst. Wer weiß, was in ein oder zwei Jahren ist, vielleicht bereust du es.«

»Nein. Zum ersten Mal bin ich mir absolut sicher. Und jetzt lass uns das Thema beenden.« Sarah umklammert das Lenkrad so fest, dass ihre Lederhandschuhe quietschen.

»Wahrscheinlich hast du recht, ich fühle mich nur gerade … mies. Vielleicht, weil wir wieder hier sind.«

»Du wolltest doch mitkommen.«

»Ja, schon gut. Lassen wir das.« Steffi legt den Kopf an das Seitenfenster, doch die Landschaft, die sie eben noch so fasziniert hat, lässt sie nun kalt.

Sarah biegt von der Hauptstraße in den Seitenweg ab, der zum Haus führt. Ihr Herzschlag beschleunigt sich, der Kloß im Magen wird größer. Sie bemüht sich, nicht in Richtung Sörensens Haus zu blicken. Sie hat das Gefühl, jeden Moment Samuels silbernen Volvo zu sehen. Und Steffis Gemaule liegt ihr auch schwer im Magen. Ihre Freundschaft hat in der letzten Zeit gelitten – seitdem sie Steffi eröffnet hat, dass sie allein leben will. Zuerst hat Steffi es gelassen hingenommen, doch je näher der Termin rückt, an dem Sarah das Haus in Hamburg verkaufen wird, desto anstrengender und fordernder wird sie.

»Halt, du musst hier reinfahren!«, ruft Steffi aufgebracht. »Was ist los, Sarah? Du wirkst unkonzentriert.«

Sarah stoppt den Wagen und setzt wortlos zurück. Steffis Tonfall, ihre brüske Art und ihre Bevormundung erinnern sie mehr und mehr an Frank. Es nervt sie und bekräftigt ihren Entschluss. Wenn sie aus Schweden zurückkommen, wird sie Steffi bitten auszuziehen. Nicht wie geplant erst, wenn das Haus verkauft ist oder sie für sich eine passende Immobilie gefunden hat. Doch bis dahin wird sie sich bemühen, ruhig und möglichst gelassen mit ihr umzugehen.

Während sie die Auffahrt hochfährt, wird ihr Kloß im Magen zu einem fetten Zementklotz. Das Haus sieht so schön aus, mit all dem Schnee auf dem Dach und den tief hängenden Fichtenzweigen, die es einrahmen. Hat sie wirklich die richtige Entscheidung getroffen oder hat Steffi damit recht, dass sie die Dinge überstürzt?

Das Zuschlagen der Beifahrertür weckt sie aus den Gedanken. Sie blickt Steffi hinterher, wie sie durch den hohen Schnee stapft, die Arme fest um den Oberkörper geschlungen. Sie bleibt stehen und sieht zu Sarah hinüber. Kleine weiße Wolken steigen von ihrem Mund auf, als sie nach ihr ruft.

Mit bebenden Fingern steckt Sarah den Schlüssel ins Schloss. Sie atmet tief ein, bevor sie die Tür aufstößt und das Haus betritt. Eine angenehme Wärme empfängt sie und löst ihre Anspannung zumindest ein wenig. Sarah hatte Kristine gebeten, die Heizung anzustellen und dafür zu sorgen, dass die *Schäden* am Haus behoben werden. Ihr Blick geht hektisch durch die Diele. Nichts lässt mehr erahnen, dass hier vor ein paar Monaten noch das reinste Chaos herrschte.

»Sieht gut aus, gar nicht wiederzuerkennen.« Steffis Stimme macht ihr Mut, sich weiter ins Haus zu wagen. Mit jedem Schritt geht es besser.

»Was willst du eigentlich hier?«

»Mich verabschieden und ein paar persönliche Dinge mitnehmen.«

»Ich dachte, Kristine hat die Kleidung schon der Wohlfahrt gestiftet.«

»Ja, aber das hier …« Sarah deutet auf die Fotos an der Wand in der Diele. »Das ist etwas Persönliches.« Liebevoll streicht sie über ein Foto, das sie, Frank und Mike zeigt, lachend und mit Bierflaschen in der Hand. Unwillkürlich laufen ihr Tränen über die Wangen und ein heftiger Weinkrampf erschüttert ihren Körper. Sarah lässt es geschehen – auch, dass Steffi sie in die Arme schließt. Zärtlich murmelt sie versöhnliche Worte, schmiegt ihr Gesicht an Sarahs weiche schwarze Locken.

»Alles wird wieder gut. Niemand wird dir je wieder etwas antun. Das verspreche ich dir.«

Sarah hält die Luft an, unmerklich versteift sich ihr Körper, als sie die Worte hört, die Frank immer zu ihr gesagt hat. Abrupt löst sie sich aus Steffis Umarmung. »Danke«, murmelt sie und wischt sich mit beiden Händen über das Gesicht, um den Spuk zu vertreiben.

Steffi blickt sie aufmunternd an. »Komm, lass es uns zu Ende bringen, und dann fahren wir nach Hause.«

FÜNFUNDVIERZIG

»Sie braucht Ruhe und keine Verabredung mit Thomas oder sonst wem!« Mit ausladenden Schritten wandert Steffi durch Kristines kleine Küche. »Sie war völlig durcheinander, als wir im Haus waren … so wie ich auch. Verdammt, diese Erinnerung ist fürchterlich und für Sarah der reinste Horror. Deshalb sind wir auch nicht zu Thomas gefahren.«

Aufmerksam beobachtet Kristine jede noch so kleine Regung von Steffi. Sie lehnt sich zurück und faltet die Hände auf dem Tisch.

»Das versteh ich natürlich. Es war für uns alle hier in dieser kleinen Gemeinde ein großer Schock, und für mich war es doppelt schwer zu verstehen …«

»Hier geht es nicht um Befindlichkeiten der Dorfbewohner, sondern um Sarah. Ich würde sie zu gern so schnell wie möglich in den nächsten Flieger setzen und nach Hause bringen.«

»Du magst sie sehr, nicht wahr?«

»Ja.«

»Dann gib ihr die Zeit, die sie braucht, und lass sie die Dinge tun, die sie für richtig hält.«

»Aber was sie gerade macht, ist nicht richtig!«

»Woher willst du das wissen? Und jetzt Schluss damit. Ich kenne Sarah, aber dich kenn ich nicht. Lass sie in Ruhe!« Entschieden steht Kristine auf und mustert Steffi.

»Hab ich was verpasst? Streitet ihr euch?«, fragt Sarah, während sie die Küche betritt. Ihre Augen wandern von Kristine zu Steffi, doch keine der beiden antwortet.

»Gut, ich fahre jetzt zu Thomas. Das hatte ich ganz vergessen.« Sie schnappt sich einen Apfel aus der Obstschale auf dem Tisch. »Bis später.«

»Warte, ich komme mit.«

»Nein, Steffi. Ich möchte allein fahren«, sagt Sarah entschieden und schließt die Tür hinter sich.

Auf dem kurzen Weg zu ihrem Wagen bläst ihr eisiger Wind ins Gesicht. Heftig knallt sie die Autotür hinter sich zu, dreht den Schlüssel um und atmet erst wieder auf, als der Motor anspringt und sie das satte Geräusch des SUV hört. Sie blickt in den Rückspiegel, und wie sie vermutet hat, steht Steffi vor der Haustür und sieht ihr nach.

Sarah gibt Gas.

***

Die Sonne steht tief und lässt den Schnee golden glitzern. Er knirscht unter ihren Stiefeln, als sie sich dem Haus nähert. Wehmütig betrachtet sie die hölzerne Fassade, durch deren Fenster warmes Licht scheint, den grauen Rauch, der aus dem Schornstein aufsteigt und vom Wind weitergetrieben wird. Wie eine Szene aus einem Märchenbuch. Lächelnd löst sich Sarah von der Idylle und nähert sich der Haustür.

Noch bevor sie anklopfen kann, empfängt sie Hundegebell. Sie hört Thomas, wie er zwar leise, aber bestimmt Buddy ermahnt, ruhig zu sein. Als er die Tür öffnet, sieht er sie entgeistert an. Von einer Sekunde auf die andere hellt sich seine Miene auf und die kleinen Lachfältchen um seine Augen ziehen sich zusammen. »Sarah … komm rein.«

Freudig wird sie von Buddy begrüßt, der ihr sofort ein quietschendes Spielzeug – eine Ente – vor die Füße legt. »Hey, Buddy! Du bist also mein Retter, du hast mich gefunden.« Sie kniet sich vor ihm hin und krault ihm das weiche Fell hinter den Ohren. Er antwortet mit einem wohligen Schnauben. Sie lacht. Der Hund und die einladende Atmosphäre in diesem Haus wirken befreiend. Das Knistern des Kaminfeuers, der Geruch nach Holz und der Klang der leisen Jazzmusik im Hintergrund. Sie fühlt sich geborgen und ist froh, hier zu sein.

Sie sieht Thomas an, der immer noch völlig überrascht und ein wenig nervös wirkt. Umständlich bittet er sie, auf dem Sofa Platz zu nehmen, während er die Tür zum Atelier schließt. Sie erhascht einen kurzen Blick auf eine Holzfigur. *Eine Frau mit lockigem Haar?*

Er hüstelt verlegen, während er sich in den Sessel ihr gegenüber setzt. »Ich habe schon von Kristine gehört, dass du hier bist, um das Haus abzugeben. Ich glaube, das ist eine gute Entscheidung.«

»Na ja, es fällt mir nicht leicht, aber es muss sein.« Sie spielt mit dem Saum ihres Pullovers und sieht zu Thomas hinüber, der sie neugierig mustert.

»Tut mir leid, dass ich mich erst jetzt bei dir melde. Aber es ist so viel geschehen und Kommissar Molder hat mir alles gesagt, jedes Detail.« Sie atmet tief aus und ist dankbar, dass Thomas nicht nachfragt. Allmählich legt sich ihre Aufregung. »Tut mir leid, Thomas, aber ich bin völlig durcheinander und brauche deinen Rat und deine Hilfe.«

»Erzähl mir doch einfach, was dich so durcheinanderbringt.«

»Das ist nicht so einfach, es geht um Steffi.« Während sie von ihrem Zusammenleben mit Steffi erzählt, knetet sie unaufhörlich die Hände. »Weißt du, ich hielt es für eine gute Idee, dass wir für eine Weile zusammenziehen – nach allem, was passiert ist. Doch seit einiger Zeit fühlt es sich so an, als wäre Frank wieder da.« Sarah entgeht sein irritierter Blick nicht. »Natürlich nicht Frank in Person, ich meine eher die Bevormundung, die übertriebene Fürsorge. Steffi mischt sich in meine persönlichen Angelegenheiten ein.« Sie streicht über Buddys Kopf, der sich neben sie gesetzt und seine Schnauze auf ihrem Bein abgelegt hat. »Du bist ein echter Seelentröster.« Sie genießt die Wärme des Hundes. »Weißt du, was Samuel über Steffi zusammengetragen hat?«

»Nein, ich habe keinen Einblick in die Akten.«

Sarah lacht amüsiert. »Das glaube ich zwar nicht, aber egal. Samuel hat wie bei allen anderen auch in Steffis Vergangenheit gegraben und … also, sie wurde wegen Stalkings und massiver Belästigung von ihrer damaligen besten Freundin angezeigt. Steffi konnte nicht ertragen, dass ihre Freundin schwanger war und ihre Zeit nicht mehr nur mit Steffi verbringen wollte.« Sie reibt sich müde die Augen. »Ich komme mir wie eine Verräterin vor. Nachdem wir vorhin von meinem Haus zu Kristine gefahren sind, habe ich Steffis damalige Freundin kontaktiert. Das wollte ich schon in Hamburg machen, aber irgendwie hatte ich Skrupel, doch jetzt … Ach, ich weiß auch nicht.« Sarah ist sich nicht mehr sicher, ob es richtig ist, Thomas einzuweihen. Im Grunde kennt sie ihn kaum.

»Du kannst mir vertrauen, Sarah. Aber wenn du dich unwohl dabei fühlst, verstehe ich das.«

»Ich vertraue dir. Also gut. Was ich erfahren habe, deckt sich mit dem, was ich gerade mit ihr erlebe. Aber da ist noch viel Schlimmeres passiert. Steffi hat diese Frau damals massiv unter Druck gesetzt und gedroht, dem Kind etwas anzutun, wenn sie nicht mehr Teil ihres Lebens sein darf.« Hilflos blickt sie Thomas an, der nicht zeigt, was er denkt. Das irritiert sie.

»Was meinst du?«, fragt sie schließlich und unterdrückt den Impuls, vom Sofa aufzuspringen.

»Hast du mit Richard Molder darüber gesprochen?«

»Nein. Bis vor ein paar Stunden hätte ich nicht im Traum daran gedacht, dass Steffi zu Gewalt fähig sein könnte …« Nun springt sie doch auf, wandert durch das Wohnzimmer – und muss daran denken, wie Steffi mit Frank gekämpft hat.

»Ich werde Richard anrufen. Entspann dich, alles wird sich aufklären.« Thomas sieht sie fest an. »Sarah, es gibt nur die Aussage dieser Freundin, stimmt's? Vielleicht ist Steffi bloß wütend gewesen, aber vielleicht steckt auch mehr dahinter. Doch bis dahin ist Steffi immer noch deine Freundin, die du magst und mit der du Furchtbares durchgestanden hast.« Er hält sie an den Schultern und sieht ihr tief in die Augen. »Du tust das Richtige, daran ist nichts Verwerfliches. Okay?«

Sie nickt, und doch ist ihr nicht wohl bei der Sache. Während Thomas mit Kommissar Molder telefoniert, sieht sich Sarah im Wohnzimmer um. Sie entdeckt verschiedene Fotos von Thomas mit einer schönen Frau an seiner Seite. Beide sehen so harmonisch zusammen aus, und das erinnert sie wieder an Frank.

Thomas lehnt am Schreibtisch und telefoniert mit ernster Stimme. Als er auflegt, blickt er Sarah beunruhigt an.

»Was ist, was hat Molder gesagt?«

»Molder sagte, dass er vor zwei Tagen mit dir telefoniert hat, um dir mitzuteilen, dass er die Akte noch nicht geschlossen hat, weil er ein paar Unstimmigkeiten in dem Bericht der Gerichtsmedizin gefunden hat.«

»Was?! Ich habe nicht mit ihm telefoniert … und was für Unstimmigkeiten?« Hektisch nimmt sie ihre Jacke vom Sofa und zieht das Smartphone aus der Jackentasche.

»Hat er gesagt, er habe mich auf dem Handy angerufen?«

»Ja.«

Aufgeregt geht sie die Anruferliste durch, doch da ist nichts. Sie hält Thomas ihr Smartphone hin. »Schau doch, er hat mich nicht angerufen.« Sie hält den Atem an. »Wann genau soll das gewesen sein?«

»So gegen fünf am Freitagnachmittag.«

»Der Tag vor unserer Abreise … Ich habe ein Bad genommen und … glaubte zu hören, dass mein Handy geklingelt hat. Als ich aus dem Bad kam und nachsah, war da aber nichts. Und ich weiß noch genau, dass ich das Zuschlagen der Haustür gehört habe.« Ungläubig starrt sie in das lodernde Feuer des Kamins. »In was für einer kranken Welt leben wir?«

»Sarah, beruhige dich! Molder wird sich darum kümmern, und du solltest keine voreiligen Schlüsse ziehen.«

»Und was soll ich deiner Meinung nach tun? Abwarten und weiter im Ungewissen bleiben?«

»Nein, sicher nicht. Aber ich mache mir Sorgen, dass du dich wieder in Gefahr bringen könntest.«

»Ich möchte wissen, was das für Unstimmigkeiten sind, von denen Molder gesprochen hat.« In ihrem Blick liegt Entschiedenheit. Sie hat sich geschworen, künftig mehr auf ihre Intuition zu hören. Und ihr Bauchgefühl sagt ihr schon seit Isabells Tod, dass etwas nicht stimmt.

***

Der Vollmond erhellt die Nacht. Die Temperaturen sind eisig, als Sarah aus dem Wagen steigt. Fasziniert betrachtet sie die weiße Welt um sich herum, bis die Kälte an ihren Beinen hochkriecht.

Leise öffnet sie die Tür zu Kristines Wohnung. Im Flur bleibt sie stehen und lauscht. Alles ist ruhig. Sie hängt ihre Jacke an die Garderobe, streift die Stiefel ab und schleicht in die Küche. Sie braucht kein Licht zu machen, der Schein des

Mondes reicht aus, sich zu orientieren. Am Spülbecken füllt sie ein Glas mit Wasser und sieht aus dem Fenster. Ihre Gedanken sind immer noch bei Thomas und dem, was sie erfahren hat. Ein eisiger Schauer läuft ihr den Rücken herunter. In ihrem Kopf hört sie seine Warnung, dass sie nichts unternehmen soll, bis sich Molder meldet. Es wird ein paar Tage dauern, sagte er, da er mehr über Steffi herausbekommen muss.

So lange werde ich nicht warten. Ich will es endlich wissen.

»Wie war dein Abend?«

Das Glas in Sarahs Hand fällt klirrend zu Boden, als sie die Stimme hinter sich hört. »Steffi!«, schreit sie erschrocken auf. Entsetzt starrt sie auf die Silhouette, die im Halbdunkel am Küchentisch sitzt. Ihr läuft es heiß und kalt über den Rücken. Sarah hofft inständig, dass sie gerade keine lauten Selbstgespräche geführt hat, was sie in solchen Stressmomenten gern mal tut. Ihr Herz rast.

»Du hast mich zu Tode erschreckt.«

»Entschuldige, das wollte ich nicht.«

»Schon gut. Warum bist du noch wach?«, fragt Sarah, während sie das Kehrblech und den Besen unter der Spüle hervorkramt, um die Scherben zusammenzufegen.

»Ich konnte nicht schlafen, mir gehen zu viele Gedanken durch den Kopf.«

»Zum Beispiel?«

»Zum Beispiel, warum du mich nicht zu Thomas mitgenommen hast. Schließlich war ich auch eine Gejagte, die nur knapp dem Tod entkommen ist. Ich hätte mich gern bei ihm bedankt.«

Sarah lässt sich mit der Antwort Zeit, sie muss überlegen. Vorsichtig lässt sie die Glasscherben in den Mülleimer gleiten, wischt sich die Hände an den Seiten ihrer Hose ab und setzt sich zu Steffi an den Tisch.

»Es tut mir leid. Du hast völlig recht, ich habe einfach nicht nachgedacht.« Sie greift über den Tisch und legt eine Hand auf Steffis gefaltete Hände. »Ich soll dich ganz lieb von ihm grüßen.«

Steffi zieht die Hände vom Tisch und steht auf. »Danke. Ich wünsch dir eine angenehme Nacht.«

»Warte! Ich möchte mit dir morgen auf die Anhöhe gehen, um mich zu verabschieden. Meine Kamera ist noch dort. Danach können wir nach Hause. Bist du dabei?«

Wie ein bockiges Kind zuckt Steffi mit den Schultern. »Vielleicht. Ich sag dir morgen Bescheid.«

Sarah weiß, dass Steffi mitkommen wird.

SECHSUNDVIERZIG

Ein Morgen wie aus dem Bilderbuch. In der Nacht hat es heftig geschneit und sämtliche Spuren des Tages wurden überpudert. Alles wirkt so friedlich. Der blaue Himmel und die Wintersonne laden Sarah ein, das Gesicht den warmen Strahlen entgegenzustrecken.

»Ist das nicht schön?«

»Ja, kaum auszuhalten.«

»Komm schon, Steffi! Du wirst es vermissen, sobald wir wieder in Hamburg sind.« Sarah stapft durch den wadentiefen Schnee. Sie hat den Wagen, so gut es ging, am Waldrand geparkt, jetzt müssen sie noch etwa zwei Kilometer zu Fuß gehen. Sarah erzählt ununterbrochen Belangloses. Sie ist aufgeregt und stellt ihre Entscheidung infrage. Was, wenn sie einen Fehler macht? Erst jetzt wird ihr bewusst, wie einsam es hier ist. Ihre Augen suchen hektisch den Wald ab, Erinnerungen steigen in ihr hoch und Sarah beschleunigt das Tempo.

»Warum quasselst du nicht weiter?« Völlig außer Atem versucht Steffi, mit Sarah Schritt zu halten. »Hey, wir haben doch alle Zeit der Welt, also bitte renn nicht so. Erzähl mir lieber noch was.«

Keuchend bleibt Sarah stehen. »Zum Reden fehlt mir grade die Luft.«

»Kein Wunder bei deinem Tempo.« Steffi lacht fröhlich auf und Sarah stimmt mit ein. Für eine Sekunde sind sie wieder die Freundinnen von früher.

Durchgeschwitzt erreichen sie die Anhöhe. Verzaubert nimmt Sarah die Aussicht in sich auf. Es wird das letzte Mal sein, dass sie hier steht. Das letzte Mal, dass sie diesen Ausblick genießt. Das letzte Mal, dass sie die Erinnerungen an die vergangenen Jahre heraufbeschwört.

Ein tiefer Seufzer, dann ist sie bereit. Sie wendet sich Steffi zu, die an der Felswand lehnt und sie aufmerksam beobachtet. Sarah lächelt ihr zu und greift in die Felsspalte neben ihrem Kopf. Mit Geschick holt sie ihre Kamera hervor, wischt liebevoll den Schmutz ab und wechselt die Batterie.

»Wollen wir ein Foto von uns beiden machen?«

»Coole Idee.«

Sarah atmet erleichtert auf, denn bis eben war Steffi angespannt und ihr Plan drohte zu scheitern, doch jetzt ist alles gut. Dennoch muss sie vorsichtig sein.

»Okay, warte, ich muss nur schnell die Aufnahmeoption ändern.«

Sie stellen sich in Position mit dem Rücken zum See. Sarah hält die Kamera mit ausgestrecktem Arm von sich. Die beiden posieren fröhlich, Sarah drückt den Auslöser.

»Kann ich die sehen?«

»Nein, ist leider keine Digitalkamera«, lügt sie und betet zu Gott, dass Steffi es schluckt.

»Ach, wie langweilig. Na ja, egal. Wollen wir?«

»Gleich … ich möchte dich noch was fragen.«

Steffi schaut sie mit gerunzelter Stirn an und lehnt sich stöhnend zurück an die Felswand.

Sarah ist nervös, als sie sagt: »Das ist ja nun mein Abschied von Schweden und von dem alten Leben … oje, wie sich das anhört. Also, ich weiß nicht, wie soll ich es sagen …«

»Sarah, wir sind Freundinnen und kennen uns schon ganz lange, also frag einfach.«

»Also gut, das geht mir die ganze Zeit durch den Kopf … Was hat Frank zu dir gesagt, oben auf dem Plateau, worüber habt ihr eigentlich gestritten?«

Steffi sieht sie eindringlich an, dann stößt sie sich von der Felswand ab, vergräbt die Hände in den Jackentaschen und holt eine Packung Zigaretten hervor. Sie inhaliert tief und bläst den blauen Rauch langsam aus.

»Weißt du, dein Mann hat dich sehr geliebt, aber er war, wie wir ja nun wissen, auch ein Monster, das seinen besten Freund und seine Geliebte gnadenlos umgebracht hat. Und alles nur, damit seine miesen Geschäftsbetrügereien nicht ans Licht kommen … Er hat dich betrogen und auch seinen Freund und Geschäftspartner Mike. Tja, aber der Wahrheit kannst du nicht entkommen.« Sie lässt ihren Blick über den See schweifen und schnippt die angerauchte Zigarette den Abhang hinunter.

»Ich habe das Böse in ihm gesehen und hatte eine Scheißangst um mich und dich. Er wollte uns genauso beseitigen wie die anderen.« Sie kichert nervös und wandert unruhig hin und her. »Du willst wissen, was er sagte? Ich zitiere die Worte deines Mannes, denn sie haben sich bei mir fest eingebrannt: *›Du bist eine kleine Schlampe, weißt du? Versuchst, einen Keil zwischen mich und Sarah zu treiben. Aber das wird dir nicht gelingen. Ich schwöre bei Gott, eher bring ich dich um.‹* Verstehst du jetzt, warum ich Angst vor ihm hatte und so sehr darauf bedacht bin, dass du diesen Kerl aus deinem Kopf bekommst?« Sie zündet sich erneut eine Zigarette an. »Ich sollte aufhören, mich zwischen euch zu stellen. Pah! So ein Blödsinn! Als hätte ich mich jemals zwischen euch gedrängelt. Dabei habe ich schon lange bemerkt, wie er dich gegängelt hat und dir vorschrieb, welchen Weg du gehen sollst in der großen Welt des Geldes und der Macht. Du musst zugeben, dass du das genauso wenig wolltest. Oder irre ich mich?«

Sarah schüttelt den Kopf, doch das reicht Steffi anscheinend nicht. Sie steht dicht vor ihr und ihre Augen haben einen Ausdruck angenommen, den Sarah noch nie bei ihr gesehen hat. Verletzt, panisch und durchgeknallt.

»Kann sein, aber ich war glücklich ... mit ihm.«

»Dass ich nicht lache! Nein, das warst du nicht. Du warst immer nur fröhlich, wenn wir zusammen waren.« Steffi zieht kräftig an ihrer Zigarette. »Ich habe ihm gesagt, dass er sich da etwas zusammenreimt, aber er hat mir nicht zugehört. Ich habe ihn angefleht, mich loszulassen, doch er wollte, dass ich ihm erst schwöre, dass ich mich von dir fernhalte. Falls nicht, würde er dafür sorgen, dass ich nie wieder das Licht der Sonne sehe. Und dann zückte er das Messer ... Den Rest kennst du. Du bist zwischen uns gesprungen und außerdem habe ich es dir in Hamburg schon gesagt. Erinnerst du dich? In dem Café.«

»Ja, aber was genau ist passiert, nachdem ich stürzte?«, fragt Sarah atemlos. Sie will auf keinen Fall Steffis Redseligkeit unterbrechen.

»Er hat zugestochen, und ich habe ihn gestoßen. Oder so ähnlich. Woher soll ich das jetzt noch wissen? Und überhaupt – was soll das?«

»Ich will es nur wissen, um endlich mit der Sache abschließen zu können.«

Steffi starrt sie finster an. »Was noch, Sarah? Was willst du von mir hören, damit du endlich begreifst, dass du einem Gespenst hinterherjagst, einem Mann, der es nicht wert ist, dass man ihm auch nur eine Träne nachweint? Er hätte dich getötet, dort oben auf dem Plateau, genau wie mich.«

Sarah muss sich zusammennehmen, um ihre Empörung nicht laut herauszuschreien. Sie richtet den Blick auf den schneebedeckten Boden und zählt innerlich bis zwanzig, bevor sie Steffi ansieht.

»Ich weiß, dass du mich magst und dich um mich sorgst, und doch weiß ich auch, dass Frank mir nie etwas getan hätte. Du hast es ja schon selbst gesagt, er hat mich geliebt.« Ihr Mund ist trocken und ihr Puls viel zu schnell. »Es fällt mir nicht leicht, das zu sagen, aber er hat auch Isabell geliebt, und ich habe ihm angesehen, dass er ihr nie etwas hätte antun können.«

»Was willst du damit sagen?«

Nur für einen Augenblick zögert Sarah. Jetzt, jetzt ist der Moment der Wahrheit gekommen. »Ich glaube, dass du Isabell und auch Frank umgebracht hast. Du hast mit Kommissar Molder gesprochen, du hast dich für mich ausgegeben, als er auf meinem Handy anrief, und er hat es geschluckt und dir gesagt, dass es Ungereimtheiten gibt. Das Muster an Isabells Kehle war nicht identisch mit dem glatten Schnitt an Samuels Hals. Und Frank ist nicht ertrunken, er wurde gewaltsam unter Wasser gedrückt …«

»Was für eine verfickte Scheiße redest du?!«

»Ich sage nur, was ich denke, was die Gerichtsmedizin herausgefunden hat und was deine frühere Freundin Saskia über dich gesagt hat.«

Steffi macht einen Schritt auf sie zu. »Du spinnst! Warum sollte ich das tun?«

»Sag du es mir! Samuel hat es ja schon versucht, aber leider lag er mit seinem Sieben-Todsünden-Quatsch daneben. Du bist nicht *Luxuria* – Wollust oder Ausschweifung. Du bist *Invidia* – Neid, Eifersucht, Missgunst.«

Steffis hysterisches Lachen schallt über den See. »Sarah, jetzt klingst *du* total irre. Was soll das? Du willst von mir hören, dass ich Isabell und Frank getötet habe?« Sie verschränkt die

Arme vor der Brust und blickt Sarah belustigt an. Dann wird sie schlagartig ernst.

»Okay, wenn es dein Herzenswunsch ist. Ja! Ja, ich habe Isabell die Kehle durchgeschnitten. Sie war eine Gefahr für dich … Sie stand zwischen uns. Ich habe mir das Messer aus Franks Rucksack geholt, als alle schliefen.« Sie lacht in sich hinein, wischt sich über den Hals. Nach einer Weile fügt sie hinzu: »Während du gestürzt bist, war Frank unaufmerksam und ich stieß ihn … Dummerweise hielt er meinen Arm fest. Ich prallte auf den Felsen auf und der Schmerz in meiner Schulter und meinem Kopf war höllisch.« Sie verzieht ihr Gesicht, als würde sie den Schmerz wieder spüren. »Frank war im Wasser, er bewegte sich nicht, erst als ich zu ihm schwamm, sah er mich an.« Steffi wischt sich mit den Händen über das Gesicht, und dennoch kann sie das Lächeln darauf nicht wegwischen. »Ich habe an dich gedacht und das, was er dir angetan hat, dass er dich betrogen hat und dass er mich nicht in deiner Nähe haben wollte … und dann ging alles ganz von selbst. Ich habe ihn so lange unter Wasser gedrückt, bis er sich nicht mehr bewegte. Zufrieden? Wolltest du das hören?«

Sie betrachtet Sarah aufmerksam, und dann entdeckt sie das kleine rot blinkende Licht an der Kamera.

»Nimmst du diesen ganzen Mist etwa auf?«

***

»Kristine!« Thomas poltert in den Laden, hektisch suchen seine Augen den Laden ab. »Kristine!«, wiederholt er laut und eilt zum Büro. Er stößt die Tür auf und blickt in ihr erstauntes Gesicht. »Wo sind Sarah und Steffi?«

»Zur Anhöhe gefahren, um …«

»Wo ist das?«, unterbricht er sie.

Ohne weiter zu fragen, erklärt sie ihm, wie er fahren muss.

Noch nie ist er in einem so mörderischen Tempo über die vereiste und schneebedeckte Straße gerast.

Als er Sarahs SUV entdeckt, parkt er seinen Pick-up eilig daneben, lässt Buddy aus dem Wagen und folgt den Spuren im Schnee. Am liebsten würde er fluchen, dass er so mühsam vorankommt, doch dazu fehlt ihm die Puste. Richard Molder hat ihm vor einer Stunde am Telefon bestätigt, dass sich der Verdacht erhärtet hat, dass Steffi den Mord zumindest an Isabell und wahrscheinlich auch an Frank begangen hat. Im Anschluss wollte Molder den schwedischen Kollegen anrufen und Kommissar Anderson bitten, Steffi in Gewahrsam zu nehmen. Thomas konnte nicht ruhig zu Hause sitzen bleiben und warten, bis die Polizei ihren Job erledigen würde.

»Verdammter Mist, Sarah!«, flucht er nun doch und stapft mühsam die Anhöhe hinauf. Und dann hört er, wie sich die beiden dort oben laut streiten. Buddy flitzt an ihm vorbei.

»Du bist undankbar. Ich dachte, wir wären Freundinnen. Warum tust du das? Was willst du mit dem Video beweisen?«

»Dir helfen. Du brauchst dringend professionelle Hilfe!«

»Du bist krank, nicht ich!« Schnell reißt sie Sarah die Kamera aus der Hand und wirft sie den Abhang hinunter. »Du solltest mir dankbar sein, dass ich dich von diesem Mistkerl befreit habe. Er war nicht gut für dich.«

In Sarah steigen Wut und Übelkeit auf. Sie ballt die Fäuste und schlägt zu. Mitten ins Gesicht ihrer Freundin. Sie hasst sich dafür, aber es wirkt befreiend. Steffi hält sich verwundert die blutende Nase. Abgestoßen von diesem Gesicht, in das sie stets voller Freude geblickt hat, dreht sich Sarah um und geht.

Plötzlich fühlt sie, wie sie von hinten an den Schultern gepackt wird. Steffi reißt sie zu Boden und setzt sich rittlings auf sie. »Das machst du nicht noch mal mit mir!«, keucht sie wütend, steht auf und zerrt Sarah hoch. »Das hab ich nicht verdient! Ich habe dir vertraut und du mir.«

»Lass mich los, Steffi. Es ist vorbei.« Ruhig kommen ihr die Worte über die Lippen. So ruhig, dass Steffi irritiert von ihr ablässt und sich langsam rückwärts bewegt. Tränen schimmern in ihren Augen.

»Bitte, Sarah, sag das nicht. Ich habe es für dich getan. Damit du glücklich wirst. Damit du niemals wieder betrogen wirst. Bitte, verlass mich nicht!«

»Nein, Steffi, ich kann nicht.« Plötzlich ist da nur noch Traurigkeit. Aus den Augenwinkeln bemerkt Sarah, dass Steffi sich immer mehr dem Abgrund nähert. Schlagartig ist sie alarmiert.

»Steffi, nicht!«

Noch während Steffi hinabstürzt, hechtet Sarah auf sie zu, blickt in den Abgrund. Reflexartig streckt Sarah die Hand aus, die sich fest um Steffis Handgelenk schließt.

»Lass los, Sarah!«

»Nein, ich werde dich hochziehen. Du schaffst das.«

»Ich will nicht mehr. Was hab ich vorhin über die Wahrheit gesagt? Du kannst ihr nicht entkommen.« Sie lacht schrill. »Du hast sie gefunden, Sarah. Die Wahrheit.« Steffi lehnt sich weit zurück und löst Sarahs Finger von ihrem Handgelenk. Mit beiden Händen umfasst sie jetzt Steffis Arm und dennoch spürt sie, wie ihre Kräfte nachlassen.

»Bitte, Steffi … hör auf! Du musst leben!«

Hundegebell lässt Sarah aufschrecken. Ihre Finger lockern sich und sie merkt, wie Steffi sich immer mehr aus ihrem Griff löst. Es sind nur Bruchteile von Sekunden, bis Thomas Steffis Arm packt.

SIEBENUNDVIERZIG

Drei Tage zuvor stand Sarah schon einmal vor dieser Tür und bat um Hilfe. Seitdem hat sich ihr Leben abermals gewendet und sie hofft, dass sie jetzt endlich zur Ruhe kommt. Steffi wurde nach Hause geflogen. Soweit Sarah weiß, ist sie sofort zur psychiatrischen Behandlung ins UKE Hamburg eingeliefert worden. Immer noch sieht sie das Flehen in Steffis Augen, sie loszulassen. Hätte sie ihrer Freundin den Wunsch erfüllen sollen?

Kristine bestärkte sie, richtig gehandelt zu haben und dass sie es ihr Leben lang bereut hätte, wenn sie ihre Freundin hätte hinunterstürzen lassen. Dennoch weiß Sarah nicht, ob sie die Bürde tragen kann, sich weiter um Steffi zu kümmern. Zu viel ist geschehen. Zu viele Lügen wurden aufgedeckt.

Die Zeit wird es zeigen. Das waren Kristines Worte.

Noch ehe sie die Haustür erreicht hat, hört Sarah laute Jazzmusik und Hundegebell. Sie klopft, doch niemand öffnet. »Ich bin in Schweden und es steht kein Besen vor der Tür.« Mit einem breiten Lächeln öffnet sie die Tür und wird von Buddy begrüßt, der ihr wieder sein quietschendes Spielzeug vor die Füße legt. Sie beugt sich zu ihm hinunter und streichelt sein glänzendes Fell.

»Wo ist dein Herrchen?«

Eifrig nimmt Buddy sein Spielzeug ins Maul und rennt aufgeregt zum Atelier. Die Tür ist angelehnt. Sarah bleibt stehen und beobachtet Thomas, wie er an der Holzfigur arbeitet, die sie vor ein paar Tagen schon gesehen hat. Immer wieder geht er zurück und begutachtet sein Werk, um dann erneut daran zu feilen.

Sie betrachtet die Figur und hält den Atem an. Dann schaut sie zu Buddy, der neben ihr sitzt. »Was meinst du, dürfen wir den Künstler stören?«

Buddys Antwort ist ein dunkles Bellen.

Thomas wirbelt herum, sein eben noch konzentrierter Gesichtsausdruck weicht einem erfreuten Lächeln. »Sarah, das ist ja eine Überraschung!« Er wischt die Hände an einem Handtuch ab und eilt auf sie zu, drängt sie förmlich aus dem Atelier, will nicht, dass sie die Skulptur genauer in Augenschein nimmt.

Doch Sarah weicht ihm aus und schlüpft ins Atelier zurück. »Das ist toll!« Sie wendet sich zu Thomas um, der sich verlegen den Nacken reibt.

»Wirklich, ich finde es gelungen.« Sie streicht mit der Hand über das raue Holz, berührt das Gesicht der Frau, ihre Brüste und die Hüften. »Das bin ich, nicht wahr?«

»Ja«, murmelt er verlegen.

»Danke, Thomas. So habe ich mich noch nie gesehen. Stark und doch verletzlich.« Sie geht auf ihn zu, legt die Hand auf seine Brust – und da ist wieder ein Gefühl von Geborgenheit. »Morgen fahre ich nach Hause.«

Er nimmt sie in die Arme. »Wenn du wiederkommst, erzähle ich dir meine Geschichte.«

»Ja, ich würde sie sehr gern hören.«

DANKSAGUNG

Liebe Leser, vielen Dank, dass Sie sich für dieses Buch entschieden haben. Ich hoffe, dass Ihnen meine Geschichte gefallen und Sie unterhalten hat.

Ein ganz herzliches Dankeschön an meine Lektorin Marion Mergen. Es hat mir wieder viel Vergnügen bereitet, mit dir zu arbeiten. Du hast kritisiert und motiviert. Deine Begeisterung ist ansteckend.

Wie immer danke ich besonders meinem Lebensgefährten, der es mittlerweile schon von mir kennt, wenn ich dem Schreibwahn verfallen bin und mich entweder einsilbig oder vor Ideen übersprudelnd mitteile. Danke für deine unermüdliche Unterstützung.

Zu dieser Geschichte inspiriert hat mich übrigens ein Spruch, den meine Großmutter immer sagte, als ich noch ein Kind war: Man trifft sich immer zweimal im Leben. Also denk daran, was du zu den Menschen sagst, denen du begegnest, und wie du sie behandelst.

Sie hatte recht, nicht nur mit dieser Weisheit.

Ein weiterer Gedanke ließ mich beim Schreiben nicht mehr los: Egal, wie viel Macht, wie viel Geld du auch hast, welche dunklen Geheimnisse du zu vertuschen suchst, du kannst der Wahrheit nicht entkommen. Sie findet dich. Immer.

Was sind Ihre Erfahrungen mit der Wahrheit? Wie hat Ihnen die Geschichte gefallen? Schreiben Sie mir Ihr Feedback, Ihre Meinung, besuchen Sie mich bei Facebook oder auf meiner Autorenseite – und selbstverständlich freue ich mich über jede Rezension.

Ihre Marion Krafzik, im November 2018

E-Mail: info@marionkrafzik.de
Facebook: Autorin Marion Krafzik

Druck:
CPI Druckdienstleistungen GmbH
im Auftrag der
Zeitfracht GmbH
Ein Unternehmen der Zeitfracht - Gruppe
Ferdinand-Jühlke-Str. 7
99095 Erfurt